走出碎片化

黎鲁 著

思者 · 大美文库

主编 方立平

上海三联书店

"思者·大美"文库总序

思者大美。

"思者大美"四个字在脑海中盘旋有许多年了，隐隐地觉得，最早似乎是读《古文观止》后留下的情结：总觉得其中文美、意趣美、思想境界更美。后琢磨开去，发现一个缘由：原来作者多半都是"大文化人"。这里说的"大文化人"，还都有另一个特点，并非只作作美文，多半谋过大事，如《谏逐客书》的李斯、《师说》的韩愈、《捕蛇者说》的柳宗元、《醉翁亭记》的欧阳修、《前赤壁赋》的苏轼、《答司马谏议书》的王安石、《前出师表》的诸葛亮等等，肩负国之重任，坐得将相之位。也就是说，他们的生命状况往往是与社会和国家的命运息息相通。就算写《桃花源记》的陶渊明未曾操办过什么大事，其"不为五斗米折腰"的气节却顶天立地。他们日思夜虑的都不仅是个人的小情小调，而有着"大思虑""大情怀"。因此，一旦作起文来，着墨点就高，气度大，视野宽，思绪远，取意深，境界自然非平庸之辈可比拟，可谓是谋事"俯仰不愧天地"，行文"褒贬自有春秋"。就算是一场平平常常的登楼或登山的远眺，也能抒发其"登斯楼也，则有心旷神怡，宠辱偕忘，把酒临风，其喜洋洋者矣"，生出"先天下之忧而忧，后天下之乐而乐"的浩荡叹喟。其中的"大思虑""大情怀"，千百年来，一代代传诵不已，给后来者不仅有美酿的陶醉，更生存几多奋进的激励。

再环顾现实周遭，便越发觉得现实不少的作文者，矫情有余，美态不实，作出的文字，造姿作态过度，气场真谛不足。究其根源，我是觉得有一半是"专司其职"以作文谋生所致，多了功利，多了"铜钱眼里"想心思，其作出的文字，"思"便失了真气，哪还有气度、立意、境界可言，更何谈"定位定天下"式的"大情怀""大思虑""大境界"了。每每眼前掠过此等文字，便更思念起"思者大美"。

但真细察起来，有"思"有"大美者"毕竟还是有的，如读过贾平凹的《丑石》、谢冕的《世纪留言》、陈丹青的《退步集》、赵鑫珊的《不安》、曹文轩的《思维论》、周国平的《守望的距离》、孙颙的《思维八卦》、陈鹏举的《文博断想》、余秋雨的《文化苦旅》、钱汉东的《寻访中华名窑》、李泽厚与刘绪源的《该中国哲学登场了》、王双强的《文心是佛》……只不过，对于年产百十万计文章的大国而言，这样的好文字则见得实在还是有点零星了些。今着手编这套"思者·大美文库"，想的正是能如"水浒"一般撑起一面旗来，有朝一日能聚得更多些的"今文观止"来。

思者大美。"大美者"是切不可仅停留在琐碎小事上，停留在风花雪月上；"大美者"是少不了"大思"的，少不了要有些"担当"，要虑些"齐国平天下"的事，符合"道"的精神的事；不可一点理想主义都没有，也不可一点历史责任感也没有。我曾提出过一个概念，所谓"文字的思想力"。文字是有思想力的。因此，文字不可仅仅满足于做表述的工具，太"工具"了会少了思想的"大自在"；文字如能多些"思想力"，文字便可成"思者大美"！

思者大美。"大美"本源自于"思"；因"思"而又能得"大真""大善"，其文能不成就"大美"？

变革年代、盛世年代，理应出更多的"大思者""大美者"，这也是"思者·大美文库"所冀望的。

方立平

（作者为文化学者，编审作家，"思者大美"文库主编）

代序：不息的生命

　　黎鲁同志是我的老领导，今年 97 岁了，春节前我去给他拜年，意外的是老黎依然行动自如，思维敏捷。墙上挂着他新绘的山水画，细笔山水那一路，绘得一丝不苟，桌上则放着一叠文稿，包括他新作在内共 60 篇的一本书稿。房间依然朴素，虽是冬日，也未开空调，他就坐在朝北的书房修改他的稿件。春节他与我们几位老部下有一次餐叙，席间黎鲁很少动筷，他在抓紧时间与我们交流，说他的书稿，谈他参加革命的经历，进城后目睹新的变化与曲折。看得出，他在不停地思考。春节以后，他让人把这些书稿中他认为比较满意的《思而不学散记》带给我，在电话中间我能不能看一看，征求意见，更希望帮他扩大些影响。这不为别的，只是出于"该担当"。

　　作为黎鲁同志的后辈、下级，能为他的书推荐为文当然是莫大的荣幸。

　　黎鲁同志于 1938 年参加革命，正宗的"三八式"老八路。记得 80 年代某年国庆节，碰巧我们两人在康平路 83 号值班，就有了一次神侃，问起他的革命经历，他跟我谈了很久。他是 1938 年在上海入党的，以后担任过大夏大学地下党的支部书记，经历过腥风血雨的斗争。1942 年到了江北抗日根据地从事部队的文教工作，当过教员、宣传干部，我看过他刻的红色木刻画、编辑的报刊，粗糙但很有生活气息。

　　许多参加革命的人是"逼上梁山"，家里穷得揭不开锅，或遭受什么迫害与不幸。而黎鲁是另一种情况，家境良好，有钱供他读上海美专、大学，原本可以毕业求职，过完顺顺当当的人生。但黎鲁是读书人，看了进步的书走上了要推翻国民党统治的道路，并且不惜抛头颅洒热血。他属革命部队中的知识阶层。这部分人不是没吃没喝来革命的，他是读了书知道了苏联，知道了马克思，知道还有更美好的社会，于是就怀着理想来革命了。因此，黎鲁同志以及很多类似黎鲁的老同志有一个特点，爱思考，今天，对革命中的曲折更敏感。他们也忠于党，但绝不会愚忠，他们总是要想问题，要上下求索。当年他坦诚地告诉我，从地下党到了根据地以后，对部队的一些现象不习惯。在他原来的脑海中，根据地是无限美好的。这与我读到一些知识型干部到延安时的有些不适应是差不多的。大约十年前，我读他的《穿越南北中》一书，内有一部分"车轮上的思考"，写他 80 年代单骑行万里，骑自行车游历祖国山山水水途中的思考，涉及政治、经济、社会和文化的方方面面，读了知道他退休以后的心一直不平静。这正是由于遇上了风雷激荡的大时代，亲身经历于斗争的漩涡，这也是他们这一代人的幸运。

黎鲁博览群书，记忆超凡，古今中外，无不通晓。我任他秘书的几年，深知这一点。这次读他的这本新书稿内的《思而不学散记》，从中可见他在结合自己所经历的革命生涯，认真地读书，尤其重读了马克思、恩格斯、列宁的很多著作，甚至上溯黑格尔、费尔巴哈。文章的字里行间，呈现出他对革命的忠诚，对历史深刻的反思。他的态度极为严肃、极为虔诚。他是革命功臣、是胜利者，而胜利者是不受谴责的。也就是没有人要求他这么做，而他自己在求索，在寻找很多问题的答案，试图理出一个头绪。黎鲁同志是一个坚定的革命者，他对自己经历的事业从不动摇，但我又佩服他思考得很深入、很严肃。一个应该安享晚年的人在思考一些沉重的话题，是多么的难能可贵。认真的说，一个民族停止了思考，就会陷入僵化，就会停止自己前进的步伐。我也是深信这一点。

从这次出版的《走出碎片化》，看出他找出了自己深思后的答案。就是全面地、历史地分析问题，而不是碎片化。从而才得以对中国的近代历史有一个重要的认识。我只是重点读了其中主要的《思而不学散记十二篇》这篇长文，才知道他的思考以大量阅读为基础，有思考的高度、明晰的选择和结论。涉及的专题极为广泛。如对世界的哲学认识、从资本运作到商品交换、中国革命、建设与革命、战争与和平、全球化等等，行文天马行空，旁征博引，充满了激情和气势，也跳出了我们常见的那些理论文章。"学而不思则罔，思而不学则殆"，黎鲁同志以及他的这本书，为我们树立了思学统一的光彩样板。最近，他告知我，已把交给我看的一整篇《思而不学散记》分成十二篇文章，于今年六月上旬起，在"新浪博客"陆续发表。他这些发自内心的"思"而又关乎世界、国家、人生的见解，使我阅后感叹再三。这也启发我们人的躯体会老去，而精神可以不朽。

全书 60 篇文章，有好多是为别人写的序言，有艺术评论，有发言稿和通信，文体并不统一，但它确是一位老革命的繁杂而又和谐的内心记录，折射出时代发展的某些过程。希望有幸见到的读者认真地读一读。

时光在流淌，革命的一代将离我们远去。记得黎鲁同志到上海书画出版社（朵云轩）任总编辑时才 50 多岁，年富力强，精力充沛，为拨乱反正、改革开放而奋斗。如今他也年届百岁了。黎鲁同志这样的高龄依然勤于学、敏于思，并且亲笔写下这么多的新文章，一如他在位时大多亲自动手写文章、不劳秘书的风范。这些文字和他的风格是宝贵的财富,值得后人珍视。

祝君波
2017 年

（作者曾任上海书画出版社社长、上海人民美术出版社社长、上海新闻出版局副局长）

题 记 四 则

一

终于想出这个较满意的题目："走出碎片化"。

什么才不叫"碎片化"，该称"整体化"吗？上世纪50年代，好多连环画家一起练基本功，画素描时，公认画得最好的是颜梅华，有次他谈起经验，意思要"整体化"，就是看起来统一，实指色调统一。

著名人士白先勇回忆幼年，听他父亲在家说过：共产党内全党统一，不像我们国民党内那么多派别。

这又涉及政治了，不免使人想起联合国。联合国成立前有过一个国际联盟，简称国联。日本人入侵东北，蒋介石求救国联，国联派个代表团来华调查，日本公然退出组织，根本不把国联看在眼内，结果不了了之。多年后又组成联合国，美国组成联合国军攻打中国，但二十年后联合国大多亚非国家投票接纳中国，世界上向着"统一"道路走进一步。以后又有"欧盟""东盟""阿盟"出现，不结盟国家也有七十七国"结盟"，实为"第三世界"，中国称自属第三世界。

偶读到一篇《友谊与天意——与诸生谈古典学学习》，是2016年1月15日《文汇报·笔会》里肖有志的文章，读了深感深刻，言人所未言。文称"俗话说见不得人好……都可能来自性情的某种障碍，那就是愠怒。我们无意中常常更乐意于把多数人当成无形的敌人——其中自私的乐意实质混合着无名的愠怒"。

这戳破了普通人（不包括觉悟的先进模范人物包括自己在内）多少具有的潜意识。近年来世间舆论指谪美国当局因中国崛起而引起的"嫉妒"，恐怕是混淆了大是非了。而普通人最常见的总是伴随嫉妒、虚荣两大隐形陋习，只有以大公无私的意识来取代，称为提高觉悟，才是一种新时代的进步。

都认为康有为比他的学生梁启超更保皇些更落后些。但在社会理想上能够提出"大同"，是超于梁的区别。梁虽忠于推广"三世"说，但又自怨学问太杂，"杂"是什么？是碎片化过多，这一点能不能说康超于梁？

我的一位领导人，前《华东画报》副主编鲁岩，曾语重心长地说我"你的思想杂乱，头绪多，缺乏主流。主流是什么？就是马列主义"。我越来越记起他近七十年前的忠言，思而不学则殆。

马克思的理想是什么，是全人类成为一个联合体，今天看来属一种远景意识，它既是梦想，也属全球人们的美丽憧憬，实为社会发展的科学趋向，基于这一认识，想到"走出碎片化"才近乎达到理想信念的实现，才具备明确的人生追求。

二

本书中有几篇类似学习小组式的发言，这类学习会，过去参加过不知多少次，思想上越来越不重视，不像入党初那样，几年后慢慢变得轻率随意起来，1958年整风反右后，改趋谨言慎行，因为检讨大会上公开表示不再重犯。凡自以考虑不够成熟，就一边不响。

其实，在初参加革命的岁月，正当抗日年代和民主革命年代，却不认真关心也不过问战争胜利后的中国是何种面貌，只想可能是共产党不再受追捕，变成一个公开的党派了，由此更民主了，总比国民党独裁好得多吧。而对新的社会主义革命以及社会主义建设，很少动脑筋思考，对于党的现有政策，心想既然有了毛泽东思想带领大家前进，那也就是现实的马列主义。因而不愿化时间会再去阅读马列原著。

直到1970年，"认真看书学习，弄通马克思主义"指示一发表，作为一名"五·七干校"学员，每人都被赠送四大册的《马克思恩格斯选集》。这时起，我开始带着新鲜、好奇的态度来阅读，也许常搬着书本，冬天房门外晒着阳光有空就阅读起来，果然才感到马克思学说竟是如此博大精深，真正地开始补上入党后三十年的阅读空档，然而当时干校像我这样的也并非很多。1978年秋，我将调往上海书画出版社，书法编辑方去疾问杨涵："黎鲁是怎样一个人？"杨涵说："他这个人学习好，在干校劳动一收工，别人去休息，逛小店，他却抓紧看马列。"方去疾遇到我后，向我表示好感，说过这事。虽说如此，"文革"期间及以后，我仍处于谨言慎行状态，客观形势虽大变，总不如许多人很"解放"，正像廖冰兄有幅漫画描写的那样，直到退休。可见秉性难移、改造不易。多年以来社会生活中新的变化也被议论纷纭。据说普京说起俄国人当中，一种是没有头脑、另一种是没有良心，这个观察还是很犀利。若是良心与头脑二者兼备，那么"碎片化"该少得多，所以说"团结起来向前看"说起来像句口号，真正达到落实，并不容易。

三

治史者共认把鸦片战争当作中国现代史起点，这点没多少争议。以后的中国就处于不断变动，长年跨入"四海翻腾云水怒"那种特殊形态。变化之大更陷入势道关系的悖论怪圈，它也介入到心、物之间，天、人之间的某种激荡吧。爱钻牛角尖如我或近乎"笨拙憨态"称号者，由于常年徘徊于破解势道间朦胧之雾，即曾于拙作《穿越南北中》一书将其列于一堆杂乱的思绪堆中。（见该书，第233—234页《势与道》）

故也常有探索中国意识之根的浓厚兴趣。德人雅斯贝斯先发现"人类的统一发展为人类构成的组成部分，把人类与动物分隔开的鸿沟形成了它的先决条件"（《历史的起源与目标》，第53页）。又发现"作为统治者和圣贤而为大众仿效的人物出现了，这是使人类走向自我意识和不怕神灵的第一步"（同书，第58页），同时也痛惜"欧洲人以为不能从亚洲得到任何东西，只古玩而已，这无疑是欧人典型的傲慢，以为印度、中国哲学史只不过我们哲学史的重复"（同书，第81页）。基于作者的智慧，他得出"统一不是事实，而只是交往中所产生的后果……统一不是事实，而是目标"（同书，第293—294页）这一发现。

上世纪80年代，我正热衷于风景写生，中国通称风景画为"山水"，又有多人提出山水画的兴盛在于封建黑暗势力的压迫，使大量文人逃避于山水诗山水画之间。对这论点总是不太诚服，而在阅读通俗史书中，才知道周文化系由商代巫文化脱胎而来，便大胆写出《史官文化及其绘画审美观》一文，刊登于上海社科院出版社的《89美学文集》里。不想1996年生活·读书·新知三联书店出版陈来所著的《古代宗教与伦理》便是以专著的巨大篇幅详细叙述因"绝地天通"这一著名传说及人类早期的一种文化现象，即：巫觋文化、祭祀文化及礼乐文化这个大的漫长阶段才逐步认定儒家于一尊的中国古文化转型的特殊形态。

最早的巫术绝非自然科学，却是近乎狂怒的情绪表演，在虚假的仪式中获得满足，从卜辞中的文字材料来看，上帝并非关心人民、播授仁慈的神，而是喜爱无常、高高在上的神。人们只能战战兢兢终日祭祀以献媚和讨好来祈求神灵的保佑。

殷商祭祀是对自然巫术的否定，《周易》占卜则是对神崇拜的否定，而周人"天命"意识终成为后来圣哲的教训，慢慢地前进着，其所形成的周文化历史就是在礼乐文化中不断扬弃乃至挤压巫祝文化的历史。原以为只是周人防止殷人复辟予以肯定，看来显然是过于粗浅的。陈来的论点非常严谨，他掌握大量经典文献史料，但从不抓取片面资料妄自臆测，这是严正学者的应有态度。

四

"古人学者为己，今之学者为人"这是荀子的言论，荀子曾讽刺过"为人"的学者是"人乎耳、出乎口，口、耳之间则四寸耳，曷足以美七尺之躯哉"。不是说荀子是"法后王"吗？他怎么也在美化古人？突然想起，这话原出自《论语》十四章第十二节，孔荀都一样是法先王的了。陈云名言："不唯书、不唯上、只唯实。"所以为现代人传播引用，是因为可以纠正学习上虚假的坏风气。

我的专业不是科学研究，不是逻辑思维，从来没进过文科学校，也没学过专业范围内的专业理论。劳动人民出身的雷锋，一接触到学习，他就会因接受了真理的洗礼而愉快，我出身旧社会的学校，当年有两类学习，一是学校，在我属"为人之学"，目的只是考试及格，以免受长辈责骂；另一类是读革命书，看抗日文，才属"为己之学"，越读越起劲。前者痛苦害怕，后者愉快自由。由于没有任何上级或组织命令，故我凡为文全出于自发，除非写检讨，虽也写过多次，也无须引经据典。因为没有必要也不懂计较荣辱浮沉。

回溯以往由青、中年以来，就从不知把"学"当作手段，但长年科举制时代，已被当作工具。实则学习不应是手段，不应是工具，而是目的，也正如"人是目的"。学习是不断的追求，目的既属善，才也能属乐。拙文某篇已涉及"可欲之谓善"，"欲"首先是从个体为主，因为原属"动物"的"人"，到了"可欲"，人便进入了群体，（为别人）便成了"社会"的人，一旦自觉为社会的人，也便是"善"，一旦追求"善"的完成，便有了目的，便需"学习"，便会发生力量，发愤忘食地加上诲人不倦地、乐而忘忧地、活到老学到老地去"学"。"学习"和劳动一样不可或缺，劳动是乐生的愉快，学习是求知的愉快。越发感到"学而时习之不亦乐乎"乃是至理。

十九世纪中期，英法联军中有一法国士兵老约翰，曾在圆明园抢走了珍贵文物，并参与放火烧毁了精美建筑。他的曾孙小约翰，如今是美国著名大学教授，最近到北京讲学，他说："你们经济发展很快，但是可惜你们在发展经济当中，破坏了大量文物，我们法国在建设当中都保留了文物，这点经验值得你们参考。"

这段话没错，用意也很好，并且该照办，但却都是人所共知的话，只能算是套话，这类套话却是大量存在。

什么是套话？从书中读到、从舆论传媒中知道、从权势方面得到、从众人处听到，进入耳中，不假思索，一如荀子所说，只经四寸距离再"出乎口"，俗称"人云亦云"，又因言行脱节而使人厌恶，因此我或反其道，故今为文自称思而不学，自认为己之学，扪心自问，不断改造，虽不免"思而不学则殆"，但仍用此为题，以符实情。

2016 年 11 月

目 录

画 外 闲 扯

　　1997 年香港回归，这年 7 月偶用毛笔在宣纸上画了起来，自也认做"回归"，从此则不依规范地乱画。先全是山水，不久也画少量人物，这一幌又快二十年，如今只对一幅秦岭山水长卷之外的几幅人物予以回顾。深知画得不好，常谓"功夫在画外"一词，并不符合本人功夫现状，唯求自得其乐。

　　为什么只有用毛笔才可称为中国画？另外，山水画又何能以其高深独特的、气象森严的姿态屹立于世界文化之林？都是有兴味的两个问题。先有象形，再成文字。西方人抛弃象形，改成拼音，从而失去书法，中国才保有了书画同源的优势。中国人作画，认为是"意之动"；观察山川，取来"胸中自有丘壑"；画成之后称"画者心画也"。中国画是 1 意、2 意、3 意。柏拉图把人人看过的桌子都称桌子，这桌子便升格为普遍理性。西方画是 1 物、2 意、3 理性。对于透视解剖、色彩有了严格的界定。黄宾虹说"学画先学写字法"，石涛立"一画法"。东汉人蔡伦才发明造纸，汉画多石刻，汉隶取代秦篆，由碑到帖魏晋行书大盛，艺术价值堪比希腊雕刻，迄今也是"不可企及"。

　　魏晋山水"人大于山，水不容泛"，正因为是只追求"畅神"（宗炳），对形的透视不如西方重视。唐明皇赞吴道子画山水"一日之功"，言其快。但世人又评吴画"有笔而无墨"，王维倡"山水以水墨为上"，可见山水技法亦日见成熟。荆浩论山水笔法有六要，在他前后经五代而宋初，山水画突然大放光芒，且多呈全景式，完全表达出人自身广阔的胸襟，经宋元两代，如著名的夏圭《江山千里图》、黄公望《富春山居图》和西方荷兰风景，法国巴比松画派大异其趣。

　　再说，西方人心存上帝，中国无宗教，孔子主张"天下归仁"，孟子主张人"性本善"，这也就是儒家一种理想信念。后儒王阳明的"意之动"企图走向至善，儒学在中国影响时间最长。魏晋三四百年的历史正当儒学式微，以老庄的清静无为代之，所谓难得糊涂的处世态度。现代有段时期把山水画只看作逃避黑暗统治的手段，恐过于简单，所以我选择《魏晋风雨》一题。在肥沃的江河泥土上，原住民发祥于黄河中流，动向总是南扩，由卫、淇、河、洛伸向吴越、由西秦而南楚。偶读史，紧接三国纷争，出乎名垂宇宙的诸葛亮理想之外，也出乎另一智者曹操理想之外，皆遗憾其出师未捷而身先死。源本出于强势的百家争鸣以及先秦文化，又加上两汉强大的经学流变使儒学终成中华文化主流。相反那伦常名教大大沦丧的典型事件便是八王之乱，由此才酿成北方各少数民族纷纷南侵，使中华民族经历苦难的三百余年分裂的局面。使人们强烈认识到魏晋一段为史上最恶劣的年代。三国曹魏堪称人才辈出，为何让司马一家混入高层篡夺政权？人们总把"竹林七贤"当作一批文人雅士，唐人孙位《高逸图》中表现的山涛更近似达官贵人的形象，而嵇康这位非常令人敬仰的人我把他上了枷锁，除山涛还保留着原有尊贵外，其余各贤都显得落拓沉沦。史书所记的贾后实为八王之乱祸首，那中国书法史的开山祖卫夫人，把她画成死刑前卫瓘卫恒怀抱中的女婴。而《平复帖》作者以及名著《文赋》作者陆机也画入惨无人道的八王之乱中。真正让西晋王朝延续下去为东晋小朝廷建立者王导，该把他画成正面形象，他带领王氏家族以及司马氏皇族向南大迁徙，成为开拓江南的领头人。王家、谢家原是北方的豪门望族，淝水之战奠定了南北分治，南方取得相对和平的后续局面。当时王羲之和谢安都是共同参与并指挥这场战争的。诗云："旧时王谢堂前燕"正好说明封建制前期留下的门阀制。（见《黎鲁作品集》，第 204—205 页）

漫长数千年的中国封建社会前后分水岭应处于北宋，大贵族豪门地主让位给庶族地主，是以生产的分配方式变化所决定的。唐末已涉及"租庸调"的变化，由劳役地租（雇佣劳动、近似农奴，西欧地主享有初夜权直到华盛顿家中尚蓄奴 300 名）、实物地租（农民租得土地，以实物交租），而至财务地租（农民租得土地，以货币交租）。初唐皇权不断限制豪族权力引起几朝皇权间的残酷政争，庶族地主终得胜利，社会走向繁荣，乃有盛唐之治。在科技发展并长期吸收印度文明而形成了新儒学，画《宋人好学》时，依旧继承汉代经学所发展的宋明理学，突出了张载的修齐治平以天下为己任那种士人传统，由南北朝迄唐、佛道二思潮暂兴，贯休罗汉艺术为禅宗苏轼一家独赏，会昌反佛终使宋明理学成为千年后文明主流，一直影响迄今。主张中国山水画是以老庄思想为核心的看法很难完全成立，总之这仍是一个很复杂的文化现象，若把魏晋文化被认为文风自由，也评比不周详、盛唐浪漫派大诗人李白承绪六朝文风早已超过之。

回想巴黎公社存在 72 天，苏联存在了 72 年，1917 年的十月革命以至1949 年中华人民共和国的成立，作为一个历史总体铭刻在人类世界光辉的史册里，如何表达？于是找到了一个合适的年份："乾隆十四年"，正是二百年前的 1749 年，找出当年活跃于人间的各色人物，这正是所谓的启蒙时代，而中国有能力强劲崛起后，更引起当今世界广泛关注，全应归功于宣传不称霸的社会主义理念而非其他。

先是热心于藏书票事业的李家新同志，要我参加他主持的曲阳图书馆藏书票展。我刻了巴哈、海顿、金农、伏尔泰几人物。在友人杨兆林，凌虚的鼓励下力主我以毛笔单线勾勒，乃设计发生在某园林内的怪异事。

宋代清代各有名家画过《西园雅集》，乃袭其意，搜得八十余名人士，聚于东园，（近又始知马远亦画过这类题材）题名《乾隆十四年东园雅集图记》。

反躬自问，是不是宣扬启蒙主义？不！第一，在长期的中世纪黑暗中，出现了文艺复兴。只在绘画领域中就有了 15 世纪的意大利三杰，17 世纪的尼德兰画派，19 世纪法国各画派前后迭起、又出现音乐、文学以及诗的艺术高峰……人文科学界更出现了伏尔泰、卢梭、孟德斯鸠这些人类史上辉煌的启蒙思想家，在剧烈的政治革命中，各阶级的参与使法国

3

成为社会主义的最早发源地。加上德国的古典哲学、英国的古典经济学，便是列宁指出马克思学说的三大来源，马克思主义已经代替启蒙主义，启蒙主义达不到马克思主义的更高诉求。第二，新中国前近三十年的失误，不在不重视旧民主革命时代的启蒙主义，而是违反了无产阶级专政学说中必须充分发挥无产阶级（人民内部）民主的力量向少数敌人专政。不论是苏联和新中国都犯过扩大打击面的错误，它的根源是由于反封建不足还是由于民粹影响较深？因为马克思一生大多时间和无政府主义作斗争，个人以为仍是后者，它的毒害远没有消除。第三，在中国现代史上出现了"救亡"这个词，实为外来资本主义运作的结果。资本的本质即是"增值"，因开拓市场又必然掠夺殖民地，老牌资本主义之后引起新兴资本主义无数次战争终于爆发空前灾难的二次世界大战，从英法称霸到德日称霸，再到美国称霸，一代比一代更凶残，除核遏制外，高科技的最新成果变成崭新杀人武器。中国的"救亡"和世界人民革命主要是反殖民的斗争利益完全一致。第四，二战的结果造成无产阶级革命和反帝斗争二者共同腾升的新高潮，中国于1953年冬和印度共倡和平共处五项基本原则，直到70年代初提出"不称霸，永远不做超级大国，中国属于第三世界"。此后，历届领导人都贯彻这一包容共赢的方针。新兴的金砖四国，上海合作组织都大力实践和平发展，使全体人民永远遵守"不称霸"，凡有称霸行为，即不属社会主义。这是我在《乾隆十四东园雅集图记》中企求达到的目的。（见《黎鲁作品集》，第196—201页）

从21世纪10年代始，日本军国主义又迅速膨胀，原是不曾预想到的，都说二战两祸首内德国悔罪好，为什么日本人做不到，说当年美国为了反对苏联朝鲜以及中国的力量，包括蒋介石为了反共，释放了大战犯冈村宁次，以致引起新中国成立前夕的反美扶日的大游行。……那么，美英法各国为了对抗苏联及东欧各国，为什么不去扶持德国呢，这且搁下。

另外，促使我画《世纪魂》和《上海老连环画家》二图都出于同一思考。当年流行于国内的《点石斋画报》突然在19世纪90年代后没有市场了。在参加上海连环画家戴敦邦《大亨》《大班》出版座谈会上我曾经对此提出一个初步认识：自甲午败后，全国人民的思想出现极大的变化，老连环画艺术逐步表现为观众所喜所惯称的四大题材：1. 言情、2. 滑稽、3. 侠义、4. 历史。今观察当年出版目录后二者占极大比重，日后连环画名家朱润斋、严绍唐、赵宏本……前辈多以侠义历史见长。甲午前社会昇平状态全部改变，而革命呼声风起云涌，两大力量同时勃兴的一是康梁维新，二是推翻满清，甲午给予国内政治形势的严重影响，已大大超过鸦片战争，英法联军战争、中法战争失败的影响都远不如甲午战争，十七年后，辛亥才可称革命运动的揭幕。

约在2003年春，老同事王宏喜潘宝子夫妇一起和我谈起他们两个学生准备为某美校写论文，选定了"海派绘画"一题，向两青年介绍一下的这个差使却想到了我。上海书画出版社不久前恰出版一套五本的《海派画家》画册，细细翻阅一遍，很长知识，也启发我思考一幅《世纪魂》的画。为什么取此名？海派画起于上海开埠，书画市场大大繁荣，说起上海设埠，近来多着重于经济繁荣而少谈文化背景中的精神支柱究为何？不是说任伯年当过太平军吗。我画了五十几位名画家，相信他们生活在租界的一块地区，必然和前辈画家有很不一样的感觉，当2004年某个画展上，以甲午同庚，这一表达爱国情怀并以吴湖帆画出原子弹一事作为《世纪魂》一画的题词强调甲午之耻。

2013年上海连环画中心为连环画家孙愚和我二人开过一次非连环画展，他多油画，我只有一些小幅风景速写。"中心"负责人刘亚军提起我画过的两幅有十一、二人的连环画家群像的事，我自己感到少数几个人画得失败，表示重新好好画一幅。从2014年初步构思，不料画出许多人来。我又想起上海连环画和抗日战争的关系，因为多数的老前辈比如李树丞、刘伯良、陈丹旭、胡亚光、何庙云的形象资料一时难找，相反活跃于战前的连环漫画家资料较多，他们完全属于连环画家。朱润斋诞生那年正在甲午战争前三年，所以把他和他徒弟严绍唐放在画首，前辈陈广生担任苏南解放区画报的领导，孙铁生对他深有怀念，也没有资料。一位年龄和赵宏本相近，并且对赵宏本思想有所帮助的原名高启明（后名高志平），抗战期间加入新四军，在二师淮南地位画名很高，创作丰富，记得苏联攻克柏林时，他曾画了大幅宣传画，他也在战地画过一本长篇连环画《参军记》，影响很大，又曾担任过《淮南日报》社的支部书记，他这样一位具全面能力的画家不幸于进城后患了严重哮喘，1951年已是长期卧床，多年后虽已痊愈，但脱离连环画创作，成为上海连环画界被遗忘的人，故把他画在赵宏本的近前端。

出版社体制内的专业画家，我们之间有几年朝夕相处，而社外也有许多优秀的画家，不过还不是太熟，有的就从未见过面，除了华三川少数几位外，凡是在（沪）人美社工作过的画家，应做到一个也不漏，当草稿完成后和友人汪观清商议，请他帮我在画面上修理，他改得很完美，许多人的手部经他加工十分生动。例如贺友直正在戴帽的那只手，他又建议一定要把李天心和韩伍二人画入，这幅画从2014年3月开始一直到11月才完成，画出139位画家。

对于时间下限，我确定一个有意义的选择：由 20 世纪 20 年代完全定型的连环画，这整个时代正是深受日本侵略的时代，时代的正式结束我把它下限定于"8.13"而不是"7.7"。卢沟桥事变发生时，国民政府抗战决心尚未最后定下，（加上还有社会名流如胡适等人反对对日抵抗，组织了一个"低调俱乐部"以为抗战必亡）到 8.13 淞沪战役时，全国抗战意志已完全统一并压倒一切，中华民族意气风发，多年来忍辱受欺步步退让的状态一扫而空。在冒着敌人的炮火前进声中诞生了画家孙愚、黄全昌、姚有多三人。中国人屈从的日子从此结束，这时代烙印使我铭记。（见《上海连环画家美术图典》，扉页）

八年抗战胜利，未来的前途怎样？毛泽东赴重庆谈判签订了双十协定，1946 年 1 月又和蒋介石签订了停战协议，马歇尔来华调停，一时和平民主声浪震天响，我自己也希望能回到大城市，进美校刻苦学习，和许多人一样都心存幻想，岂不知蒋介石已布满巨大数量的精锐部队，从 6 月份起，由长江边向北大举进攻，进攻势头极为猛烈，远远超过日军时期的凶猛，不过半年蒋军前锋已推进到陇海铁路线以北的鲁南地区。

我被调往新建立的"华东军大"，当一名校报的编辑，这几天我奉命接受了随北撤来的华东野战军内的一家完整的印刷厂，前后历经艰苦终于完成任务。在临沂附近找到华野政治部某驻地的"美术组"时，一个难得的机会来到了，遇到了几位画家：组长杨中流，原是二师一同共事过的老战友，原苏中久负盛名的木刻家杨涵，是第一次遇到，还有延安名木刻家王流秋，二师工作过的老战友孙扬，我把自己随身带的速写给他们看，王流秋也非常热情，把他大量的作品给我看，接着也细看了杨涵的大量速写，大家都做了愉快的艺术交流，使我收获很大，吃过午饭，向他们告别，一个人去画附近的临沂城。

正是蒋军进攻临沂城的时候，飞机来回在城内轰炸扫射，我刚走上沂河大桥上，于是便钻到桥洞口一个安全地方，拿出速写本，向着外面的景色画了起来。

不过几天，著名的鲁南战役胜利消息传出：消灭了强大的"快速纵队"及六十二军、五十一军共五万余人。2008 年画了《战方酣》（后收入《2009 年 7 月上海宣传系统老干部书画摄影作品选》，第 5 页），题词中写出胜利成果。上海百草画院举办一次"人物画展"，我又画了《挺进敌后的战友们》（见 2008 年版《百草画院》，第 2 页；同画另一幅扇面）。淮南地区处苏皖边，朝东过

《战方酣》　　　　　　　　　　　　《挺进敌后的战友们》

运河为苏中地区，朝北过淮河为淮北地区，本地区依津浦铁路分割为路东路西两大块，路东沿长江之六合，中心于天长盱眙。路西中心于定远，北达凤阳、西达寿县合肥、南达滁县全椒。抗战时期全椒以南由国民党军李品仙部驻守，当年不断向北"摩擦"，经历过多次激烈的内战，路西的与敌伪及顽军不断产生大小战役，不如路东比较安定，我较长时间于路西地区工作，远在1939年中央派大干部刘少奇先来到路西，坚持新四军东进方针，由此建立许多新的抗日根据地。刘少奇在当地群众和干部中的威信很高，他是新四军于皖南事变后的首任军政委。

解放初，有次看到一个小型的苏里科夫画展，使我大为震惊，我也订阅了一份《星火》画报，才发现列宾实是政治和艺术结合的典范，他的《拒绝惭愧》和鲁迅遗嘱中表示绝不宽恕如出一辙，《伏尔加纤夫》歌颂了劳动人民，《意外归来》表现俄罗斯革命家生涯的片段。《伊凡雷帝》表现了统治者宫廷斗争的复杂心态……使我认识到艺术的价值，反观波兰的马特义科、匈牙利的蒙卡奇，远至荷兰的伦勃朗、西班牙的委拉斯贵支、戈雅，法兰西的达维特、德拉科鲁瓦、米叶，这一切深深被打动，艺术总是和现实有着密切关系。又由于受到连环画专职编辑的长期熏陶，不知不觉热爱了连环画这一特殊艺术形式，它有极广阔的社会生活空间。50年代中前期逐渐地下决心也想投入这一事业，这时我突发奇想：自己编写脚本，专门以油画形式（它的表现力最强）细心刻画中国历史的特定时代，那便是明末清初了：有民族矛盾（已编为《努尔哈赤》脚本），有阶级矛盾（已编为《李自成》脚本），有宫廷内部矛盾（已编为《三案》脚本），有最早的工人运动（拟改编《葛贤祠》），有士大夫间的尖锐斗争（拟改编《桃花扇》），有学术界的革新作风（1959 年经领导同意编写的《顾炎武》脚本）。（见《黎鲁作品集》，第 27—34 页，《群雄》）

　　人之患在自视甚高，受到批判之后，才深深认识到自己没有什么了不起，但在艺术追求上还是目标过高，叫我不当领导，我心中只有窃喜：这下可以画画了。不料大出意外，我要求画画本是自认为不成问题的问题。却远出意外，才真正认识到，如果我具备顾炳鑫、贺友直那样创作能力，即使犯了再大的错误，还是要我继续画下去。而创作能力却是一个极为现实的出版利益需要，所谓志大才疏对我一点不夸张，悟及此点后才真正的心安理得。80 年代出版的俞晓夫画的第一本纯以油画表现的《一个儿子》，技术熟练、完整、具有创新的表现力，这对连环画艺术发展来说，非常值得庆幸。

　　幼年时读过三字经、孝经、论语、大学、中庸、幼学琼林，纯粹是背诵，只要背得出就读下去，而对内容毫无理解，经过革命文化教育，深知孔孟之道实属打倒之列，这是毫无疑问的。在毛泽东刘少奇的著作中，也常见引用孔孟的话，那只是对党员思想教育时采用的典故，在阅读多种中国古代思想史中，认识到孔孟学说就是封建社会初期的文化，属于上层建筑，为当时的统治阶级服务的。文革后期兴起儒法斗争理论，也不甚理解。文革后几十年，社会上对儒家思想的认识已经起了很大变化，许多不在此赘述。不过，个人的新认识莫过于二：一曰诚信，二曰三人行必有我师，前者是人类社会的维系所在，后者是认识世界的基本途径。孔子学生问如何治理一个国家，孔子回答一是饭要吃饱，二是保卫国家，这二者比较第三都不那么重要，所谓"自古皆有死，民无信不立"。"诚信"二字已被认为是 24 字的社会主义核心价值之一。其实，共产党和人民之间，就是建立在互信的基础上，而党内所以能团结如磐石，也是建立于真诚互信基础上，入党誓词"永不叛党"就是党内互信精神的体现，没有人群间的互信人类社会又如何会形成？相反，对于人民的公敌，是绝不施仁政，对敌人的仁慈，就是对人民的残忍，连环画《东郭先生》深受欢迎，就是表明这个道理。第二，孔子力主"三人行必有我师"，力主"不耻下问"，这也是古来非常不易肯定的真理。眼睛向下，相信群众，也是中国共产党极力提倡的联系实际联系群众的优良作风。坚守这一原则，坚守这一优良传统，才能取得胜利。而代表剥削阶级的"诚信"与新兴无产阶级的诚信有完全不同质的区别，那纯属伪善。

原山东《大众日报》社长，后任华东局宣传部副部长匡亚明，我对他很崇敬，"文革"后不久他出版一本《孔子评传》，对孔子学说与孔门弟子活动有生动的描写，今学者李泽厚对孔子思想有深切的评价，我逐渐形成了《学而时习之》一图的构思。

中国人终于取得举办 2010 年世博会的权力，回忆在 20 世纪早期，中国就有过参加巴拿马世界博览会的消息，好像对中国这个东亚老大病夫也比较照顾的感觉。2010 年上海百草画举办过一次风情画展，我也画了一幅《喜见故乡》。当时把属于上海地区如松江、嘉定、青浦、浦东沪南先贤的三十多人都搬上画面，把已经公布出来的世博各国馆建筑图样也依样描绘，这里所述，仍属"画外"。（见《自行车速写上海》，第8—9页）

我应属忠实的观众，既然本人身处上海，那就尽可能以有利的条件投入参观，大凡近于百分之九十的展馆都入内参观过了。当年的 5 月 19 日、28 日，8 月 28 日，10 月 19 日、24 日用了五天时间参观了九十个馆。

这么庞大的"世博"是"世界"的，又是"博览"的，充分显示了规模，正由于在上海新开辟一大块会址，所以不显得拥堵而且具有无限的开阔感，让世人尽情的交流。作为一个新兴大国，礼让、互利、双赢、合作……处处显示这种精神。作为一个老人，不觉进入九十高龄，处处感到大会工作人员所有的敬老尊老精神。除了第一次外，其余四次是我两个女儿轮流陪伴的。除了门票，只须一个"敬老卡"（公交卡用）便到处可行，处处显示出一种温馨、受尊敬、受照顾的感受。

2013 年 7 月 29 日《文汇报》有介绍德国莱布尼茨的文章，原来他是欧洲人中最早认识中国古文化价值的大学者，也是 18 世纪的科学家、哲学家。他曾写信给当时的康熙皇帝、彼得大帝，建议这两国都应建立科学院类似的机构，这位彼得大帝，也是古来少有，以一个皇帝之尊，竟然到瑞典一家造船厂学习当一名工人，也可见其敬业精神之诚，读了这篇文章，使我画起一幅《科学无国界》。

说起科学，也就想到 80 年代邓小平提倡过科学是生产力，而且是第一生产力的理论，经过几十年已产生了巨大效果，有次"两会"期间，胡锦涛参加多次多省讨论中，他提出"加快转变经济发展方式"。如何加快？关键在于自主创新。当时给我的印象是只有他在会上反复地讲，以后也列入决议。1958

年春开始在全国推进大跃进后，其中有一个阶段即1960年春季掀起过"技术大革命"运动，我们连环画那时也曾派了画家到上钢十厂画过一套《十天革个命》单张连环画。我曾自述幻想人类应该发明创造比自行车还要轻型的能随意升空的交通工具，避免人口越来越拥挤的弊病。（见拙作《穿越南北中》，第236页）

记得我们所在系统的局机关曾于上世纪80年代因退休老干部人员的迅速增加，建立了老干部工作室进行各式专业学习、文娱活动，也曾动员美术出版社的退休干部为工作室作画。我画了一幅《交响》，被悬挂在某一室内，因为90年代，我也加入一些京剧活动。

京戏在我国戏曲中具有最庞大的群众，以此为画题，只是表达个人对它入迷的一种感情。正如中国书画一样，具有深刻魅力，这也很奇怪，说起"程式化"，京戏和连环画也有共同点：即使以服装为例，明代和公元前的春秋时代无大差别，拿《赵氏孤儿》《文昭关》《将相和》的服装和相距只五百多年近世如法门寺、一棒雪、四进士、二进宫的时代向去何远，然而必须服从程式老套。更为艺术化的形式在于唱做念打，题名为"交响"，仅属听觉艺术的局部。面对电视屏幕，武将开场，只见满台刀枪剑戟，便取下眼镜，闭目养神，以备养精蓄锐……这虽然不是欣赏戏曲的正确态度。而是我的情绪大多为唱腔做吸引。

在说到一位画家气质品位时，我突然信口把他比作谭富英唱腔"落地如金石，婉转如云中鹤"那么一种境界，这和世人评论谭鑫培嗓音一如"云遮月"那类审美效果一样。其实，京戏实是中国"非物质"遗产中很鲜活的特殊景象。巨大时代交替转变中，却始终保持高度旺盛的局面，几大须生马谭周言杨以及四大名旦，他们始终在创造着众人的耳朵。

即便专注唱腔，也有区别对待，一般说，快板流水一类的唱腔如"我家的表叔数也数不清""苏三离了洪洞县"也远不如像二黄慢板，西皮慢板那类长唱腔令我神往，1940年上海新出版一种《大陆》杂志，一望而知，是左派进步学术性刊物，它打破惯例，发表一篇详细分析梅兰芳《西施·响蹀廊》唱腔艺术性的文字，给人很深的印象，认为是革命文化更加深入的一种标志或追求。青衣之如三娘教子、生死恨及样板戏"沙家浜"那段"风声紧"，老生的文昭关……说起杨宝森，我竟没有画，比我年纪轻的戏迷也许不知道，只在60年代后，去世不久的杨宝森突然大红起来，而远在上世纪50年代中期，能在当年的人民大舞台或天蟾舞台可以不排队随时买到位置处于前六、七排居中的

座位，卖座率不高。（见《黎鲁作品集》，第208—209页）

1988年"中华老年人自行车旅游协会"成立（登记未成功）之后，住在上海的全会秘书长陆应国要我去编一份会刊，刊名《骑游者通讯》，小开张，不定期。原副会长周迅已自己动手编出一份创刊号，他希望我继续编下去，因为四五十名的会员中也只有我一人是编辑出身，便责无旁贷的接办下去。

至于印刷，则由副会长刘培新介绍，他住在嘉兴，和《嘉兴日报》印刷厂很熟，印费比上海要便宜得多。加之我也很愿常骑着自行车到处跑，每相隔二三个月，我就在上海把报纸编排好。加之刘、陆二位手头也有源源不断的稿件供我，当在上海都编排之后，每次早晨出发，约莫中午，这九十里的路程也就完成了，到了嘉兴，总是免费住在刘培新当厂长的嘉兴绝缘厂的漂亮的招待所里。

整个一段时间是从1989年5月起，到1992年7月止，亦即从《骑游者通讯》的第2期到14期为止，第九、第十期，正因我本人于1991年4月—10月离沪骑游，请陆应国代理。

每到印刷厂，总要等候排字打样，如何对付无事可干？除了跑遍整个嘉兴市区的角"落"，却利用画个地图来消磨时间。厂长陈振声同志也很关心我的地图，便以本地人的资格加以纠正，这是我画的两次地图，其中一幅，他用红笔一一予以改正。

《三国演义》里面有个"张松献地图"的故事，发生在公元后二百年间，公元前二百年还有一个更为国人熟知的荆轲献地图，图穷匕首见的惊险悲壮的故事，继而在一想"这类事多了，像蔺相如不畏强暴，公然拿出十五城地图以示玉石俱焚的抗争气势……"，很多很多。

地图显然是一种生活中不可少的实用工具。可是古人的观点不是这样简单。著名的画史中曾说起诸葛亮曾为南夷作图，先"画天地明君臣城府，次画神祇及牛马驼羊……以赐夷，夷甚重之"。魏帝曹髦曾画过《黄河流势》，画史又记有《西王母盖地图》《相宅园草图》《河图括地象图》《周官王城明堂宗庙图》这类作品。唐氏画史上还有像《岷江沱江图》《杭州郡楼图》《五台山图》《金陵图》等。王微为了提倡山水画的艺术性能，才明确反对去"案城域、辨方州、标镇阜、划浸流"那样的画地图。唐人唐耽画三丈长三丈宽的《海内华夷图》，其中显然夹杂不少古代山水画法在内，现藏石刻《平江图》，其中的山脉和河流则用了山水画法。

小时候家住愚园路的时候，由家门口先坐一路电车到静安寺，（另有一路是双层公共汽车）车票是 4 分钱，然后换乘 7 路公共汽车，车票 5 分，沿海格路（今华山路）往徐家汇，有次我突想步行找路，于是沿着那荒凉不堪的"忆定盘路"（今江苏路）南行，竟不知不觉又走到了海格路上，算是走进学校门口了，这一"大发现"令我欣喜不已。当改住宿于学校时，有次又摸索着游武夷路，竟不料走进了兆丰公园（中山公园），正惊异中，遇上白利安路，也便是长宁路，正当这时才学会骑自行车，便在这一带租着车子来回游玩不止。

1991 年夏天我先后游过晋陕二省，最热的 8 月，我避暑住在兄弟家，（他在河南大学任教）我常游于大街小巷之间，这开封市容十分清洁、整齐、方方正正，不像上海或其他城市布局混乱。游骑之间，自会产生愉悦之感，倒没有任何实用的追求。当我已画过二三次地图之后，在书店中买到开封市区详尽的地图，那是 1988 年的新版，才发现比我地图都简略，只举市区东北角小片地区为例如漏掉的即有"铁塔二街""旧坊街（干道）""轱辘弯街""飞虎街""北道门街（干道）""双井街""联合街""阳光街""东五道街""朝阳胡同""贤人巷""刘家胡同""北教经胡同""小黄家胡同""王家胡同""惠济河东岸""白衣阁街"。

2015 年 8 月

心源和自然美

唐人张璪与毕宏交谈时，说了"外师造化，中得心源"这句话。因为道破了艺术美的奥秘，一千多年来，这八个字被反复运用，成为亘古常新的经典格言，在研究自然美的本质、山水画的社会性方面，确具有特殊意义。

"心源"是流动的思维，是客观无数事物在头脑中的反映，因而也是社会意识在审美主体内的积淀。它不断地被输入、被综合，不断地酝酿着形象的典型化。

看到无数次自然景物，储存了无数山峦形象于头脑，也即所谓"胸中自有丘壑"，其经过取舍、概括、抽象直到典型化的山，自不同于个别的、具体的山，这就是心源的作用。可以说，心源与造化的关系，体现了一般与特殊、共性与个性关系的普遍法则。如果把"心源"和"造化"两个东西放在天平秤上，则"心源"一方显然要大大超重，因为它是许多自然形象和社会意识的积淀。

为了说明"心源"的特大功能，再看看"自然美"是怎样产生的。

当我们看到一片自然景色时，不由自主会发出"风景真好呀"的赞叹。"判断在先"，不必借助概念和推理，这是第一步。

刹那间，感觉领域触动头脑储存的某种景色以及曾引起过的某种心情，产生某种联想。于是有了"移情"，俗称见景生情。这是第二步。

通常的审美到此结束，艺术家则进行艺术处理，再走第三步。

第一步，因快感产生的美感，根据康德的原理，属于无功利而生愉快。第二步，经过移情，审美引起变化：自然的形式被赋予自我情感的内容。第三步，将自然形式和情感内容二者统一于艺术体内，这便是由"自然美"到"艺术美"的过程。自然美是基础，艺术美是升华。而它的全过程都伴随着"心源"的活动；活动的结果，也总是不断扩充心源的容量与活力。凡牵涉艺术创造时，"心源"总对"造化"起着统帅的作用，大艺术家都是以充沛的"心源"从事创作的。

自从人类产生之后，认识客观外界的"自然美"曾经历多次变换的过程，这是一个很长的过程。当自然美被人感知后，还需找到一个适合的载体，这又得经历很长的过程。而山水画就是自然美的一个载体。

山水画和山水诗不同。山水诗也是一种载体，它着重抒发作者的情，景融合在情之中。山水画则着重表现看到的景，情融合在景之中。不写人的活动、人的感情，纯粹写景的山水诗是极少的，山水诗总是表现了一定的社会性。山水画则可以完全不出现人的活动，几乎是纯粹表现大自然。同属自然美的载体，它们之间就有这个区别。这也就是我们对山水画的社会性不易捉摸的缘故。

山水画的情感没有山水诗那样显露。一个画家面对景物写生时，以往有关的景与情会使他联想翩翩，这些联想经过发酵融入画面所产生的浑厚之美的效果，也为摄影所无法比拟。因此王国维的名言"一切景语皆情语也"，用在山水画上，也是十分恰当的。正因如此，山水画创作总是以"心源"统摄自然之形，所谓"以形写神"、"以神写意"都是这一原则的表达。欧洲现代派绘画要求从文学性摆脱出来，排除与视觉无关的事物，走向纯绘画性。中国山水画则要求排除"成教化，助人伦"的成分，增强文学气息，以便画中有诗。正是承袭了山水诗的审美思想，所以强烈要求画外的诗意，既"参与造化"又不使人为物役，达到"形与心手相凑而相忘"、"脱尽廉纤刻画之习"（《画禅室随笔》）。董其昌的言论，表达了山水画家自由创作的说法。中国绘画史从以人物画为主而发展到"夫山水，乃画学十三科之首也"的地位，也是画家摆脱"物役"，追求个性升腾，向往自由境界的结果。所以，画家纵情发挥"心源"的威力，大可不必拘泥于一山一水，"古人作画，有得意者多再作之，如李成寒林、范宽雪山、王诜烟江叠嶂之类，不可枚举。"（汤垕：《画鉴》）张璪生长在盛唐之后，指出造化与心源的这种关系，他的话，恰恰符合时代的需要。也可以说是点明了以画家的内心感情和感受（心源）来统摄造化的必然趋势。

人类从一开始，并未意识到"美"的价值。尽管周穆王西游，已在欣赏自然美，古人总是批评他。伍举和墨翟，批评统治者过于追求游乐，也把欣赏自然美一起批评掉。孔子重视"乐"，但目的是辅助"礼"。《诗经》《楚辞》中描写自然景物是为了比喻人事。从汉武帝造上林苑到石崇造金谷园，都是欣赏自然的实际行动，一直到谢灵运出现，才不仅自己欣赏自然美，而且进一步创作反映自然美的艺术品，所谓"窥情风景之上、钻貌草木之中"（《文心雕龙·物色》），这时才是"庄老告退、山水方兹"的新时期出现了。文学史于是承认他为最早的山水诗人。这样看来，山水诗兴盛的客观原因，一方面是由于两汉经学禁锢的打破，另一方面是传统抒情诗（有别于希腊叙事诗）的发扬。前者是社会因素，后者是文艺本身发展的轨迹。

孔子发出"智者乐水，仁者乐山"的赞叹，用意是追求人格的完善，以自然景色来比喻和陪衬。刘向对此加入了物质功利的解释。到了宗炳，提出了"山水以形媚道而仁者乐"和"畅神"说，率先承认自然美作为"非功利而生愉快"的独立存在，把"美"与"善"区分开来，这是认识的巨大跃进。这样的认识给以后山水画的勃兴作了理论准备，其意义实是空前的。这时人物画已提出"神"的概念，山水诗也已经产生，宗炳的理论，才因此孕育而出。只是，这时盛行佛教，独立的山水画尚未成熟，宗炳的画似乎是只能提供行动不便的老年人在家卧游，还无需竭力探求技法的表现，那么"水不容泛、人大于山"的构图也就不值得奇怪了。

山水"始于吴，成于二李"。据史料李思训死于七一六年，年六十五岁。又记吴道子七五八年尚在，距李思训死已四十二年。李思训死时，王维才十五岁，属小李一辈，传说他曾临摹过吴道子的《嘉陵江山水》，可见吴道子寿命很长，可能是诞生于大小李之间的人。从这时起，山水画作为崭新的画种，如旭日东升，迅速发展壮大。

王维出现后，呈现出和大小李不同的风格。他是盛唐大诗人，光这一点就比大小李具备着无可辩驳的优势。这以前，画家地位如工匠，不少人为庙堂宫殿画壁画。阎立本就曾为受到"与厮役等"的不平等地位，而要儿子勿学画。王维以后不同了，绘画和文人结合，表现了审美高层次的趋向。

何以山水画跃居为中国主要画种，雄踞画坛一千年？又何以恰恰兴起于唐末五代？这是美术史家应该探讨并加以解答的大问题。看大小李的《江帆楼阁图》《春山行旅图》，还保留着展子虔的痕迹，宫阁崇巘，金碧辉煌，表面似仙境之缥缈，实则为宫廷游宴生活的放大。用青绿重彩尚嫌不足，再饰以富丽的金色的线。然而也就在这一点上偏离了审美进程的轨道。王维倡水墨山水，"画中有诗"，自然形式被赋入丰富的感情内容，因而是向审美更高层次发展的产物。大小李画风逐渐失势（虽说也代有传人），王维画风则经过张璪、王洽等人的发扬，如大江巨浪，浩浩荡荡，向着新开拓的领域突进，获得了长久的生命力。这还是山水画发展史的序幕，正式标志着成熟完美的山水画，走向艺术高山之岭的，则是荆浩。

从汉代经学统治到唐代佛学盛行，画史记载着大量释道宗教题材，在敦煌壁画中我们可以看到"焕烂而求备"的盛况。但是佛学终让位于儒学，人所共知，韩愈的古文运动，实为反佛。唐武宗时，著名的会昌毁佛，毁官寺四千六百处、民间寺四万余处，令僧尼二十六万人还俗。五代迄宋，以至理学的树立，中央集权及封建地主经济体制完全取代了贵族地主经济体制，所有这些都显示出中国封建前后期的分水岭。也是山水画今后得以经久不衰的社会背景。

中国封建后期的社会结构中，世袭的皇室，有着无可争辩的最高权力。皇帝需要庞大的官僚机构来办事，但又不让其越权，所以不世袭，无领地，且调动频繁。宋以后更吸取唐的教训，严格防止地方割据。士虽是皇帝统治的重要助手与行政首脑，但做为执行最高主权的天子，可以随时调换中央和封疆大吏，会试、游宦，加上复杂多变的政治斗争，成了士的主要生活内容。那些身居要津的大臣们，常常看到他们今天调广东，明天调陕西，后天又调江苏的记载。仆仆风尘的奔波生涯，那无处不在的自然风光，伴随着对政局"民情"的思索，使这些具有文化素养的文士们，不断积累着"心源"，抒写这类情怀的诗可说汗牛充栋。这和欧洲贵族庄园经济体制下知识分子的处境完全不同。

作为社会支柱的官僚士大夫，必须有适合自己需要的精神享受，这，并不起始于唐宋。大贵族刘濞曾有依山筑园的记载，石崇建金谷园、王道子以废石堆山筑园。晋室东渡后，一些文人、地主纷纷在江南建立私家园林，如王穆之、郗景兴、王敬弘、孔稚珪、昙济、谢灵运、孔灵符等人，均经营别墅精舍。他们有闲暇，有享乐的条件，悠游于园林之中。这还不够，还要进一步出游于名山大川，老了还要在"卧游"中回味山水之乐。这便是宗炳写《画山水叙》的背景。

历史上赫赫有名的诸葛亮，据说曾"为南夷作图，先画天地日月君臣城府，次画神龙及牛马驼羊……，以赐夷，夷甚重之。"这画既有天地城府，也可说是带有山水画的萌芽。魏帝曹髦曾画过《黄河流势》，其后画史中又记有《西王母益地图》《相宅园地图》《河图括地象图》《地形图》《周官王城明堂宗庙图》《区宇图》这类作品，唐代画史上还有像《岷江沱江图》《杭州郡楼图》《五台山图》《金陵图》这样的记录。唐玄宗要李思训和吴道子在宫殿里画嘉陵江山水，大约也是为了供他作足不出户的"卧游"。王微为了想提高山水画的艺术性，才明确提出不要去"案城域、辨方州、标镇阜、划浸流"那样的画地图，这倒正是有的放矢的言论。在地图中运用山水画法，山水画作导游地图式，这二者在当时人们心目中的界限还区分不明显。唐人唐耽画三丈长三丈宽的《海内华夷图》，其中显然夹杂不少古代山水画法在内，现藏石刻《平江图》，其中的山脉和河流则用了山水画法。从中可以看出山水画的全景样式，正是由地图脱胎而来的痕记。

从宗炳到张璪，从张璪再到荆浩，在他们的片言只语中，我们可以获得有关自然美认识过程的踪迹。

前面说过，宗炳的"山水以形媚道，而仁者乐"，是第一个把自然美从善的领域中解脱出来。张璪的"外师造化、中得心源"，摆正了自然审美的主客观关系。到荆浩的"似者，得其形遗其气，真者，气质俱盛"，再次把心源的领域扩大，奠定了山水画艺术的理论基础。这都是向着审美高层次的线索上升的。

荆浩在《笔法记》中，给予张璪、王维以高度的评价，而对吴道子、项容、李思训等人都有批评，对李思训的评语尤为严厉，说他"虽巧而华、大亏墨彩"。所谓"巧"，就是"雕缀小媚"。所谓"华"，就是"执华为实"、"实不足，华有余"的弊病。在他看来，大小李的山水，只是一种"似"，缺乏自然的内在美。而张璪正是表现了"中得心源"的内在美。用今天的话说，画家要表现自己所感受到的山水，而不要追求表面的华丽，专务雕饰，更不能画地理图。他的"六要"是六法在山水画中的发展。他把"气韵"再分为二，气近形象，韵近笔墨，随类附彩则代之以"墨"，贯彻了王维的"水墨为上"的原则；"思"即是对造化的抽象概括与典型化；所谓"凝想形物"，也是对"中得心源"的最好注脚，可以达到自然形式和感情内容的和谐统一。这便是"气质俱盛"的艺术效果。

荆浩所说的"气""韵""思""笔""墨"的五要中，最后落实在"景"上。关仝、李成的真迹虽已不易看到，从现存荆浩、范宽的作品看来，那豪迈雄壮、咄咄逼人的气势，那峻嶒森严的山石，那蜿蜒曲折、崎岖深幽的道路……都给人以身历其境的感受。作者"心源"之壮阔瑰丽即此可见。

中国山水画多采用长条幅，要么就是长卷，和西洋风景画的边框比例大不同，这恐怕和"全景"的构图思想有关。"山高则名"，因为它接近了天帝。要表现登山的全程，最好从山脚一直画到山顶。这种全景样式如前所说也是山水画脱胎于地图的一个证明。

从五代到北宋，这正是山水画如日方升的黄金时代。画家终于找到了最适合的表现形式。"人大于山"的毛病全没有了，画家们尽情地投入了自然，使用了一切手段，从王维、张璪、王洽以来的技法成就都被吸收。这正是从佛学到宋初理学转变的新时期。理学强调内省，那内心的真，尽可能移情于山水。"山水为大物"，有着自由的容量，那些得天独厚的画家，可以纵情笔墨，自由无阻地表达他们的"心源"，简直像是发现了一个新世界的喜悦。

这新创的高度艺术成就，统治者随即攫为己有，设了画院，养了一批山水画家为皇家服务。有时画家也不免随政争沉浮。例如郭熙的画，就一度被宫廷拆去，李唐流浪到杭州，宋高宗优厚有加；直到马、夏（指南宋两位著名画家马远和夏珪）还由皇后亲笔题款。可见这时山水画在全社会已具有牢不可破的地位。

从荆浩、董源到郭熙，又是一百多年。这时出现了米家山水、李公麟白描人物。但整个历史进程还不可能异常神速，李唐、王希孟仍是原来风貌。直到马、夏出现，才开创了新的时期，达到了第二个高峰。

山水画由地图脱胎而来，在追求"全景"的荆、关阶段，还残留着一些痕迹。此时"全景"的框框打破，代之以局部的构图。类似特写，一叶扁舟，几株杨柳，月下抚松，都可成为题材，画面充满了空灵的诗意。给予人们的审美感受，不是大自然的高与深，众多的物境，不再具有"仰观宇宙之大，俯察品类之盛"那样的全貌感，而是通过局部、边角而得到更多的情境，让诗的抒情传统充分地再现于山水之中。

看北宋的山水，如登高山，全力以赴，神经显得紧张；看马、夏的山水，如游览赏景，身心得到松弛。在北宋的山水画中，"心源"好像躲躲闪闪的幽灵，深藏在景物中。而南宋画中的"心源"则已脱颖而出，跳跃于纸上，处处流露出作者的情怀。

山水画讲究空间境界，它是多角度、多点透视的。那种任意俯仰、上下左右不受拘束的自由胸怀，在山水诗中可以尽情抒发。和中国画相比，西洋透视画法，有着它的局限性。郭熙著名的三远论，给予经营位置以更广阔的天地。而南宋画家打破原来的构图格局，是为了从逼人心胸的森严境界中开拓出去，把更多的空灵给予观众。本来，"状物"正是中国画的特点，不须斤斤细巧地去刻画物体，不必用肉眼进行精确的测量，只须把握住物的整体就够了，因此，画家的理性、意念倒比西方外露。西方著名的艺术形象阿波罗、维纳斯、蒙娜·丽莎等的善良、正义这类理念，是隐藏在形象之内的。而在中国画中伦理观念却赤裸裸显露在外；帝王的形象比侍从大，小小的软侯夫人也要画得比侍从大，士大夫的形象大于书僮。从现实生活来看，这是一个歪曲，但从中世纪人伦纲常的观念来看，理应如此，这种重意轻形的传统在山水画也一直是占上风的。

北宋山水画着重写"景"，南宋山水画增多"情"的成分，元山水画更进一步追求主观的"意"。借用《诗格》的话，是"物境""情境""意境"的三转换。元画于是进入山水画发展的第三个高峰。艺术家追求的是"胸中逸气"，确是很玄，要达到这个境界，可真不容易。物境，以客观现实胜；情境，情景交融，主客观共见；意境，是以主体统驭客体，"意"和"笔"浑然一体，达到很高的境界。

倪瓒逸笔草草，把北宋以工整笔墨刻画高峰巨嶂的画风改变了，但又和南宋不同，而是以减笔去表现林木窠石，那萧散的气质，对以花鸟小品作为审美情趣的下代人起了内在的传递作用。他的历史地位值得特别注意。

中国画一贯重视"笔墨"。本来，从美学的基本原理出发，"造化"和"心源"二者应是本体的。克罗齐说："技巧的知识为艺术的再造服务，这可能性使人错误地认为内在的表现也有一种审美的技巧，这就是'内在的表现手段说'。这内在的表现手段说是绝对不可思议的"（见《美学原理》中译本，第122页）。作为欧洲人的克罗齐把技巧当做一种知识来运用，而把它排除在美的范畴外；中国则把"骨法用笔"作为六法的原理运用，"本乎立意，而归于用笔"，应物象形（造化）和立意（心源）都归结到用笔上，从人物画用笔到山水皴法，积累了并形成了极丰富又严格的法规程式。克罗齐这段话其实是有道理的，笔墨原只是表达审美载体的手段。可是从提出六法以来的画论，已具有将笔墨和美学互相渗透的传统，这不能不说是一大优点，但是到了"意""笔"浑然一体的最高境界后，则有可能发展到以笔代意；无形中取消了"心源"，也随之取消了"造化"，走上把手段当作目的的倒置，以致出现模古成风的恶习。而"心源"中所储存的形象，经过概括、抽象，则易流于概念，形成似"这个"又似"那个"的"共相"。如不时时以"造化"补充，便会失去生动鲜明的活力。所以，"用笔"强调了极致，终会导致艺术生命的涸竭。谢稚柳先生说："明清两代的画派，在总的说来，大都是剥皮主义，他们的新风貌，只是从剥皮中产生。"（见《水墨画》，第35页）"王时敏之于黄公望，轻弱而细碎，王原祁像个呆子，王鉴好比是一个庸碌的富家子弟，恽寿平早年才调清俊，后来变得枯索，吴历意在厚重，而不够生动，而王翚在中年以后，已是江郎才尽，写不出一句好文章。论功力，他们都是'三折肱'的好身手，却投置在死圈子里。"（同上书，第31页）背上传统财富的包袱，竟然走上如此境地，实令人不堪回首。前面说过，山水画正因为升华到高层次的审美境界，才得以表现了非凡的气质；到了完全不涉尘世，美的本身顿失内涵，徒具躯壳，故曰"剥皮"。石涛有鉴于此，才大声疾呼回到生活中去，他的师古人不如师造化的主张是针对时弊而言的，但为什么在石涛之后的山水画，终不会回到宋元那样的兴旺局面呢？

美和功利（真、善）要区别，但功利仍潜伏着。当我们每个人在观赏太行、富春、黄山景色时，总以我们现代人的"心源"去联想。而洪谷、大痴、渐江诸大师的时代早已逝去。通常所指"河山变色"，并非指自然风貌改变，而是指社会大动荡的变化。如果画家的"心源"没有社会、时代的折射、反映

（这属不可能），他的笔墨工夫愈精，则愈达不到美的高度。美和真善毕竟是同步的，一切都要受到历史的检验。

前面说过，宋代理学是对佛学的否定，正如魏晋玄学是对两汉经学的否定一样，都带有思想解放性质。然而理学对士大夫又是一种禁锢，宋后的文人已没有唐代那种狂放、自由浪漫的气质。唐人的享乐是多方面的，宋人更重修心养性，"格物致知"。当越来越紧的理学枷锁缠扭着人们心灵时，精神上对压抑、苦闷的反抗不是走欧洲人文主义的个性解放道路，而是沿着抵抗较小的路线，追求山林美的感官享受。只有纵情山水，尚可通行无阻，被压抑的人性才可以从中得到舒展。因此可以说，宋明理学恰恰给文人画的不断兴盛打开了一条狭狭的通道。而南宋及元正处于民族屈辱的形势，士的传统美德如忠君爱国的节操受到侮辱而产生的巨大愤懑，这特定的时代也赋予山水画以新的内涵，促使山水画再度迈入第二第三个高峰。直到王学左派作为狂飙兴起，市民文学、篆刻、花鸟画都有独特成就，山水画也趋向"意趣"，越来越讲笔墨技巧；明清间社会大动荡之际，画家人物荟萃，极一时之盛，其中虽不乏杰出的大家，可是摹古之风竟然成为统治垄断的力量，死的拖着活的不放。石涛之后，山水画再没有太大的发展，花鸟画遂取山水画的地位而代之。

石涛大约死于18世纪20年代初的前后，扬州八怪在18世纪五六十年代间也相继去世（除年纪最小的罗聘死于18世纪末尾外），这恰巧也是曹雪芹、吴敬梓去世的年代，中国文坛暂告凋零。正值西方启蒙运动方兴，大哲学家、大艺术家如群星灿烂、光芒四射，中国却如大漠般的荒颓衰败，唯有乾嘉学派闪发着点点光辉。顾炎武说"白描山水之画兴，而古人之意亡矣"（见《日知录》卷二十一）虽是他反对宋明理学观点之反映，也是对面临衰败的山水画的总体评价。顾传学人惠栋、戴震再传至乾嘉学派，致力于考古训诂之学，学风所及，扭转重帖轻碑旧习，包世臣诸人再倡碑学，与八怪同时的丁敬，在篆刻艺术上力求雄健，以后黄易、奚冈、蒋仁、邓石如大家辈出，客观上孕育着新画派的崛起。度过18世纪60年代到19世纪60年代的整整一百年绘画低潮期之后，赵之谦、虚谷、四任、吴昌硕等人作为花鸟人物画家而崭露头角。随着新兴工商城市的出现，居民们的审美习尚已变，那些陈陈相因的旧山水画已不太引人注目。同时也到了又一次的"西学东渐"时期了。

综观以上所述，从人物画到山水画，正沿着审美自身的升华规律运行。康德把美和真善（功利）区别开，是他不可磨灭的一大功绩。普列汉诺夫提出功利潜在说，防止把美和真善绝缘，免于走上唯美的歧途。事实上，审美主体从"造化"中去感受美，由景生出带有社会功利性的情，这应是根本的法则。不看到审美的升华，不看到潜伏着的功利，这两种基本的历史性偏差，我们都应避免。

"生产不仅为主体生产着对象，而且也为对象生产着主体。"中国山水画的产生，有它的社会经济文化背景；一经产生，又生产着它的对象，形成了巨大的传统延续力，竟能雄踞画坛一千年。中国山水画对人类世界文明自有其特殊贡献与积极意义。目前我国社会制度已起了巨大变革，现在又进入新技术革命时期。这是历史上的上升时期，也是各门艺术，审美意趣更新的时代。对自然美及艺术美的认识，早已开始并且正在变换着崭新的内涵。

（1986 年 8 月）

刊于《朵云》十三集及《1987 年上海美学文集》

向金冶同志请教素描教学

黎炽昌、赵宏本等同志:

　　我在上期本刊所写关于素描教学的一些问题,原是针对我院二年级同学上学期的学习情况来写的,有些问题可能还谈得不够透彻,你们看了自然会产生些疑问,今仅就你们所提问题,再把我个人的看法写下来同你们研究。

　　把你们的问题归纳一下不外这样两个问题:

　　一、如何正确认识轮廓与如何通过轮廓表现对象的社会属性、姿态、动作、性格、表情等等。

　　二、怎样才是正确打轮廓的方法。

　　现在就让我们先谈第一个问题。

　　如何正确认识轮廓? 看起来好像没什么好谈的,因为对象摆在那里,我们只要看准他把他画出来就是,还有什么好谈呢? 其实问题并不这样简单,我们想要把对象看准,往往就看不准,不知道怎样才能看准,因此想要画准也就很难做到了。画不准不仅仅是方法问题,也不仅仅是常画不常画的问题,更重要的却是认识问题。假如认识问题不解决,不能很好地观察、分析、理解对象,纵然用机器放大的方法打轮廓,天天画,也很难使自己的素描能力提高。但怎样认识、怎样观察、分析、理解呢? 我在此前的文章里已经谈到了一些,这里不妨再重新谈谈。

　　所谓人物的轮廓,切实地讲就是某一个具体人物的形象的轮廓。我们都知道,某一个具体人物的形象是和他的思想感情、社会属性、性格、表情……以及其他具体的生理、物理状态(例如质、量、立体感等)分不开的。因为这一切就是形成某一具体人物形象的原因,即有什么样的人就有什么样的形象,有什么样的形象就有什么样的轮廓。张三和李四的不同,不仅仅是面貌长得不同,整个体型都全然不同。除此以外就拿质、量、立体感来说也是如此,同是肌肉骨骼的质感,有少女的肌肉骨骼,也有成年男人的肌肉骨骼,除掉男性女性年龄等差别之外,还有各个阶层各种体质的类型,劳动人民的肌肉骨骼和地主资本家的肌肉骨骼就不同,同是劳动人民,张三和李四也各有差别,由此可知,所谓质、量、立体感,也只有某一具体人物的质、量、立体感,而这种质、量、立体感也同样是包括在具体人物的形象以及轮廓之内的。

假如这种说法是对的话，于此我们就得到了这样一个结论：即人物的轮廓和他的社会属性、姿态、动作、性格、表情……以及质、量、立体感都是统一的一致的，是不能分割开看待的。

这个最根本的问题如果不能解决，只是笼统地概念地认识对象，孤立地看待对象的轮廓，或是仅仅从概念的质、量、立体感这方面去掌握对象的轮廓，则这个轮廓就只能是一个静物式的空壳，想要把轮廓画得很准很像，显然是不易做到的。因此我以为想要准确地掌握轮廓，首先必须正确地认识对象的轮廓，这项原则不论是初学或已学者都应当重视，因为只有经过了分析、理解、正确地认识了对象之后才有可能打准我们的轮廓，反之就只能是看一点画一点，把基本练习的意义降低为事务主义的锻炼了。

我此前的文章里所以提出必须把对象的轮廓画得很准很像；必须从思想上划清为写实主义的素描与为形式主义的素描的界限，必须严肃地对待轮廓，其意义就在此。

人物的轮廓既和他的社会属性、姿态、动作、性格……是统一的一致的，在初学时显然我们只要把对象画得很准很像，其中也就包括了所有的一切，问题只是还不能从具体的对象中把他更多的特征提炼出来，突出地表现出来罢了。因此想要表现社会属性，并不是"兼顾"的问题，而是逐步地提高。但假如孤立地看待对象的轮廓，只把人物的轮廓作为质、量、立体感的轮廓去理解，想要兼顾社会属性以及其他更多的问题，结果也只能弄得无法兼顾，在提高上也必然要受很大的限制。

这里你们一定要问，尽管有了明确的认识，但在一个初学的人究竟怎样通过轮廓表现对象的社会属性，怎样才能正确地掌握轮廓，把对象画得很准很像呢？

正如上次所谈的那样，我认为解决这个问题的最主要方法就是首先掌握对象人物的基本型。

所谓基本型，就是对象人物的基本体型。前面已经讲过，每个人都因为他自己的生活状况形成了他自己的体型，初学素描的人应当首先从认识对象的体型出发，掌握他的基本体型。这样做纵然还不能适当地加强减弱，但依然可以掌握对象的真实性。例如对象人物是个锻工，他因为经常用手臂举着锤子打铁，他的手臂、肩部、胸部就比一般人健实发达，他的体型就不同于一般人。当我们着手描绘时，如果更具体地分析研究一下，就会立即发现；他的锁骨比一般人的宽大，臂膊上的肌肉比一般人突出，如能确切地表现了这一切，掌握了他的基本体型，显然他的社会属性——锻工，也就包括在轮廓之内了。这不过是个简单的例子，当然有很多体型并不像锻工这样容易区别，必须靠丰富的阅历和足够的社会知识才能观察得出，但尽管这样我们的方法也仍然是有用的，当然我们具体地分析研究了对象的基本型，正确地掌握了这个体型之后，纵然还不能适当地加强或减弱把更为本质的东西突出地表现出来，但他的社会属性也必然包括在准确的轮廓之内的。

因此通过轮廓表现对象的社会属性、姿态、动作、性格、表情……的最主要方法，就是掌握对象的基本体型。只有从这个基础出发才能够准确地掌握对象的轮廓，随着认识与表现能力的提高，把对象画得很准很像也就成为了可能。

其次再谈谈怎样才是正确打轮廓的方法。

如我们所知，打轮廓的方法是很多的，有的是用垂直水平的方法先在纸面上画一个十字架以它作为衡量对象的根据；有的是九宫格式，首先定出几个方块，有的主张三角测量，有的主张点点相连，对于这些方法，我不想论述它们的是非长短，但不能不提出一项原则，即不论是什么方法，假如它不能帮助提高我们的认识，理解水平，不能提高我们的观察能力，则这个方法就一定不是什么好的方法。

我们目前在素描教学上所采用的方法虽然还不能完全达到这目的（因为还需要不断地改进），但在教学实践中对于培养同学们的观察能力，确实起了一定的作用。

这个方法的步骤是怎样的呢？

最初的步骤是先在画纸上根据对象的姿势定出一条垂直的重心线。所谓重心线，就是根据力学的道理找出对象人物在地面上所以能够站得稳，所以能够保持住全身平衡的那条线。为什么先要定出这样一条线？定出重心线有什么好处呢？第一通过这条线的认识可以把对象画得稳，第二可以把对象的体态（包括姿势），初步正确地作一番估计，全面地比较一下认识这个姿势的特点，第三可以从估计和比较上一开始就培养锻炼同学们的分析，观察与认识对象的能力，因为定这条线，主要是靠观察来定，而想要观察得准，就必须把对象的姿态进入一系列的分析，例如有一个摆着一定姿势的模特儿站在我们的眼前，想要找出他的重心线，就必须凭藉观察来分析研究一下他究竟是哪条腿用力多些，哪条腿用力少些，上身和下身的关系（主要是胴体和两腿的关系）怎样，手臂和头颈又怎样，从这一切认识中来观察他整个姿势的趋势，从几条主要线，即从胴体大腿小腿的关系上找出主要的支持力量，这就引导我们走向了依靠观察，理解来打轮廓的道路。在一个初学者想要十分正确地找出重心线，是有困难的，但这并不妨害我们对于观察力的锻炼，在这时只要能够大体认得出也就可以了。

其次是根据这条重心线（重心线同时也要代表人身的全长）定出对象的比例，这就是按着对象人物的部位在重心线的关系上定出大体的比例，例如看对象全身究竟有几个头长以及上下身的比例等等。定比例的时候一般也是靠观察来定的，在低年级，量尺则仅仅作为订正用的参考。在定重心线和定比例的时候，并要注意到构图问题，即必须考虑到把对象适当地放在画面上。

第三个步骤，就是从重心线的上下两端，依照对象人物的外轮廓，规划出对象所占的空间，更明白地讲，就是按照对象四面八方最突出的部分，凭观察用大的直线把他规划出来。例如以本刊上期所发表的王济美的素描来说明，就是把头部上面的边缘（头发两面的边缘）同两面的手臂用大的斜线关系规划出来，然后再把抚在腿上的那段手臂的外廓同它下面的脚尖，把左脚尖与右脚尖，把右脚尖同右手小指的外廓，一概用大的斜线连结起来，在画这些斜线的时候，可时时根据垂直水平的关系权衡它的倾斜度，这样就把对象人物的轮廓规划在一定的空间里，即初步把对象的体态固定在一定的范围之内了，因为这就是对象所占的空间。

当然这样初步规划了之后是不一定很准确的，因此以后就必须根据各个线的结合关系进行修改。订正时主要是认识这几条线的长短与互相结合处的角度关系，同时更要注意这个多角形体是否和对象一样有一个重心在支持全身的平衡，即考虑它和重心线的关系是否切合。假如一切都很正确了，就进入了第四个步骤。

第四个步骤依然是用直线进一步把所有体型以外的空间规划出去。仍以王济美的素描为例，就是把头部与肩膀之间，两臂与身体外廓之间，两腿之间的空地，都规划出去，并分出脖颈、胸、腰、臀、手臂、腿脚等部位，规划以后再进入修正的阶段，这样已经初步取得了对象的基本体形与基本动态，再进一步，就可以此为根据，进一步分清部位，由简单的掌握而进入较复杂的刻画了。

关于初步打轮廓的方法就介绍到这里。当然在实际学习上，就是上述的几个步骤，每一阶段也还需要掌握一些更具体的方法，这里因篇幅所限，只好暂时从略。

其次我们再谈谈"依靠竹签"有什么坏处，以及竹签究竟能给我们什么帮助。

我反对竹签，仅仅是反对依靠竹签，并不等于一概反对使用竹签，在一个初学的人，眼睛看不准，有时的确需要借这种工具帮助衡量。竹签和吊线主要是帮助自己认识垂直线和水平线，但不等于依靠它量出来才画，而是要依靠自己的观察去锻炼认识能力，如果仅仅作为帮助，我想谁都不应该反对，因为它可以供作订正轮廓的参考，补助观察能力的不足，但决不等于依靠它就能准确地求出对象的比例与轮廓。想使轮廓画得准的唯一途径，是必须使脑子认得清，眼睛看得准，手画得准，想要做到这一切就必须不断地对脑子对眼睛对手进行认真的锻炼，有没有这种锻炼，是有技术的人和没技术的人的差别，锻炼的好与坏是技术好与技术坏的差别。因此问题就很明确，在素描学习上主要应当使脑子、眼睛、手得到很好的锻炼。假如我们不重视这种锻炼，放弃了很多锻炼的机会，认为用竹签测量最科学，因此就依靠了它，显然在学习上就必定蒙受到很大的损失。这里我不妨着重提一下，无论竹签这种工具怎样可靠，但我们必须很好地锻炼自己的眼睛，要从这种锻炼中不断提高自己的观察能力，要相信自己的眼睛必然能够锻炼得比竹签更可靠更准确百倍，而不应当失掉这种信心。何况当我们对人物性格……作更深一步刻画时，竹签就根本不能给我们任何帮助呢！

　　我们都知道竹签拿在手里，它的摆动性是很大的。就算是能够拿得很稳，在测量时竹签和对象之间，究竟还有很大一段距离，眼睛也是不容易看得很准的，量起来决不像用尺按在对象身上量那样准确，结果也只能是量个大体。能够靠竹签求出这个大体，当然对初学的人是很有帮助的，但千万不能把这种帮助当成倚靠，更不能认为这是最准确的。我以为尽可以通过这种帮助，提高自己的观察能力，准备在进一步的时候扔掉竹签。只有这样，我们的素描基础才能打好，我们的技术能力才能够受到真正的锻炼，我所知道的如此而已。至于你们所提的"以人眼为圆心，竹签为圆周……"的衡量方法，我还不甚理解，究竟具有多少科学价值，还不能妄加论断。此致
敬礼！

　　附

金冶同志：

　　看到《美术座谈》第六期，"关于素描教学的一些改进"感到内中所说的线描的五种好处，基本练习的基本目的，以及学习方法诸部分很是正确，中肯。在全国过去所有的论及素描的理论书籍文字中，都从没有如你这样科学，肯定的。因为我们过去对素描的理解不深刻，不全面，且有许多谬误之

处，所以在长期的工作中，不能提高。看到你的文章，对我们无疑有许多帮助，但内中有两个问题，希望你能抽空答复一下，可否？

（一）你说"要善于表现人物的社会属性……假如把对象人物作为静物来看，只是表现他的质量感立体感，这种没有生命的人物放在创作上又有什么用"？要"从思想上划清为写实主义的素描与为形式主义的素描的界限"。故须"透彻理解人体的构造关系，在目前就是主要的问题，这个问题，如果解决得好，对于其他问题的解决，也就方便了许多，因为人的状貌与其说是由于先天的传统，勿宁说是由于社会生活环境所决定"。但是你又说"当你还缺乏人生的阅历还不能看出更多东西的时候，你的表现能力也必然受到限制，不知道哪些地方应当加强，应当减弱"。……可是末了你又说"想要把基础打好……必须严肃地对待轮廓把对象画得很准很像"。这里面我们还有些疑问的是：1. 初学素描是以轮廓准确为主（即质量、立体感），还是要兼顾"社会属性"？2. 在一个初学的青年来说，他的阅历不丰，那么，显然他的表现力必受限制。那又如何表现"社会属性"？又如何知道哪些地方应加强、应减弱？3. 在一个富有生活经验或革命经验的美术工作者，如果以往的基本练习未打好，那么，重新练习素描，应注重轮廓（质量、立体感），还是兼顾"社会属性"？因为轮廓打不准，是很苦闷的。已经有无力兼顾之感。

这个问题，希望金同志能明确地启发我们。

（二）关于素描方法，你说"回想起来，我们过去教学方法是不统一的，同学们在学习上往往无所适从，有的……有的……都不是靠观察能力而是靠机械工具量一点画一点，但在今天就不同了，能够在锻炼自己的观察能力之后，首先确定重心线，按着比例划出对象所占的空间，很快地取得基本型与基本动态了"。

我们过去也常听说"重心线"这名词，但总觉得是很玄妙很抽象的，而且很久想不通什么叫重心线，你说现在已经统一用重心线来定比例，我们非常急于了解何为重心线。不知金同志可否详为解答：1. 任何一个物体（对象）的重心线怎样找出？2. 找出重心线之后，如何按比例划分对象的空间？最好的是希望多举些具体例子，帮助我们解决。

你说"依靠竹签"来打轮廓，我们过去在万分彷徨歧路上找到了出路，就是"竹签"，即人眼为圆心，竹签为圆周，用竹签来量对象，不论上下左右，只要竹签拿得稳，依据极正确的水平，垂直，可以绝对求出对象的比例来，可以消减一切错觉。那么依据你说竹签是机械的。希望你能更多方面地批判一下。

　　我们是一群没有经过科学训练的美术工作者。但我们热衷于寻找如何提高自己观察能力与表现能力。看了你的文章，给我们很大启发，但还想更进一步了解，故不揣冒昧写这封信，请你指导解答，想你一定不会拒绝，会乐于来帮助我们的吧。

　　此致
敬礼

黎炽昌赵宏本等十八人同上

刊于 1952 年 9 月 20 日《美术座谈》双月刊第七期

汪亚尘艺术道路试析

五四狂飙

19世纪末叶，中国画在求变之中，例如诞生于40年代的任伯年和吴昌硕，都显示出强烈的革新精神。他二人并未到西方留过学，他们的变，是从中国画史长河中自然演变出来的。而诞生于1890年代的汪亚尘以及他的同年代人，如比他大一岁的颜文梁、比他小一岁的徐悲鸿、比他小两岁的刘海粟、比他小六岁的林风眠，这批年轻人和数十年前老一代画家不同，在他们身上，多具有一种五四狂飙精神。

所谓五四狂飙精神，是一种横扫旧文化旧习俗的势不可挡的精神。他们张扬个性、蔑视礼法，汪亚尘和年龄相近的画友们一样，战斗性特别猛烈，必对传统绘画大张挞伐而后快，今天读其文，仍感余音缭绕。汪亚尘认为："现代艺术萎靡不振的原因，就是近百年来所产生的艺术家都被征服在崇拜偶像之下，专把古人的技巧，当做金科玉律，并没有时代的要求。"（1922年3月8日《时事新报》）"我国近几百年来治艺术的人，顽固的保守主义者等太多了，他们专跟古人，学古人的一举一动，差不多有许多画家做了古人的奴隶，反而还自鸣得意。"（1923年12月9日《时事新报》）"现在的中国画，你学我，我学你，把自己表现的思想都丢得干干净净，这是几百年来中国画沉顿的一个最大原因。""宋朝以后，我国艺术的堕落，一代不如一代，直至今日，差不多像出气的绍兴酒一样一点味道都没有了。"（1922年3月17日《时事新报》）当指出种种弊病的现状时，出路何在呢？在于以西画改造国画。"对于我国的画家们，我不能不有这一点呼声以提醒于国人，我更希望研究洋画的同志，用洋画上技巧的根底来创造未来的新中国画，以挽救中国现代艺学的沉沦。"（1925年7月《新艺术》第5期）"我们学了洋画，就是要预备将来改革中国画，要革新中国画的面目，在现时代非从洋画入手不可。"（1923年1月18日《时事新报》）。

以上这些充满勇往直前、义无返顾气概的言论今天读了仍感到那浓浓的反叛精神，随着这股时代思潮的强烈冲刷，终于使中国美术走入一个崭新的阶段，汪亚尘也正是有力的推动者之一。不过，汪亚尘所竭力反对的摹古泥古习俗中，不妨可说包括两种意思：一是反对以仿古为创作；二是反对以程式化的练习代替写生，故曰只有学习西法可避免此病。而1962年12月潘天寿在浙江美院关于中国画基础训练讨论的发言中，认为如果不首先把握一定的艺术语汇，那么在繁复的大千世界面前他将不知所措，他认为："太注意外在的形象，往往艺术性弱，也就是说神情特点还捉得不够；到古人画中临摹去找形象，艺术性却比较强。"这正是对五四时代及1950年代中国盛行苏式素描拨乱反正的主张，也正是五四时代力主西化的志士仁人所不曾思考到的，但也不能因此就抹杀了这些人的狂飙精神，因为他们引进了一股清风，整整影响了几代人。

全身心投入艺术教育

为了实现自己的宏伟志愿，汪亚尘大胆地办起艺术教育，他深深感到："社会上瞧不起美术学校，更瞧不起研究洋画的人。"他参与乌始光、刘海粟诸友共同创办的国画美术院，宗旨之一就是："在残酷、无情、枯寂的社会尽宣传艺术的责任。"在他看来，艺术并非和社会无关，并非象牙之塔，而是改造社会的手段，是改造国民性的手段，这点却和鲁迅最初从事文艺的动机有相合之处。在汪亚尘的眼中，"现在中国的社会全戴上一个假面具，不是你抢，就是我夺，到今日政治的腐败，人心的险恶，也可以够受用了吧！这全是情感被理智抑制的缘故……我们要挽救这种弊病，不得不高声疾呼地提倡艺术！"（1924年6月《时事新报》）

五四以后的文学界，曾引起"为人生""为艺术"的争论，也许因为文学和美术二者的社会性能不同，才使汪亚尘提出"情感被理智抑制"的命题。五四精神本是崇扬理性和科学精神的，何以在美术上就必须高扬"感性"的作用呢？美术不一定非要像文学戏剧一样，通过故事情节和丰富的社会人生以传递作者的真情实感，倒是应以纯真的视觉感官来表达美，这种美感，可以做到改造世道人心，这是汪亚尘论文中被反复强调的论点。

基于挽救中国社会人心的崇高理念，一个初生之犊不畏虎的热血青年，一心要倡导美术教育，19岁的他，就在那所美术图画院担任函授部主任，随着这所学校的不断扩大，汪亚尘终于深感自身之不足，如果再干下去会造成"误人误己"的后患的。于是毅然以贫困之身远涉东洋，他并不单纯去追求一种知识和技能，而是带有一种发扬美育的使命感。他一面卖画一面学画，在社会名流廉南湖的帮助下，从22岁到27岁在日本潜心学艺，修完了五年课程。还在学习期内约请旧友刘海粟、俞寄凡到日本参观了许多美术学校和许多画展。每年的寒暑假期都回上海执教于由前美术图画院改名的上海美专，正因如此，他学成回国后立即成为上海美专的骨干教师，长年担任着教学的重任，从现存史料上看，他在校内工作是踏踏实实的。每会必到，为了实践他反对摹古的一贯主张，每逢带学生到杭州、常熟、无锡、苏州、普陀、南京诸地写生，他总是兴致十足地和学生们一起动手作画，享用着其乐融融的意趣。回校后，总会有丰盛的收获并在校内外举办展览，他们用这种方式向社会上推广注重写生的美术新风尚，在十里洋场的上海，树立起美术革命的大旗，上海美专的名声，也是由此而张扬的。除了繁忙的教学、作画之外，他还担任了校刊的编辑，这份校刊，以《时事新报》作为阵地公开刊登，借此扩大宣传汪亚尘等一批仁人志士的艺术主张，故对社会的影响自不可低估，他本人所撰写的美术论文，多是此时所作，其文也如行云流水、通俗易懂。短短几年，终于出版131期之多，可见汪亚尘任事之辛劳。他对培养后进，也贯注了很大热忱，例如吴恒勤，原是上海美专他教过的学生，后来到法国深造，几年后汪亚尘赴法时，也是这位学生亲自到码头迎接，汪亚尘由法到英伦参观，仍是吴恒勤陪伴着，日后汪亚尘主持新华校务时，曾聘吴为西画系主任。

从1926年冬到1927年春止的上海美专学潮中，作为学者型兼艺术家型的汪亚尘对于身旁的政治斗争看来并没有多大的注意，这次风潮延续了相当长一段时间，从一些资料中透露，有一点很明确，他并不赞成对学生"压制"，也许这一点很能得全校师生的认可，1928年春，留校同仁包括一些创办人都推选他出任校长。美专是私立学校，其经费来源多靠学费维持，这时学生减少，缺乏经费，教师也发不出薪金，在这样的情况下他认为"比坐牢还难受"，勉强维持了半年，还是坦诚地向全校师生表示坚辞之意。由于学潮的结果，同时诞生了一所新的新华艺术大学，作为已是德高望重的老教授汪亚尘，又被推为该校的校长，他坚辞不就，因为他决定二次出国，到欧洲进行深造，这正是1928年冬。在1930年1月回沪时，新生的新华艺术大学已存在了两年多。

到美术圣地的巴黎，是他一生的最大心愿，他在巴黎以及以后所到的布鲁塞尔、伦敦、罗马、弗罗伦萨诸地，大部分时间是在临摹名画，基本处于废寝忘食的状态，一年多一点的时间内，对欧洲最负盛名的伦勃朗、提香、米勒、戈雅、库尔培、特拉克洛瓦的油画名画统统进行了临摹。当他回国后和夫人荣君立在欧洲临摹的及创作写生的油画作品在威海路中社举办画展，共有120件之多，可谓盛事。

从1930年初直到1943年的十多年里，他一直担任新华艺专的实际领导。由于原在上海美专七年余的教学经验，领导这新办的学校对他可说是驾轻就熟，除了坚决不当校长只当教务主任外，他更是重师资教育，另设一个新华艺术师范学校，自兼校长。经由商务印书馆出版的《师范学校教科书·美术》上下两册，也许可以展示出汪亚尘教学业务上的功力，这本书是一部简易的美术小百科。当时学校原在斜徐路，曾设计于于江湾、或于沪闵路上的北桥建校，终决定于肇嘉浜南岸打浦桥边，校内设禽鸟馆、美工厂、研究所，直到1937年春他还亲自到日本采购大批教学设备，包括巨大的石膏像等。可惜这几年积累的可贵文化设施都毁于日军的炮火下，正如日本军阀对商务印书馆涵芬藏书楼的兽性轰炸一样，美丽的新华艺专校址一下变为废墟。迁居建国路后不久的1942—1943年间，日伪继续对新华艺专施加压力，为了拒绝汪伪的迫害，维护民族尊严，汪亚尘终于忍痛于1943年将学校停办，这也证明一点：18世纪法国启蒙运动终于取得社会进步而完全成功，是由于法国从没有遇到中国五四前后这样恶劣的国际背景的缘故。

由敌寇彻底炸毁的学校，当战胜强敌后，理应取得恢复重建的权利，本属顺理成章，可是一个热衷于打内战的政府，一个民生凋敝的社会，哪有余暇关心办教育，还是应了三十年前那句话：社会上瞧不起美术学校。处于残酷的现实前，原本充满希望的汪亚尘内心十分痛苦焦灼。1946年徐悲鸿夫妇路过上海赴北京时，11天内都住在汪亚尘家里，徐已被任命为北平艺专校长，很想聘请汪亚尘去京一起共事，但仍想在上海恢复新华大展鸿图的他却不肯丢弃多年来为之奋斗的目标。又过了一年，多少年岁的梦想仍属遥遥无期才决定出国。那已是1947年12月底的事，当时是以"考察美国艺术教育"的名义办理出国手续的。

盼望汪亚尘能到北京一起工作的念头在徐悲鸿一直没有打消过，就在他出国后的几个月内，国内战争形势急变，辽沈、淮海战役即将展开。徐悲鸿在1948年秋给汪亚尘的信中说："兄之出国，无意避乱，但若在此时，则求出亦不得矣。"从信中可看出汪亚尘不是"避乱"而是企图到美国找到集资办学的途径，不需多久必回来的。在北京解放前夕，徐悲鸿再写信，希望他回国任职，而且还叮嘱他在回国时一并把徐寄存在美国的两箱画带回，说明已是商议得很成熟了。1949年4、5月间，徐悲鸿在捷克去信告汪亚尘，兴奋地通知他上海将解放的消息，预祝今后日子一定美好。

解放初期进行教育改革，私立学校改由国家办理，汪亚尘听到这个消息，立即告知原新华校方，表示应将新华艺校剩下的教具、图书、标本、石膏像、机器等全部捐赠杭州美院。本来，他已在办理回国事宜，1953年春天，徐悲鸿函告汪亚尘，谓"已和组织上接洽妥当，望早日回国，协我搞教务工作"。

这年 9 月徐悲鸿突然逝世,这对汪亚尘是个很大的打击,曾因此有几天一句话也不讲。至于以后为什么没有成行,因为没有资料,无从猜测。但他以后时时不忘回国,他寄回的家信中常有"我欲探亲,无时或忘","二十七年来,我无一日不在探亲之想",虽在 81 岁那年,初步达到探亲的目的;再经一段艰辛而麻烦的历程,终于在 86 高龄时正式回国定居。

1981 年间笔者和黄昌中老同学一起拜谒汪老师,听说他刚从海外途经台湾归来,这时对岸尚未解禁,为了保护在台友人安全,故要不作声张,汪老师已重病缠身,但仍允以五幅花鸟刊登于《朵云》第二集(1981 年 11 月出版)彩色版内,这也许是汪亚尘作品在新中国出版物的首次亮相。

回归传统

汪亚尘 15 岁小学毕业时,随父由杭州到上海,因偶然的机会,得出入"文明雅集",亲自见到老前辈蒲作英、吴昌硕作画,后回杭州绸缎店里作学徒,18 岁又到上海,曾在周湘设立的布景传习所习艺,此后他一直研求西洋画法。在日本求学时以及在上海美专任教时包括他不计其数的带学生出外写生,直到欧游回国以前,他多作西画。大约 1931 年,当高奇峰所办的函授学校聘他为国画花卉的老师之后,他的国画创作突然增多,以致此后专心致志于国画。

据他《四十自述》:"从欧洲回国后,重新研究国画。我早就有主张:要国画有进境,非研究西画不可,用西画上技巧的教养参加到国画。"又说:"国画的精髓,是在简单明了借用物体来表出内心,同时便包含许多哲理,不是粗浅的技巧主义者所能了然。"(1933 年 10 月《文艺茶话》二卷三期)

"要国画有进境,非研究西画不可",这是许多和他同时代美术家的共同观点,是五四新文化运动中全盘西化论在美术领域中的反映。在汪亚尘的艺术实践中,30 年代以后便向国画"回归"了,而和他同辈的画家,除颜文梁少数几位之外,几乎也大多走着同样的回归路,汪亚尘还算比较彻底的一个。

在多篇论文中,他曾反复强调自然、情感、技巧这三足鼎立的绘画要素。他自幼便反对因袭模仿,由于不忠实于临摹原作而大胆发挥自我兴趣,在美术课上曾被老师训斥。所以他对摹古风气一向痛恨。所谓自然,也就是忠实于生活,就是师造化。对于情感和技巧的关系,他常说:"没有充实的技术,即有丰富的情感,也无从表达,反过来说有了技术,把情感沉没了,就觉得干燥无味。"但这三者并非等距离,核心还在于情感,仍是他年轻时提出反"理智抑制情感"命题的一贯表达。

20世纪前期的世界艺术，已迅速向现代派发展，印象派以后的一些大师开始发现东方艺术的价值，对于热烈追求西方绘画的中国青年来说，起了不同的振荡作用，有的认同，有的抗拒。汪亚尘既没有画过现代派的西画，也从没有发表抨击现代派的言论，只有过一次坦诚说过自己不喜欢西涅克（点彩派）的画，他不像李毅士那样，说是自己的儿子也画起马蒂斯一类的画，他就非打他一顿不可。

1925年9月的《时事新报》上，在一篇《宗炳画论评判》中，他曾说："谢赫的气韵生动，是在绘画的表面，宗炳的气韵思想，是在重神的内容……宗炳注意艺术的用笔与抽象的精神描写。在那时代虽像谢赫对宗炳有些非难。但宗炳确是伏着南画表达的根源，他实在是创开南宗画的鼻祖！"这个非常精到、十分可贵的理解，可以被视作汪亚尘日后转向国画的理论先导。宗炳的畅神论实在是中国美术理论发展上的重大关捩，也是唐宋以后文人画勃起的美学渊源。文人画是重情趣的，它脱离工匠性质而独立于世。1922年梁启超被上海美专请去做演讲，这位一生处在政治旋涡中的大学者，在自称不懂美术之余却通篇讲起生活趣味来，尤其说出"人活得无趣，恐怕不活着还好些"（见《新艺术》第11期）这样深入浅出的妙语。这次演讲汪亚尘也在谛听，他反对艺术摹仿，力主艺术家表达个性以及艺术自身的情趣。1926年他在一文中说"绘画不是为宗教道德的，绘画不是单为历史文学的"、"要求绘画本身之独立"，这和宗炳提倡的畅神论一脉相承。

当汪亚尘回归于中国画之后，他没有把精力投入山水人物，而是选择了花鸟草虫，和齐白石的常用题材相合，齐白石为百花写照为万虫传神的志趣，同样在汪亚尘的艺术境界中得到体现，并且也得到比他大三十岁的白石老人的赞誉，引为同调和知己。曾赠西江月词："云隐楼头高士，身离虎尾春冰，卷帘飞不到红尘，只有雁声能听，看惯以前朱紫，不知将老丹青，可容风月许平分，我欲与君邻近。"这是多么真挚的表露。汪亚尘画得最多的是金鱼，金鱼遨游水中，与天地共生，"鱼乐，观鱼者乐，画鱼者更乐"这类题款是他反复抒写的，这出自庄子的古老典故，表现了物我两忘的审美境界，也是汪亚尘大量题画诗常常涉及的。

汪亚尘并不希望成为一个社会活动家，他说："艺术的制作，要有制作的生命，所以作为都把一生的精力牺牲在制作上去的，有时也许和社交接触，但是同政治家和商人等的社交完全不同……要是跟着去混闹，与时间上太不经济，与自己制作上有害的多，有利的少。"（1922年7月31日《时事新报》）

由于他长期担任学校领导职务，不得不参与许多社会活动。作为一个画家，他平生参加的美术团体也真不计其数，而且也是干实事的居多。在孤岛时期，汪亚尘继续主持新华艺专校务，当时国内最大的"中国画会"留沪之会员仍继续活动，会址曾设在新华艺专内，直到抗战胜利后的 1947 年 3 月间，召开了复员后第一次会员大会，被选为理事的 15 人中（其中有张大千、郑午昌、张聿光、贺天健、马公愚等），以汪亚尘得票最多，可见他当时的声望。

到了美国之后，一开始的几年，忙于办画展、筹经费、参加讲学和授课活动，曾因拒受肯尼迪夫人赠款，因而大大长了中国人志气而传为美谈。但他主要的生活仍是执着于艺术，每日苦干。根据他寄回国内的家信中可以透露当时心情："我少有交际活动，不再推销自己的画幅，只是虔诚地安居为自己的艺术，力求直冲高峰。"（1968 年）"每月宁静专心求进步……不有交际……只盼研究出一个名堂。"（1971 年）"自 1948 年出国迄今，对创作不倦，唯天可表，不亏我心。"（1974 年）"我达到八十三岁，还想再研究出未臻超级的艺术创作。"（1975 年）从以上几封信中可以看出他是专心致志地画画，在孤寂的处境中保持着热烈的赤子之心而不断求索，完成一个艺术家的操守。

他远离祖国三十年，关山阻隔，国人对汪亚尘的了解逐渐少，今特写此文，介绍这位可敬的先辈，并对他一生的艺术道路试作一些分析，不知是否恰当。

2001 年 3 月

刊于 2002 年第 6 期《美术观察》

为美育而奉献

在油画《扶锄的农夫》里，正开垦的田野上，伫立着坚实、厚朴的农人，仿佛可以嗅出泥土拌和着杂草的芳香。站在这幅油画面前，为画家涌自内心的冲动所震撼所征服的，是来自中国一位 35 岁和一位 30 岁的青年人。正在观赏米勒艺术的汪亚尘和荣君立是一对青年夫妇，汪亚尘似乎用深沉的语气告诉她："我也要像这位农民一样，回祖国去开垦那许许多多未开垦的荒地，我要竭尽全力地干，哪怕只有我一个人，也要一直干下去，直到生命的终极。"

在欧洲的整整两年间，他们两人废寝忘食地临摹了卢浮宫不少油画巨幅杰作，总共有 50 大件，其中单是德拉克洛瓦的《土耳其室》就临了四个月。此外，两人还另创作了 71 幅油画。回到上海后，曾在威海路茂名路口的中社举行过 15 天的展出，为实现汪亚尘"垦荒"的初衷，他不收门票。

总观汪亚尘的一生，不仅为一个名画家，更是一个鞠躬尽瘁的艺术教育家。其实，与他同时的、也是诞生于 19 世纪末 20 世纪初的一批中国美术志士，一如徐悲鸿、颜文梁、林风眠那样，几乎都具有共同的抱负。汪亚尘和刘海粟、乌始光是我国最早的图画美术院即上海美专的创办人，汪亚尘向同学自述过："你刘海粟从沧海一粟取名，我就从亚洲风尘中取名"，这可凸显出两人的情谊。1926 年上海美专闹学潮，学校停顿，为满足青年学子的迫切需要，原美专教授俞寄凡、潘天寿、潘伯英、诸闻韵、练为章等人于 1928 年筹办了上海新华艺术大学，不久改名新华艺术专科学校。1931 年初汪亚尘夫妇回国，担任新华的教务长，成为事实上的第一把手，为了拓展祖国美育事业，他还兼任新华艺术师范学校校长。这时学校经费极端困难，荣君立要求她的叔祖赞助一万余元，还差的部分，朱屺瞻再捐助两千元。在汪亚尘的全力投入下，学校由江湾迁入打浦桥，也就是今日海华园大片崭新高楼的原址。抗战时期，从新华艺专新址南行不远的肇嘉浜北岸遥望，只见大片废墟残垣，倒坍的大门梁上，隐然可见"新华艺术"几字。据老同学杨露影的回忆，那原是一座美丽的花园，内设动物园、植物园、遍植桃柳、牡丹、紫藤……还特造一个高丈余的大鸟笼，使各种禽鸟在内飞翔栖息，让同学们观察和速写，校内设"友淑图书馆"为工艺美术教学用的木工厂，还有朱屺瞻主持的绘画研究所。为了照顾贫苦学生，学费低廉。一心想专门从事绘画创作的荣君立，在汪亚尘一再劝说下,担任了总揽学校日常事务的"襄理"。据说她当时对此也曾经"有想法"。

艺术的尊严与祖国的尊严在汪亚尘来说是浑然一体的,他拒绝了敌伪的逼迫,终于将辛勤经营的学校万分不舍地停办了。此后他没有一天不想恢复他的办学理想。抗战终于胜利,然而满目疮痍的旧中国使他一筹莫展。1947年他到美国讲学,以为"可以对复兴新华艺专有点帮助"。合乎情理的是当他一听到国内私立学校全部改为国立的消息,他立即兴奋地通知国内把在沪的新华全部设备财产都移交杭州美院。为了宣传中国艺术,他利用联合国五十九个国家代表开会之际,收集了中国绘画作品在联合国大厦内展出。当国家三年经济困难时,荣君立曾将汪亚尘汇来的美金4000元捐给农村购置化肥。这时她正担任上海卢湾区人民代表、市妇联候补委员。

时至今日,荣君立成为一个一生跨越三个世纪的老人了。祝福她长寿再长寿,也许支撑她的正是一股精神力量——奉献自身。

刊于 2000 年 1 月 8 日《解放日报·朝花》

美术非"术"之悟

退休前，当了近 40 年的美术编辑，和新闻编辑、科技编辑、文艺编辑一样，美术编辑也具自己的属性。"美术"和"编辑"二者作为一个矛盾体长期统于一身，凡同时代的同行，大家的甘苦都差不多吧。退休之后，编辑的那一半，干脆脱离；美术的那一半，无所谓退休，干不干老本行，悉听尊便。

很出奇，原先热爱美术的我，竟不热衷再拿起画笔，却想实现苦心经营多时的骑车游览祖国各地的计划，而且是焦急地等候上级命令。1984 年 12 月 14 日刚得到允许退休的通知，15 日我就冒着连日雨雪，不顾一切从上海向浙江福建一带骑车进发。多年来，我游览了 20 多个省市区，到 1993 年 12 月，已离沪出游 12 次，骑车游览了祖国的大半河山。

老想为这一行为下个定义，以便明确回答究竟是为了什么？可是总得不出确凿的结论，也正像"美是什么"一样令人模糊，想来想去归结为一种"审美情结"的表现。当面向大自然，遨游于叠嶂翠谷、奇峰秀水、大漠孤村、城

1986 年 10 月 14 日，骑车到湖南祁东访问新华艺专老学长、名画家管锄非。他助我继续骑往九嶷山学院。

寨街楼之间，不期然地有一种隐约的"归去来"感，恍惚间回到家，像是住旅店；回到征途，像到了家。

美术史上一个最为困扰人的现象，便是为什么中国山水画成为画科 13 种之首？有何科学的解释？50 年代初我曾有画出像日后出版的《地球的红飘带》那样的宏愿，50 年代中期产生画出像苏里科夫历史油画的妄想，50 年代末期因种种原因改弦易张，兴致转入一批历史题材的版画小品。不料"文革"期间，一幅幅作品都被蒙上歪曲历史借以反党的恶名，真是莫大的冤枉，当时令我不得其解。

不知不觉我远离了人物画，在遨游大自然获得高度愉悦之时，选择了抒发性灵、无拘无束的风景写生画，似乎回到"天人合一"的大境界中。安度晚年、老有所乐已是社会公认的道德通则，于是我找到了适合的位置，不再做自不量力的事。当画了多年的水彩写生后，从来不敢碰国画的我，在 1997 年香港回归的当月的一天，开始拿起毛笔和宣纸，试学起中国画，这么画着画着，心中又不时升起"归去来"的联想，似乎又回到大地母亲的怀抱，更悟到美术不是"术"，又何必苦苦追求？

刊于 1999 年 8 月 12 日《洛阳日报》

"物境"的获取

退休前的三四年，曾短期的骑车旅行；退休之后，得以放手畅游。几年来，曾三过浙江，两经苏、皖、湘、闽、鄂、豫诸省，还游了甘、青、冀、赣、桂、黔等省区的一部分，初步达到个人的愿望。

大自然是我们的母亲，中国是我们的祖国。在祖国的大地上自由地驰骋，从而获得一种生机感、亲缘感、舒畅感，以便更深入地从事自然审美的探索。这便是我这个骑车旅游者最基本的要求，它似乎是"无目的"的，因为不是在考察科学、考察人生，也不在做"体育锻炼"，当然也不是"做生意"（路人看到我们携带着行李包奔波于公路上，多以为"做生意"）。

人们总是因为成千百次看到自然景色而感到愉快。因为大自然有一种魅力，足以使人倾倒。在骑车旅游的途程中，可以得到千变万化的视觉空间，也就是进入了众多的"物境"，这可以促使人们打开自己"心境"之窗，从而使造化和心源去结合。

虽然光是片面强调"美在客观"也欠科学，但"十大名胜"到底评选出来了。骑游所至，确发现意想不到的令人惊叹的景色，好像有好多值得向人推荐可画的去处。相信其中有"人同此心，心同此理"的内在因素，即所谓"美的普遍性"。

骑车找伴很难。年纪老的，跑不动了，年纪轻的有工作岗位。恰在1986年春末，我碰到严德泰同志，二人谈起骑车出游，一拍即合，这年9月15日由武汉骑车到贵阳，（11月15日）从衡山起的后半段，是依着徐霞客当年的游程。这一路骑车经四省、行程二千多公里四十七个写生点，光是老严一人就画了二百多幅水彩，我们经常讨论如何以一个画家的眼光观察自然。好像人都说我们"老"了，但是我却像一如年青时代那样纯真地学步，并且绝不计较成败得失，所以从中得到无穷的乐趣：游与画，二者统一于自然审美之中。

刊于1987年1月《上海美术通讯》第28期

岳阳书画社和专家协会书画组切磋书画艺术

9月6日上午,协会书画研究组22名同志与岳阳书画社同志一起,假青松城举行联谊活动,相互切磋书画艺术,扩大视界,交流心得。协会的黎鲁

1986年10月1日,严德泰和我骑车游至长沙南小镇新墙,他画两张(上)我画一张。事后才知这是正面抗日战场,薛岳部队坚持从1938到1944年长达六年,歼敌不计其数,(参见本书94—95页《和潭州烽火》的有关联想)从而产生了无限的敬意,反过来也赋予对这二幅作品的另种不可磨灭的崇高美的新感受。

和杨见龙同志作了重点发言。活动中展示了 56 幅书画作品,其中书法 9 幅、画 47 幅。丁浩的《雄狮》、杨见龙的《蝉与蜻蜓》、黎鲁的《山水》、孙毅的《牡丹》和向旭的书法等作品,受到与会者的赞赏。

黎鲁同志的发言,对山水画着重从移情和畅神上讲了自己的体会。"山水以形媚道"。道是什么? 古人"究天人之际",在于认识人与自然、人与社会的关系,是真和善的探求,如果依此作为"道"来理解,那么,人们进入山水审美所引起的愉悦,或称情景交融之时,便促进创作的冲动,从而产生并界定了山水画艺术的内容和形式,故黄宾虹十分强调山水画内美,内美包含了真和善的情操。他认为,创作情感与审美准则是与当时社会意识密不可分的,中国画的演变历史是曲折的,在世俗地主经济取代贵族地主经济的中世纪后期,文人介入并控制了绘画,山水画遂极度繁盛并取代了人物画的地位,人品高气韵不得不高,成为公认的准则。当今世界是经济、科技、信息全球化的时代,艺术的发展有趋于融合的一面,又有强化其民族特色的一面,传统的中国画也面临着世界潮流的冲击。最后,他强调,作为老人,吟诗、写字、作画,应遵循自娱畅神的原则,修身养性是古中国特色传统之一。老年人从书画中体现老有所乐、老有所学、老有所为、老有所养(养性),这种精神状态的统一,正是高雅的现代文明的代表,是一种时代精神。

杨见龙同志的发言,认为老年人搞书画,目的是提高情操、怡情养性、延年益寿,与年轻人有所不同,不要把对年轻人的要求强加在老年人的头上,使老年人无所适从。他认为,基础是打不完的,深了还可以深,永无止境。齐白石大师曾说过,中国画是介于似与不似、像与不像之间的艺术。因此,搞中国画没必要为像与不像而烦恼,只要做到由形传神,传你自己的神,并从中得到快乐,就可以了。他希望多多写生。生活是丰富的,写生材料也应该是丰富的。书画的语言来源于自然,又高于自然,写生是接触自然、积累经验、扩大知识、储存记忆、建立资料档案最好的办法。他鼓励大家不要怕创作,从怡情养性的角度去创作,从自己所理解的审美观点去创作,虽在技巧上还不太成熟,也是可取的。

岳阳书画社高友仁同志介绍了自己在创作丁香花园长幅画中的心得体会。

刊于 2001 年 9 月《上海市退离休高级专家协会通讯》第 78 期

孤岛时期的新华艺专

我自幼对美术很有兴趣，当时不懂有国画西画之分，只知道抗战前有漫画刊物，特别喜欢鲁少飞、张光宇、胡考、叶浅予、陆志庠这些名画家的作品，后来对蔡若虹、丁里、陈依范、张谔等革命画家更加崇敬。1940年，看到麦秆编印的《铁流版画》，还偶然看到一本专门介绍苏联美术作品的英文画册，促使我想到：若能掌握一种绘画技术，对于宣传革命影响，会产生很大功效的。我原在大夏大学读书时，曾担任校内党支部工作，后改调我参加一本以大学生为对象的刊物工作。我想既然我已不专门从事学生支部工作，已没有开展同学工作的责任，也可选择自己喜爱的学科。还可以锻炼一种画小报头或美术设计的技能。取得组织同意，考入上海美专，正准备入学时，领导上告知我，该校情况复杂，最好另选学校。听说新华艺专也是比较进步的学校，便考入该校西画系。

入校之后，视野大大开阔了。学校在薛华立路的弄堂房子里，不算太大的校舍，但充满艺术气氛，可说是孤岛内独立的艺术殿堂之一。校内挂着马奈《吹笛少年》和慕里洛《乞儿》的大幅油画，知道都是汪亚尘在欧洲临摹的名作，我开始懂得欧洲的美术，并进一步去了解西方美术历史，接触到超乎一般意义的美，这种"美"不是几句理论可以说清的，从而在心灵中打开了艺术之窗。作为主要教室的画室，设在楼上大间里，当阳光投射在石膏像上，那柔和的明暗起伏，那木炭条勾出细腻或粗犷的韵味，再配以窗外传来钢琴古典练习曲的节奏声，都产生出不曾有过的新颖感觉，令人感到知识无穷尽。知道还有一种美，它可以深入博大地表现高尚完美的情操，对时代的进步绝对有益。因而决心艰苦磨炼以掌握这门技术。

我在低班，画室内高低班是混合的，当时西洋画的教授是丁衍镛，道地的野兽派画家，他主张作画要强烈对比，反对灰暗，这也许是他的人生哲理。他常在教室里发议论，比方说："昨天德国炸沉一艘英国万吨轮舰，明天索性把地球炸光算了……"等等。他常对我说："不要画得像软豆腐，灰扑扑的，明暗要分明。"由于我刚刚入门，从几何形块、眼耳口鼻画起，助教林家春老师对我耐心指点，初步懂得一些方法。许多高班同学都画得很好，记得有胡贤梧、沈应印、黄寿年、程一嫄等，我以为画得最好的女同学是徐新，大约半年后她就毕业了。还记得大新公司四楼开过一次油画展，丁衍镛老师的画最多，有十几幅，其中赵匡胤为题的画，以大红大绿为主调，这个画展以野兽画风为主，班里好几位同学都有作品。倪贻德也参加的，他不是野兽派，有一幅油画《大漠》。这个画展结束的那天，德国突然侵入苏联。

汪亚尘老师名义上是教务主任，平时校长不大看到，同学总把汪老师当做事实上的校长。除上午素描课外，下午课程有国文、生物、透视学、色彩学。印象最深的是汪老师的《艺术概论》课，虽说也曾发下一批批厚厚的油印讲义，但他很少照讲义上的内容来讲，而是随手拈来，表现了一个经验丰富的画家风范，而没有老学究的派头。故听来决不枯燥。现在可回忆起来的是常常讲画家的品德，怎样才是一个真正的画家，大都不是讲单纯的艺术，而是常牵涉人生。他也常讲办教育的难处，尤其是办艺术教育的艰辛。记得日本人占领租界二三个月后的一次课里，他曾透露出学校更改名称的打算，今天看来，这都是他的心里话，也可说明他对待学生是平等的。他曾说过和乌始光、王济远的交往，说过和刘海粟同在周湘老画家门下学画的历程，以及他和乌始光、刘海粟等创办上海图画美术院的经过。他还说过不要以为画几条金鱼很简单，其中包含中国画许多学问。当时大新公司四楼画厅每周有画展，也常听他发表一些评论，还劝我们不要相信红条子多了就是好……等等。正因为受过他的教诲，对他的作品也特别重视。有次到书店里想买些美术技法书，看到书台上摆放着几种美术教材，发现有汪亚尘编著的两大本《美术》，虽说要卖几块钱，还是选中了这两本。回家后我贪婪地细细阅读，这正像美术百科全书，不论国画西画山水静物人物各种图案都涉及，除了少数几张古典原著外，大多插图为汪老师手绘。有一幅庙门口两个和尚闲坐的速写，技法上并不亚于全国出名的速写画家，他的写实功力很深，所以这幅画我曾临摹了几遍。还有一些普陀山风景写生对我也有很大影响，后来一直采用这种风格画人物或风景，数十年未变。

在丁衍镛教授指导下学了半年，后来改换了陈抱一教授，他的名气比丁衍镛大，是一位忠厚长者，鼓励多于指责，每次他看到我的素描后，第一句话总爱说"进步了"。有时为我改画，一改便是二十几分钟。我离开学校到外地后，还时时想念他，甚至想写信向他讨教技法问题。我除了以相当的时间完成组织上的任务之外，其余绝大多数时间都花在学习上。记得在北京路石门路口有一所"中国艺专夜校"，是新华艺专林家春、郑月波诸老师负责的，我也报名入学，夜间必到。我虽在西画系，但认为学点音乐也有必要，便在徐希一老师处学了一年钢琴，弹了《拜厄》《车尔尼》等课程，由于学琴，又引起作曲的欲望，曾两次把我的作曲请徐希一老师修改，他指出"要注意前后回应"。

在校期间，我结识了一些朋友，多年后还保持联系。某日，有一位年轻人正在画水彩画，我站在他后面看他怎样画出一幅具有新意味的作品来，看了好多分钟。他也和我交谈好多水彩艺术的事，知道他已是这里的助教，名叫杨见龙。上世纪末，他力劝我参加一个老年专家的绘画组织，丁浩、杨见龙是这一组织的正、副负责人。

凌虚当时也是学校里著名高材生，他一直最擅长画金鱼，是得自汪亚尘的亲授，90年代后，我们经常通信来往。

袁树人是与我年纪相当的同学，1993年10月我专程到他家乡桐乡洲前镇探望他。蒋瑞中瘦长，很少开口，但画技熟练，他曾送过他的一幅木炭石膏像给我。江心浩有肺病，我们都叫他"拉斐尔"。还有一位同学于润源，我常约这几个人午后一齐去附近的法国公园（今复兴公园）写生。

我离开学校前几个月，新来了一个同学，名叫严敦勳，小孩模样，一看到那个拉奥孔的石膏老人像，就大叫"马克思，马克思"。我想这个小同学的家中一定有思想进步的人，平时他也爱透露一些先进的名词术语。每逢中午，我们总到校外马路小店里吃一顿午餐，接着去公园写生了。

在新华艺专我只学了三学期，也算是学校的结尾期了。虽说学到不少知识，可是正处在国难严重、日寇占领租界前后的极端黑暗时期，比抗战前，比解放后的环境都不可同日而语。我最期待投入战争前线，当1942年6月13日组织上通知已批准我到抗日根据地时，兴奋极了。就在6月14日上午，立刻找到施仲达老师要求给我一份修业证明书，他说你要去买二角印花，一定要老印花。我从打浦桥起跑了二三十家烟纸店才算买到，然后又在钢琴边拼命弹了好多遍。当天晚上离开上海，与一位地下交通员一起在龙潭小火车站下车，并渡江到了江北。

（原刊于1994年民生与建国出版社出版《汪亚尘的艺术道路》）

附："现代绘画展览会"出品目录

AN

EXHIBITION OF PAINTINGS

BY

CHINESE MODERNISTS
（现代绘画展览会）
JUNE 16—22，1941
（日期：六月十六日至二十二日）

AT

3rd Floor THE SUN COMPANY,

NANKING ROAD,

SHANGHAI

（会址：大新公司四楼画厅）

作家（以姓氏笔划为序）出品（Painters arranged by Chinese names）：

NO/ 画题	Subject	价格（美元）Price
丁衍镛（Y. Y. TING）：		
1. 姊妹	Sisters	1, 500
2. 花前	Among Flowers	1, 000
3. 三人之女	Three Girls	1, 000
4. 舞姿	Dance	500
5. 琴罢	Recess	500
6. 静物	Still life	250
7. 白羽	Goose	非卖
8. 剧场一角	One Corner in Theatre	200
9. 裸女	Nude	300
10. 女之颜	Face	非卖
11. 鱼	Fish	非卖
12. 垂钓	Fishing	150
13. 花	Flowers	100
14. 江边	Riverside	100
15. 赵匡胤	First Emperor of song Dynasty	100
16. 持花之女	Girl with Flowers	150
17. 人体素描	Nude	100
李钧氏（JUNE LI）：		
18. 静物	Still Life	80
李崇光（Z. K. LI）：		
19. 静物	Still Life	250

20. 静物	Still Life	150
21. 人体	Nude	100
22. 风景（A）	Landscape（A）	100
23. 风景（B）	Landscape（B）	100

沈应印（Miss Y. Y. Shen）：

24. 街景	Street	100
25. 街	Street	200
26. 花	Flowers	80
27. 静物	Still Life	80
28. 人体	Nude	100
29. 花与书	Flower and Book	50
30. 公园	Park	80
31. 少息	Rest	300
32. 雪景	Snow	50
33. 人物	Statue	500

周楚江氏（T. K. Tseu）：

34. 自画像	Portrait	非卖
35. 静物	Still Life	120
36. 花	Flowers	

胡贤梧（Y. W. Hwo）：

37. 静	Quiet	300
38. 红帆	Red Sail	80
39. 湖边	Lake Side	260
40. 花果	Flowers and Fruits	80

倪贻德氏（NYETAI）：

41. 大漠	China Today	1,000
42. 高原	Two Horses	600
43. 处女地	Reclamation	600
44. 怀古	The Remate Past	500
45. 新生	The Budding Life	500
46. 大地女神	A Gadding of China	200
47. 山村小景	Countryside	300
48. 南洋之憧憬	The Colaur of The South Sea	200

49. 花	Flowers	100
50. 应印的像	Portrait of YinYin	非卖
51. 花与应印	A Yaung Lady and Flowers	非卖

徐　新（Miss S. Zee）：

52. 散步	Take a Walk	150
53. 休息	Rest	150

陈以钟（Y. S. Chen）：

54. 构图（A）	Composition	200
55. 构图（B）	Composition	200
56. 构图（C）	Composition	100

陈雨岛氏（Y. T. Chen）：

57. 马与骑士	Cavalier	100
58. 琴课	Piano Lesson	100
59. 牧歌	Shepherd	220
60. 白云	White Cloud	60

程一嫄（Y. Y.Chen）：

61. 风景	Landscape	100
62. 静物	Stiil Life	80

黑沙骆氏（S. L. Black）：

63. 消防	Fire Extinguishing	60
64. 劫后的街	Destructed Street	150
65. 山庄	Village	300
66. 野屋	Cottage	50
67 .Street	街	150
68. 雪景（A）	Snow	非卖
69. 雪景（B）	Snow	100

黄寿年氏（Z. N. Hwang）：

70. 风景	Landscape	80
71. 静物	Still Life	80
72. 花	Flowers	50

黄篤维氏（T. V. Hwang）：

73. 桌球	Ball on Table	80
74. 爱	Love	80

75.	静物	Still Life	100
76.	花	Flowers	100
77.	想	Thoughtful	100
78.	少女之颜	Young Maid	100
79.	上海风光	A View of Shanghai	150

杨自芸氏（Z. Y. Yang）：

80.	琴与石膏	Piano and Statue	200
81.	裸女	Modle	50
82.	海滨裸女	Modle Ashore	150
83.	园	Garden	60
84.	红色的调子	Red Tone	70
85.	少女	Young Maid	80

郑奕辉氏（T. W. Tsen）：

86.	风景（A）	Landscape（A）	120
87.	风景（B）	Landscape（B）	80
88.	街	Street	160

赵无极氏（W. J. Tsao）：

89.	肖像	Portrait	非卖
90.	构想（A）	Imagination（A）	300
91.	构想（B）	Imagination（B）	120
92.	观花	Among Flowers	120
93.	少女	Young Maid	80
94.	花与少女	Flowers and Young Maid	80
95.	游戏	Game	60
96.	二人像	Two Images	50

关良氏（Liang Kwan）：

97.	风景（A）	Landsacpe（A）	250
98.	风景（B）	Landsacpe（B）	250
99.	风景（C）	Landsacpe（C）	250

关紫兰女士（Miss T.L. Kwan）：

100.	少女	Young Maid	非卖
101.	花	Flowers	150
102.	果物	Fruits	250

103. 茨菇花	Flowers	250
104. 紫昌蒲	Flowers	150
105. 洋芹花	Flowers	100
106. 上海之春	Spring at Shanghai	100
107. 风景	Landscape	

关明德氏（M. T. Chueh）：

| 108. 风景 | Still Life | 80 |

罗淑琪女士（Miss Z. J. Loa）：

109. 徐家汇小景	Zi Kai Wei	80
110. 花	Flowers	70
111. 自画像	Image Portrait	非卖
112. 法国公园	French Park	50
113. 闺中	Lonely	150
114. 春愁	Spring	400
115. 人体	Human Body	100

这份画展目录被我保存了70多年，从中可以显示当年西洋画坛的风尚。画展中的主角显然是丁衍镛老师，作为他亲手传授的画家，胡贤梧、沈在印、程一嫄、徐新、黄寿年、罗淑琪等，都是在校同学。

开国盛典的历史记录

　　编者按：在翻阅众多读者的来稿时，张立俊先生关于他藏有 1949 年
12 月 1 日出版的新一期《华东画报》一事，特别引起编者的注意，经联
系，张先生送来了那本画报。50 年前开国盛典激动人心的场面即刻呈现
眼前，那一幅幅珍贵的照片和美术作品，出自人们熟悉的吕蒙、姜维朴、
吴耘等老同志之手。几经周折，编者又找到了该画报编辑部的一位负责
人黎鲁同志……

——刊于《新民晚报》1999 年 9 月 8 日

　　在纪念建国 50 周年之际，当我回想起编辑《华东画报》新一期的前前后
后，开国大典的盛况又历历在目。

　　1949 年 12 月 1 日，《华东画报》新一期出版，最老的期刊名称是《山东画
报》，创刊于抗战时期。解放战争时改名《华东画报》，但却延用老期号，直到
渡江战役前共出版 49 期。《华东画报》原主编为龙实，副主编吕蒙、鲁岩，上
海解放时，龙实和吕蒙参与军管会美术室的接管工作。不久，龙实赴西南前
线，鲁岩赴福建前线；原四名编辑中涂克调美术工场、江有生调新华日报、吴
耘调本报摄影记者，只剩下我一人留任，这时上海老版画家杨可扬和赵延年
参加了画报社，加上社内的居纪晋，我们 4 人组成新的编辑组；采访组由社长
吕蒙负责，拥有新老摄影记者 7 人；黎冰鸿则负责暗房冲洗组。社址设在江
苏路安化路口一座小洋房里。当时全社不过 20 多人，从社长到厨师一律平
等，同志们团结而亲切。

　　新一期的出版紧挨着开国盛典之后，那几天的上海是特别热闹的，我虽
没有当过记者，也背着一架相机到处跑，可以随意乘上解放军的任何卡车在
市内领略军民的欢快之情。吕蒙也不知通过什么渠道弄到一卷彩色软片，拍
下几张人民广场的游行场面，洗印出来都认为很好，便决定作为新一期的唯
一彩色插页，从此也就规定每期必插一彩页。当时除了一部分稿件是由新闻
总署图片摄影社供应以外，上海及华东各地的图片新闻由本社记者赴各处采
访，报社在原有的三野各部队中都有特约通讯员，画报社和美术界的联系也
相当广泛，例如解放初上海的美术家常来画报社，像沈同衡、郑野夫、余白

墅、沈之瑜、王琦、朱金楼等人都是经常来客,所以向画家组稿,几乎是每求必应。

最早的《山东画报》为16开本,以石印画、木刻、文字组成。解放战争后期,有了照相制版设备,此后篇幅多为图片,美术作品相对减少。新一期决定改用10开本,也许是受苏联《星火》的影响吧。画报共42页,封面的国际饭店两条大标语,大家认为能反映国庆期间的上海气派,这是记者姜维朴拍摄的,封面字及"社徽"由赵延年设计,与《东北画报》格式统一。付印前,吕蒙和我们编辑几人一起找到上海三一美术印刷厂,当时还没有国营彩印厂,厂主很客气地接洽我们。三一印制过《美术生活》,信誉很高。

新一期的复刊词是大家推定我执笔的,并不是我会写,因为写文章是常为美术家头疼的事,我画得不好,只有多干这类差事。毛主席在开国前夕说过:"随着经济建设的高潮的到来,不可避免的将要出现一个文化建设的高潮。"我对这句话感到很兴奋,故以此作为全文要旨。画报社原属军管会文艺处一机构,所以新一期的审查是黄源亲自审批的,到新二期之后,就由华东新闻出版局审稿了。1951年8月,上级决定画报社并入华东人民出版社,从新二十二期起,《华东画报》新组成该社美二科,由姜维朴、陈惠分管,1952年改8开本,1953年停刊,后并入《人民画报》。

《新民晚报》1999年9月8日

附:《偶然的发现 心中的珍藏》(张立俊)

我怎么也没想到,在不久前搬家过程中,发现压在书箱底下的一本珍贵无比的期刊——《华东画报》新一期。出版日期是1949年12月1日,比《人民画报》创刊还提早半年余。如今已整整五十年了,她是新中国成立后第一本公开发行的《华东画报》。这是一本10开本的画报,尽管以今天的眼光来看,印刷得还不算精美,但在50年前来说,印出这么美好的期刊已是不容易的了。

《华东画报》新一期的彩色封面是以上海国际饭店为背景,悬挂着两幅巨大的标语,一条上的字是"中华人民共和国万岁",另一条是"维护世界和平",署名是"上海市工商业联合会筹备会制"。标语红底白字,从国际饭店的顶端直垂二楼,气势宏伟,醒目有力,可见当年制作者呕心沥血、费尽心机才大事告成的。

从画报的《复刊词》中使读者可以了解到,《华东画报》的前身就是《山东画报》，她诞生在抗日战争的年代，在敌后游击的残酷环境下，画报工作者以画笔和木刻刀来打击日寇，鼓舞了军民抗战到底的意志；在人民解放战争时代，在蒋匪向山东军民疯狂的"重点进攻"的岁月中，画报依然坚守了她的岗位，用摄影、绘画为解放战争服务……看了这个《复刊词》，我们仿佛看到了画报编辑和记者们，在那硝烟弥漫的抗日、解放战争中，他们的可歌可泣的英雄气概和大无畏的精神。

当上海解放不久，经济建设和文化建设的高潮即将到来，画报工作者们又忙着筹办《复刊》新一期了，并把《山东画报》改为《华东画报》。复刊后的新一期《华东画报》可以说是一个中华人民共和国的大庆专号。她用极大部分的篇幅刊载了共和国盛典的摄影作品。你看，50 年前的天安门城楼上，毛主席用他那宏亮的声音向全世界宣布中华人民共和国的成立；这里有新中国第一届人民政协开会的镜头，也有新中国第一面五星红旗的升旗仪式；这里有我们敬重的老一辈无产阶级革命家的名单和照片，可惜他们如今已大都离开人间，但他们是新中国的历史见证，人们永远忘怀不了他们。

啊，北京天安门游行场面是那么壮观，高射炮部队行列、坦克行列、装甲部队行列，还有那时初建的人民空军行列显示了保卫新中国的强大无比的人民武装力量。他们雄赳赳气昂昂，通过天安门广场，给人以鼓舞斗志的振奋。他们的武器装备虽远远不及当代，但他们的精神代代相传。

上海人民与全国人民一样普天同庆开国大典，在当年的跑马厅游行正在举行，各界列队一一通过，有人民解放军战士，有打着腰鼓的纺织女工，有肩扛杠棒的码头工人；繁华的南京路，更成了欢腾的海洋，狮子欢跳，龙头摆舞，人们脸上洋溢着欢乐的表情，尽情地欢度国庆。

读了第一期《华东画报》，让我们永远不忘历史，缅怀一代开国元勋，浩气长存人间，继往开来。没想到十多年前从旧报摊上买回来的画报，如今却成了我珍贵的藏品。

刊于 1999 年 9 月 8 日《新民晚报》

《华东画报》新一期复刊词

华东的人民，在共产党的领导下，打垮了国民党的反动统治，随着经济建设高潮和文化建设高潮的即将到来，"华东画报"在上海复刊了。

在抗日战争时代，在敌后游击的残酷环境下，"山东画报"（华东画报前身）以画笔和木刻刀来打击了日寇，鼓舞了军民抗战到底的意志；在人民解放战争时代，在蒋匪向山东军民疯狂的"重点进攻"的岁月中，"华东画报"依然坚守了它的岗位，用摄影，绘画为解放战争服务。现在，全华东除待解放的台湾外全部都解放了，我们除了老解放区的部队和农村的老朋友之外，又添了大量江南新解放区城市和农村的新朋友，我们的读者增加了，我们的责任更重大了，让我们更加努力，使这画报成为新民主主义文化建设的一部分力量，来正确地反映出我们华东人民的生活和愿望，以成为我们广大工友们，农友们，战士们，同学们以及各界人士们所喜闻乐见的画报。

我们相信，在经历了无数年代磨难的华东人民，他们的文化渴望是十分迫切的，他们的精神食粮是十分贫乏的，而在军事战线，在生产战线，在文化战线上又存在着极端丰富的斗争史实，我们应该用画笔把它描绘出来，用镜头把它拍摄下来，以这灿烂的斗争史实，照亮我们，鼓舞我们为建设新中国而更向前进！这是一块没有开垦过的荒地，它的前程也就是不可限量的，我们共同来开拓吧！

再版的话

    "金弟"初版一万本,曾在短短的两个月中卖得差不多了。今天,又要再版,听到这个消息,心中很是高兴。

    是上海的工人阶级,在黑暗的日子里,坚持了解放战争的第二战场,全国解放,他们有份功劳。

    可惜我这枝秃笔,不能把伟大的斗争描写于万一,粗劣的线条反映出思想的贫乏,这次再版,给予我一种鼓励,也是一种警惕:继续努力,为普及的美术而奋斗。

    许泉福同志对这书给予许多实际帮助;余铮、金菊如、卢华、李立华、鲁岩五同志在以往的年代里,先后都告诉我一个明确方向,没有这个方向,便没有这书的出现,但画得不好,觉得很对不起他们。

    在解放日报登载的第八十五、八十六、八十七三幅,曾在本书中去掉,后来又有不少人问:"金弟到底怎么样,好像没有完?"是的,读者可以猜想到:金弟英勇地入了狱,上海不久解放,出狱以后到现在,大概是全力竞赛,在生产中争取特等模范了吧。

(刊于 1951 年 5 月《金弟》连环画第 2 版)

关于文艺干部的两次考试

　　1994 年 4 月 17 日，读了当天《文汇报·笔会》上夏衍同志长篇回忆文章《新的跋涉》，其中说到 1952 年对文艺干部进行一次常识测验的事，以为 94 岁高龄的夏衍同志撰文，可能记错了年份。我的第一个根据是 1952 年政治运动频繁：年初"三反"、春夏"五反"、盛夏文艺整风、秋季院校调整、冬季是规模不大的"小三反"。这样的环境下不太可能对文艺干部进行以提高文化知识为目的的测验。第二个根据是 1954 年我任华东新美术出版社负责人时，曾参加 1954 年那次文艺干部考试，印有试题的考卷于考试之后，由华东局文艺工作委员会发给各单位负责人，所以我看到过自己的考卷。我记得曾将它保存下来。于是，我设法找出四十年前的这一存物，又居然找到 1954 年 7 月 20 日华东局文艺工作委员会发给我的一封函件，同时还找出了 1954 年 7 月 15 日《人民日报》社论《提高文艺干部的政治修养和艺术修养》，依据这些来证明是 1954 年发生的事。

　　这次考试前曾在人民大舞台开过动员大会，夏衍同志亲自跑到座位前作动员报告。几天后的 7 月 7 日，我在华东宣传部参加考试。当我站起来正要交上答卷时，竟是黄源同志以工作人员的身份（丁景唐按：黄源同志时任华东局宣传部文艺处长）笑嘻嘻地收下考卷。从我保存下来的《华东及上海文艺干部政治文艺常识成绩比较表》中得知参加这次考试的干部 679 人，24 个单位，得分最高的为 97 分（任大霖、洛雨），96 分（刘厚生、李子云、金乐一、顾征南）。24 个单位平均总分前三的单位，为作家协会 84.8，市委宣传部 81.8，电影剧本创作所 81.4。

　　为此我写了本文交《上海文化史志通讯》，并加上几份附件。陶稼耘主编收到后，过几天对我说"夏衍同志的文章没有记错，1952 年确曾举行过一次考试，那次刘厚生考的成绩最好……"，我想 1952 年的考试我虽不知道，但夏衍同志的文章已肯定没有记错，当在电话中声明我的短文作废，附带文件有空时再索回。没有想到曾经参加过 1952 年、1954 年两次考试的丁景唐同志也已写了回忆文章，并从陶稼耘同志处偶然得知我保存下来的华东局文艺工作委员会的几份文件，引起他的兴趣。老丁同志结合自己的回忆、专访过于伶、柏李、刘厚生等同志，详细检看几份材料，发现有一文件内个别统计数字有误。他还约我一起回忆研究，重新充实修改他发表在 1995 年 3 月 2 日《社会科学报》上《我参加了夏衍主持的文化考试》一稿，并约我写了这篇短文共同交陶稼耘同志发表在《上海文化史志通讯》上，藉以表达我们对夏衍同志的崇敬，也作为一个小小的纪念。

1994 年 4 月

刊于 1995 年 6 月《上海文化史志通讯》37 期

附:《我参加了夏衍主持的两次文化考试》(摘录)(丁景唐)

上海解放初期，夏衍就注意到国民文化素质的提高问题，如他在《懒寻旧梦录》中说:"上海解放之后不久，我第一次察觉到的是我们干部（这里指的是宣传、文化系统的干部）的知识水平太低，或者可以说是常识不足的问题，我和宣传部、文化局的处级以下的干部谈话时，有许多事情讲不通，一般说来，政治性的名词、术语他们知道，也随口会讲，但一接触到业务上的问题，连最普通的名词、人名、书名、地名，就从来没有听说过，知识面太窄，在当时是一个带有普遍性的问题。"为此，他多次号召大家要多读书、多学习。

为了了解文艺干部的文化知识程度，促进干部学习的自觉性，他主持对市委宣传部文艺处（不包括其他宣传干部）和文化局所属的处科级文艺干部进行一次文化知识测验。我们市委宣传部文艺处有我和两位科级干部，共三人应考。我为写好此文，曾找几位同志共同回忆，时间、地点、内容都记不准了。我记得第一次考试是在 1952 年夏举行的。事先只通知去听报告，到了考场才知是文化测验。但记不清考试地方是在威海卫路原军管会文艺处还是北京东路景楼文化局会议室。我曾与刘厚生同志通信，他也记不起在何处，但认为文化局那时已搬到黄浦江边的一幢大楼里，他将考试的年份记错为 1954 年的第二次华东和上海文艺干部的文化考试。我也曾以之持访于伶和柏李同志，于伶同志当时是文化局副局长，他看过考题，记得有米价和上海到北京的铁路长度;柏李说还有古典文学知识。厚生兄在信中也提到有上海到北京铁路长度问题。因为时隔多年，大家都记不全了，我也曾向文化局史志办陶稼耘、严秀华同志询问，是否有这方面的档案和大事记材料保存，她们都说没有。估计他处也不会保存这类档案。但，陶稼耘告诉我，她那时在文化局总支办公室工作，曾听说有两个题目，是米价和越剧新星王文娟。后一个题目，我却一点印象也没有。二月以后，我接厚生兄回信后，又与陶稼耘谈起，她仍说，"王文娟，何许人也"的印象极深。据夏公在《懒寻旧梦录》中的回忆，考试题目有50题，每题2分，以初中程度为标准，要求不高，希望60、70分的能占多数，可是测验的结果，却使他大吃一惊，得80分以上的只有两人，60分以下的竟占百分之七十，绝大多数人只得30、40分，连"五四"运动发生于哪一年，答对的也寥寥无几，在常识问题上闹笑话的就不必说了。我也搞错了几个题目，一个人有时对某些错误的事记忆特别牢靠，有的忘了，有的记忆犹新，如印度的首都是新德里还是（旧）德里；太阳系九大行星，只答出8个。夏公在《懒寻旧梦录》中还说："我事先考虑到被测验者的'面子'问题，所以规定了答卷一律不署名，测验的结果也只供领导参考，不公开发表，只在事后发给大家一张正确的答案，让他们自己心中有数，事情就这样过去了。"从以上诸种情况估计，这次文艺干部文化考试不可能列为档案材料保存，事属显然。但我记得考卷上还是写了自己的名字的，因为事后，姚溱同志（当时市委宣传部副部长）曾向我说起某某的成绩不错。

这次文化考试几天之后，陈毅同志知道了，找夏衍谈话，认为"搞这样一次测验是好的，但是你们文化人办事就是小手小脚，要我来办，答卷上一定要署名，测验的结果得公开发表，只有让他们丢一下脸，才能使他们知道自己的无知"。（引见《懒寻旧梦录》）陈毅还提出为水平不高的干部办补习班的主张，可惜因人力、工作紧张等原因，未克实行。夏衍原以为"事情就这样过去了"，而且得到了陈毅的支持与鼓励，但后来，华东局整风，却仍有人批评夏衍搞"测验"是"长知识分子的志气，灭工农干部的威风"！他虽心中不服，也难以辩解清楚，只能承认"做法上有错误"。

1954年夏衍任华东局宣传部副部长兼华东局文艺工作委员会书记（二年之前，他已不担任上海市委宣传部长和文化局长的职务）时，还以华东局文艺工作委员会和华东文化局名义主办了对《华东及上海文艺干部》的第二次文化考试。这第二次考试在夏公《懒寻旧梦录》和别的回忆文章中没有记起，即便是我参加过第一、第二两次文化考试的人，原先也已记不起第二次考试的事，夏公年事已高，想来也已淡化了。这次我在写作过程中，幸好得到当年任华东新美术出版社领导人黎鲁同志的鼎助，让我看到他保存了40年的1954年7月7日"华东及上海文艺干部政治文艺常识"考试的试卷，以及7月20日华东局文艺工作委员会关于考试结果的公函和统计资料等几份材料。这些材料是华东文艺工作委员会发给各参加考试的单位负责人，因而，被黎鲁同志完好地保存下来，现已作为一套珍贵的文化档案捐赠给上海市文化局文化史志办公室。

1954 年的第二次文艺干部文化考试与 1952 年的第一次考试，两相比较，情况大有变化。1952 年的第一次考试，范围很小，限于上海科处级文艺干部约一百人，1954 年的第二次考试，范围扩大为华东局领导的华东文化局直辖的各在沪华东文艺单位和上海市委宣传部领导上海市文化局的各直辖文艺单位。参加这次考试的有华东局宣传部和上海市委宣传部的文艺处、华东和上海的文化局、解放日报、人民电台、作家协会、文联、美协、音协、上海电影厂、新文艺出版社、华东人民美术出版社、新美术出版社、少年儿童出版社，还有人民艺术剧院、话剧团、歌剧团、上海乐团等，共 24 个单位，679 人（内科处级干部 499 人，一般干部 180 人）。考试之前——6 月 30 日，由夏衍在人民大舞台作动员报告，7 月 7 日分几处考试。我记得我们市委宣传部文艺处 6 人（内含一般干部 3 人）和作家协会等单位在作协大厅考试。据黎鲁同志保存下来的华东局文艺工作委员会 1954 年 7 月 20 日发给各单位负责人的公函和所附几份考试统计资料，这次考试之后，夏衍曾召集各单位负责人座谈会，要求根据夏衍的意见结合各单位的考试情况进行漫谈，并说明：（1）非本单位的成绩可只公布平均数的统计，得分最低者的姓名及得名级序亦不必公布；（2）本单位得分名单要否公布，由各单位的领导考虑决定。据"华东及上海文艺干部政治文艺常识成绩比较表"（24 个单位的得分最高与最低名单）和"成绩级序表"等 3 份统计表记载，报名应考总人数 779 人，实际参加考试的 679 人，缺席者 100 人。679 人中，90 分以上者 49 人；80 分以上者 164 人；70 分以上者 166 人；60 分以上者 128 人；60—30 分之间者 167 人，30 分以下者 5 人。又，行政 13 级、文艺 6 级以上文艺干部 75 人，平均分数为 77.19，80 分以上占 31.36%，60 分以上占 74.7%，60 分以下占 25.3%。

尤其欣慰的，黎鲁同志还保存了 1954 年 7 月 15 日《人民日报》的社论《提高文艺干部的政治修养和艺术修养》。这篇社论的精神与 7 月 7 日华东局文艺工作委员会对"华东及上海文艺干部政治文艺常识考试"的精神是一致的。《人民日报》配合社论还发表了一篇关于北京一部分文艺机关团体正采取各种措施来加强文艺干部的政治和业务学习的报道。社论中提到：不久之前，北京中央戏剧学院开办导演干部训练班，举行一次招生考试。投考的是中央及各地的剧团和部队系统的文工团的戏剧干部。这些干部的文艺工作资历都相当长。但考试的结果却有半数以上的人落选。社论写道："这次考试暴露出来了这样一个事实：我们有些文艺干部的知识的贫乏达到了惊人的程度。"还举出像"中国革命的第一阶段为什么必须是新民主主义的革命"、"总路线的精神实质是什么"等有些干部就不能作正确的回答；文艺知识方面，许多投考的干部也是读书很少，有人竟把"社会主义现实主义"说成是"恩格斯下的定义"，把《阿Q正传》说成是"描写资产阶级的特征"。社论指出，"我们的文学家和艺术家应该是有先进思想的人，应该是以马克思列宁主义思想和人类文化的最高成果来把自己的头脑武装起来的人，应该是精通自己的业务并因而在业务上富有创造性的人。"并要求文艺领导机关重视与改正这方面的工作，给予文艺干部提高政治修养和艺术修养以必要的条件和帮助、督促。但是，任何学习都不是别人可以代庖的，因此，关键还是在于文艺干部自己的经常的刻苦的努力。只有这样，才能担负起党和人民所托付的任务。四十年后，我们重温《人民日报》关于提高文艺干部的政治修养和艺术修养的社论，重新回想起夏衍同志对文艺干部学习的关心，对提高全民族的文化素质的"痛切陈词"，我们作为后继者自当牢记不忘。

1995年2月一稿

4月25日修改二稿

刊于1995年6月《上海文化史志通讯》第37期

关于《朵云》创刊的一些补充

今年 8 月 18 日，收到《出版博物馆》杂志来信，附有《回忆黎鲁与〈朵云〉的创刊》打印稿，希望看了这篇稿子之后，也一起做些回忆或补充。文稿叙述两件事：一是出版社水印间组织学画；二是《朵云》的办刊。

先说第一件：1979 年夏，听了邓小平"三化"的传达，心灵有如触电般感觉，专业化、知识化是一种愿望，长年的困扰、迷惑，终于有了合法的保证。有天社里接待两个日本客人，对我社刻印的《松林图》指出点毛病，有人不服气，我觉得确有艺术上不过关的地方，以往只抓生产抓进度而忽略培训。后来找 5 个青年人开过座谈会（有沈伟宁、张志成、陶臻平），他们都表示苦闷，想画画，希望给些机会。又记得在中山公园看到一个"工笔画展"，好几个书画出版社的职工如刘慧芳、周萍、刘士庸、金明信、沈伟宁、曹晓堤、柳起芯、张雄都有作品，都有工力，深感他（她）们对艺术有强烈的追求。当向水印职工提出办一个短期进修活动的时候，出乎意料地得到他们强烈的回应，沈伟宁最急迫。之后决定由吕岐亮负责这项工作，第一天请来的老师是乔木，接下来有应野平，学习成效称得上硕果累累。生产部主任林岗本人也亲身参与，当他退休之后，总是连声说当年办学习班"是好事，是好事"。不过好像并不是如沈稿中所说的放 3 个月的进修假，恐怕那是不可能的，必须不妨碍生产任务的前提下再进修。

第二件，关于办《朵云》。当时国内已有大开本的《中国画》期刊，北京已出版多年。在上海，自《工农画报》《工农兵画报》《漫画》于 1953 年相继停刊后，直到 1956 年才出了《版画》，1958 年出了《东风画刊》，二者皆在 1960 年停刊。1970 年代前期出过一种《美术资料》，70 年代后期才出刊《艺苑掇英》《美术丛刊》。这和抗战前上海美术刊物的繁盛难以比拟。

《朵云》的办刊主旨是什么？书画出版社（朵云轩）的性质以及它的工作重点放在哪里？北京荣宝斋的王式之对我说"荣宝斋只搞木印，不搞胶印"。1979 年，我曾和林野一起访问上海大百科全书出版社领导、也是上海出版局老领导汤季宏，他坚持朵云轩仍应该全力搞好木印，其他不要搞。副局长吉少甫有次到社里，指出木印质量太差，"你们该向荣宝斋好好学习"。但出版局领导又都支持胶印，因为大量的字帖和《书法》杂志已拥有相当多的读者。

1978—1981年间书画出版社的业务分三大块：一是生产部（裱画间、水印间、刻版间），二是营业部即南京路门市，三是编辑部。出版社的职工也分为工人、营业员、干部三类编制，和其他出版社的内部结构都大不一样。我初到这里，很不适应，在局里开会叫苦，新来的宣传部陈沂部长鼓励我说"你要发挥干劲"，副局长李新说"你不可搬用人美一套"。怎么是发挥干劲呢？怎样不搬用人美办法呢？在出版社领导中，社长是续靖宇，我分工负责编辑室，木版水印作品的选编也在其内。这些年，《萝轩变古笺谱》《杂花图卷》《十竹斋书画谱》都在踏实地创制而未曾懈怠。再看胶印的大形势，上海的"办刊"热潮正方兴未艾，人民社的《青年一代》、文艺社的《文化与生活》、古籍社的《中华文史论丛》、人美社的《艺苑掇英》和《美术丛刊》，书画社虽属"小弟弟"，也有《书法》立定了脚跟，呈现一派兴旺发达的景象。如果不搞胶印，非有极大的魄力不可，还是适应新环境为好。

文稿中说到那个"暖风熏得游人醉"的会确有其事，但不是"三月下旬"，而是1月11日。这次会议给我的印象是出乎意外的，没有丝毫常见的反面意见出现，甚至当面表示愿意无条件出力的，应该是以沈伟宁为代表了。这次会并不打算过于具体，仅是初步征求一下意见，交流一下，沟通一下，取得内部舆论的一致。

对于办刊，我曾酝酿很久，并且在这次会上宣布要动员全社职工的力量，要求各个部门共同支持，因为我想如果把我们这个集工、商、文于一体的单位看作一把双刃剑，它既有互相制约、互为扯皮的一面，也有互相促进、互相补助的一面，而后一面是占主导的。国画界对我社办刊物期望很高，要着力办成集国画创新、国画研究、国画工具材料、国画经销于一体的别具一格的期刊，反过来也可凝聚全社的力量，这似乎就是集合各方主观能动性与客观适应性的统一。所以在设定第一集的栏目时，就制订了"传统印刷研究"和"文房"。前者是对社内正制作的《萝轩变古笺谱》作些介绍，后者如绢、如砚、如墨、如印泥、如装帧技艺……又如钱君匋建议过出版瓦当艺术。1979年冬天林野和我出差路过南昌，去参观了"青云谱"，这是八大山人故居，也是很大的文房店，曾请人写一篇稿子来介绍。《人民日报》曾报道项城有一家"妙笔之乡"，1980年春我也去采访过。

这时正值全国文代会期间，我阅读到一些会议简报，看到"中国艺术研究所"的发言："所里许多美术史论家，积累大量研究成果都搁置起来，没有出路。"于是，我立刻写信给这位发言者——我的老战友江有生，以后便频繁地通信。他源源不断地推荐稿件，《朵云》第一集起，便有陈绶祥、李福顺、张蕾、龚产兴的研究论文，以后又陆续刊登了丁羲元、郎绍君等人的研究论文。这类内容在后来几十集《朵云》中成了主流，扩大、充实了中国画论、史论研究的发表园地，对继承文化遗产非常必要，可惜有的资深美术编辑不大重视。老画家为艺术而奋斗的丰富经历，应视作美术史、美学的范畴，对他们不应限定字数，应充分挖掘他们的宝贵经验，这恐怕也是画家本人的心愿。由于画家忙于绘事，可以由热心的青年人代为笔录。新近流行的《新文学史料》内大量刊登作家的长篇回忆文字，美术界也应仿效推广。不过作家擅长为文，不需别人代劳。王个簃是沈伟宁的亲戚，由他来笔录王个簃的口述，是很好的尝试，沈伟宁很快就写出来了，即第一集刊登的《王个簃随想录》。还找关良写回忆录，是由社里校对王运天去记述，王运天新来不久，他愉快地接受了任务；又找在上海人美社的庄艺岭去采访朱屺瞻。沈、王、庄都是青年人，朝气蓬勃，深具事业心，三篇文章都有质量，日后各出版了单行本。此后陆续有记刘海粟的《黄山谈艺录》、记李苦禅的《风雨砚边录》。

作为重头戏、第一集首篇《国画家谈国画创作》，篇幅17页，是3次座谈会的记录。1980年春节后不久即2月27日上午到会10人，下午到会8人，然后3月6日上午到会9人。三次到会27人，知名的老年中年国画家都来了。第二集首篇《笔谈中国画》，篇幅16页，分别约请非国画家和国画家共12人，是出题写文章。第四集首篇《青年国画工作者谈创作》，篇幅12页，为1982年5月约请5位青年国画家座谈的记录。第五集首篇《老画家的话》，篇幅12页，为1982年9月约请没有出席第一次座谈会的10位老画家的座谈记录。关于这场"重头戏"，应该说沈伟宁工作主动性最大，劳动量最大，点子也最多，他是找了许多老画家的。

沈的文稿中说"两天后……唐逸览、钱行健、陈世中、陈家泠、盛姗姗及黎鲁邀请的颜梅华等十余位先生和女士……"是记错了，盛姗姗是两年后的1982年5月27日来会的，陈家泠及颜梅华系1980年3月6日来会的，这可查看该刊。他写文前曾和我交谈过，也许他记错的日期正是我提供30年前模糊的回忆所致？因为，一个对《朵云》曾经出过大力的人，竟连第一集的样书也没保留下来，所以才会由我提供些琐碎记忆来补充。

前述五次座谈是我主持的。第一、二、三次的会务，如联系邀请、布置接待、来回迎送，特别是会议记录全由沈伟宁一人负责，每人的发言记录都经他一一整理，并交发言人亲自核对，包括选用每位画家一幅作品全由他办理。我看他真是带劲，真是有用不完的精力，白天家家去跑，晚上整理出文字，近30篇记录稿很快就完成了，他努力工作而毫无怨言。至于第二集12人的人选，其中陈从周、江圣华、万青力、曹用平都是他提出来的，这12人所有稿件包括选画也是他一一跑腿到各家联系的。我还记得我们曾一起去过卢湾区工人俱乐部、文化馆两处去找寻新的作者。

这一批文字，前后参与者共54人，已可构成一类史料，如果要了解改革开放初期上海国画家的心路，会是重要的参考，内有各种不同的甚至对立的观点，表现了一定程度的争鸣。其中有位画家顾飞，很少露面，却是得到黄宾虹真传最多的学生，只要稍翻一下黄宾虹的信件著作便知。

值得介绍的是张千一，他原是人美社的美术编辑，年纪不大，才华横溢。第一集刊登他写的《现代美术与国画传统》，这是一篇气势雄厚、高屋建瓴的文章，30年后的今天读来仍具新意。他虽不是装帧专业，但他有设想，曾约他代为设计《朵云》的封面。1980年盛夏，他到社里找我，还是精力旺盛的样子。不料过了两个星期，突然听说他患重病，躺在华山医院，去看他时已是口不能言，从此长年卧床，不幸英年早逝。那时发现一个油漆厂的工人刘家方，艺术才能很高，他说愿为《朵云》设计封面，看了都很满意，也就定了下来，他这种格式，一直沿用了很久。也约他写了访问黄幻吾的文章，登在第一集。

记得有关朵云轩的业务找曹谨乾负责，各集刊登历年"上海市美术作品展览"栏目专由张锦标负责。第一集《松林图》的组织与审校由车鹏飞负责，有关《文房》稿件由张雄审校，画页部分由林野设计版样，美术字标题由周萍设计，初审由我签字，复审林野签字，决审由我签字付印。

一开始设想由余白墅任专职编辑，他是资深老编辑，又是朵云轩创办的元老，正好于1979年初退休，专门从事编辑，是理想的人选，但他多次婉辞。关于"主编"这一词，我是否最近和沈伟宁提到？大约不会，这是现代用词，绝不像20世纪80年代初的语言，当年多数出版物是不署责任编辑或主编一类名字的，1985年前的《书法》《朵云》上都没有任何编者署名。茅子良于1981年3月由出版局调来任副社长，以后二三年内，是《朵云》的主持者。《朵云》第二集、第三集由他编辑发稿，适他在党校学习；第四集仍由我编辑发稿。第二集当中有不少内容是沈伟宁约稿。第三集刊登了多篇北京名画家如蒋兆和、叶浅予的有关稿件，都是茅子良赴京组稿的成果。

《中国出版年鉴》要各出版社写一篇1980年的工作回顾，我在撰写时提到《朵云》的创刊，说它是"由社内各部门同志挤出工作时间予以完成的。这样，终于在没有增加一个人员编制的情况下在1980年10月付印了（编者注：《朵云》第一集于1981年7月正式出版）"。这像是介绍一种成功的经验，但又和本文前面提到的"专业化"自相矛盾了，可见理论与实际相结合之不易。当时国画前辈邵洛羊不止一次建议《朵云》应有一个编委会"，我听不进去。想来他的意见是：《朵云》是我们国画界全体的刊物。这精神无疑是正确的。《朵云》不仅是上海的，更是面向全国的。曾设想每集介绍一两个省份的美术创作，已是《朵云》编辑的车鹏飞很同意这个主张并加以贯彻，我也和林野到甘肃青海两地组得藏画及国画60多幅和3篇文章，刊登在《朵云》第七集。我离开出版社以后，《朵云》已面向世界，加印英文目录，刊登了华裔美术界以及汉学家的著作，是在不断进步中。

附一：《回忆黎鲁与〈朵云〉的创刊》（沈伟宁）

编者按：曾参与《朵云》创刊的沈伟宁先生为本刊写了一篇回忆黎鲁先生与《朵云》创刊的文稿。沈文的主人公黎鲁先生和参与《朵云》创刊工作的茅子良先生读完沈文后，亦应允撰文，对沈文所涉史实进行补充、更正和说明。

1980年3月下旬的一天上午，上海书画出版社总编辑黎鲁派人传话给我：下午二点，去总编办公室开会，讨论创办一本有关中国画的刊物。

我1973年进入书画社工作，当时正在水印间当拉纸工，时年24岁。在我的印象里，书画社的一把手走马灯般换，不知何年何月，竟换来这个衣衫从未整齐过的黎鲁。他的上衣纽扣很少扣对位，衣领一边高一边低，衣襟一端长一端短；最奇特是他的神态：若有所思，而且似乎无时无刻都在若有所思；无论从正面、侧面、背后看，从他行走、站立、坐姿看，其人浑身上下透着心不在焉的味道。我将这种出自本源、不带丝毫伪装的表象，暂且命名为"黎鲁风格"。

近距离领教"黎鲁风格"是有一日，黎鲁踱进水印间，我不知为何竟向他提出个建议：给水印间和刻版间的工人放"创作假"。在书画社，干部编制和工人编制有不少差异，其中"创作假"算一条。前者，每年都有一段不用上班的"创作假"，后者没有。这是我在黎鲁掌管书画社后与他的第一次对话，面对"黎鲁风格"，我品出他心不在焉中内藏的敏锐。几天后，正式通知下来了：两个车间的工人分3批放"创作假"，每批脱产3个月。这是书画社建社以来绝无仅有的另类重大决定，惠及数十名工人编制的员工。

那个早春的下午，第一次《朵云》（刊名似乎在第二次会议时由黎鲁拟定的）创刊会议在总编办公室召开。与会人员约七八位，我是年轻拉纸工，其余都是资深老编辑、编辑部主任或副社长、副总编级的先生。

与会者都颇为严肃，毕竟要讨论一本有关中国画的刊物的创刊问题。黎鲁第一个发言，从"四人帮"倒台后国内的中国画形势，说到上海的中国画形势，没等他说到书画社形势，他那个"黎鲁风格"已是"暖风熏得游人醉"，与会者"直把杭州作汴州"，不再正襟聆听，交头接耳有之，端茶倒水有之，最后，黎鲁说到创办刊物时，用的全是务虚语气。于是乎大家一起务虚，先谈中国再说上海，范围无出黎鲁左右。

我最后一个发言，我说，经调查，纯粹的中国画刊物大陆仅有一本，是上海人民美术出版社出版的《艺苑掇英》，刊登的全是中国历代古画。香港和台湾各有一刊物，开本较小，且薄，由于刊印个别油画，已不纯粹。在《朵云》的前面，几乎一片阔旷，可天马行空，不必担心"撞车"。栏目可草拟如下……同时我建议《朵云》出16开本，文章用52克凸版纸，彩图用80克胶版纸，封面用100克胶版纸。彩图在编排时应集中于刊物中间。作为一本重量级的大型刊物，至少在200页以上。组稿范围先上海，再华东地区，然后再扩展到全国。

约在10天后，4月上旬，第二次《朵云》创刊会议召开。总共4人，除黎鲁和我外，第一次会议与会的众先生不见一人，新增余白墅、车鹏飞二人。余白墅先生是办刊高人，有过独当一面的记录。车鹏飞先生是编辑部新锐，又画得一手好画。会议主要由我向余、车二人复述《朵云》蓝图。看架势，黎鲁心中已确定了创刊《朵云》的人选，连他在内，就是这4个人。

第二天，总编失踪了。这等事书画社何尝发生过。日近正午，依然没有丝毫总编的消息。午饭时，一众人等把饭堂当作"议事厅"，多种猜测，只一个话题：总编到底在哪里。时近黄昏，消息终于放出，黎鲁休"创作假"，骑个自行车出游去了。

《朵云》怎么办！车鹏飞拉上我在编辑部门口拦住余白墅问计。余表示，总编一没有指定召集人，二没有指出下一步工作的方向，三没有……四没有……余白墅句句实话。总编非但没有留下一句指示性的话，而且自己跑没了。

我确信总编已启动《朵云》办刊程序。《朵云》的框架在两次创刊会议上均无人提出否定意见，不否定等于赞同。我在思考该如何着手创办这么一个大型刊物，首先想到毛主席讲的"要发动群众"，我理解为要发动国画家，先发动认识的，再请他们去发动他们认识的，就这么一层层发动下去。反正《朵云》出了创刊号后还要继续出下去，其他与中国画关联的栏目亦照此发动。我理解的政策是：向所有被发动起来的作者传达一个明确信息：《朵云》

是你们自己的刊物，是你们的家。我理解的策略是：地不分南北东西，人不管有名无名，只要是好东西，《朵云》照单全收。

五天以后，响应《朵云》的大旗在上海竖起十余杆。在衡山宾馆，约稿谢稚柳先生、韩天衡先生；在延安饭店约稿陆俨少先生、刘海粟先生。唐云先生家、关良先生家、钱君匋先生家、郑逸梅先生家……一一上门约稿。书画社刻版间工人曹晓堤先生已动笔写《寿山石》一文，文艺出版社庄艺岭先生已联系朱屺瞻先生并定下为朱先生写传记，古籍出版社王沙城先生答应包揽《朵云》创刊号的所有装帧设计和文、图排版。约稿途中，经过徐汇区文化馆，见那里正在办黄山风景区管理处朱峰先生的画展，跑进去一看，立即约稿朱峰。我还去过两次华东医院，第一次在病房拜访王个簃先生，说明准备为他写长篇传记；第二次在医院后花园的草坪上，和王先生一边聊一边做笔记。

一日，我借出南京路"朵云轩"二楼的贵宾厅，因为凡书画社出面邀请名画家聚会都在此地。请来应野平、邵洛羊、富华、俞子才、谢稚柳等近十位深负名望的先生，大张旗鼓搞了个"中国画创作问题"座谈会。

当黎鲁回到他的办公室，已是仲夏。黎鲁召开了第三次、也是最后一次《朵云》创刊会议。这回仅剩3个人，黎鲁、车鹏飞和我。我汇报完《朵云》筹备情况，黎鲁挥手宣布散会。他起身走到走廊上，语气平淡："就这么干。"

《朵云》早已"这么干"了，于是继续"这么干"，我不太相信近250页的大型刊物创刊是"这么干"的。《朵云》没有召集人，没有指示，没有会议，没有腾出块地方集中办公，沈伟宁在水印间，车鹏飞在编辑部，黎鲁在总编室。

两天后，在"朵云轩"贵宾厅，我主持了第二次"中国画创作问题"座谈会，黎鲁自称"列席"会议。唐逸览、钱行健、陈世中、陈家泠、盛姗姗及黎鲁邀请的颜梅华等十余位先生和女士与会。

黎鲁、车鹏飞、沈伟宁，三个人不论资历，平等相待，稿子到手后交由另外两人审阅，审阅也没先后，先碰到谁就交给谁，最后所有经过审阅的稿子汇集到我这里。由夏至秋，《朵云》在"这么干"的程序中自由生长并成熟了，而且黎、车二人均贡献有独出心裁的新栏目。到9月中旬，第三集《朵云》初见雏形。第二集《朵云》大框架基本确定，不少重头稿已经交稿。《朵云》创刊号文、图稿已集齐我手中，由王沙城编排停当，就差创刊词《编者的话》一文。

这回大总编尝到了小工人的"风格"。黎鲁将精心写好的《编者的话》交我。拉纸工看完全文，当下抓笔，将总编认为具有指导性意义的重要段落全部圈定、删净,交回尚站着没离去的总编。

30年后,90岁的黎鲁对此事依然不能释怀,问我:"记得你说过,对谢稚柳的文章一个字都不能动,这事我曾专门向接任的茅子良当面交待。我是很尊重你的,把《编者的话》交你审阅,我不交给你也可以呀。我几次想改回来,最后还是照你审阅的发稿。你记不记得?"

我乐得出声地大笑,心想:你也知道烦心。你当年弄出这么多"风格",让一大群按常规方式思维的人烦心到了上火的地步。

30年后的2010年,早春。90岁的老总编啜着新上市的铁观音,我品着西湖龙井,作如下交谈:

> 黎鲁:如果我任命你为《朵云》主编,把《朵云》交给你,你还会出走吗?
>
> 沈伟宁:你实际上是把《朵云》交给我了。
>
> 黎鲁:不对吧。是交给茅子良。当时,只要我签上字,就可以发印刷厂。为了茅子良接任这件事,《朵云》的发稿拖了好几个月。
>
> 沈伟宁:你是要《朵云》,管他是谁,只要办出你心目中的《朵云》就行了,拉纸工人沈伟宁也好,团委书记茅子良也好,不都一样。
>
> 黎鲁:这个是对的。如果你不说,我还真不知道创办《朵云》时发生了这么多事。

沈伟宁笑着想:你要是知道,你就不是这么一位总编了。
谨以此文献给黎鲁老人!

(本文作者为法国艺术家协会会员)

附二:《〈朵云〉初期的追记》(茅子良)

1981年3月底,经上海市出版局组织批准,我从任职四年的局团委书记岗位回上海书画出版社(亦名朵云轩)工作。

到人事科报到后,我去找副社长兼总编辑黎鲁同志。老黎问我原先干什么工作,我说是出版组(已改科)组长,现在仍喜欢搞专业。他说,出版科、木版水印已有人,新办珂罗版缺负责人,你去好吗?我说,一点不懂,年近40再从头学起,很费时间,是否可惜。他说,那你看怎么办?我说,去年筹办《朵云》丛集,我也接到书面通知参加过讨论会,听说尚缺人手,可否去试试,我喜欢干点实事。他说，那要等组织上讨论答复。没多久，我和从出版科校对组调出来的车鹏飞同志，在康平路83号编辑部，从国画编辑室主任林野手中，接下了原先由老黎总抓、沈伟宁为主组稿的《朵云》第一集校样。

老黎是一位平易近人、吃过政治运动苦头的老革命、老编辑、老干部，有思想的实干家和老画家。对于创办《朵云》，他早有思考和谋划，出选题、组稿、选稿、改稿、设计和决审，都自己动手或亲自过问。中国画坛经过十年浩劫，画家队伍、作品创作和理论文章凋零不堪，立足上海放眼全国，需要有一个平台逐步恢复元气；同时兼顾朵云轩木版水印传统艺术、书画器具用品等。《朵云》的定位是团结国画创作界、理论界和国画原材料产销各行业，以和《书法》杂志双翼齐飞。

老黎要求我和车鹏飞先全力以赴赶第一集的出刊。让我们两人审稿、校对，适当修改一校样，核对引文、图文，彩图批样，改定版面，合成印张；又到中华印刷厂核准目录和版权页，多方位实践锻炼。林老（野）和老黎复、决审后，我俩读校对红，签字付印。我以文字为主，车鹏飞兼管图稿，手续齐全。1981年7月初，《朵云》终于创刊问世。两人又开稿费单、寄发样书、小结工作，后在备用稿基础上，列出选题，通联编务，平衡栏目稿件，领导讨论通过后又赴北京、潍坊、萧县等地组稿，一集一集地展开工作。

《朵云》第一集卷首《编者的话》，比起1980年2月《关于〈朵云〉丛集（刊）的初步设想》讨论稿，将办刊宗旨概括得更为完备明确：

> 在四化征途上，《朵云》愿为繁荣中国画艺术贡献微薄的力量：发表当代各种风格流派的中国画创作；探讨中国画创作的问题，研究浩瀚的中国画史和画论，刊登不同艺术观点的文章，活跃争鸣气氛；广泛介绍国画家的创作经验（运用各种写作形式）；介绍和推广中国画有关的印刷、复制技艺与中国画用具制作的技艺经验。

讨论稿中"形式图文并茂，力求雅俗共赏"，也在创刊号上得以体现。因此，有海内外读者评论说："《朵云》气魄大，内容多，材料实。""《朵云》是有分量的学术之著，非一般消遣杂志可同日而语。""其格新神焕，意境脱俗，异乎嘉祥，文采绚烂。"

《朵云》栏目多样、内容丰富。开头几集有画论争鸣园、画家记·画家传、传统印刷研究、中国画史、文房、短文、作品等类栏目。其中《国画家谈国画创作》（1980年春在朵云轩三次座谈会发言记录摘要）、12篇一组的《笔谈中国画》《青年国画工作者谈创作》（1982年5月27日）、《老画家的话》（1982年9月），因为反映了当代中国画艺术领域老中青三代的思考和建言，引起了广泛关注和共鸣。

1981年4月，邀请美术印刷前辈进行座谈，回忆50多年间上海美术出版情况，并整理成《中国近代美术出版的回顾》一文刊于《朵云》第二集，因其史料珍贵、抢救及时，被《新华文摘》特加按语作了转载。那次座谈会，艺苑真赏社秦清曾老先生因年高，派了子女秦廷棫、秦英参加，珂罗版印刷老技师刘雪堂、胡颂高，老出版家钱君匋、郑逸梅等先生，都有精彩发言。

在老黎带领下，16开本，240面，彩、单色图版近200幅，30万字，封面上注有副题"中国画艺术丛集"的《朵云》，受到读者欢迎，来稿来信不断，其中有不少是来门售或函购相关图书或木版水印艺术品的。早在《朵云》初步设想讨论稿中，老黎就有通盘考虑："刊物的附带目的是为美术出版物进行宣传，并刊登各类美术品的广告。因此，《朵云》是有别于国内各美术刊物而具有它自己特色的丛集。"除了《〈朵云〉稿约》、下集要目预告，每集刊有新出图册、碑帖、印谱，特别是木版水印、胶印、珂罗版、画轴、字对等广告，不少古今名迹精品、理论著作，以及本社《书法》《书法研究》《书与画》等活动启事或改版，都得以预告和宣传。广告图文穿插，文字生动鲜明，有内容有文采，整版之外也利用空白，增加信息量，这在当时计划经济情况下显得很可贵。如"现代国画木版水印屏条"注以黑体字说明"色泽渗透纸背，能表达原作的笔墨意境和质感"；《历代法书萃英（丛帖）》前缀"萃法书之大成、集书法之精英"，后注"……本丛帖选用最好的版本，以凹印、胶印、八开、十二开统一形式出版，以便配集成套。印工精良，价廉物美……"；《历代书法论文选》是"研究古代书法理论的重要参考书"；《明清篆刻流派印谱》标注"明清刻印艺术　琳琅满目"和"两朝篆刻流派　萃荟一堂"两行字，第三行突出"选印精　考订详"等等，吸引读者细看内容简介。

受此影响，我也开始学写书讯报道，介绍了数集《朵云》出版的信息，分别刊发于《解放日报》《新民晚报》等，做点宣传推广。

老黎指导工作，多肯定，也指出改进之处，让人乐于接受。如决审第一集的时候，他曾对我说，老画家的理论文章除了必须改的，一般少动。我知道，这是指谢稚柳先生《借鉴——绘画艺术的主要基础之一》一文，在往后工作中便会时加注意。他的身教言传，确实潜移默化影响了不少人——少说多干，吃苦在前；为对得起读者掏钱买书，编校审改、设计版面要多花力气；宁可多看几遍，多思多查再问；淡泊名利，多读书多积累，融会贯通；善于同作者、同事从宏观和微观上合力解决问题、提升书刊质量,同时讲究图书美感。总之,没有编辑的主观能动性贯穿始终,"为他人做嫁衣"几乎不可能做好。

1981年8月组织上安排我担任副社长,1984年又兼副总编,《朵云》出到第五、六集后,我就逐步淡出了。

今年国庆前夕搬家,整理书刊旧物,意外找到几份书面材料,遂应约写成上述文字,并有两点补充:

一、1982年12月13日《关于加强我社刊物领导的请示报告》(打印稿),其中提到《朵云》:"多数读者认为,该丛集在抢救绘画艺术遗产、填补近现代美术史与美术出版史方面的空白,有一定成绩。今年《新华文摘》曾转摘《朵云》第二集有关近代美术出版工作的回顾一文,并刊有编者按语。读者因《朵云》内容丰富札实,具有艺术的研究、欣赏、资料价值,要求再版补购配套,希望定期出版,可以预订,缩短周期。目前已出版第三集,第四集在排校,第五集已发稿……

二、1983年1月6日,老黎就我与薛锦清赴北京组稿情况的报告,予以回信,鼓励说:

> 知在京辛苦工作,日以继夜,终于获得可喜成果,可说不虚此行。此精神值得学习。
>
> 《朵云》已与中华厂讲好。决于第六集全改照排胶印,从此在美化方面,应放开手脚地干,已和林野同志商定,黑白画页插页增加一倍,插图要增多,图版要放大,文字从目前的三十万左右减至20万—25万字左右。整个工作由林负责,卢负责文字方面责任,茅、黎可在文字上协助,美术,林要负全责。

这两点相关内容,可补正《上海美术志》《上海出版志》等书中未及之处,特为摘出。

上海书画出版社的《书法》《朵云》等开风气之先的艺术类刊物,让我们这些正当年的中青年经受了锻炼,成长为新时期所要求的杂家。

卢辅圣同志兼擅绘画创作和理论研究,学术文章长于思辨色彩,故从1987年1月第十二集《朵云》开始,改为国内最大型的中国画艺术综合性季刊,着重探讨中国画理论,学术性强,成为刊物主要特色,封面副题也标明"中国画研究季刊"。1995年第四十四集起副题改为"中国绘画研究丛刊",1999年第五十一集起改为大32开,半年刊,"为加强学术研究的含金量和系列化特色,使每期主题相对集中,亦适当辑入其他有关的史论研究及年谱等稿件,使之能成为汇集当代中国绘画研究领域精粹成果的一本更具活力和典藏价值的学术丛刊"。至 2008 年 1 月出版第六十八集后,因诸种原因休刊。

（本文作者为上海书画出版社原副社长、副总编）

出版老兵的回顾

　　有人说，1936年是杂志年，回想1936、1937年间，进步的出版界多么繁荣啊！社科、文艺书刊品种多极了，装潢也讲究。作为一名忠实的少年读者，我知道许多左翼文化名人，能举出大批名字来，是出版物把我引向革命。

　　孤岛时期我参加了党，担任过某中学支部书记、某大学支部书记、"学协"党区团书记，后来调到一个以大学生为对象的党外刊物工作。我忽发奇想：既然已不做基层群众工作，便要求组织让我工作之余考入美术学校，目的是多学一门手艺，以便能为党多做些事情。当时学的是西洋画，我时时警惕不要染上资产阶级的艺术趣味。不过，学习的态度有点浮躁，所以并没有掌握熟练的画技。

　　在抗日根据地，我在几家报社当过文字编辑，1948年才调入美术出版岗位。早就从各地画报和一些出版物中知道了芦芒、吕蒙、柔坚、那逊、大可这些令人崇拜的美术出版前辈，以他们为榜样，我投入到编画报、刻木刻这条战线中去，得到莫大的愉快，在这一岗位直干到离休。

　　新中国成立之初，出版方面十分强调以工农兵为对象。连环画拥有广大读者，1951年派我负责这一业务，从国营、公私合营、再并入国营三家出版社相继干到1958年。其间经历了近百家私商参加合营的过程，也经历了从旧连环画到新连环画嬗变的过程。50年代初，上海各专业出版社相继成立，有了美术出版社，这是旧社会从没有的事。

　　开国前夕毛主席提出："随着经济建设的高潮的到来，不可避免的将要出现一个文化建设的高潮。"我激奋不已。作为一名读者，感到1954年之前，社科领域中学术刊物只有《学习》《新建设》两种，不如1936年那么繁荣。到了1954年前后，上海才出版了几种李亚农的历史著作，湖北出版了几种张舜徽的历史著作，北京创刊了《历史研究》、山东创刊了《文史哲》。1954年7月15日《人民日报》发表社论《提高文艺干部的政治修养与艺术修养》，意味着党中央在纠正文化不够繁荣的局面。当时上海只有一本《工农兵画报》，华东局宣传部匡亚明副部长在1953年秋天几家出版社长会议上说过："我国的形势有很大的变化，现在的大学生，就是未来的工人，现在的农民都有条件上学，都有了知识。过去的'工农兵'概念已经不同了，《工农兵画报》听说销路不好，书名叫工农兵，工农兵并不欢迎，我们头脑中的工农兵，还是战争时代的概念"。不久胡乔木同志要求连环画报多改编一些古典的文艺名著。这一切都使我大开心胸，于是在连环画选题上，增加些中外古典文艺名著，并认为 1954 年该是文化走向繁荣的起点。特别在 1955 年夏季，《人民日报》社论提出在取缔黄色书刊的同时，要大大增加可替代的品种，出版社的同志个个摩拳擦掌，愿意响应号召。1955 年冬，在"反右倾"的浪潮中，上级党对连环画的古装题材提出批评。1956 年初春，在全市出版工作大会上，批评了连环画"三多"（古装多、翻译多、战斗故事多）。事实是，连环画现实题材与古装题材的比例为 6∶1，在 900 种题材中，古装题材只占 150 种，（不过印数总是特别多，这给别人"多"的印象）所以我想不大通。

美术界领导人江丰被打成右派，他否定传统，不重视国画艺术，性质实属过左。解放初上海美术出版物中，国画的品种少得可怜，直到 50 年代后期才有大的转变。"文革"时传统美术又全被否定。不过经历了这场劫难后，党更成熟了，人民更成熟了。当前党内外的民主、出版的繁荣，是从上世纪 80 年代起，从未出现过的。现在逛书店，真是如进大观园，琳琅满目，美不胜收。没有党的改革开放政策，绝不可能有如此好的局面。

从离休到 1997 年之前，在党的"发挥余热"政策感召下，我参加了《中国美术全集》和《上海出版志》两项重点工程中的部分工作。1997 年 7 月的某天，带着试试看的心情，画出第一张水墨画，这才认识到过去几十年内心不重视传统美术的偏差，根源大抵出自五四而非"前卫"。今年，看到某刊上登载着老革命家、30 年代木刻老前辈赖少其于 1995 年自作的 135 厘米的巨幅书法《是非歌》："多少事，觉今是而昨非，是非依然标准已非。有错必改，来日可追。"这是一位老革命家对一个负责任的伟大而坚强的政党品格的写照。

2001 年 5 月为纪念建党 80 周年而作

《凌虚传》序

凌虚是我的学兄。当年，他是上海新华艺专的"高材生"，"高材生"并不多，我只记得全校有两位，一位是音乐系的，名叫王邦声，能弹一手悦耳的钢琴，动作也异常熟练；另一位便是国画系名画家汪亚尘、唐云的学生凌虚。他人物、山水花鸟鱼虫兼能，在学校里有"鹤立鸡群"的感觉。

虽说他只比我大两岁，但他在艺术事业上的成就，是我无法比拟的。今日袁成亮先生要我为《凌虚传》写序，由于自己对民族传统理解的浅薄，深以为写序不够格。

1950年代，凌虚学兄在上海美术界很活跃。记得有一年一份大报上刊登了一大横幅照片，那是凌虚专为赠送苏联元首伏罗希洛夫主席所作的画卷，内容是金鱼，上有著名书法家沈尹默题字"幸福的象征"。该卷全长50尺，高2尺，是皇皇巨制，也是代表国家民族文化的贵重礼品。当时我就想：凌虚竟能在大幅中表现一种小动物题材，足见他功力之深。

1957年后，凌虚不知什么原因到了苏州，这也不足为奇。当时人事调动很多，我想无非工作需要罢了。果然他又在苏州桃花坞年画的范围里面做出特殊的成绩来，他创作"姑苏城外寒山寺"入选第二届全国美展。还记得我在1960年代初期就曾在《美术》月刊上看到他有关桃花坞木刻年画论文和作品，一个惯于作大写意的人居然能创作出如此精细的木版年画，这也很难得。恐怕他在苏州的工作是很繁忙的。此后，我俩都退休了。他住在大王家巷的一幢居民楼的5楼，仍不大待在家里。记得1987年5、6月间，我曾两次访问老学兄；1988年5月，又一次访问，共三次都吃了闭门羹。他也很周到，房门外备好一支铅笔，一叠白纸。凡来访客人，可以留言，不使人怅然而别。

这也算是一件憾事。当年我在上海书画出版社负责工作，那时上海书画社才改名为上海书画出版社的时候，也是出版系统领导企图把书画社做好做大的时候。因为有一个绝对占优势的上海人民美术出版社老大哥的存在，书画出版社只好在书法方面的出版上多下点功夫，美术画册只是可怜巴巴的编一些。负责画册出版的老编辑林野看中了凌虚积40年写生的金鱼画稿，为他编了一本《金鱼百图集》，这是关于金鱼品种画稿的汇总，实属史无前例，还由此引出了朱峰的《百松图》和钱行健的《百鸟图》。可笑这三种书的包装设计丝毫看不出系列的架势。那还是"文革"后不久，单位内强调"为工农兵服务"，具体表现是降低成本，不使书价太高，印制稍有豪华，就遭非议。《金鱼百图集》外表的确比较寒酸，但内容是精彩的，凌虚每次提到都表示满意。

对于我这一学弟，他总是奖掖后进。2001年底，上海新华艺专的校友们在卢湾区"汪亚尘纪念馆"举办过一次小型画展。凌虚看了之后，对我一幅画指出今后应遵循的地方。受了他的教诲，我曾在2004年画了另一幅题材的画。鉴于对吴待秋老先生字与画的崇敬，我几处打听有关他的资料，上海的朋友们说："最好找凌虚帮忙。"后来他为此费了一番周折，终于给我解决了。

曾读到他的两篇论文——《蒲华的启示》《吴镇的人品画品——兼议笔墨问题》，才知道凌虚不仅是一位画家，而且精通画理。他评蒲作英的画"如水闸顿启，汹涌直泻……笔下流淌的是醉态，其实是真情……如若矫揉造作，故作姿态，便无足观矣。"这使我又认识到凌虚学兄是一位重真情的人，这样的人也必然具有正义的品性。今年他已86岁了，为了那幅桃花坞木版年画真古版代表作，这原可说是与他无甚关系的事，但事关中华文化遗产，岂可以假代真！他为此一再向社会呼吁，并写出多篇文章，最后使真相大白于天下，真古版《和气致祥》被刊印于第28届世界遗产大会纪念封。对于他爱国家、爱民族之铮铮骨气和坚持真善美、反对假丑恶的精神，我深为钦佩。

袁成亮先生专治史学，通晓现代中外关系史，我曾详细阅读他写的《走向卢沟桥事变之路——1927至1937年中日关系》一书，史实丰富详尽，具有很强的可读性，阅后印象至深。这次他又以史家笔法写了这本《凌虚传》，真一喜事，试为序。

2004年秋

刊于2005年中国文史出版社出版的袁成亮著的《凌虚传》

"孙杨伉俪画集"序文

1945年初，我刚从淮南路东二师师政分配到六旅旅政机关，驻地距原"新民主报社"并不远，过去也曾在这里工作过。有天知道新从上海来到报社一位名叫孙杨的美专学生，比我小四岁，他说原来曾在上海青年会中学念书，后来进了英士大学，学的是美术，老师为潘天寿、倪贻德。青年会中学我也知道，因为我认识一个姓舒的地下党员。从此我两人也就熟悉起来，他常爱和我谈心，比如"我这条路走得对不对"一类别人少问的抽象问题，事实上我是把他当小孩子看。由于战争的原因，他又调了另一单位。凡是学过美术的青年，我们间总有一些"专业"的亲切感，不久内战全面爆发，他也不知去向。

1947年初，我早已离开淮南二师地区，先由皖东撤入苏北，再入山东，这时战争剧烈，一天我正代山东某军单位去接收一家从华中北撤来的印刷厂，顺便也到华东野战军政治部去看看老朋友（华中新四军的画家）。不料在这个大机关里遇见一批聚集起来的美术家，例如从延安来的王流秋，从新四军一师来的杨涵，二师的杨中流、亚明，而孙杨也在其中，大家遇到后，心中都极高兴，杨涵及王流秋都是初次见面，互相间都观摩对方的作品与藏品，而且都很真诚地提出意见。在他们那里吃过午饭，便一人跑到附近临沂城内游逛（画速写）了。战火正酣，蒋军飞机在城中狂轰乱扫，我钻入城中沂河大桥桥洞下，抓紧时机画了一幅速写，这以后，和孙杨再无会面的机会。

解放后听说孙杨进入中央美院进修，令我十分羡慕。

为了写这篇文章，想更全面地了解一下，找到一本很早以前他赠送我的《上海市文史研究馆馆员传略第四册》，才知道原来他也是在1942年秋以一个十七岁的高中学生参加了苏北新四军抗大九分校，又于1943年重返上海，原在中学读书时结交了张耀忠、张耀祥两兄弟，二人都是中共地下党员，孙杨不止一次地从生活上、经济上帮助过他们，并在战地一起流亡过，此后才开始学画的生涯。1945年他再次进入淮南敌后地区，已成为一个充满了艺术激情的画家。

上世纪50年代中期，听说孙杨已由中央美院学习结束，又回到上海市文化局，而且也居然办起画室，就在余庆路那边。这时我也在如饥似渴地到处找画室学画，也热情参与其中，不料孙杨的领导人涂克也夹在学员队伍中练画，他一碰到我，便调侃着说："你的本领真大，这样一家画室你也不放过。"可是他自己何尝不是如此？这位曾经过林风眠、吴大羽手下培养出来的老画家，今天也是同样不放弃他的初衷，足见学习才是人的一种天性，人人具有。

以后又耳闻：孙杨为了办画室，竟公然辞去公职。那时我也很少向外接触，一直到文革结束后，好像在长宁区一带所举办的一次画展中，突然发现有孙杨的几幅作品，在展出的画旁边，还附有一纸，介绍："孙杨——新四军美术干部，中央美术学院毕业，至今仍未归队，这些作品是他加班调休，自费外出写生的作品。"孙杨在他的《自传》中说："黎鲁等人告诉我，他们看了很受感动……"的确我也真是太感动了，第一，多年未见，现才知道不知下落的他，这几年是如此度过的；第二，他仍然忠于作画；第三，和所有人不同，他自费作画。我终于打听到他的"岗位"，是肇嘉浜路乌鲁木齐路口，一家不小的企业"中国钟厂"，当时他正好在传达室内当一名传达工。

我遇到出版局专管人事的杨冷副局长，原来也担任过新四军二师四旅宣教部门领导，我向他说了孙杨的情况，他非常同情，坚决认为应该落实政策，给予新规定的离休待遇，并要我告诉他立即写一个书面报告。杨冷表示由他本人负责办理这件事，我马上告诉了孙杨，但甚出意外，他竟然对此很不积极，拖了多日，始终没写出报告，后来对我坦率地说："即使拿了离休待遇，由于工资极低，也没实际好处。"

不久，知道他已加入了文史馆。我也准备着我二人一起骑车写生的计划，当1984年冬天来临，有了一个美好的游程：由上海先到杭州，从绍兴到达宁波四明雪窦，南下天台连游南北雁荡，闽北太姥，由福州再入泉漳厦门。我想他定能如期参加，不料他举出一些理由与证据表明无法实现，我只能一人默默成行。次年3月我又约他同去张家界大宁河、武当山、神农架一带，这也是他一直醉心向往的，可惜我二人依然没有同行。直到过了好几十年的今天，我才认识到是自己强加于人的不实际想法，二人的差距只在一点：艺术激情。他有一百分，我只有七十分。我自己十分清楚：游历第一，绘画第二。由于长途骑车，宝贵时间要分到"游"的事务上，绘画的激情会被分散，此画家一忌。他不应因骑游而牺牲浪费了宝贵的激情与必要的时间，这样说，我的激情便远不如他，他当然不能因此做出多日的牺牲——完全是这样。

1986年的春天，也许是出于向我补上两次的歉情吧，他很热心提出我二人一起坐火车去游历三清山，于是有了该年1月29日的衢州三清山之游。

我二人于1月20日夜间由上海坐火车经杭州、金华，21日晨五时许到衢州下车，先找烂柯山，行人只知有"石室"，出站二十分钟步行抵此，午后再上火车入江山。22日上午于浓云密雾中游"三片石"，再坐火车到达玉山，23日早上一路沿信江游先见旭日，继又大昏暗。由紫湖至金沙镇只8里，又在万里晴空中到了三清小盆地，亦是山区乡政府所在地。住入招待所，下午及24、25日皆在四周作画，26日上山，只带方便面，大雪满山，古旧的圆门上写着"清都吊桥"，过"天宝石""锯鳎石"多怪奇，遇道庙，一大寺院，清幽旷远。27日午至玉山，由此入愚公岑，二人自以竹棍挑行囊，再返玉山上火车。29日晨我回上海，孙杨一人回屯溪老家去了。

两个多月之后，也即是这年4月，他又以文史馆员的身份，请了他的好友李沙和我三人合开了一次画展，正是在这次画展中结识一位游伴：水彩画家严德泰，这年9月我两人完成西南四省游。

这以后我成为孙杨家的常客。他住在淮海中路成都路口，这里不远又是画家丁浩住处，他正任"离退休高级专家协会"绘画组的负责人，并竭力鼓励我入会。另不远处是社联，当年名国画家邵洛羊介绍我加入社联内的"美学学会"，他原是我在上海学生界地下党组织内我的领导人，丁、邵二人又都同时极力劝我学习国画，这自然是一种尊重民族艺术传统的行为。另一位老友贺友直又常常主张国画并不那么简单，画不好不要去碰，我也受影响了。孙杨这时学贯中西，曾大画金鱼。

孙师母何立平，她很少在家，这时她是徐汇区牙防所的职工，凡我在孙杨家，总是他本人亲自操厨（他不需上班），速度快而熟练，直到她退休后，我才发现她也是一个极具艺术激情的人，孙杨原是她的正式老师，当年说起画艺，孙杨当然一人称霸于家中，何立平很少干预很少插嘴，当她一旦退休，形势却起大变，这位师母竟然成为一位好学的狂人，大量的写生画稿出现在他们共同的居室里。我十分为她祝福，她并没有沦为贤妻良母型的人，而是一位大有作为的新生画家。

1998年5月间，上海文史馆员陶烈哉在宁波举办画展，我是被陶烈哉约请去的。文史馆内有大批画家一同坐了大汽车去了宁波王康乐艺术馆，安排了孙杨和我同居一室。又过整一年，1999年的5月间，孙杨以75岁高龄去世。以后何立平师母长时间住在女儿孙亦晋于美国的家中，回到上海后，她从淮海中路搬到虹口区一所高楼里，面积宽敞多了，新画作品也布满了全居室。现在她已是上海水彩研究会内一名积极忠实的骨干会员。一切和她刚退休的那段时间又不同，她近作好几幅很类似吴大羽，但她的画风还在不断地变，我知道最近还在抽时间编选一本他们夫妇共同的画集——这是绝对该做的事，叫我写"序"。我这里还是啰嗦了许多和艺术无关的事。

2016 年 5 月

怀念友人朱石基

——写在《朱石基画集》出版之际

今年 8 月中旬，老朱来电话，说又要住院了，还是老慢支发作，叫我不必去看他，等出院后再聚谈。一如去年多次进院，这次仍带了纸笔和碑帖，以防荒疏所学。23 日下午，我和苏予同志去探视他，他虽输着氧气却无病容，仍保持着从容和自信，相互还谈了些近期作画心得。不料 26 日早晨他竟与世长辞。几天里，我眼前一直回荡着他的面庞，笑眯眯的以及他的惯常动作、谈吐姿势……，所谓"音容宛在"，久停不去。

他是幸运的，子女能体会父亲的心愿，立即张罗为爸爸出版画集，并对我说："爸爸生前常提到您，所以才请您为他写一篇短文。"这是我该从命的。

1942 年，20 岁的他考入国立艺专，当时，他已接受革命思想的洗礼。树立了以艺术为革命为大众的坚定信念。1945 年投奔敌后解放区。1948 年在南京从事地下工作，与国民党军中演剧七队队长单线联系。南京解放后，他便担任了南京文工团支部书记兼政治教导员。

1952 年，他调入华东文化部，从事华东民间艺术方面的管理工作，我的印象是他做起工作非常投入。正当华东人民美术出版社刚建立，出书还不多，由他和陈烟桥、陈秋草合编的《华东民间艺术》，作为该社第一批新书出版了，这本书包含他的许多劳动成果。也正是这一时期，他在山东潍坊对年画进行调研，认真体现毛泽东同志倡导的"没有调查，就没有发言权"的求实精神。1953 年初，发表在《解放日报》的《在改造杨家埠年画工作的几点体会》显示出而立之年的他，已具备深厚的文化素养、美学的独到领悟以及辩证思维的分析力。也许正因为如此，在筹建以年画专业的画片出版社时，选择了他作为编辑部的主要负责人。从此，他以新中国年画创新为己任，1961年，又在《文汇报》上发表了他起草的《上海人民美术出版社年画调查报告》，这时，他根据长年经验积累起近乎体系的理论如年画"五要"之说。

1957 年在反右运动的过程中，听说，画片出版社的鸣放不彻底，反右反不起来，到最后打出的右派寥寥无几。这似乎是领导上右倾，但恰恰表现了包括老朱在内的领导作风的正派。1958 年以后，画片出版社并入上海人民美术出版社，我们成了同事。在这形势多变的几年里，各单位无例外地常开会，我觉得老朱不是喜爱浮夸风的人，也不是敷衍了事言不由衷的人，而是本着自己理解，力求在理论上作出对政策的阐述，带有探求真理的色彩，所以听者感到：比较言之有物，有味道、有深度。

文革中，他所受的压力比别人重，一度被下放到新华书店，我常去看他，互相间有些安慰和关怀。

从上世纪50年代到70年代，鲜见他参加美术作品展，但其实没有一天忘情于绘画。他的速写、写生稿年年不断，毕竟工作太忙，他是一个善于自律的人。直到1982年离休后，才得以将重心转到作画上。筹建过岳阳楼书画社，担任了新四军研究会书画组评委。大部分时间钻研于中国画的创作，他更乐于团结一些老同志和美术爱好者共同探讨。不少同志常去他家互相观摩作品。我原来不敢碰中国画，在友人的鼓励下，从1997年开始尝试，老朱则对我大加鼓励，凡有新作，都要我带画到他家，约了人来看。正是有了他的推动，我才有信心坚持下去。

今年9月里，应老朱子女之约，叶文西、张苏予、余安娜和我一起看他的遗留作品，大家都很吃惊，没想到有这么多，有些可称得上是精品，为什么从不见他拿出来示人呢。

他有独特的风格，善于掌握整体，大面积经营，大块面挥毫，追求元气淋漓而不屑刻画，属豪放而非婉约类型。

在色彩上，很少用灰色调，爱用大黄、青莲那种别人不敢用的颜色，且多施以浓墨重彩，恐怕也是他多年从事民间年画研究的积累。

80年代，他临过不少石涛、黄宾虹的画，并受其影响，他的山水画中即使在大幅繁多的场面里，也总显得结构坚厚，光亮舒畅，无过紧过密之弊。

回首往事，才重新发现了一位纯真、正直的友人。可惜我不能对他说："老朱！我发现你真好，真值得学习。"这是几十年来从未向他说过的。

2000年10月4日

刊于2001年3月上海人民美术出版社出版的《朱石基画集》

墨 痕

——《余安娜画集》序二

余安娜同志不是名见经传的人士，不是美协会员，不是习见的画家。很惭愧，虽然我们都有几十年美术编辑的工龄，竟不知道上海还有这样一位画家。近几年在常见的老干部书画展当中，拜见了她的作品，感到是非常之出众的、一望而知绝非是缺乏笔力的习作性绘画，而是足够登上大雅之堂之作。说实在，我们三人在掌握传统山水画的能力上都及不上她，能够作为这本画册的责任编辑，都感到高兴。

有次她拿出几十年的旧作，说是请你们指教，才知道她在抗战时曾在重庆某校美术科就读，以后大多从事和美术无关的职业。这几年担任了岳阳书画社副社长外，经王康乐先生传授，王康乐师从黄宾虹，所以对于黄宾虹她也是热爱到了极点。她崇奉传统，对皴、擦、点、染的笔墨表达方面，忠实地遵循古典法则，还加上对人生对自然的体察所能透露出的"内美"。

无疑，对任何事业的发展上，都应坚持创新，但绝不可排斥优秀的传统。当人类迈向新世纪之时，应保持所有的优秀文化，也包括传统的中华绘画文化。希望余安娜同志在她原有的基础上更熟练更概括更努力探索，在自己的园地内移步不换形。我们三人加上作者，都已进入高龄，但不知老之将至。朝气勃勃，并且保持赤子之心。

朱石基　张苏予　黎鲁（执笔）

1999.11

赵延年版画精品展上的发言

　　……解放后（我们）见面，当时我是 28 岁，他（说）是 26 岁。今天我才知道，我比他大 3 岁。

　　我记得他有一幅作品，现在还展出的，叫《弃婴》，（当时）他应该是比较注意艺术品的政治性。当时他（起）的名字叫《弃婴》，后来发表的时候，好像是麦杆给他建议改个名字，叫《小主人》。我记得你讲过这个事情。《弃婴》比较客观；《小主人》把中国的小孩子在反动统治时候是这么个待遇，小主人，主题性更强了，我记得有这个印象的。后来，我比较欢喜的还有一幅作品，就是 1954 年所刻的中苏友好大厦、现在的展览馆（《和时间赛跑》）。那是（大厦）造了有一二年吧，（我）经常路过这个地方，（作品）表现刚刚解放的 50 年代一种朝气蓬勃的精神，表现那个时代，我感觉这个作品很能说明问题（邵克萍插话：他值得纪念的作品都在上海搞的），说明 50 年代的建设（高潮），当时看得非常好。我一直有极深的印象。后来你就到杭州去了。但是你的作品，我认为在 60 年代还是慷慨激昂的（做《起来，……》的手势），这个，我印象就是我们要支援亚非拉。

　　我还有一个印象呢，就是：1981 年，我路过杭州，当时去看看老朋友，他们夫妻到底怎么样。结果又给我增加了一个印象。我一直在想，赵延年是一个大学教授，而且是个名版画家，一般讲呢，当然，过去对待知识分子是有很多不足之处，但我想，赵延年总还是个知名人士吧。结果到他家里一看，使我非常吃惊：他住在一个很陈旧的院子里，他的夫人呢，正在烧煤球炉，摇着破扇子。那是文革后的 1981 年，这一点使我心里更尊重他了。他是一个艺术家，他不会去……因为有些艺术家也可以搞得条件很好，各方面，房子啊……去搞这个东西。他没有。所以我心里面对他又增加了一分敬意。他始终搞木刻，始终守着自己的岗位，在自己熟悉的园地里始终一贯地坚持下去，这一点非常值得我自己学习的。我自己就没有什么，很浮躁啊。这一点，他不断地加以探索。从你的作品当中可以看出，不断地探索，不断地追求，我们过去叫"专"，事实上就是做学问之道，也就是说耐得住寂寞。因为在这个几十年当中，外面动荡不安，非常动荡，你始终坚持你的前后一贯不变的精神，摆脱一切负面影响，是非常值得推崇的。

2001 年 4 月 21 日于"上海海菜画廊"

赵家璧诞辰 100 周年纪念会上的发言

一般作家也好，艺术家也好，形象思维非常丰富，但是逻辑思维不是太强。赵家璧他分类的观念很强的。他什么东西都能分门别类，这是一种科学，也是一种专门的出版经营。他的魄力很大，我觉得这是他非常大的一个特点。他喜欢出大系、文库，他最擅长的，在出版界，编辑方面，的确是他最突出的一个特点。

当时，我不在人美，但是我知道他是 1954 年进去的，到了 1955 年，鲁迅纪念馆就编出了《鲁迅》，一共 12 张，是卡片。第二个就是鲁迅纪念馆编的《鲁迅纪念馆》，也是 12 张，五十开的。接下来就是中苏友好大厦。从这个当中，关于文化方面的各方面的建设，他都搞一个图片来推广，这种东西恐怕有四五十种，都是他到人美以后搞的。

他还搞了三个画库，一个《新中国画库》，一个《中苏友好画库》，还有一个《农业画库》。这三个画库，我记得《新中国画库》恐怕出了五六十本。有第一期、第二期，一期大概三十种。新中国成立后，各方面的情况他都想反映出来。一个画库，小本子里面有 12 个印张，他根据成本各方面来算的。他到上海人美以后，短短的一两年，这许多画库都出版了。

另外就是搞了几本中型画传，大概搞了五六种，《奥斯特洛夫斯基》《斯坦尼斯拉夫斯基》《契诃夫》等等。我也听他亲口讲，他要搞《梅兰芳》画传，可能后来形势的问题，没有搞下去。其他还搞了很多，伏罗希洛夫到上海来，没有几天，他就主持出版了一本很大的画册:《伏罗希洛夫访问中国》。

我是 1956 年 1 月份同汪洛英同志一起合并到人美的，这个时候我同赵家璧也是经常碰到，他给我的印象很谦和，而且很有雄心大志。赵家璧给我的印象，一个他是时代的先驱，他总是在时代的前面，他不会落后的；另外他是踏踏实实、务实的，不是讲空话的。

2008 年 11 月 20 日于鲁迅纪念馆

刊于 2008 年第 2 期《出版博物馆》

《中国新民主主义革命美术活动史话》序

黄可同志最初和我谈起为这本书写《序》。我想新民主主义革命时期，不正是从五四运动到新中国成立的这一段现代史吗，不是有许多大师级人物的美术史吗？后来他说："这不是美术通史，这是革命美术史。"我才明白原来有这么一个界定。

二十多年前的 1981 年间，在黄可同志主编的《上海美术通讯》上，刊登了一篇题为《回忆战斗岁月，发扬革命传统》的座谈记录，作为参加人之一，我曾讲过："抗日战争和解放战争时期的美术，事实上已经起了承上启下的作用，最后融合到并极大地丰富了我国美术史的长河之中。"我还建议："对这一时期所产生的美术作品可进行全面的分析和研究。"直到现在，我一直这样认定，并且将延安的木刻时代当作中国近代美术的黄金岁月。上世纪 40 年代前期看到的古元、力群、彦涵，中期看到的马达，后期所看到的王式廓、石鲁，这些革命先辈所创造的艺术，比之希腊艺术、文艺复兴艺术、荷兰 17 世纪艺术、19 世纪法兰西和俄罗斯的艺术，以及敦煌壁画、宋元山水、明清花鸟，都同样具有"不可企及"的光辉典范性质。黄可同志也许对彦涵的艺术情有独钟，选用的插图特多。彦涵的艺术，显得博大，又显得更深刻，在充分表现战争实际生活的，全国以他最突出，例如《狼牙山五烈士》，例如《当敌人搜山的时候》，例如《彭总在抗日前线》。在充分表现土改运动过程如《分浮财》的场面，表现解放区民主建政的《豆选》，即在 50 年代前期那幅影响社会精神、生活的宣传画《我们热爱和平》，都是中国革命现实生活中深具普遍意义的主题。都具备无比的震撼力，即使一幅小品《农民诊疗室》，也生动贴切，不同凡响。力群、彦涵曾在国立杭州艺术专科学校，王式廓曾在日本国立东京美术学校那样优秀的艺术环境中深受熏陶，他们的传统功力自当非同一般。

艺术总是社会生活的一面镜子，尽管有人对这种说法讥之为"机械论"，但是艺术总是每个艺术家个人独立心灵的产品。中国的革命，比起任何欧美发达国家所经历的革命都要艰巨得多，时间长得多，规模大得多。这本《中国新民主主义革命美术活动史话》正是描述这一波澜壮阔的中国革命活动中详尽史实，不愧做到"史话"的要求，因为毫不晦涩，读来顺畅而生动。

全书所述从上世纪 20 年代初直到 50 年代初的三十年中，作者反复交替描述的，竟都是漫画与木刻版画的发展史，这是为什么？恐怕不是任何主观意志、任何艺术家的个人选择可以决定的，而是依着中国社会的特色、中国革命的特点、国际环境的因素，以及国内文化的生态所决定的。"五四"早期的反帝题材漫画，和 20 年代末期的红军宣传画不同。同是解放区，延安的美术和各个解放区的美术不同。同是木刻版画，解放区的木刻版画和蒋管区的木刻版画不同。这些不同也正如郭沫若以美学的行话来品评，有着"喜剧的"和"悲剧的"区别。长期革命经验形成的更高级的理论飞跃，促使艺术向着更高更新的质的提升，这才有延安木刻版画。艺术必须面向大众，在革命战争的岁月中，漫画和木刻版画最便于向群众迅速推广，成为有力的利器了。当年毛泽东把广州农民运动讲习所课程中的"美术"改称"革命画"，以防止流为习俗。黄可同志该书的宗旨，也遵循这一本意。

在淮南抗日根据地，我曾遇到莫朴，他正在刻《铁佛寺》。他正准备去延安。当时他赠我一本华中鲁艺美术系编印的手拓《木刻版画集》。

组织上一直没有分配我做美术专业工作，美术只是业余爱好，这本《木刻版画集》也成了我的"剪贴本"的第一批来源，我把一幅幅木刻版画密密地贴在十六开的本子里，到了 1948 年，已积累成寸多厚（2—3 厘米）的本子了。1982 年，杨涵编的《新四军美术工作回忆录》中，从我这本集子中拍摄了不少作为图片。

当年使我百看不厌的，是这本集子中多幅鲁莽（芦芒）和铁婴的作品，以及吕蒙大量木刻版画（皆报刊上剪下）。从《山东画报》上剪下的版画也是极精彩的，其中之一是宋大可，他风格朴实敦厚，不仅擅作情节性独幅，也能刻出朱总司令的英武气质。山东画家最优秀的是那逊，有一期《山东画报》上登了他创作的许多木刻版画人物头像，如山东省政府主席黎玉，八路军——五师代师长陈光、政委罗荣桓、原师长林彪、政治部主任萧华、司令朱瑞、省政府厅长薛暮桥等人。从延安到了苏北新四军三师地区的胡考，也有着极为精细的纯红色的木刻独幅画……这都成为剪贴本的一部分。

直到 1965 年夏天，上海美协准备办一个纪念抗日战争胜利二十周年的画展，时任美协秘书长的吕蒙知道我有这本剪贴，打电话找我，我正在参加"四清"，便抽空把剪贴本送到美协，由于没有空去取，次年"文革"突起，这剪贴本也就遗失了。

今天，使我吃惊的是，从书稿中初次目睹大多从没有见过的作品，例如大多数人都不知道加拿大白求恩医生竟然是个画家，亲自爬上墙头画起抗日宣传画，而我曾收集的木刻作品他也不一定有。我绝不是说黄可同志收集的作品不完全，相反的是反证收集战时作品之不易。

一般美术史涉及的美术家多处于相对安定的环境，独有此书所涉及的美术活动是产生于不同的战争环境中。书中所涉及的战区机关、单位及其归属变迁，各美术报刊的称谓、期名、出版地点，画家们的流动行踪，都是极为复杂多变的。这一方面要求本书忠于事实，又因种种材料所限，即使根据本人回忆，也可能不一定十分之准确，对于这些绝不能过于苛求。

再说几句题外的话，对于特殊的书籍，我有特殊的搜求爱好。记得有本华岗著的《中国大革命史》，上世纪 30 年代末期，我好奇地多方面打听，终于借到它，并且贪婪地读下去。也听说，胡蛮著的《中国美术史》，竟然是印制条件很差的延安土纸出版的，当时也始终见不到，只是战后在上海才得以阅读到。今日，出版条件大大改善，出书的品种也大大丰富了，但是这本可以说是填补空白性质的《中国新民主主义革命美术活动史话》专书的出版，我还是有着数十年前那样的强烈心情和阅读兴趣，它是一本少有的特殊的书，是一本纵观中国革命美术全貌的书。

整理此文稿时又简略地浏览了原稿，深感这 400 多页《史话》的特殊价值。"新民主主义革命"紧密承继"旧民主"（五四运动前甲午战争后短短一段）书中大量介绍的时事漫画所透露出的反帝反封建激情。对新旧民主革命全程的人和事尽求表达详尽。革命美术的最大特点是大众化，不是精英化，但又必然产生出"普及基础上的提高"。二化间的关系是一个极值得深入探究的学问。因此黄可同志不辞劳苦，积累了丰富的素材，从而表达出历史真相。在历来美术史书中，也是特别的丰富详尽。

2005 年 4 月 11 日

刊于 2006 年上海书画出版社出版的黄可著的

《中国新民主主义革命美术活动史话》

再欣赏金铭的画

金铭和我是老同学，1952年在陈盛铎老师的画室里一起学素描。1956年画室里几位同学都进入上海画片出版社，成为专职年画家，1958年出版社并入上海人民美术出版社，我俩又成为同事，相交近六十年。

1975年上半年，他和我第二次到五七干校，干多种农活。"夯地"时站在一排，那是无话不谈的愉快时刻。有天，随便说到"五一"休假的事，他提出个主意：一起骑车到宁波玩，我非常赞成。过几天，他却表示仔细盘算过，五天时间太紧张，还是去苏州的好，我又赞成他的改变。不觉到了4月底，干校要试验一种新的小苗育秧法，指名要金铭参加（因为他的点子多），这就无法同游了。我只好一个人去实现二人的愿望。

金铭后来热衷于画水粉风景，1977年我到他家，便去找他和王伟戊（二人是邻居），目的是向他俩讨教画水粉的要领。后来，听说金铭当上了上海水彩研究会的秘书长。1986年我和另一位水彩画家严德泰结伴从武汉到贵阳沿路写生，就在途中听说一个消息，上海水彩画协会会长吕蒙由于研究会务，到金铭家门口不慎跌了一跤，导致再度中风。说明他们对公众事务的热心。

2000年收到他赠我的《金铭画集》，今年又看到他许多新作。一个久居海外的华人如何通过画面表达胸中的意象呢？一是体会国外的风物，一是流露祖国的心结。关于前者的《罗得岛小屋》，这画在1998年和2003年分别画过二次，我欣赏第二次的创作，无论在位置的经营亦即画面结构还是用笔上显得更为完美。又如表现希腊风光的圣托里尼上的《小岛白屋》，虽说那红墙面的上下左右都显示出一点中国味，但通体还是表现欧洲农家，《香榭丽舍》也属这一类型。除了《宏村》表现皖南一带民居外，在英国画的《春江水暖》中的茂密森林、在阿拉斯加画的《雪山》中的松枝松干、在瑞士画的《卢森一角》的粗壮大树、及未标地名的《夏》，都有着祖国传统手法痕迹。外国人心目中不具这种意趣的。至于《春牛》更不待言了。

艺术的可贵在于不跟风，不媚时。他的作品所传达出的意象，他的惯常心态正是浓浓的祖国心结。

刊于2010年8月上海人民美术出版社出版《金铭画集》（二）

读《艺途留痕》有感

——致杨德康同志信

德康同志：

9月25日收到你寄来的《艺途留痕》，到昨夜为止，一有空就读，终将这书读完。这书对我很具吸引力。因为偌大一个中国，出一本连环画从业者（画家、编者、编辑）专述的书，恐怕没有几本，加上近几年，一些综合性的，如赵克标、麦荔红的《图说》等这些好书都嫌过少。你"责编"的这本书，具有独自的个性，有特色。

钱福年同志在解放初，我即熟识，他穿着一件蓝色长袍，常常出现在初期美协活动之间。只知他常为美协发通知，他的笔迹我很熟，后来他又到了上海人美社，仍是勤于服务。曾在1954年，听说他的儿子钱贵荪考入美院附中了，我感触甚多。这一年在上海复兴中路一个大门口，挂上了"华东美院筹建处"的牌子，令我兴奋不已，幻想自己也能争取当一个旁听生。后来关于钱贵荪是个"速写大王"一词，也有传闻，但始终无接触（我甚内向），今目睹此书中大量画稿，倍感亲切，自产生一种"熟悉感"。他确实在速写上功力深厚，刻画入微，例如《金半仙》各色姿态（第17页），肯定因速写而得。《陈双田》（第18页）很传神，作画时并不刻意。三幅《肖楚女》（第20页）均佳，第一幅地板与床帐的浓厚质感，第二幅"学习"时的双袖质感，第三幅人物颈部刻画出革命志士颈部动态之美。第38页下面五幅动态速写均好，而下二幅尤佳。右下那个推小车人的双脚腿肚极妙，为我所远不能，这恐是十分熟悉人体解剖之故。

解剖学是一门冷静的科学，归于理性认知。而凡属艺术品，必须都是"可感"的，是和"可知"相区分的。"可知"（知之为知之，不知为不知）世人往往在"以不知为知"上犯错。相反，艺术重在"可感"，贺友直自称其艺术要诀在于生活中捕捉感觉，重于"情本体"。而钱贵荪坚守"只有理解了的东西才能更深刻地感觉它"这句名言。那个拉车人的腿肚和后脚跟，不正是由于深入了解人体解剖才能画得那么深切自如的吗？这又是属于科学理性的，而艺术又须坚守"感知"。贺友直正是努力追求一种高度的感知表达力，并且与另一种理性（人类智慧、人生实践、人性善良）结合才能构成艺术家修炼出来一种画品（亦即人品），这是我的粗浅理解，不知确否。

第55页所载的《有关速写的几点感悟》，我以为应是本书当中最为精彩的部分，钱君所称速写不仅要"勤"，也要有"情"，应为至理名言，抓住要害。"勤"是劳动态度和本分；"情"是人们自身具备的原动力，一切所谓"意""气""神"皆由情所出。明乎者则艺术劳动本质上不是苦事，反是一件乐事。

对"笔"的轻、重、缓、急、提、按、涂、擦这八个字不用"皴"改用"涂"字，何故？未加说明，定有个用意，这又和下节为"提高用线概括物象"和"以线抒情的能力"，是加强"笔的运转"（在于手）和"力的运转"（在于心），才会使线条产生"流畅飘逸""涩滞凝重"两大效果，岂不就是中国画论上的"笔墨"吗？书后部有一篇座谈会纪要，好多名家对钱贵荪改行创作国画中所产生的新问题（即非连环画创作的另一新问题）都已牵涉其中。中西文化不断融合，是历史大趋势，坚持个性，坚持民族化，又系艺术基本规律，故理应克服重重障碍，重重偏差，艺术必会不断前进。有一幅《大伯》（第54页）速写，上身灰调子产生了厚度，下身的单纯用线产生了力度，说"切忌画僵"，看来最理想最上乘的仍是做到"不似之似"。

读到第119页何巧玲《甘苦自知》文中所述："文革中没有稿酬，又要请作者画稿，作者抽烟多了，电用多了，有些家属有意见，做好家属工作也纳入了我的工作范围。"写编辑甘苦，写编辑道德，这一小段也最为精当，我做了多年编辑，自问在责任心上面应向她学习。

从青年华松津的风华正茂，一变为白发老翁（第31页），正属编排上神来之作，令人感叹岁月沧桑。从第118页上何巧玲的叙述中，才知道钱贵荪有三个哥哥、三个妹妹，对于七个孩子的钱福年来说，确是难以应付，怪不得作为父亲不太鼓励儿子进专科学院，反希望就在上海找一个机会画连环画以养家糊口，可见中国社会的普遍贫困。我的老同事如赵宏本、顾炳鑫、杨兆麟几乎一样是七个孩子的父亲，新出的《连博》上又有庄宏安介绍上海一连环画家赵越的生平，他竟有九个子女。

何巧玲说："1980年前，我俩每个月工资相加不到一百元，一半要交两家父母，还要抚养儿子……"贫困的中国这几年经济改善了一些，是以廉价的劳动力来赚取外汇的，说要改内需，说了多年，内需总高不起来。美日这些国家看中其中的弱项，就加紧欺侮中国，不许你再强大。

我只知钱病鹤，不知钱云鹤（这次从第117页上才知钱病鹤后改名钱云鹤），在我撰写《上海出版志》的文中我曾把钱病鹤当做中国漫画第一人。他画过《老猿百态》，抨击反动的袁世凯，这本书有102页，岂不也算是一种连环画读物？我曾画过一幅国画《世纪颂》，内有五十余海上画家，可惜不知钱云鹤，这次才看到书中的几幅国画，都属海派风格。（另拙作《黎鲁作品集》一书最近另寄，可参该书第203页）

校对质量亦好，我的书中错字多，你书只在第13页上有一小错（《日出而耕》速写应在第12页，误排成第10页）。杨成寅序中写钱贵荪《万壑松风》有古松、白云、群峰、庙院等景，书中未曾见到。又第119页一幅集体像，皆今日连坛群英，非常好，大批粉丝最喜此类照片，但都没有标清姓名。其中一半我都不认识，文字说明中有戴敦邦，前排左2有点像，但又不太像（似为秦龙），后排右一人倒是像李晨，但文字上没有。

感谢你的赐书，匆匆草回一信，祝你中秋国庆长假生活愉快！

2012 年 9 月 30 日

刊于 2012 年第 4 期《连博》

《李家庄的变迁》新版

　　最早看到孙铁生的连环画，是在《华东画报》上发表的短篇，六十多年过去了。最近才知道他早年曾在江苏老解放区担任美术编辑，1950年代起，他画连环画十分勤快、十分认真。当年一看到他的画稿，心情就感到特别顺畅。他的画面里，比起山川树木和房舍环境更注意于人物刻画。这本《李家庄的变迁》中，不论正反面人物，个个经过细致塑造。虽说是用线勾勒，但也不忘明暗表现，例如铁锁的衣衫背部花纹上，甚至依稀看出凹凸的微妙变化。

孙铁生画展（2001年5月于上海）出席人（左起）：金奎、周达仁、郑家声、汪观清、聂秀功、黄全昌、宋治平、黎鲁、贺友直、孙铁生、范生福、王宏喜、潘宝子。

　　到了本世纪初，几乎已是众口同声，甚至有些社会上的显赫人物都表示："我们小时候是看着连环画成长的"，这又多么意味深重，它反映着一个大时代里的文化变迁。

　　可能多数的连环画是采用了文学作品为脚本的文画结合格式，这和1940年代以前是不同的。赵树理是伟大的现实主义作家，通过连环画来阅读他的叙事，给人不能忘情的是：一、以采桑叶的事件展开一个小村里的社会缩影，即邪恶势力统治一切，谁也逃不了；二、以小常为中心的进步善良势力出现在李家庄之际，那些邪恶势力又如何摇身一变，逢迎、欺骗、腐蚀善良的人。文学脚本深刻地表达了它，画家再艺术地表达了它，这才让人们感觉自己确是"在看小人书中成长"。

2012年2月

刊于2012年6月上海人民美术出版社新版

和《潭州烽火》的有关联想

不知为什么，日本军国主义势力近来又嚣张了起来。这两天看到新出版的"湖南抗战历史连环画"丛书第一本《潭州烽火》，那内中的情节，令人产生多种感触。

八年抗战中，存在一个"相持阶段"，湖南处于正面战场，出现几个激战地段。当时我远在敌后根据地，只从报纸上对湖南抗战的新闻知道了一些。

以前没有到过湖南，从1979年起，曾来过三次。第一次是成立全国出版工作者协会时，随上海代表团前来长沙，其中有一天到湘潭参观韶山毛泽东故居。第二次是退休后的1985年，从长沙游常德、张家界再进入湖北，曾记得在沙市街道上突然遇到几个和人物原型一样大小的塑像，记录日军在这条街上的暴行，造型逼真。

第三次在1986年9、10月间，先由岳阳进入新墙（不知道"墙"字和"墙"字是否通用），小旅社住下时在附近画了两幅水彩写生。后来才知道这里正是1938年长沙会战后和日军激战多年的战场。在薛岳将军指挥下屡次于此处重创日军。

从长沙出来，在大托铺找不到住处，到牛角塘住下来，又画了一幅，第二天就到了湘潭的板塘铺。因为前几天游洞庭湖君山时，偶然碰到湘潭纺织印染厂几位工人，谈得很愉快，特别有个青年工人叫张克立，约好几天后再会面。所以一到板塘铺就去厂里找他，遇到他的母亲，说是不知今天他到哪里去了，正好在镇郊又画了两幅水彩，终在夜间遇到他，他带我参观了很大的设备齐全的工厂场景，第二天清早他一直送别到十多里外的湘江大桥。

离开湘潭先在中路铺住下，也画了一张，接着上了衡山。

日军在1944年内极为疯狂，春天占洛阳，西入潼关，再南下打通平汉路时占领长沙。6月开始攻衡阳，中国军队在此坚守，苦苦坚持了两个月，当年在报纸上知道守军军长方先觉投降后又回重庆，详情不太清楚。后来知道日军以四倍力量强于我的军力包围衡阳，蒋介石命他死守半个月即派军支援，而援军迟迟无法前来，守军弹尽粮绝。到了8月衡阳才失守。接着日军乘胜直攻广西，进入贵州独山。衡阳全境例如茶亭、张家山一带都是激战战场。因为游览景点多，顾不及多画，离开衡阳后，在一村名叫鸡笼山的一座渔塘边也画了两幅。

近年有一种说法，我们对正面战场宣传不够，其实世界各国共产党在反法西斯作战中，都是最勇敢、最坚强的骨干，起了主力军的作用。这本《潭州烽火》的故事都是根据真实的记录，用了四年时间，从市图书馆、市档案馆、烈士陵园、烈干后裔中实地搜集调查后再予以艺术加工的，它的真实价值和虚构的作品不同。整个抗战过程中，党的依靠群众、发动群众的一贯作风是和国民党有很大区别的，因而特别善于战斗。在这本《潭州烽火》的故事里表现得非常充分。当画水彩写生的时候，还不曾有以上的看法，因为当时没有看到像《潭州烽火》这样的作品。

2013 年 6 月

刊于 2013 年 7 月《潇湘连坛报》第 180 期

求索 · 创新

——《徐德森画集》序文

徐德森朴实厚道，不喜张扬，早年就读于浙江湖州师范美术科，新中国成立之初考取杭州国立艺专，因家境贫寒无力入学，后以小学教师工薪的积攒才得以进苏州美专，再转华东艺专（今南京艺术学院）期满毕业。

上世纪50至60年代，他曾执教于吉林艺术学院、上海出版学校等，培养了一批人才。1962年由吉林调至上海朵云轩，协助版画家余白墅一起专司木版水印编辑工作。由于业务上的需要，原来学西画的徐德森一头钻进了中国传统书画的故纸堆里。他勤奋好学，工作学习两不误，一面饱览古今书画名作，一面兼蓄时代风貌，刻苦钻研，大胆尝试，并以极大兴趣开始专攻中国写意花鸟。他笔耕墨耘数十年如一日，至今虽已高龄暮年，但挥洒点线成就更胜当年，立意创新依然孜孜不倦。作品力度大，气势宏，色墨交融清新动人，熔中西画法于一炉，蹊径独步，自成一格。

在出版界我和徐德森共事多年，在他家里看到许多新创作的国画，几乎全是大写意的。个人对于这一画种可说非常之陌生。说起中国画的传统花鸟画，自唐宋以来早已成为精神传承的瑰宝，自属珍贵的非物质文化遗产。上海画坛花鸟画家相当多，初看他的画风也许是受到海派时尚的影响吧，继而再看，才发觉德森老弟的内心世界，他的花鸟创作都具有十分强烈的特点，比之他的儒雅而又慢条斯理的个性来看截然不同。他每当展纸便十分重视构思立意，而不是随便落笔，而每张作品也总是有点说法的。德森喜写鱼鹰类题材，《浴罢》是其中的一幅漫笔，可见那刚出水的羽毛上尚未脱落的水珠，仅以寥寥几笔表现得淋漓尽致。在绿苇下逗趣的《双鹰》以及闲憩在竹架上的《朝晖》，都显示出构思的奇特与手法的巧妙。当实践"意在笔先"之际如何解决六法原理的"经营位置"，在现今上海画家中我十分敬佩张桂铭先生的绘画风格。他不是率而起笔，而是先在布局上做出大胆而又舒贴的安排，有意无意间参照西方某种前卫画派的构成方式，再以古典笔墨绝技而出之。德森的这幅《朝晖》图的艺术内涵似略有共通之点；三只不同姿态的鱼鹰辅以S形的简笔竹架，曙光旭日的和谐配合，实是美妙至极。观赏至此忽又令我想起德森的艺术源流出自何方的问题，欲找到的答案是在一幅名叫《独鹤不知何事舞》的画中，此画构图狂野，鹤体几乎霸占了画幅的大部。我在惊讶中询以何耶？老徐缓缓告我：潘天寿先生作画常常无意识地先在纸上画一个大框框，迫使自己在大框架之外险境处作画，在这种自我作难的严律画法作用下，才有可能获得标新立异、不同凡响的作品。他说我是效法潘老将鹤体满铺画幅，曲颈昂胸，健步起舞的姿势看来有点膨胀，但不拥塞，狭窄地带配上梅朵和老干正是为了幅面的流动和疏密的效果。探索德森的源流何方？这时我才恍然所悟。

再看看温馨与惊险的两幅动物画吧。应用黑、白、蓝三色相间组合的《情侣》一画，章法简约，布阵得当，造型创意，笔墨精妙，依依温馨之情溢于画面，而《呵护》是一幅惊险的嬉猴图，显出那头惶然不安的母猴关爱幼子之心，它振臂纵身穿越丛林时的扑哧之声，响在耳际，猴体以刚劲的笔触做出有力的表达，全图描绘得有声有色，扣人心弦。《情侣》与《呵护》两图都是作者以拟人化创作的动物画，是人与动物彼此间心灵的交响曲，启示了"动物是人类的朋友"这一人与自然和谐观念的好画。还有那幅仲春时分在蚕乡缫丝花盛开的季节里的《春酣》一图，花丛中的那头伫候已久的大黑猫正凝神于它的猎物，竖起那长尾作舞动状展现出韵味无穷的动态美！正当观赏之时，老徐忽然嬉语说："任伯年喜欢画猫，曾上屋匿身作仔细观察……我何有这等深入工夫，只有折服在大师面前好好地向前辈们学习了。"

徐德森的画既非工细，又非淡雅，大部分着重表现在"动"和"力"的方面；但也有"情"和"思"的方面。例如他看到可爱的小蜜蜂被大公鸡追逐、啄食的情景，愤然为弱势群体抱不平，而创作出小蜜蜂勇斗大公鸡的《大无畏》一画，画面题上："自不量力的力是无穷尽的……"，这正是他内心的积极进取和自强不息的精神宣示。又如：他在国外公园里目睹大群鸵鸟脚下有几只正在爬行的小蚂蚁，引起他构思一幅《蚁语问路》的趣作。这分明是他为小蚁类处在大脚丫下的厄运而联想起"物竞天择"法规上的担忧，用问路的方式提醒鸵鸟为小蚁类做出智慧的、巧妙的安全解脱；画面上俯首的鸵鸟在侧耳细听问路的蚁语，昂首的那只伸颈张嘴，像在高呼："谁能为它们解决迷途？"这种神情表态岂不有趣！

德森在国外旅居多年，《海盗市场》就是他的见证之作，这是一幅西班牙的风情画，描述北非的摩洛哥人从直布罗陀海峡游渡来到南欧的西班牙，那些姑娘有的务农，有的从嫁，大部分在海盗市场（类似我国的小商品集市）设摊叫卖。作者捕捉了缠扎满身只露颜眸的传统摩装的姑娘，用大块黑色与五彩缤纷的鲜果对照，形成强烈的视觉冲击感，展示出西国特色的"海盗"风景线，这部分人缘于移民身份而为中上流社会所贱视，老徐以深切的同情表达了出来，我认为确实是一幅佳作。末了，我还想谈谈他画中少见的淡而雅的《白莲》，乍看大叶似有西洋结构式的块面，而且似有用排笔刷出的痕迹，有点洋气，而进一步你就能看到白莲花瓣的用线是十分传统的游丝白描勾勒，瓣尖头的墨点，莲梗用的工笔点乩以及起控连作用的数笔弧形水草都具有骨法用笔、经营位置等国画元素，我认可这是一幅国画，如果用"求索""创意"，融汇中西的观点来看，这幅作品是较为成功的。学过西画的人再画中国画必然要经历一番艰苦的探索途程，德森已取得了可喜的成果，艺海无边，仍希望他今后的创作中有更新的斩获。

为德森作文，既属相互间的交流，也算经历了一次锻炼，自问写得浮浅。

刊于 2008 年 12 月《书与画》
后刊于 2014 年版《徐德森画集》

242 幅水彩诞生记实

——写于《追光捕影》画集

偶尔翻阅自己的笔记本，在杂七杂八的涂写里，有条作画时该遵守的规则："在意境上，境为主、意为次；在情景上，景为主、情为次；在形神上，形为主、神为次。"现在重读时自忖：这是什么时候记下来的？我是这样考虑的吗？那是在1977年，正打算业余时画些水彩风景，以便充实生活、求得愉悦。老实说，对于什么是"美"，一向很少去研究。和我在一个办公室的杨学昭同志，是20世纪60年代前期毕业于"南艺"的大学生，已担任多年的美术编辑，我俩交换过一些对绘画作品的评价。因为我常以形象是否失真或者绘画基本功有否缺失来划分绘画作品优劣，当我仍持这种态度时，他说："不，里面还有个美的问题！"这才使我开始想弄懂"美"究竟是怎么回事。从此，也关心起当年兴起的"美学热"，直到1986年，觉得自己的观念已有了较大的改变。不过在下笔之际，还是一仍旧习惯，难改。

1986年，我和严德泰老弟（他小我8岁，时年58岁）骑自行车作四省旅游写生。在62天的时间里，他画了242幅水彩写生。凡一起作画，往往是他已完成了三四幅，我却一幅还未画完。

近几年来，严德泰已出版了好几本画集。第一本是《严德泰水彩画集》，1993年由上海书店出版社出版；第二本是《严德泰水彩画集》，2002年由上海人民美术出版社出版；第三本是《严德泰画集》，2011年由上海书店出版社出版。现在知道，2006年上海市美术家协会曾为他出版《上海美术家画库》第十一卷，分油画、水彩、速写三册。如果没有漏掉的话，本书应该是第五次出版的画集了。

通常，我和画界同行的交谈中，很少询问对方画艺提高的历程。因此，过往对严德泰的绘画艺术也并不十分了解和关心。现今看了他的几部画册包括那本厚厚的《严德泰画集》后，对他所下的苦功才更有体会。

早些年，严德泰画画非常地"写实"，他在20世纪五六十年代的水彩和油画作品，大多是以写实为主体风格的。他也自称"比较写实"，近似颜文樑先生的风格。1956年，他20多岁时所画的油画《红星农场》（《严德泰画集》第3页）曾荣获"上海青年美展"二等奖。这幅画功力扎实，画风细腻，总体和谐统一，构图、色彩、笔触老到，下面大片油菜花田，处处表现到位。过了近30年，直到20世纪80年代初，他画黄浦江边的作品《船》（《严德泰画集》第15页），还是比较谨严，仍坚守着写实的风貌而无大变。但在大约同一时期所作的《常熟虞山》（《严德泰画集》第19页）和《蚕豆花》（《严德泰画集》第11页）中已约略看出一些奔放的笔触。而《星火日夜商店》（《严德泰画集》第31页）中的大片屋顶和《南京东路之二》（《严德泰画集》第34页）中商店墙面及其周围环境的处理，已明显地出现变化，有着强烈探求变化的痕迹。

表现上海附近某小镇的《桥》（《严德泰画集》第21页），成为严德泰转变绘画风格的分水岭，和以往的作品格调已是判若两人。当年所画的《陕西路街景》（《严德泰画集》第29页）中马勒别墅下骑车人的喧闹和《武康大楼》（《严德泰画集》第37页）中干枯树枝背后天空的寒意，使这两幅作品很耐看，透露出他绘画风格重大变化的走向。

那幅《张家界》（《严德泰画集》第39页）是严德泰参考从张家界带回的充满激情的水彩写生基础上完成的油画创作。画中的云雾、远山、近峰以及山谷中的金鞭溪，磅礴大气，富有强悍的生命力，显示了作者被大自然美景所震撼下的内心感应，这可以作为他风景画的代表作。

2004年画的《秋收》（《严德泰画集》第115页），大片水面中，小船上堆满了收获物，船的上下及其倒影，偶再回归于写实，并取得虚实相生之美。

2013年10月间，老严告诉我，再次看了我所写的《穿越南北中》一书后，产生了新的设想，打算把1986年间从武汉到贵阳骑游四省的水彩写生作品结集出版。作为结伴同行者，我似乎应是为他的画集作序的适当人选。我一方面祝贺他新画集即将问世，一方面也乐于共享这段生活的回味，所以立刻答应照办。虽我的画艺不够，但自当仁不让。我们一起从242幅作品中选出了100幅作品，让我再仔细阅读。

我一幅幅地欣赏良久，逐渐发觉老严是一个长期刻苦地追求着的画者，应该说，他成功了。这一幅幅的写生画作，对我起了示范作用。他惯于以整体的调控来掌握客体（所谓以大观小），而我则常常成为"物"的被奴役者。他总是主张要学会取舍，找到一种简化的表达方式，从而达到古人所谓"意在笔先"的要求。记得当年他曾说起刘海粟的名言"要表现，不要再现"一语对他的影响，所以老严在画客观景物时往往是借其意画自己，表现出独特的意境。

这些画都属水彩画速写。在众多的画幅中，令我感动的首先是他画的山，再是他画的树，他画的田，他画的路，他画的点景人物，它们既非传统国画，亦非西画式样，已经独创为新体。在这基础上，严德泰又创作了不少相关主题的水彩画和油画，部分作品散见于其他的几本画册中。

在"山"的系列中，该书中《广西融水》（第68页）、《广西泗顶》（第65页）、《贵州陆家桥》（第84页）、《广西兴坪》（第53页）的作品最具有特殊魅力，都是寥寥几笔，近乎石涛"夫一画含万物之中"的原理。在作品《广西融水》中，山偏远高厚；《广西泗顶》中，铅锌矿小镇处深谷，青翠葱茏；《贵州陆家桥》中，山气势孤拔，皆具特色。我和老严谈起作品《广西兴坪》时，他对画中那条红色的水渍效果比较满意，而我认为漓江山峰表达的笔势更令人联想到画界中人都崇尚的画家石壶。其他

《广西泗顶》

《漓江》

如《湖南仙子脚》（第48页）、《广西两江》（第59页）、《广西融水》（第66页）、《贵州马场坪》（第88页）、《贵州马场坪》（第89页）也都呈现着山丰富的内美意趣。

水彩画《怀抱生命》（《严德泰水彩画集》第24幅，上海人美版）中的山顶坡上画了多棵小树，题名和绿化祖国同义。此画未注明作画年代，猜想应是我们骑游以后之作。因为当年路过湖南和广西时，迥然不同的是湖南省多秃山，常听到当地老百姓对毁林的抱怨，但一踏进广西省的土地，却到处遇见茂密的树林，所以这幅画该是他触景生情之作。

《长城一隅》(《严德泰水彩画集》第41幅，上海人美版)用色绚丽。而另一幅同一主题的《巍巍长城》(《严德泰画集》第133页)中有着大片青蓝。两幅山形都雄壮、巍峨、蜿蜒。那幅"一隅"的长城却有无穷尽的境界，只稍事留白，便标志出伟大的历史身影，观至此，爱国之情顿然而发。

画于2000年的《波影》(《严德泰画集》第145页)、《归》(《严德泰画集》第147页)，创作年代距我们骑游后恰20年了，从他的画艺来说，看来是已入"炉火纯青"之境。近日我俩交流、谈艺之际，他回忆起几十年前曾亲自聆听刘海粟说过的"动之以旋，静之以思"八个字。的确，这对他的启示相当深远。

作品《波影》大片面积似为湖水，所指"影"系水面日光，亦即画面少量留白。除远船周围理应露光外，按"常形""常理"来说，近处小船的周围不该有此留白，但观者若用手指掩盖此处时，那留白处就足见其不可缺，这即是视觉艺术上的奥妙。苏东坡说："画无常形，而有常理。"北宋理学大盛，也许只尊理法而忽略艺术，那也叫违反规律。实则不然。《归》这幅画的震撼力尤为强烈。勾画整体山形时，用笔纯熟，表达出山的厚重；而在倒影中，则一挥而就，毫无刻意经营的痕迹。

关于树。这本书中的作品《进入广西所见》(第72页)是描写一个极秀丽的沿河小镇。它是少数民族聚居的地方，到达该地后，严德泰画兴大发，颇有所得。这幅该是他一系列树类题材作品中的代表作。特异的是画粗大树干时多用枯笔，而画细小树枝却用湿笔，于是遂使画面中充满各色线条。如书中《广西灵川》(第51页)、《广西寿城》(第60页)的作品以及《春早》(《严德泰水彩画集》第36幅，上海人美版)、《形影错落春意在》(《严德泰水彩画集》第22幅，上海书店版)中都有相似的表现。对于画中的树叶，他常以简笔施以松软的圆球状，如《湖南仙子脚》(第47页)、《广西石塘》(第50页)、《广西两江》(第57页)作品所表现。而《湖南临湘云溪镇》(第17页)、《湖南九嶷山》(第44页)的作品则是粗头乱服，而细观则元气淋漓。书中的作品《湖北武昌东湖武汉大学》(第1页)是我俩初入武汉大学内的首次写生。作品《广西两江》(第56页)中一大排的树木，恐怕不超过一分钟时间便一气呵成了，而作品《广西寿城》(第63页)和《湖南祁阳》(第41页)却是层次丰富之作。至于《茂密》(《严德泰画集》第79页)、《翠绿掩映》(《严德泰画集》第121页)和大幅的《依》(《严德泰画集》第194—195页)则与20世纪80年代初期的《蚕豆花》为同一类型，基本写实，用笔潇洒，气度上则过之。《秋高气爽》(《严德泰画集》第95页)在章法上，奇特大胆，天空占据了85%以上的面积，但仍属树的系列。画中树体特小，不过是用扁平画笔一扫而过，广阔的大地也就寥寥二三笔，简而不觉其简，韵味无穷。

花溪是国内著名的景点，到了贵阳，此处该是首游之地了。我的表姐夫是 20 世纪 50 年代由沪迁此安家的，当我和老严向他问起如何去花溪时，他身旁那个亲切地叫我舅公的 10 岁小男孩自告奋勇地要给我们当导游，于是三人坐着公共汽车来到花溪。这里有大片水潭，越水不用桥，而是足蹬着一只只的石墩而过。这几天已多日不见太阳，此时突然放晴，周围一切光彩夺目、五色缤纷。可惜只不过两三分钟，天又暗下来了。作品《贵阳花溪》（第100 页）中所画，实系 18 年以后的创作，他只突出叶子转黄的树丛及波光水气，远处深林，层次幽暗，整体统以明亮淡黄色为主调，会不会是他特别记住了那阳光一瞬？

关于田。在西南一带，广阔而平坦的地貌甚少，凡属耕地多呈梯形。这幅《贵州陆家桥》（第 83 页）其景色特点是基于"地无三尺平"的地貌。画的右下角，虽属梯田，但却有高于远山的感觉。在广西四把区山村里，有一天下午，我在画村外一座怪山，这座怪山后来又曾在表现红七军作战的一部电视剧中看到过。我作画时老严不见了，直到晚饭时，才知道他到一个当地有名的"龙潭"去写生了。他回来时拿出给我看的就是这幅《广西四把龙潭》（第 79 页），画法很像《广西泗顶》（第 65 页）。在《贵州马场坪》（第 87 页）中，层层群山前，地块隐然有微微的凹凸，其正中小块田内有人与牛共同耕作。在作品《贵州陆家桥》（第 83 页）、《前往贵州贵定途中所见》（第 91页）中农田的整体感很强。在《湖南中路铺》（第 29 页）中远处为衡山，地势宽平。

关于路。在这两个月的骑游经历中，大多是与沥青公路（当地人叫"油路"）为伴。作品《贵州陆家桥》（第 86 页）的景色是常见的典型，前为山影，两边是行道树。《湖南黎家坪》（第 37 页）是湖南祁阳一带稍平整的山路，路面有点倾斜。沿着微微上升的坡路前行，过了几圈便可俯视刚才骑过的山路，老严把道路倾斜的状态微妙地表现了出来。不是沥青路的地方便出现了土路，就像《湖南黎家坪》（第 39 页）那幅画中所表现的，拖拉机则是常见到的交通工具。有一天，我俩刚骑出岳阳南边，在一个村名叫"新墙"的小旅店住下，那里景色不凡。我一下午画完两幅，老严也画了描绘田间小道的《湖南岳阳新墙》（第 19 页）。我只知湖南衡阳在 1944 年有过两个多月的激战，而不知新墙更是长期的战场。大家都记得 1938 年长沙大火，那是日军攻占武汉之后不久的事，为此蒋介石曾下令枪毙了负责守城的酆悌。日军的进攻也从此受阻，因为薛岳将军率领的部队在新墙一带固守，长期激战数年，这是在21世纪看电视纪录片后才知道的。看到画中的一条田间小道和这片土地，让我们沉重地惦念起那些忠勇献身的抗日将士们。

古代山水画中也间或画几个人物，大多甚小，故称为"点景人物"。老严的风景写生画，如《湖南仙子脚》（第49页）、《贵州贵定》（第96页）等中常有几个很小的点景人物，有骑车者、推车者、挑担者、洗衣者、结伴者或开拖拉机者……作品《贵州龙里》（第98页）画内人小笔简，形态毕露，自行车前后轮角度不同，骑车人手撑脚蹬，车后女子侧坐双脚全伸，形象各具。《广西四把》（第76页）画的是市镇赶集，山下人物众多，密密麻麻。《进入湖北湖南省界羊楼司镇》（第14页、第15页）系初进湖南时所画，景色丰满，因为添加了几个人物，使画面更增生气。《距离湖南长沙21公里处》（第24页）一画以大笔挥就不同层次的树色，再仔细观察，树下却隐藏着六七个骑车人、两辆大卡车和一辆公交车。在老严处看到作品《广西寿城》（第62页）时，我曾疑惑："怎么还有这座小街楼？"因为已经全忘了。再回看拙著《穿越南北中》第47页一段文字："寿城镇的街道很大，如工字形，有古城门……"可见这座小楼确是我曾亲见的。那拱形的小城门下停着两辆自行车，高低不齐的六个人正在进出，深秋的阳光洒落于小街的屋顶墙面之上，表现出一派活力和盛世年代的宁静。

老严体形高壮，上海人称"模子大"。他更能广结善缘，用句政治术语叫"善于联系群众"。在桂林市的马路上他偶遇一位陌生人，这人看老严身背画夹，便介绍自己也是画家，名张国正。交谈之后，两人结成好友，从此年年互寄贺卡。我常见老严在人群中作画，画好后就把画作随手送给不相识的围观者，所以他一路所作的水彩写生实际绝不止于242幅。陪伴我们游花溪的小孩名叫姚尧，老严发现小孩爱画画，就在将回上海之前把画箱中全套颜料统统送给了他，还替他订一份《连环画报》。老严在《严德泰画集》第38页和第99页的文字中分别有"那时的山区青年实在是非常纯朴善良"和"时隔近三十年我一直记得这位纯朴善良的好心妇人"之句，足见他并非只是在游山玩水，绘画写生，而同时还关注着社会和人生。2015年，姚尧已成长为能担任一本300多页《图解广告学》（东北财经大学出版社出版）百多幅插图的作者，没有严德泰的关心培养，是不可能的。

2014年1月22日

刊于2014年7月上海大学出版社出版的《追光捕影》画集

2010年"追思杨可扬"座谈会的发言

农家子的情怀

可扬自己在一文中说过"我是农家子"。是的,这是他的根,这很重要。可是他又不是一个纯粹的"农家子",他由农家子变成革命知识分子,再变成高级知识分子,多种因素构成他特定的一种情怀。

可扬从事版画创作,始于20世纪30年代末,40年代初。30年代版画(最早新兴版画应是从1929年鲁迅、柔石合办朝花社出版《艺苑朝花丛刊》开始),和40年代延安版画在艺术表现上有较明显的不同:一个是黑暗压迫下的反抗,一个是人民政权下的高歌,环境不一样,心情不一样。艺术流派影响也不一样:30年代美术多受西洋现代流派影响,不重形似;延安木刻受西洋写实流派影响,较重形似。延安艺术家和群众血脉相连,不高于群众之上,国统区社会结构难以使双方解除隔离。《撤佃》《迎亲》两幅是可扬木刻中生活气息表达得最丰富、"农家子"情怀最充分的。和古元的《刘志丹》《马专员审案》,王式廓的《改造二流子》相比,艺术化的成分多些。重形似的末流就是照相式写实主义,这在可扬是绝不采取的,因为那是矫饰的假艺术。

遂昌是他的乡土,浙江的同志,如杨涵是温州人,吕蒙是永康人,吕蒙乡音少,可扬、杨涵乡音都很重。可扬抗战前期在金华工作,金华东南是永康,西南是遂昌,永康再东南是温州,当中路过丽水。1940年他在丽水认识了郑野夫,从此便投身以野夫为首的版画群体之中。野夫是版画界最资深的元老,也是温州人,比可扬大五岁,二十岁左右投身革命,为左联成员,早期鲁迅筹办"一八艺社"中的成员,是抗战期间浙江木刻运动的主导者,创办了东南合作供销社木刻工厂,兼办版画书刊。上海解放初,吴耘告诉我,"美术界除米谷一人外没有党员,连野夫陈烟桥都不是",这使我大感奇怪。

我是怎么知道杨可扬的呢?

远在1946年的春天,正在江北的我,曾和吕蒙在一个单位工作过几个月,这里算是少量画家"成堆"的地方,正值国共和谈时期,军队政治部的资料图书机构曾远赴上海采购到一批新出图书,其中有好几种是浙江木合工厂出版的《木合》《木刻艺术》《新艺丛书》等一批书刊、画辑。这使我大开眼界，看得我们几人都入迷了。画家杨中流说是"他们刻木刻自认不合意，便把木板刨平，再拿刀来刻，这种精神，真使我们感动，我们工作和他们相比，就太马虎了"。从这些出版物当中我才知有克俭、克萍、徐甫堡、万湜思、金逢孙、陆田、杨可扬这些过去从不知道的名字。

1949年8月间，上海军管会文艺处美术室主任陈叔亮宣布：华东画报即将出版，成立新的画报社，社长吕蒙，下分三组，吕蒙兼采访组长，黎冰鸿摄影组长，沈柔坚编辑组长，杨可扬副组长。过了几天之后吕蒙找我说，沈柔坚不愿干，现在要你担任。我甚感突然，忙说"不行，那杨可扬来担任嘛"。吕蒙说："不行，还是你来。"当时弄得我很糊涂，现在才想明白了：杨可扬于1961年冬人美社党支部大会讨论他的党籍，经大会通过，同意他为中共党员。道理很简单，就是因为他这时以前不是党员。大会发言中，有杨涵发言提到当时（抗战）杨可扬曾经交给他一份《新华日报》。

我现在想明白的情况是：中国革命的长期性、艰苦性、复杂曲折性，从许多人的身上体现了出来，想到我们出版社连环画部门中有黄一德、胡水萍、李白英、张明曹这几位老同志，他们都有过和可扬同样的革命经历。80年代听到一个余姚籍的老干部告诉我，黄一德是余姚中共县委委员，和楼适夷一起工作过；胡水萍原来在上海地下党也是重要骨干，据他儿子讲，周恩来领导过他；李白英本来和钱俊瑞同一小组；张明曹和郑野夫一起，都是左联美联的负责人。

中国革命的特点是武装斗争。党的工作有公开秘密两支队伍，有红色区域和白区之分，由于白区反动力量的镇压，党组织常遭破坏，党员和党组织之间时时有失去联系的可能。革命的时间又长，也就会出现如上的许多事实，从杨可扬身上也反映出一个时代的印记。

1973年初，这已属"文革"的后期了，有一位"文革"前夕分配到出版社的年轻干部，是党员，美术学院毕业，画得也好，出身也好，上级机关领导对他启示，应该对人美社队伍好好清查一下，他便决心集中力量去了解杨可扬的历史，这位年轻干部于1973年初，向我私下谈心（我当时还是"没有解放的对象"，他肯对我谈，是难能可贵的），他说，自己对审查杨可扬的历史十分积极，力求达到目的，在1967年前总是成天跑到"藏书楼"去翻大量材料，又翻阅了有关杨可扬的历史材料，终于得到一个结论，这个人不仅查不出任何问题，而且从他一生表现上，实在是一个大大的好人，才对他的看法完全改变了……

军队干部、地方干部、外来干部、本地干部、工农干部、知识分子干部、党内外干部，各个互相之间的关系，早在整顿"三风"中关于反对宗派主义作风已有明确阐述（可参见《毛泽东选集》第779—784页），1957年春开展的反对宗派主义的指示如能认真贯彻，就不会有如此多的纠葛。一切的偏差错误，都来自旧社会意识的残留，而不都在某个个人。

功绩卓著的编辑

大家都知道，杨可扬是个版画家，这反而掩盖了他在出版界的默默无闻的奉献。1940年以前的情况我不大清楚，自从和野夫一起，木合工厂办的刊物、出的画片、理论技法书等等，恐怕他都经手过具体的编辑工作。抗战以后，他曾具体担任过《时代日报》（苏商创办）内美术副刊的编辑，上海解放后，我曾看到过该报的副刊合订本，内中有大量国内外的木刻作品。他到《华东画报》后，绝不是一个"生手"，而是有过多年美术编辑的生涯，可是从来没听他谈过这方面的任何经历。

当时《华东画报》上海出第一期的封面，我们已决定采用以国际饭店大楼直挂二十层楼高的两幅大标语的一幅照片，摄影记者姜维朴曾回忆过这幅照片并不是彩色而是黑白胶片冲洗出来再交编辑部门涂上彩色的，我想起当时涂这幅彩色的封面照片是可扬完成的。前些时，我又翻起有几幅美术字标题，都是我自己设计的，我把一些打样张保存下来了，可是还有两条是可扬设计的和我在一张样稿上，正巧张子虎夫妇来访，我便把那两条交给他，可看出可扬设计的比我坚实、光洁。还附带一事，毛主席天安门讲话的那幅珍贵照片，背后站着董必武，几个人都认为要涂掉，黎冰鸿自告奋勇"我有办法"，背后正是许多圆形图案的窗格，他就用他特殊技能把它修得相当完美。画报社出的其他出版物，比如我画的连环画《金弟》封面，是可扬设计的。姜维朴编赵延年画的《张富贵》是我这个非书法家的人写的字，有时吕蒙也参加写几个标题。

1951年，吴耘和可扬分别担任人民出版社美一科正副科长，和张苏予一起，实际是《工农画报》《工农兵画报》的责任编辑，张乐平、赵延年、王仲清都是创作干部。

人美社的高级大画册多为可扬经手，这当中似有过几次辉煌的高潮，即1956年、1959年、1962年、1980年前后。1956年的《皮影》《江加走木雕》《套版简帖》，1959年的《上海博物馆藏画》《明清肖像人物》《明清扇面选》《永乐宫壁画》，1962年的《周昉仕女图》等四种仿古卷子等。1980年前后的几年里，人美社可是出了许许多多精美的画册，尤其出了许多国内名画家的画集。这其中当然也有许多编辑的配合和李槐之的指导。

他作为版画家，1956 年曾参与编辑出版全国性刊物《版画》，80 年代继出《版画艺术》，并和全国版画界一起出版了《新兴版画五十年》等书。他自己对我说，特别满意的是《德意志民主共和国版画集》，而我看来在 1956 年出版的《芬兰版画选》《英国版画选》也都很精。1980 年在他支持下，交冒怀苏编辑了《外国黑白版画选》，让这些精品的出版为全国版画服务。关于这几方面，人美社的许多同志比我知道得多。

温良敦厚的品德

大约是 1962 年的一天，朱石基谈起吕蒙的木刻《菊》，突然说"嗯，这幅好，好的"，连说几个好字。这么多年，政治标准主导着每个人的价值评判，他这话使我略感异样，促使我再问他："那么，可扬的画你如何评价？"他想了一下说"他像荷花"。我开始悟到，并且若干年后才更悟到一种美学判断。

菊花经霜冻傲然独立，荷花出污泥而不染，吕蒙个性冲动、清高，和他相处，我总自认庸俗；可扬个性稳健、敦厚，和他相处，我总自认浮躁。

前几年我曾写过文章，说是"我和一些三名三高的人物关在一起，我知道他们还是偷偷地搞自己的艺术活动，而我则全身心地天天关注文化大革命的所以然，完全把艺术抛得远远的……"这里说的人就有可扬，他在"牛棚"里天天练字，用透明纸蒙在毛泽东书写诗词的字上，先勾下边缘的轮廓，再用铅笔均匀地把它填得平平整整，就像一幅完美的书法，这在他就是追求一种艺术的精神欢愉。

也就是在这个"牛棚"，有几天要我们洗去玻璃上的陈旧的画，其实是极名贵的"珂罗版"，是几十年前上海几家大书局经营的古今著名国画的藏版。我正和可扬二人共用一个水盆，把上面的画洗去。一面洗，可扬一面轻轻对我说"哎，这很可惜"，我也说"哎，封资修真害人"。大家都是低着声音说的，但也可见当时我们二人的心理状态是有区别的。1974 年春，人美社批判《美术资料》中刊用了门采儿的作品，文字说明中有提倡"勤奋"的部分，在群众批判大会上我提出"勤奋"是白专道路，次日大会上可扬为"勤奋"一词辩护。这又是我和他的不同处。

想起一位美术界的同行，杨可扬的老熟人汪子豆。抗战前期，他是浙江一位爱好美术的青年。汪告诉我，他当初爱上美术之后，就向可扬写信求教，不料可扬写了一封回信，用了十二张纸，字写得密密麻麻，回答了汪的问题。又说，汪自己准备到大后方的广西学美术，杨可扬亲自在云和送行，光为等汽车就得一个月，可扬一直陪他上了车。说明可扬有奖励后进，鼓励人们向上的美德。一般说，凡是受党组织影响的人都有这种性格。追求进步的人都有这种精神。

杨可扬、吕蒙、赵宏本的年纪基本接近，可扬生于1914年，吕、赵生于1915年，都是追求革命的人，我曾表示我和老赵一解放就非常接近，不为别的，不是因为他是四大名旦、祖师爷，只有一点，他是地下党员，因此就有一种亲近感。吕、杨比我大六七岁，属于老大哥，可扬对我，其实也是非常关怀的，来到华东画报第一天，上面安排居纪晋、杨、我三人共住江苏路楼下东南那一间，三个小铁床构成一个三角，可扬坐在床沿准备脱衣上床，他第一句话就说："你那幅《向群众告别》刻得好，很好。"1953年，他主持《工农兵画报》时，我投了一幅稿子，他收到之后，又亲自写回信，说是"知道你最近画素描特别努力，从这幅作品上看出你在表现方法上有大大的提高"。鼓励的话很多。并采用登在封底。1959年我农村下放回来，要求领导允许我画连环画，希望今后努力自编自画，自信能取得成功，志向很坚决，想得很简单，以为这该有可能，可是没有被同意，我自改编的《李自成》等两个脚本也不用。正巧纪念上海解放十周年，可扬领导的美协版画组便通知我参加版画活动，并且发给我两块木板，我当即刻了一幅李自成农民军会师的题材，其实画技很差，人物轮廓都不准，可是还是被展出了。这年10月国庆，我又刻一幅李自成题材的木刻，也被展出了。此后1960、1961年我相继刻出了王佐断臂、满江红、班超等一些题材，都参加了美展，我原想当一个专业的连环画家的愿望碰了壁，走上业余刻木刻作为发挥我艺术理想的道路。那几年版画组活动不断，吕蒙、杨涵、克萍都经常遇到，包括可扬，几人都对我鼓励过。

1962年夏天，我们二人正在一个短期学习班里，午睡时他不休息，他说打算直接在木板上写生刀刻，要我当模特，说是"你的形象很适合木刻"，当即刻了出来。不想几年后他把这木刻展出。1998年我将出版一本《速写十五省》，我说，请你写序，他说我不会骑脚踏车，我说，"那不要紧，我想用你的木刻做插图"，他说"我再给你另一张"。可惜他交给我回家以后竟然再也找不到，只好还用我原来一张，我没有告诉他。出了书之后，他对我没有用新的一张颇有不满，我却表示并无区别。过了一年，《杨可扬画集》出版，居然把我的头像放在他自己头像的前一页，我自感荣幸，但这时再对照他原先1962年的木刻到底有什么改动？老实说，实在很难发现，只是在耳朵下的原来两刀改成三刀，腮骨上加一刀，稍觉宽了一点而已。平日都认为他是属于粗犷风格的，对这件事，我觉得他是绝不马虎，不论一刀一笔，都不乱来，而我做事就不严格了。

在五七干校的几年，美编室的同志都编在一连一班，也有一二十个人，有次可扬不在，班里一位女同志江梅说"我们班里的人，你们看，只有可扬最清爽，你看他的床铺比别人整齐，他的服装也顶清洁，一点灰尘也没有"。的确，恐怕这就和"农家子"的出身有关。一般说，劳动者是厌恶不洁的。相反，我是一贯不注意的。可扬常关心我的举止，他一看到我就说"你的衣钮没理好""你裤带露出来了""你鼻毛没剪""你下巴上有个米粒"，这些也多亏他指出。

有一次在火车上随便谈，他说："大家都说你这个人很怪，不容易接近，其实日子多了，我觉得你这个人很容易接近，不过有时又会表现得很怪……"

又一次我说："你就是杨嘉昌。"他很诧异。我说"你画过一套连环漫画，登在1936年的《时代漫画》上面"。他更觉诧异，因为这件事情的确很少有人知道，他自己也从不提起。我也并不是1936年看到因而记得的，而是在1946年知道杨可扬又名阿杨、可扬、AY、杨嘉昌的，解放后偶尔翻阅抗战前的《时代漫画》，才发现刊登过杨嘉昌的作品，我和他说的时候是作了些玄虚。不过他也觉得我这个人很怪，记性实在很特别。

2002年人美社举办五十年社庆，我画了一幅《乾隆十四年东园雅集图》，他看了以后不久遇到我，说是"你那幅画我看不懂，这些人都是什么人，都有什么故事情节"。既然他这么看重，我也就详细地写了许多，把里面人物的大致情况一一作了说明，然后用毛笔在宣纸上写了一个长卷似的东西签名盖章，呈上这位将近九旬的老大哥。

我说他是具有"温良敦厚"的品德，一是依照古代中国提倡一种教育，就是概括为"温柔敦厚"的诗教。"敦厚"二字用在可扬艺品人品上是恰当的形容，他的版画公认是粗犷。和"柔"字该是不太相近，用"温良"二字可以令人想起"温良恭俭让"五个字，对反孔礼教来说，似属贬义，然而可扬身上偏偏就有，对他作贬作褒？倒是一个不易弄清的事。

当年杨涵告诉我，可扬读毛选四卷，看到以朱总司令名义写的"我命令你……"一词感觉不够客气，语句强硬些。

"恕道"是古来孔孟儒道伦理中一个部分，鲁迅是最反对的，他的"遗嘱"中有一条，绝不宽恕。自从本世纪初国家领导提倡"和谐世界"之前，占主导统治的意识形态也是以斗争不可调和为理论的根本，关于这，是很值得深入探讨学习的。

记得他曾和我说起，说英国人主张刺猬哲学，两个人之间也应保持一定

1961 年 11 月 9 日
在甘肃天水（住伏羲庙）

1961 年 11 月 9 日
赵宏本画伏羲庙，
后立者王伟戌

1994 年 8 月为可扬
作 90 寿
手持画者张苏予
后排左起：李家壁、
尹福康、范志民

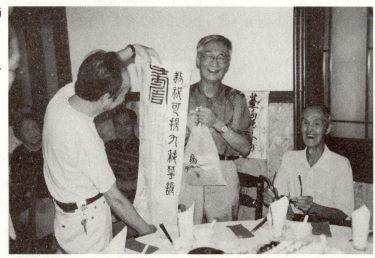

距离，不可过分接近。我的人生体悟不多，只感到这是我弄不懂的事。

赵宏本、王伟戍、可扬和我四人出差甘肃，敦煌的常书鸿极力推荐我们回去时，应该到天水参观麦积山。天水专署方面也很支持，从天水城到麦积山有几十里路，他们叫了一辆大客车，比较豪华，很空，把我们这四人送到麦积山，来回路费要100多元。这数字极大，我们四人都吃了一惊，大家最初议论要提意见，不该出这么多，起草是我执笔的。四个人竟然讨论好多次，一次比一次温和，最后竟然全被否定了，几人中，可扬最主张让步。

几年之前，他身体尚可活动时，他对我说："我在公交车上静安寺附近遇到扒手。有人在我衣袋上活动。"我说那你怎么不抓住他？可扬说"我怕伤了他的自尊"。"后来呢？""车子一停，这人就下去了，他下车之后，我再摸摸衣袋，果然钱没有了。还好，不多。"

刚刚宣布离休制度后不久，我遇上邵克萍，他对我说，他自己已享受到离休待遇了。我们谈起可扬，邵克萍说："前几天我也问起可扬，他说他对这事不感兴趣，不愿去提"，因为他同赵延年二人都是十月二日参加华东画报的，都不是供给制。多年以后，赵延年和我谈起，他没有离休待遇。

他读过"新华艺专"。据他说，因为穷，只一个多月就不读了，我曾在这学校读过一年半，所以是校友会会员，他也被吸收。后来校友会要找他当个名誉理事顾问头衔，是交我向他说的。几次举办活动，会方都关照我去请他参加，但可扬总是感到自己只读了一个月，不好意思当校友。

前面说他是农家子，但凭着他的刻苦努力，从一个革命知识分子再成为有名望的高级艺术家。既有着农民的血液，又加入了文化人的行列。中国历史上有许多这一类型的卓越人物。他参加了中国的新民主主义革命，坚定地站在革命者的政治立场上（譬如他喜欢刻雷锋、徐虎这类先进人物），但和过激的倾向又不断划清界限。他的一生，充满了中国社会变革时代的烙印。

2010 年 12 月 10 日上海人民美术出版社举办座谈会
上的发言　刊于《百年可扬》

又及：

2010 年秋天，正当可扬病故后几个月，张子虎，杨以平作为可扬子婿，曾在巨鹿路华山路口一处军营内召开百多人（只有上海人民美术出版社内老同志参加）的"追思会"，这是其中一篇发言。4 年后的 2014 年 8 月 20 日，另有一次可扬百年诞辰追思会，地址在鲁迅纪念馆，当时有《"追思杨可扬"座谈会 2014 年的发言》刊于 2014 年第三期《上海美术》，本书从略。

海派文化和上海画家

常有中外人士说：中国近几十年的剧变，相当于国外二三百年的变化，看来绘画界也是这样。解放前的旧中国，我曾生活过二十多年，当时艺坛兴旺，画家多属高手。但开国后的画家数目，却十几倍、几十倍地增长，新的优秀画家不断涌现，旧中国就老是几个名家。当时国家太贫弱了，少有人有心学画，所以投考美校也极易被录取。

上海在 1949 年 5 月 27 日解放，到 8 月 28 日，短短三个月，就建立了规模很大的专业团体（老美协），说明当年有革命干劲和团结精神。后来团体的名称由"工作者"变成"美术家"，经历了一种观念的转变。

新美协也经历六十年，加上前面的"工作者协会"，已是六十五年。这么长的会龄和自己创作上的成绩相比，实在惭愧。因而当收到美协对我这个老会员的征稿信时百感交集。要写些什么呢，一时头绪纷乱，只好话分三处。

海派和反海派

今年恰逢甲午战争一百二十周年，不由想起七十年前的事，上海有过"甲午同庚"四位画家参与的一次特殊活动，联想起后来画坛变化，值得今日回味。为什么这样说呢？单以四家之一的吴湖帆画原子弹来看，画原子弹的漫画多得很，都可根据自己的空想随意设计。吴湖帆不能这样，他有深厚传统底蕴，是极讲求笔墨的，首先他本人很少在作品中表现有关政治的题材，这幅画对他像是"不鸣则已，一鸣惊人"的唯一之作；其次，他祖父吴大澂在甲午那年指挥陆军在辽宁战败撤职，留下国仇家恨，终由积郁而发，政治与艺术所以自然结缘了。

扬州八怪时代大潮消退，画坛精英寥寥，仅存奚冈、黄易、金廷标、董邦达诸人。鸦片战争后上海立即开埠，数十年间海派文化形成，但它也只出现于清代，别的朝代不可能有的。这时费丹旭、任渭长尚在盛年；虚谷、赵之谦、蒲作英尚在青年；任伯年虽然短寿，甲午战败不久他即去世，但他是海派画气质最强的一人。"海派文化"的背景正是处于中国农业衰颓、工商城市兴起之际。长期的社会重农轻商，一旦有了市场伴随，绘画的精、气、神也必然变化，它代表一种特殊的品格，明显有别于传统。

贺天健在50年代初和我这后生小子接触时，曾对任伯年加以批评，指出他的画这也不对，那也不对的事，我已在《上海美术通讯》2004年第2期中介绍过，此文不再重复。70年代中后期的一天，作为一个美术编辑，准备请谢稚柳写明清画史的文字，从"上博"走出，偶遇沈之瑜馆长，他说："你不要找他写这一类文章，他对扬州八怪是看不上眼的。"啊！我才了解有这样的事，直至今日才实有所悟：传统、反传统、反反传统，循环不已。亦即否定之否定法则，不正是人类历史不断出现的规律吗？这就感到有理由把贺天健、吴湖帆、谢稚柳这三位前辈列为反海派传统的力量，正是上接"三吴一冯"的。

从经营位置上说，比起骨法用笔似乎更表层。我一直欣赏张桂铭那种大胆地、鲜亮地、别出心裁地把花鸟画和西方构成派结合，并且他也十分讲究笔墨之美，使人耳目一新。而陈佩秋在经营位置上，或者说在"调结构"上，明显改变了高山峻岭层层叠加的直幅构成，在原有讲求高远视觉基础上，适当演变为横向的平远、深远而浑然一气地保持传统图像，同时又隐然出现一些巴比松风景画的气息。遵守传统而不受所限，又非有意和西方拉近距离，是在革新实践中的自然形成，成功地尝试运用古代语言表现现实生活。虽说谢稚柳相差贺天健十八岁，对以任伯年为代表的海派绘画，他们几人都有一种较长过程的共同反弹，以显示出古代优秀传统的魅力。这是近现代美术史上的重要现象。足见艺术之多元、社会文化快速转型期间的繁复景象。

雅俗转换

什么叫雅？什么叫俗？似乎很简单，其实已被弄得相当紊乱。比方说，现今已把京戏视为高雅文化了，梅兰芳、谭鑫培如今也是公认的大师级艺术家，殊不知京戏最早出自民间乱弹，昆曲才属高雅，所谓"文武昆乱"。更明显的为《诗经》，既奉为"经"，当然是高雅，却源于民间歌谣。也许有一天连环画会被认为是雅文化。雅俗转换，历来如此。这一二年里，常常会听到说：我们国家是有优秀文化的国家，确实是这样，但要认识到这一点，也并非口头说说而已，只有通过长年的接触和钻研，才会取得真实体会。

具有海派气息的任伯年，仍属于中国优秀文化的代表，他的作品应为国之瑰宝。顾炳鑫在50年代就不止一次向我说过：程十发是知识渊博的人，对中国画的历史十分熟悉，对任伯年非常佩服……。顾炳鑫是逐步爱上古代绘画传统的连环画家，早先，他已画过多本连环画，后来加入出版社，便精心创作一本以钢笔画成的《蓝壁毯》，最近才听说国家领导人都看到这本连环画，而且他们也了解到苏联友人对这个作品的好评。接着顾炳鑫又以铅笔画成另一本佳作《渡江侦察记》，这以后他开始运用古代版画元素融入到他的连环画线描之中，提高了艺术表现力。华三川早期连环画作品中，多受苏联插画的影响，他晚年的工笔彩绘人物画，已经涵盖了丰富的传统精粹。贺友直创作《山乡巨变》曾三易其稿，最后从陈老莲人物画得到启发。古代绘画既具有艺术魅力，终于征服这三位怀有才能的画家，也足证我国文化深藏的底蕴。

鲁迅在 1932 年开始为连环画"辩护"。我也曾回顾当年中国十二位人物画家之中，曾有二人创作过连环画，一是丰子恺、一是李毅士（见《连环画艺术》第 38 辑）。到了新中国成立，十二人中又有二人投身于连环画事业，一是胡也佛，一是陆俨少。胡也佛是我在一家出版社的同事，他几次表示对这项工作的热爱，说是自己越做越有兴趣。作为一名编辑的我，有次审读他画的《铜墙铁壁》，使我陶醉于他那精细描绘的艺术中去，整整花了四天功夫才阅读完，除了情节动人之外，更重要的是他所勾勒出来的精美线描中那深厚的传统功力。

虽说连环画艺术现正处于"低谷"，但据我所知，百分之九十五的老画家没有搁下笔来休息，有几位已成为国画家，但贺友直从不离弃自己草根原生的土壤，深入于上海众生相、三百六十行这类题材之中继续耕耘，汪观清除在国画艺术上年年不断探索之外，对自己家乡风土的精深描绘，其艺术效果也令人叹为观止。黄大华、吴耀明、陆小弟几人合作的《苏州河风情》继承了宋人《清明上河图》遗韵，目前这一绘画格式正在画坛蔓延，也说明中华大地艺术之花、生命之火永不止息。

最本土的上海画家

说起历史上的上海名画家，比如董其昌、陈继儒都是松江人，不是上海人。吴历是常熟人。冠以海派画家名字的也很多，但原籍多是浙江和江苏人。最道地的本土画家应是任仁发。

宋代抗金名将韩世忠，曾驻军于上海（忽必烈当政时设县）出海口的青龙镇上，不是说上海是个小渔村吗，为何把军队驻在这么偏僻的小地方？不，这个青龙镇早已兴起于唐代，宋代已是一个万家灯火、船舶云集的繁华重镇了。从太湖向东流出一条河流，一称吴淞江，后名苏州河，当流入长江出海口的两岸处，宽达二十公里，青龙镇恰处于出口，镇内有二十二桥，三十六坊，决非今日吴淞口可比。任仁发的家就住在这里，如今他的坟墓尚在。

任仁发留下的业绩，是他的名画，但具有更大功勋的是他在上海督造的水利工程，这个工程为"2006年全国十大考古发现"之一。2010年已在原址上建成的"上海元代水闸遗址博物馆"地处于延长西路（志丹路口）619号，紧靠光新路立交，正在上海市中心内环线的附近。

元代的苏州河是流经志丹路、潭子湾再入老河道（人称旧江、今读虬江）而出口的，虽说该工程为2006年发现，但早在1984年上海博物馆举办过一个"福泉山文化遗址展"，有青浦重固镇发现的，4700年前良渚文化堆土、5300年前崧泽文化堆土、5800年前马家浜文化堆土。这年我特去重固镇参观，但打听不到青龙镇。又过了十多年，终在1997年再去重固时找到了青龙镇，只有新修好的一座青龙塔，原镇今剩下半个村落不到的面积。

任仁发的可贵，是他关心民众疾苦，痛恨贪官勾结土豪富商，他著有《浙西水利议答录》一书，他体验到"募夫役必取办于富户""成事难、坏事易""居位者未知风土所宜"，他认为营田者不管航行的便利任意占河为田；经商者不管农田需要大肆毁田开河，结果不是河道淤塞便是湖水侵蚀。吴淞江面由二十公里淤缩到五公里，导致江水经常泛滥成灾。他画的《二马图》内，一匹花斑肥马，一匹肋骨尽见的瘦马，上面题写"世之士大夫廉滥不同，而肥瘠系焉，能瘠一身而肥一国，不失其为廉；苟肥一身而瘠万民，岂不贻滥之耻欤"。任仁发的画与赵孟頫齐名，功力深厚，上海人民美术出版社出版的《中国绘画史图录》上册第341—347页中有他多幅代表作。上海美术界应以这一古代画家为本地光荣。

2014年3月

刊于2014年1期《上海美术》

韩敏画与盛唐景象

很少看到韩敏开画展，记得二十多年前在南京西路青海路附近有过一次规模不大的个人展出。本次虽没有去，但得到一本文史馆印出的小开本展品册，称得上弥足珍贵。

数了一下，印出的展品，一共只有39种，不算多，艺术却非常精，也许因此才有破纪录的整整一个月的展期吧。

观赏这本画册，最令人喜爱的是《唐明皇击鞠图》（第1幅）和《长恨歌》（第10幅），都是大横批。前者五人五马二狗，后者四人三鹤。艺术能扣人心弦莫大于动势，而画面的动势是统领全局的，比起《竹林七贤》，更具有一种无可超越的神采，所谓"光彩夺人"。

耸动的鬃毛、疾驰的四蹄，想是由伯乐挑选出来的五匹骏马，正像后工业革命的豪华轿车那样，配合飞天般舞姿的宫女颈背缠挂的彩色飘带。作为布阵于全局的五人，两个背面、两个正面、一个侧面，被围绕于正中施以鲜红长袍的主角人物，极为跃目。这《唐明皇击鞠图》一画虽已是印刷小幅，却使我近日爱不释手。《长恨歌》一图也愈觉和张萱、周昉古典名画有着多方契合，人物腰围复归于减肥，似显今日时尚。

再仔细端详，39种题材中却有10种与这个不平凡时代有关，那就是唐人遗事或唐人诗文，包括《杂论·马说》。全部展品大多是画家80岁到85岁之间的创作，可谓老而弥坚、越老越佳。他常用的画材可引起观者一个值得玩味的问题：他为什么这么关切唐代？虽然可以说，他画过连环画《谢瑶环》，也许是无意识？实则，他已渲染出那样一个社会的特殊风貌，一种属于时代不曾有过的浓烈气息，也即俗称的盛唐景象。也许可以这么论断：不是他选择这么一个时代；而是时代让他引起艺术的冲动。这是个人的臆断，不知可否这样说。

刊于 2014 年 4 月《连友之声》

几本《陈钧德画册》的学习心得

——谢陈钧德同志赠书

钧德先生：十分感谢画册的赠与，让我有了进入欣赏的机会。

从画册（亦包括《妙悟自然》）不到二百幅的油粉笔画可得到三类不同感受：一、充足的情境；二、气息的张扬；三、变形的追求。

一、着重于客体的视觉表达，它较之后二类，在于创造出更广大更深厚的境界，从而必然唤起共鸣。第 18 页《幽深》（挪威 2011）画面近处一人，身着白衣黑裤，双脚迅速向前，长衣尚在抖动，进入深树中私家花园内。第 142 页《绿色春韵》（希腊 2012）画一妇人或立或行或骑于辽阔盆地内一大道之间。第 28 页《雨云交替》（德国 2012）画面上半部，以少有的面块表现远山起伏，和大多以线描不同的另类手法，独见风味。第 124 页《清晨》（瑞士 2013）和前三幅同是全景图，又多以细线条组成成排小楼。《妙》本第 69 页《林谷清幽》（桂林 2012）是有山有水的大场景，气势雄厚又并非常见的所画喀斯特地貌，斜坡、梯田、路梗、群山、倒影错落交置，耐看而醒目。《妙》本第 91 页《查济古村》不仅左边白屋黑瓦小路的意境深远，而右边树丛一片模糊从而黑白分明，显出余色补色（颜文樑常用语）之效。

二、和上一类不同的强烈区别在于因画者人生积累出的气息吞吐而达到物我两忘地、心手相应地、透过"笔墨"（西方称笔触，中国称写意，或"大写意"）亦是吴冠中当作"等于零"（独创的一家言）的笔墨。下面几幅都近乎如此的意味如第 98 页的《幽径》（德国 2013），第 96 页的《春云带雨》（希腊 2013），第 88 页的《林荫大道》（德国 2013），第 84 页《莱茵河畔》（德国 2013）。

三、早年画风"大变"后，留下的诸多痕迹，展现出对创新追求的尝试。如第 116 页《迷人的温泉小城》（捷克 2013）以细小笔触表现物体，尽求稚拙、随意。又如第 76 页《维也纳的韵律》（奥地利 2013），第 120 页及第 102 页《千年老城吕贝克》（捷克 2013）《小教堂》（匈牙利 2013）和前两幅又属不同画风，都求简练，不计稚拙，但求骨法用笔。《妙》本第 59 页《细雨春色》（新西兰 2009）一画，层次丰富、言简意赅、用笔洒脱，表达了雨过山城大街的湿润景象，应属本画册中精妙的画。

上面所言，不过纸上谈兵罢了。1977年常在画展上看到你的西画，甚为吃惊，极其有味，功力扎实。80年代之后，你画风大变，以后不大见你展出，现在知道你应是在国外。丁曦林先生所言及你和刘、关、颜三大画师合开画展一事实丝毫不知（可能不在沪）。至于我认为的"大变"都不能理解"变"的原因和中途过程。但近二十几年国内所介绍的现存西方大家达利和米罗二人，米罗已不易理解，达利还是深保特色。今详读你的两本画集，心中很是愉快，对你有新的了解，也盼望能再不断见到你的新作。以上只是幼稚的胡言。

　　祝新年好！全家好！

黎鲁

2014.12.23 午后

品读写意画家叶维忠

1949那一年，随着领导人吕蒙一同来到上海，他正主持"画报社"这个小单位。某秋日起，身穿紫绿花色夹袄的女孩，常于小楼草地间来回嬉戏，这是吕蒙最小的妹妹，大家亲昵地叫她"阿霜"，如今她也是七十来岁的老太太了。近来听她讲起有个叶维忠，说是个画家，画家数量现在极多，我听过就算。不料前几天亲自遇到这位画家了，而且看到了他好几幅作品，竟使我眼睛大为光亮。阿霜又说，吕蒙早先写过文章，专门介绍叶维忠的画，我丝毫不知此事。如今吕蒙逝世快二十年，说明这个世界多么丰富，我的接触面又十分狭小。

叶维忠纯然是位大写意画家，其气象宏博。这么多年我一直崇尚着、羡慕着大写意的画家，因为自己常为太刻板制作所苦，所以在他的画面前一直停了好久好久。据他说，远在"文革"时期，原是二十多岁的汽车修理工，绘画属业余爱好，当遇上画家唐云，就诚心拜他为师。啊！他还有一手书法功夫，在名师的精心指导下，带出如此的高徒，艺术创造上终于形成了全然不同与众的独立风格。

一幅大胆以玫瑰花、翠绿、金黄三种浓烈对比的色彩置于成片林木中，弧形的小山，紧绷地巍然不动，近处土石用笔如乱柴般堆放却感到无比舒贴。另幅署名庚寅的自是四年前的作品。远山厚重，以随意松软的笔触渲染而就，由左上高空射出微青的光，和右上大片黝黑林坡色阶相对称，再连串于满横幅的以靛蓝、金红二色似林风眠格式的树木排比置于画中央，下端促狭的位置却是以多层块面表达出河岸幽静境界。还有一幅由左、右、下三面红枫布满的画面中，更上方是多层楼房，又全以粗犷的西画树干笔法纵横交织。也有二幅都以远山、芦苇、飞鸟为主干的画，下部弯曲溪流中的蓝色层次丰富，这两幅显然十分接近林风眠格调。

吕蒙评他画的"游鱼其头如虎形"，我发现他画了好多的游鱼，鱼的面部像顽童，像戴眼镜的青年，像稚拙的老翁，或愁苦、或憨笑……这些拟人化了的游鱼，陪伴几只同类，连小猫咪也被游鱼化了，都一一染上其趣，笔简而意无穷，一如画家题"自成乐事"。

一个孤独的、好似失落伴侣的鸳鸯，高跷着长长的上唇，后脑扬起毛发，胸部色如火般，大红鲜亮达于极点。

一只圆溜溜的大菜瓜上又以寥寥数笔勾出一只小虫子，或者是又一只赌气的小鸟，它倚在芦苇枝上，瞪着滚圆的大眼球，伸出尖利的上唇。

一壶一垫石、高盆口的兰草、寥寥几笔带出生机，题写"此物平生所好"，也许有唐云师心境。

……

2015 年 4 月

刊于 2015 年 9 月 15 日《联合时报》

缉私人员武装起来

日本帝国主义除了用武力和政治手段来侵略我们不算外，还要用一种经济侵略，这三种方法逼得中华民族连气也透不过来，全民众们因此觉悟起来，大家都不买日本货，这诚然是消极中的最好方法，果然，有效得很，这个抵货运动发生以后，就给日本帝国主义一个重大的打击，可是他们却又想了一个极无耻的经济侵略的方法——走私！

去年的四五月间，走私的风气很盛，幸亏缉私人员的认真从事，想了种种的有效办法，使走私的风气退了许多，以后是渐渐平静下来了，可是我们的敌人，并不甘心，不停止他们的下流行为无耻举动，暗中以金钱万能的策略来贿引我们中国的部分穷苦同胞！

他们替我们的敌人在中国境内，用了纸钞来收买了许多的铜元，陆陆续续的运到日本本国，据报载，已经运出的有了五六十万元，这是一个多么可惊的数目啊！他们得到了我们的铜元，正是用以制造枪炮，来用武力侵略我们的好材料啊！

海关当局也就为了这件严重的走私事件，发表了一个宣言，里面说得好："我们对于无耻的走私，只有给以迎头痛击，我们愿意牺牲，我们愿意走上缉私前线作殊死战，我们希望政府给我们武装起来，并盼望全国各界给以热烈的援助。"

这是多么热烈的表示！我敢代表全民众向你们答复："我们民众是万分的愿意援助你们的，加强全国的缉私前线，并且我们更希望政府给你们武装起来！毫不客气的给予敌人迎头痛击！我们相信！只有这样，才不会有走私的事情再发现！"

1937 年 5 月

刊于复旦附中三年级 A 班壁报

《土产·级友作品合订本》

课室与校园

就在这一天内，发生了两种不同的事件，每次回忆到它的时候，那旧时内心的创痛、悲愤立刻又涌现了上来。种种的过去了的生活所遗弃下来的回忆，促使了我写这两则印象似的记载。它显现了在民族解放战争的过程中的消极的一面，虽然这是极平凡的事实。

×　　×　　×　　×

上午。

才铃声响了不一会。

赵先生走了进来，乱哄哄的课堂也就渐渐地静止了，今天他穿了一件新的蓝大衫罩住皮袍子，入了座，于是点名。

"先生！讲时事。"

"先生！讲时事。……"

这一级的同学，赵先生说过：都是很顽皮的，本来赵先生自己，也是挺和气的，有着一副活像小孩的戴着眼镜，常常是笑嘻嘻的面孔。大家从来没有见他发怒过，因此学生们就毫不客气地同他吵吵玩玩寻点开心。赵先生时常对学生们说出他的时事意见：

"我对于国家的事，一点也不感到兴味。最重要的是你们这般人，要从小就养成守规矩的习惯，将来才不会像现在这些当政诸公那样的。你们要'奉公守法'，更不能把大洋钱都往自己口袋里装。所以你们就不能不守规矩，顶要紧的是你们只要用心在课本子里头，不要生什么大念头。就拿我自己来说：我在这学校里教了十来年的书，从来没有生过什么妄想去赚大钱，做大官……"接着他就讲起时事来了，学生们似乎都巴望他能够多讲一些，固然他讲的东西的确有一部分人爱听，但大半却是希望能因此少讲点书，大考起来，可不就便当了吗？而且赵先生又是那么地随便，决不像其他几位先生的严厉。凡是有人说出"先生，讲时事"，大家都不约而同地随声附和起来了。

"你们要我讲时事，就自己去看报好啦！"赵先生假推却。

"不，先生，我今天没有看。"

"现在的报没有看头。"

"东洋人检查过。"

"我对于时事……"赵先生的劲儿来了,这是谁都知道的,下文一定是:"毫无兴趣!"

"要'法治'",不知道哪一位同学这样喊了一下,因为赵先生时常提到这个名词,大家都熟悉得像是这个"法治"和赵先生分不开似的。

"对呀!要'法治',请先生讲'法治'。"这个响应似的声音一出,课堂内起了哄然的笑声。

"当然是法治!"赵先生好像是因为同学们的请他讲法治,是侮辱这个名词的尊严,声色俱厉地:"你们这班学生首先就不讲法治,上课时不守秩序,将来在社会上还肯守法律吗!所以,现在中国弄得这样糟糕,都是那些执政诸公的不守法弄出来的。你们从此以后就该努力用功,在课堂内不要吵闹,静听先生的讲书,这才是好学生,将来到社会上也记着千万不要多拿公家一文钱,这就是法治!总而言之:我对于现在的中国,是一点也没有希望,只能看你们将来的成绩了。"接着摇摇头,感慨了一下。

"先生!现在打得怎样了?"这问题突然的被提起了。

"哼!我可以对你们说,胜负的事情就根本别管他,人家的飞机那么多,我们的飞机呢?"

"袋子里,袋子里!"又是不约而同的响声,带着滑稽的笑语。

大家都知道赵先生一提到飞机,总是这么一套。

"对,袋子里。"赵先生站起来了,拍拍口袋:"我们的飞机大炮都往自己口袋里装,人家追的快,我们逃得更快!南京失守,我早就预料到啦,等着吧!恐怕不出半个月,汉口也是一定失掉的,是不错!我们是'长期抗战'。还是可以退到更西面去,一直到中国完了,完结。遭殃的是老百姓!他们有钱,可以带着他们的姨太太,坐着飞机溜到外国去,还有什么脸讲'最后胜利'!这都是骗人的瞎话,所以,唉!……"他又摇了摇头,似乎很悲哀和生气的样子,又慢慢地,愤愤地,像是很消极地说:"没有办法了!没有办法了!"

"快讲!哪一课了?"赵先生坐了下来,要讲书了,又接着说:"所以呀!你们就该努力用功,尤其是要养成守法的习惯,那中国才有希望,不然我们虽然亡了国……"

"先生!现在还没有亡国!"立刻有一个纠正。

"但是,以后要亡的,中国不亡,是无天理,所以你们若能在现在开始发愤读书,养成守法的习惯,国家自然得救。以前记得在报纸上常常看到什么学生组织起来啦!什么民众组织起来啦!这就是最不守法的人所想出来干出来的,试问民众怎么组织起来?这真是天大的笑话,还亏他们说得出口!当学生就要安分读书，做生意的安分做生意，做教员的，种田的，都应该这样办，那中国才有办法，不然，哼，别想打败人家！"

下课了，大家的脸上都像罩着一层愁闷的阴影："中国快亡了，怎么办呀！"但，当然不用说，也有嬉笑如旧的。

× × × ×

已是夜里了，在黑暗的四周，只看见高大的树木的枯枝和房屋的模糊的轮廓。远远的几点窗内的灯火，以及占面积约十方尺的熊熊的火焰，掩映着四围的观火者。

庶务先生指挥着校役把一件件的东西往火堆里抛，另一个人拿着铁拐杖不断地在火堆中将未被烧着的物件翻开。这样，使火势更是猛烈了。

校长先生关照过的，吩咐凡是校里有些"嫌疑"的东西，一律将它烧掉。于是这里竟为这件事忙了好多天，凡是关于军训的衣服，帽子，裤带，面盆，以及军训的书籍，都在被焚之列。图书主任在图书馆内忙了一整天，检出来好多的书，也拿来预备烧了。甚至某几个党国要人所写赠给学校的匾额也都要跟着退出沪郊的国军乘着火遁而去了。

围在火焰四周的住宿生们，在注视着，叹惜着。其中的一个这样说：
"钱先生！为什么把它烧掉呢？好寄到别处去不好吗？真是可惜……"
"校长交代过的。"
"操场内挖个大洞，一下子埋在里面不可以吗？"
"…………"
钱先生没有回答，所听到的，仍是熊熊的火焰的呼呼声。

"隆隆！"一件草绿色的军衣掷下去了，使火更猛烈地怒吼起来。

"哎呀！"一个茶役惋惜地说："这么新的衣服，毁了真正可惜，我看只要把它收拾收拾倒挺好哩，为什么要毁了它呢？"

但新衣服不久也化为灰尘了，接着是大批的书籍，这样继续着烧了好几个钟头。时候已不早了，东西也大半烧完了，学生们也都陆续地三三两两地回到宿舍里。

校园中，遍地的火灰，在地上被北风吹着向南飞去。这好像是表示着偌大的学校中，已找不出抗日的嫌疑了。

真的找不出了吗？

1938 年 8 月
刊于《上海一日》华美周刊社版
第三部第八辑第 278—282 页

战斗的一年

一、作为战士的青年

青年始终是站在人类社会变革中的最前哨，是永远为历史写下最光辉的一页的实践者。这不仅是因为他们有洁白的胸襟，有伟大的理想，而且能够为了他的理想的实现而牺牲了自己的一切艰苦地奋斗着。

生长在半封建半殖民地社会的中国青年，在反帝反封建的大旗帜下，为了民族和社会的解放造成了许多灿烂辉煌千古不朽的史迹：从"五四""五卅""一二九"的光荣历史上来看；从这次抗战中，在前线，在后方，在游击区里的为着民族的生存和敌人搏斗的坚决精神上来看，都表现出青年的超人的能力。这是高唱着"读书即救国"的论调的先生所看不见，而且不愿意看见的。

二、中华民族的洪流

承继着上海大学革命的优秀传统的师长们，像青年人一样活泼紧张地担负了他们的任务，努力地推动和开展学运工作。在被四周包围内的孤岛上，在抗战进入新阶段的时期中，在师生共同合作的原则下，我们学校里的救亡工作得到可宝贵的收获。

一年来的工作表现，我们看见，它在斗争中成长着，这正是象征着中华民族的洪流，飞腾地前进。在这些进步中，自然也存在着不少缺陷，但是这个缺陷也只是大洪流中的小逆流，是不难在发展中被克服的——只有瞎子才会故意夸大这种逆流。我们应该用集体的力量为克服逆流争取进步而斗争。

三、斗争的单位

如果不曲解抗战，那他就该懂得民众组织在抗战中的地位和重要。只有把整个中华民族团结成一个钢铁般的集体，"最后胜利"才能达到。然而这是需要每一个优秀的黄帝儿女们站在各自的岗位上从事组织周围的群众的，因此在今天，我们的中心工作，就是如何开展新的组织和巩固原有的组织的问题。这不但是我们学生的任务，也是每个中国人的任务。

因为这样，我们应该把散漫的同学团结起来，健全起来，使它成为防卫自己的阵地，使它成为对敌人斗争的单位。也只有这样，我们的民族解放战争才能彻底实现。

四、华社——初生的婴儿

一九三八年的初春，还是在阴沉气氛的孤岛上，刚开学不久，在我们学校，成立了这样的一个团体——华社。这是救亡情绪比较高涨的十几位同学所发起的组织，到现在它却成为开路的先驱者，成为黑暗道上的一条火把。这里人数虽不多，但都紧密地团结在一起，出版了"咱们"旬刊，成立了新文字研究会。在这有着真理和自由的创造工作先锋队的小团体中，培养着严肃活泼的优良作风。直到学生自治会成立后，它才渐渐地解散了。

在华社的工作过程中，同时的还有"呐喊周刊"的出版，它内容充实，编排活泼，陆续就有各级壁报的张贴，发现了不少新的人才。

五、时代的熔炉

是黄梅季节的四月，在校长先生的推动和领导下，这富有群众性的组织，学生自治会成立起来了。选举了执行委员，分配了工作。文学研究会，壁报，歌咏会，球队，剧团都担负起团结它周围同学的责任，各自紧张严肃地工作着。这推动了不少的同学，唤醒了他们的头脑，养成了他们集体生活的习惯；也培养出很多的干部，激起他们工作的热情，锻炼了他们铁的意志。

不久，它和学协发生了关系，成为学协所组成的学校单位之一，受着学协的领导，正确地走着它所应该走的路。

自治会工作的各部门中，特别值得一提的，是歌咏会所表现出的优越的成绩，它从整个孤岛靡烂亡国之音中，在我们的学校里，突破了漫长的黑夜，四散出壮丽的光芒："起来！不愿做奴隶的人们""大刀向……""我的家，在东……"的雄伟的歌声，震动了全校的每个角落，也贯穿着整天的时间。

六、庆祝会和俱乐部

六月二十日，为纪念母校的十五周年纪念，也为了欢送高三毕业同学，在那天的下午，举行了一个盛大的庆祝会。

物质条件是相当简朴的，连容二三百人的会场都没有，只得将课室间的木壁拆开了，才凑成一个小小的会场。这比起那有些学校地方极大，但却绝对禁止学生集会，使地方整月的空闲着，倒是一个不可解的矛盾。然而回想在战场上和敌人拼命的战士，遥望陕北的青年同学，我们还是比他们幸福的，庆祝会是胜利地结束了。

在庆祝会的高潮中，产生了大量的干部，成为暑期"华华俱乐部"的基础。俱乐部中有弈棋，有报纸，有歌咏会，有读书会。可是，不幸得很，笼罩于全市的八一三周年的恐怖空气把这个组织暂时的击碎了，但不久就又复苏起来，一直到暑期假满满。这里，举行了一次有意义的自省运动，大家都学会了灵活的运用自我批判的武器了。

七、"工作集中在少数人身上"

"工作集中在少数人身上！"这是每个工作的同志在检讨工作时的口头禅。的确，总结半年来的经验，"包办"是最大的缺点，许多热情工作的干部，差不多都犯了关门的毛病，轻视群众工作，几个人始终聚在一处高谈阔论，丝毫不想到扩大自己的组织。因为不去设法接近群众，教育群众，组织群众，便不是好的救亡工作者。

当大家一觉悟到自己的错误的时候，就勇敢地改正过来了。

八、新的力量

随着秋季的开学，新的环境来到了：这是同学数量的扩大，松江师生的合并，新干部的增加。在这种有利的条件下，迅速地成立了新的自治会。

同学数量的增大，自治会的活动也随着广泛，除原有的歌咏，出版，运动，戏剧之外，更加添了时事座谈，星期演讲，研究，剪贴周刊，美术，口琴，服务等。配合着各方面不同兴趣的同学，扩展了自治会的威信；又经过双十节和元旦的两次庆祝会，普遍地提高了差不多全体同学的热情，把认为"读书即救国"的一部分同学信念动摇了，击破了，改变了。

也和暑期一样地，组织了寒假俱乐部。在这里的读书会，提高了同学们的理论认识。

松江和华华分开了，由于半年来两校同学的诚恳合作，在听到将要分离的消息的时候,我们全体同学曾一度坚持要两校继续合作。但终因为教育宗旨的分歧,这个斗争是失败了。

九、"官僚主义"

因为组织的广泛,影响到内容的空虚;也因为活动的多样性,影响到中心工作的难定。而为这个缺陷的根源的,是毫无救亡气息的官僚主义(事务主义)在作祟,使同学日益感到枯燥,渐渐地和自治会远离了。

只注重数量不注重质量的结果,必然使数量也保持不了,这是半年来工作的最大缺陷。

十、今后的任务

假使上学期的工作方针是求参加自治会同学数量的扩大;那末,这个学期将成为同学性质的提高。因此,巩固我们的组织,健全我们的干部,加强我们的民族自信心,提高我们的政治理论水准,应该是目前的紧急任务。而在工作过程中,消除我们悲观,动摇,颓废,浮躁的不良的倾向;为克服虚荣的风头主义,左的关门主义,机械式的事务主义而斗争。这样不但增强了祖国的力量,也在战斗中锻炼了自己。

新的环境将要来到,租界的恶劣空气将一天天地展示,但胜利终是我们的,我们随时准备着光明的降临。

1939 年 3 月 7 日

刊于 1939 年 3 月《华华校刊》第一期

我们要在战斗中成长

为了要增强国家的力量，也为了在工作中锻炼自己，学习两条战线上的斗争，应该是今天每个时代青年的任务。

一切的事物都是包含着矛盾的，而这矛盾又是相互斗争着的，而且也惟有在斗争中才能促使这件事物本身进步。只有看不清事实的人才会故意掩饰或夸大这种矛盾。

我们在工作和学习的过程中，必然要发现许多缺陷，但这个缺陷并不是我们的致命伤；只要我们下决心克服缺陷，我们的工作必能得到开展；也只有在工作中展开不断的为克服缺陷的斗争，我们的认识才能进步。

在认识上，我认为第一，我们要和民族失败论者作斗争，因为他们看不见自己的优点和敌人的劣点；但同时也须和速胜论者作斗争，因为他们夸大了自己的优点和敌人的劣点。这两种理论都会引中华民族到失败的路上去的。

其次，是关于统一战线的理解。有人将它看成清一色的涂抹，也有人强调各党各派合作的不可能。前者只注重于统一，后者只注重于矛盾，是同样的不正确的。我们认为，统一战线的建立自有他的客观条件，所以统一战线是可能的；但构成统一战线的单位底独立性，也必然存在着的。

第三，是理论和实践的问题（也可以说是读书与救国的问题）。我们反对只关在屋子里死读书本，因为它把人变为和社会完全脱离了的书呆子；但也反对只工作而不想求得知识的事务主义者，因为它把人变成"经验的臭皮囊"（莫高芳）。唯有把理论和实践统一起来，使理论作为行动的指导，使行动作为理论的根据，这样才是一个真正的时代青年。

第四，是理想和现实的问题。我们青年人都有着伟大的理想，但这理想须建立在现实的基础上，否则就会变成乌托邦式的空想；可是也须和张伯伦式的"现实"作斗争，因为这是冒牌的"现实主义"，是和恶劣的现实作卑鄙的投降的一种掩饰的名目。

在工作态度上，我认为第一，要否定虚荣的风头式的关门主义。这种自高自大目空一切的心理是要不得的。我们并不否认提高我们的自信心和好胜心的重要，但我们要化个人的自信为民族的自信，化个人的胜利为国家的胜利。专讲个人英雄的华威先生之流，对于国家民族是没有多大帮助的；可是同时也要反对某些虚无式的一笔抹杀者，他们时常抓住工作者的错误（如出风头）与以不负责任的谩骂冷讥，其实这也正是英雄主义的另一种表现。

第二，是幼稚的情感冲动和意志的脆弱。我们青年同学最易犯左的幼稚病。当他们一遇到小的阻碍的时候，就非常急躁地来对付，或者以空洞的公式来解决，三次四次的失败，便促成了意志的脆弱，再遇到重大的打击，便从此灰心消极，不高兴工作。所以我们应学习"韧"的斗争精神，适当地运用自己的情感，才能使工作持久。

第三，我们要反对使组织庞大而无工作可做的事务主义者。在这里只有好听的名目，丝毫不切实际，结果会使同学对组织不感到兴趣而脱离。我们应该充实这庞大的群众组织，发展其正确意识，提高群众的政治理论水准。

我们誓为克服缺陷争取进步而斗争。

刊于 1939 年 6 月 30 日《中学生活》第四十五期

抗战期间的"第三种人"

以前在文坛上，曾经有过所谓"第三种人"，在政治舞台上，也曾经有过"第三党"，他们都同样地把自己看作不偏不倚的第三者。但残酷的现实立刻把他们那超然的美丽的"第三者"的好梦击破了，因此这两个名词已是过去了的历史的陈迹。

随着日本帝国主义的加紧进攻，随着"九一八"后国土一天天缩小，随着广大民众的觉醒，中国，也渐渐地转变了阶层党派间的关系，日甚明显一日地分化为两大对立的营垒：民族战士和汉奸。毫无疑问地，除了抵抗和投降外，再没第三条路可走。

可是，事实尽管这样，而徘徊于民族战士和汉奸之间的还在中国人民中占了一个巨大得可惊的数字。

比如在上海，有为着全人类和平和祖国的独立自由幸福而反对法西斯强盗作着艰苦工作的英勇战士，也有无耻献媚为虎作伥的跳梁小丑，而剩下来的更多的人，称他们为"抗战期间的第三种人"，也不能说是不恰当吧！

在他们之中：或者是专门为自己生意打算的绅商，或者是终日打牌看戏享福的小姐太太，或者是洋装革履跑跑跳舞场的少爷，或者是玩弄风花雪月的新旧名士，或者是一心一意为了将来个人地位而埋头苦读的学者，或者是拍拍老板马屁的高级职员，或者是只会唱些无聊歌曲的和死读教科书的学生，甚至是生活在下层的舞女娼妓乞丐……这一切人，都有一个共同的观念：中国打败也好，打胜也好，只要自己能够生活下去，尤其是享乐地生活下去。

但还有一种人，他们自以为爱国得不得了，时而谈战局的得失，时而谈汉奸的丑史，时而谈枪炮是谁的厉害，时而谈抗战领袖的私生活，看见报上说中国胜了就欢喜，败了就忧愁，或是说几句风凉话。这种人和前者毫无不同的地方，因为他们把这伟大的战争当作消遣，正如看"赛足球"。他们也只是抗战期间的"第三种人"。

摆在我们面前的严重问题是，如何用极大的耐心去说服和争取这些人。

刊于 1938 年 11 月 25 日《申报·自由谈》

附:《抗战期间的"第四种人"》(家严)

十一月二十五日的《申报·自由谈》上，君适先生写了《抗战期间的"第三种人"》一篇文章，把抗战期间的中国人分成三种：第一种是"民族战士"，第二种是"汉奸"，前者是"抵抗"而后者是"投降"；除此两种很明显的人外，"剩下来的"，便是所谓"第三种人"了。根据作者的意思，"第三种人"还可以分两批：第一批是无聊的公子、哥儿、小姐、太太、职员、舞女、娼妓、车夫、乞丐等等，这般人有一个共同的观念：中国打败也好，打胜也好，只要自己能够生活下去，尤其享乐地生活下去（即可）。另一批人是"自己以为爱国得了不得，时而谈战局的得失，时而谈汉奸的臭史，……看见报上说中国胜了就欢喜，败了就忧愁，或说几句风凉话。"他们把"战争当作消遣，正如看足球赛"。

我当时觉得君适先生这篇文章，是把抗战期间全国人分得清清楚楚写得道道地地了。直至如今，尚有着深刻的印象。不过，除了上述的"三种人"外，我以为还有"第四种人"夹杂其间，被他漏了网，未曾提及。这里便有补述的必要。

所谓"第四种人"者，说他们像第一种人的"民族战士"吧，在表面上看来，他们的"摇旗呐喊"的伎俩，似乎还在"民族战士"之上，但考其实际，完全是躲在黑暗角落里无的放矢的败类。他们嘴上整天嚷着"大炮呀，飞机呀，前进呀，冲锋呀"，像煞叫花子告地状般哭诉，丧了考妣的孤哀子一样地悲号，在愚夫愚妇看来，也许会当他们是曾经上过战场的好汉英雄。你以为他们真能担任抗战工作吗？未必。那末，你以为他们在无病呻吟吗？更不是。目的无非想戴上"抗战"的假面具，用遮眼术在民众面前耍戏法，等到周围的观众与听众把钱"哗啦哗啦"抛过来同时一声喝彩之后，便偃旗息鼓，双收名利了。至于自己有否要的"才能"，那是他们的"真正的个人主义"，除天晓得外，旁人无从探悉。然而，这种"差之毫厘，失之千里"的抗战术，据说是"老气横秋的江湖哲学呢"。

说他们像第二种人的"汉奸"吧，又仿佛与公认为汉奸者不同，例如与人民为难的假游击队，剥削难民粮食的收容所职员，以及"鹊巢鸠占"的体面盗贼等等，我们不是常在报上看见的吗？他们在名义上虽非汉奸，事实上欲与汉奸无甚差别。他们不当汉奸，并非出于爱国，乃是有下列原因的：第一是怕死；第二是缺少机会；第三是恨这个"恶名词"套在头上，侮辱三代祖宗的清白。好像狐狸吃不着葡萄说葡萄酸一样。然而，在爱财如命这一点上，始终是有种气的，于是乎就在暗中干出无数卑下无耻的勾当来；或者做文明戏来糊口；或者在小报上卖"武器文学"；或者替主子宣传，堂而皇之地以作奴才为荣耀；或者骂骂其他不能跟他们同流合污的人为汉奸……等到钱骗到手后，便像猪仔一样，生守破屋中，无聊地再去冥想出卖野人头的方法。像这一类的戏法，原是投降者历来的惯技，因此他们的所谓"抗战"简直跟"陌生人吊孝，不知死男死女"一样地"摸不着边际"的。

说他们像"第三种人"，把抗战看作"足球赛"，不关胜败痛痒吧，也不尽然。所不同者，"第三种人"只知享乐，而"第四种人"却要在"好听的名义下享乐，同时获得一笔额外的奖金。所以在准备享乐之前，必须敲锣打鼓，吹号闹台，向"尚未开眼的乳犬"宣传他们确在做着伟大的抗战工作。虽然未达到某种目的时，还站在十字街头喝西北风，到了分散之日，香烟钱和房租总可实收。据说这还是试办期内的成绩，若正式有了权力，那便非乱抓住个人，把斧头砍去叫他们强看这套集团傀偏戏不可。此类抢丐式的投机分子，虽能抄袭一些抗战名词出卖空头，披着死人的寿衣冒充活无常，到处吓人，结果仍不免显出小鬼的原形，拖着一条狗尾巴溜之大吉。

统而言之：称为第一种人的"民族战士"，是不要钱不要命，所争取的是国家的生存问题。称为第二种人的"汉奸"，是要钱不要命，只要能达到目前升官发财的奢望，至于将来的头颅落在何方，都可以暂时不去考虑。称为第三种人的抗战看作"足球赛"的民众，他们是要钱又要命，享乐固然需要，但也希望租界不发生危险，尤其世界最好不要大战，否则虽有钱而命不保。讲到称为第四种人的投机分子（始定此名目），就比较复杂一点：除了像第三种人一样要钱又要命外，还附带着要名的一个重要条件。因为要钱，所以要到处钻营；因为要命，所以躲在安乐土中放冷射；因为要名，所以不愿意当汉奸。于是乎捧戏子，拜骷髅，跪在主子面前，哀求"恩惠的赐予"；只要能成名（纵使一点小名也不妨），就是臂缠黑纱，手捧孝棒，也很乐意，如果再被人家敢赞一声"奴才"，那更是三生有幸，而要自命不凡了。

呜呼，第四种人！我真不知要在你的头上加了几百个"呜呼"，才能形容你的丑陋与万一呢！

刊于 1938 年冬《时代生活》

中日战争的社会根源

中华民族的英勇自卫战已经过一年半了，胜利的曙光开展在不远的前面。

究竟是什么力量使四万万九千万的民众都抱着同一颗的心去参加这次斗争？又是什么力量使这被称为东亚病夫的国家会有这样大而长久的抵抗力？

换句话说：中国为什么要抵抗？而为什么"最后胜利"一定又是我们的呢？

我认为要解答这个问题，必须从中国的社会根源中去找。知道了中国的社会经济基础，才能确定目前抗日战争的性质；知道了中国的社会解放发展情况，才能了解到"最后胜利"的真实意义。

一、抗日战争的性质

谁都知道，这次战争的目的是驱逐日本帝国主义及其走狗出中国，是反日反汉奸的斗争，但这又是依据于反帝反封建的中国资产阶级性民主革命原则的，而以反帝反封建为基本任务的中国革命是建立在中国整个社会的经济结构为半封建半殖民地的基础之上的。

半封建半殖民地的命运束缚着中国社会，使它不能得到正常的发展，如果欲解除这个束缚，首先须粉碎压迫中国的一切力量的总和帝国主义者。

19世纪中叶，西欧资本主义的发展，必然地使它为了商品的过剩而寻找殖民地。于是数千年来闭关自守的中华的长城被他们打破了。

资本主义的商品，以"价廉物美"的招牌骄傲地通过了每一个乡村，它打破了农村中的自给自足经济状态，使土著的农作物，无法保持它的原状；另一方面，又以不等价的交换取得了原料品的输出。结果，是促使农产物的商品化，农民经济就差不多整个卷入了国际贸易流通的漩涡，国际资本主义控制着整个中国的农村。家庭手工业制度随即迅速破产。

国际资本只是在中国农村经济上发生破坏的作用，它既由商品输入中国农村造成大批失业农民，同时却又因为它妨碍中国民族工业的发达，使那些过剩的劳动力没有职业的出路。但在另一方面，中国的农村固然是被"商品化"起来,可是帝国主义为了要保留中国农村中的半封建榨取状态,以适合自己的利益,所以在农村中,没有发展资本主义化的前途。

中国的农村经济,由于帝国主义的破坏,间接地使存在农村中的金融都流到外国去。金融的枯竭,使大批农民迅速破产,作为盗贼土匪的基本队伍。

在榨取农民血汗这一点上,帝国主义和封建势力是一致的。

帝国主义侵入中国,打破了中国的封建经济,但也相对地促使中国民族资本的发展,在这一点上,是帝国主义者极不愿意的,虽然这是它自己侵略的必然结果。于是它便以一切优越的势力来压制中国民族工业初生的幼芽,使它遭到了如下的几种厄运:在经济上是洋商货物的畅销;关税壁垒的失去(即使有完全的关税自主权,但外人可以依法在华任意开设工厂);在政治上是不平等条约的订立,领事裁判权的实施;除此以外,尚受到在帝国主义的卵翼之下的封建军阀的苛捐杂税的抽收和买办阶级的诸种压迫。使这初生的幼芽经不起数层的压力以致毫无生气,虽然在欧战期内突然迅速发展,但战后的帝国主义为了要救出自身的恐慌不惜用一切力量向中国的民族工业进攻,结果,中国的工业是又遭到了致命的打击。

在这种情形之下,广大小资产阶级的生活状况也一日不如一日,工人们更是在死亡线上和生活搏斗。

照这样发展下去,中国将由半殖民地的地位沦为帝国主义的全殖民地!

要生存,只有联合一切不愿做亡国奴的人们来抵抗唯一的敌人;要建立一个现代化的民主国家,也只有冲破这成为发展的桎梏与镣铐!

这是中国革命的特质,在日本帝国主义正加紧进攻的今天,我们集中一切力量作抗日的民族斗争,并不是偶然的。

二、抗日战争的历史根源

从鸦片战争直到现在,中华民族一面是被侵略被压迫被蹂躏着;但中华民族也一向是为反对侵略反对压迫反对蹂躏而作着斗争,这斗争的基本任务是:反帝反封建!虽然在革命的对象有时是帝国主义或有时是封建势力,但目标是一致的。虽然在革命的表现方式不同;在政治上有"太平天国战争""戊戌政变""义和团之变""辛亥革命""二七运动""五卅惨案""北伐"等的民族解放运动;在文化上有"洋务运动""戊戌维新""五四新文化运动""新社会科学运动"等的启蒙运动目标也是一致的。

在中华民族革命史的第一页上刻画了不朽的光辉的是太平天国运动。

由于满清政府的专制政治和残酷的封建剥削，使广大的农民群众日益不满，而外来资本主义的侵入，更激励了中国的民族解放斗争的情绪，这就酿成了轰轰烈烈的太平天国革命运动。而它之能够延续十五年蔓延全国十数省也就因为这是代表着农民的迫切利益的。但在满清政府及帝国主义联合进攻之下，它不得不失败了。这是因为在那时没有一个中心的坚强的领导阶级和革命理论组织及干部。可是这次革命运动却成为群众第一次大胆地实践了他们的政治要求。于是接二连三的民族战争便兴起了。如捻民回民的暴动，在性质上和太平天国运动都是相同的。

经过了鸦片战争、英法联军之后，中法战争以及其他诸种外交上失败的教训，刺激了满清政府中的一部分进步的新官僚，他们已觉悟到新的实业的建设，这促使幼稚的民族资本主义的萌芽，但也就因为是受外来的影响，所以这新生的工业都是一开始便注重于军备方面。而配合着军事建设同时的有士大夫阶级的洋务运动，当时他们崇尚西洋物质文明。如张之洞等人所主张的"中学为体、西学为用"正是他们的代表的主张。可是上述的军用工业与洋务学习是没有广大的新社会生产力作基础的，所以在他们所掀起的中日战争（1894）却受到了意外的惨败。这使一般布尔乔亚的新士大夫阶级之流觉悟到若没有良好的政治作为军事发展的基础是不够的，于是戊戌政变，就随着中日的战争中的失败而展开了。

戊戌维新政变（1898）是比较带有资产阶级意识的知识分子在中日战争后的思想的反映，当时他们已开始感觉民族的危机，以为非变法不足以图存，企图全国采用新政来拯救国家的命运。光绪皇帝也极赞成维新。但代表那时一切反对新政的顽固的封建势力的慈禧太后竟采用了极毒辣的手腕来扑灭这个运动，结果是政变中的领袖康有为梁启超潜逃，光绪被囚。考察这次运动的失败的唯一原因，是没有和广大的民众联合起来，只是几个上层官僚在奔走，当然少有成功的希望。

戊戌政变之后，不久曾发生了北方的农民大暴动，即普通所谓"拳匪之乱"（1900），这是弱小民族的中国直接反对帝国主义的侵略的第一次大暴动。可惜这次运动被封建势力所收买，所以他们的口号是"扶清灭洋"。而且又以迷信的幼稚可笑的咒语与法术来作为抵抗帝国主义的武器，又缺乏了资产阶级的领导，也就因为这样，才注定了它失败的命运。

随着帝国主义的进行瓜分中国，随着统治阶级的加紧剥削，随着中国资本主义的发展，随着国内广大小资产阶级及资产阶级不满现状情绪的高涨，乃爆发了这以兴中会所领导的华侨、资产阶级、知识分子、小市民等的联合战线的辛亥革命运动（1911），这比戊戌维新运动又进了一步，它推翻了满清的统治，成立了"中华民国"，并具有进步的资产阶级的革命思想包含其间——实现民族独立，保障民权，解决土地问题等。但领导革命的阶级本身尚异常薄弱，又没有执行反帝的政策，也没有解决土地问题以和广大农民群众联络起来，所以不久在封建官僚军阀的反攻之下，孙中山先生不得不辞职，将政权交给袁世凯，于是辛亥革命是失败了。

世界大战爆发，帝国主义无暇东顾，使中国的民族资本得以迅速发展，加强了民族资产阶级的力量，他们就要求解除帝国主义及封建势力的锁链，终于在反对二十一条的群众示威声中造成了历史上不朽的五四运动（1919）。这是辛亥革命后更广大的群众的反帝民族革命运动，吸引了广大小资产阶级的学生商人以及部分的工人参加，但是仍失败了，因为没有吸引广大的农工群众来参加，单是依靠学生为主要的群众力量是绝对不够的。

虽然五四运动是失败了，但是它在中国革命发展行程上有着重大的意义，它将反帝的思想更广泛地散布到群众的脑海中去。新文化运动大大地开展，如文学革命的推进，科学思想的传布，反礼教运动的发端。这一切启蒙性质的运动，解放了在封建意识的头脑下的中国青年大众。更使一部分青年知识分子走向了社会主义的道路。

五四运动后，具有重大历史意义的革命斗争，是"二七运动"（1923），这是中国劳动者第一次带有革命意义的伟大的集体政治斗争，也是中国革命发展过程的一个大转机。半殖民地社会中的无产阶级，是受压迫受剥削为时最长的，所以他们在革命阵营中的坚决性也就最强大。在"二七"中的反封建军阀的残酷斗争中，人们才认出了工人们的力量来。

当作 1927 年大革命序幕的是"五卅运动"（1925），这是反对帝国主义屠杀工人的群众大示威，它是以联合战线的姿态表现出来的。随着五卅运动的扩大，反帝的示威运动蔓延到各大都市，如汉口、沙基、广州、香港等地。经过这次剧烈的斗争，使革命的力量更加增强，吸引了更广大的群众到革命的战线上来，这中国历史上最光荣的战斗，遂奠定了国民革命北伐的基础。

1926 年 7 月北伐开始，不出几月就占领了武汉、九江、杭州。这充分地表现了中国民众的力量，上海工人赤手空拳进行暴动，夺取上海封建军阀的根据地，得以供北伐军顺利地进展到上海。整个中国南方，都被革命势力笼罩着，但这次轰轰烈烈的革命运动因为统一战线的破裂而失败了。

百年来的民族解放斗争的史迹是一次比一次有力地进展着。虽然革命受到了很大的挫折，但斗争的力量在日益坚强和扩大。

1927年大革命受到暂时的失败后，在军阀不断的内战声中，日本帝国主义得以侵占了我们的东北。

三、从"九一八"到现在

由于1929年的世界经济恐慌爆发；由于日本帝国主义国内经济危机加深和矛盾的增强；由于中国内部的国共分裂，日本帝国主义乃于1931年9月18日进攻沈阳，中国军队不抵抗而退，不数日，日军便占领了整个东三省。

中华民族遭遇到了空前的危机，这危机继续不断地增长着。

1932年1月28日，日军又开始进攻上海，签订了淞沪协定；此后又不费一兵而占领热河；不久又向长城各线进攻，并压迫中国军队完全由长城以北撤退，签订了塘沽协定；1935年又逼中国签订何梅协定，河北的主权也丧失掉；1936年又施行大规模的走私，打击了中国的工商业；一直到芦沟桥事变。

日本帝国主义对中国无止境的侵略，加深了日本和英美法间的矛盾，威胁了英美法整个远东的利益，使英美法等民主国家对日本的进攻抱了很大的仇恨。

日本帝国主义对中国无止境的侵略，不仅使无产阶级觉悟到为民族解放而斗争，不仅使农民为驱逐敌人而反抗，不仅使小资产阶级知识分子群为反对敌人的侵略而呼号，而且也使资产阶级甚至一部分买办阶级也日益感觉到自身所受的威胁，不得不设法阻止日本帝国主义的进攻，于是全国各阶级各党派各军队都渐渐结成一条战线去反对共同的敌人。

摆在我们面前的只有两条路：抵抗和投降。一切不愿做亡国奴的人们，都选择了第一条路。

自从"九一八"以后，有马占山将军在黑龙江的孤军抗敌；有全国各地的抗日救国运动的展开；有十九路军在上海的武装自卫战；有宋哲元部队在长城各口的大刀杀敌的英勇战役；有北平学生为反对日寇的侵略游行示威的"一二九"运动；有全国救国会的组织；有东北军为请求"打回老家去"而起的西安事变。这一切都说明了不愿做奴隶的人们是如何迫切地为反对日本帝国主义的侵略而斗争着。

西安事变和平解决后，以国共两党合作为基础的民族统一战线就建立起来了。芦沟桥事变后，全面抗战就随着虹桥事变的交涉而爆发，到现在已是一年半了。"胜利的曙光开展在不远的前面。"

四、结 论

一向受帝国主义和封建势力所束缚和压迫的中华民族，为了免去殖民地的命运起见，首先就应推翻这两种恶势力。这是中国革命的基础特质。

百年来的革命运动，正是照这样进行着。

"九一八"之后，日本帝国主义加紧侵略中国，造成它独占中国的地位；破坏了列强在华的均势；侵占了全国各阶层的利益。中国，为了完成反帝反封建的任务，也配合了国际反法西斯战线的阵营中的前卫的职务，首先应当和日本帝国主义者作斗争。

这是中日战争的社会根源。

1939 年 1 月 19 日
刊于 1939 年第四中华职补校
新闻学科第二届毕业生文集《啄章集》

读《中国青年与党派》

　　白丁（译报《大家谈》主编）先生：偶然得到了二月六日的《××夜报》，在第三版内的中国青年栏中，有一篇《中国青年与党派》（无作者署名）的大标题，很醒目地刺激了我的眼睛，我于是把它读了一遍。

　　的确如此文作者所说："……对于所谓精诚团结，不容讳言还没有达到真诚纯的境地，这缺陷的存在，也便是中国的敌人所高兴的一点。"那么，加强统一战线，把民族利益放在党派利益的上面，不要深刻地存留着党派的见解，这些应该是全民族最迫切的任务了吧！

　　但在后面的几段里，作者显然有挑拨统一战线的意思了。作者先对我们读者说："假使你觉得有加入党派的必要，那么大概也只有两个党可入"，哪两个党：一个是国民党，倘使你真是诚心诚意民族至上国家至上，诚心诚意拥护国民政府，拥护中国唯一的领袖蒋委员长，就可以加入国民党；另一个是共产党，倘使你内心不承认民族至上国家至上的原则，而以共产主义为至上，以苏维埃为至上，诚心诚意拥护第三国际，倾向苏俄，才可以加入共产党。

　　因此共产党在此文作者的笔下，便成为挑拨统一战线，不"诚心诚意"拥护抗战的党派了。其实这位先生是瞎了眼睛昧了良心说话的。请问作者先生：在抗战期间，共产党不承认民族至上国家至上的理论在哪里？"而以共产主义为至上，以苏维埃为至上"的理论和行动又在哪里？在今天，谁都知道，共产党在抗战前提出了停止阶级斗争拥护三民主义，取消苏维埃政府的口号；抗战之后，共产党的第八路军新四军也在对敌人的斗争中尽了极大的力量，表现出优越的成绩，蒋委员长也亲自嘉奖过的。那么，说共产党不以国家至上，还能令人相信吗？现在，只有敌人和汉奸才会发出侮辱共产党的话来，以实现其反蒋反共的毒计。

　　其他，还有许多足以实行其挑拨国共合作的地方。如第二段"一朝加入了党派！……有的是得福，却也有的是受祸"，请问，这个"祸"字是什么意思？如第五段"……共产党的……阴谋"是怎么讲？作者为什么要否定政党在抗战中的作用，无非怕中国民众组织起来加强抗日力量罢！

　　希望作者先生能多多注意抗战的事业，不要斤斤计较于党派的利益。否则将陷中华民族与万劫不复的深渊中。那时，恐怕作者先生也不能像现在这样，得意洋洋地大谈其中国青年和党派了。

读者景云智 2 月 7 日上
刊于 1939 年 2 月 8 日《译报·大家谈》

附 1:《展开理论斗争》(白丁)

抗战第二期的特质，在思想理论领域，我以为应该提高斗争精神。这不但对侵略者汉奸应该予以激烈的袭击，即对动摇者，见解错误者，亦必予以无情的批判。

由汪精卫的公开投降求和，反映到我上海的言论界的现象，即为汉奸刊物的出现与挑拨国共两党合作的言论的复见。在二个月以前的上海为四百万上海市民所拥护的言论，是决不能让此种言论存在的。但在二个月以后的今天，我们竟接续不断地看到了。我们在这里大声呐喊：同胞们，赶快布下我们的警戒线，把这些动摇者、挑拨是非者赶出去！

景云智先生的举发，我们绝对同意。但在理论上讲，不论是三民主义，不论是共产主义，它们都是动态的、发展的，都不能脱离时间与空间的条件而能求得其现实的。在今天，我们认为要战胜日本帝国主义，只有实现三民主义。而要三民主义的彻底实现，决不能放弃广大人民群众，中国的工农阶级。三民主义不同于资本主义，也在这里。在现阶段，共产党公开而坦白地为实现三民主义而奋斗，也就是它，在发动中国工农大众参加抗战的上面努力。

三超主义——超党派超阶级超个人——的统一论者。他是将国家民族的利益，寄托于空无所有的"空间"上了。国家根本是人民土地主权的结合体，而人民为它为唯一的内容。人民之间有个人阶级之分，是不可一手抹杀的事实。有所谓阶级的不同，于是有党派的分歧，这又是自然而合理的。我们常听到一句"救国而救自己"的话，这就说明了将个人利益和国家利益打成一片的最高意义。由于这，党派的利益，与阶级的利益，也必须同国家民族利益打成一片。在今天是牺牲若干个人利益，来争取国家民族的利益，在明天是在国家民族利益的条件下，争取个人利益的更大获得。党派阶级亦复如此。不明白这个道理，那不过利用国家至上民族至上的名义，造成少数人的独占的利益，而非真正为全民的利益而抗战的！这是抗战理论的 ABC，竟尚有许多人不懂，实在叫人摇头。然而：非不懂也，为私利也，"其然岂其然乎"。

刊于 1939 年 2 月 8 日《译报·大家谈》

附 2:《中国青年与党派》

一个青年在没有沾染社会的许多习气的时候,就好比一页洁白的纸张,他的精神上非常活跃的,他的思想是完全自由的,他的心底是绝对纯洁的。他不怀私心,他没有偏见。虽然,因为各人秉着异样的气质,各人投在各自的环境之内,已经不免有性格习惯等的变化和分别;可是究竟有多少保持着青年人的天真。

这样的天真是不容易长时间保持的:当一个青年受中等教育的时候,已经难免开始着被他的前一辈人,从思想上,从感情上,从利益上,劝诱着,引导着,不知不觉地被某党,某派所吸收了。一朝加入了党派,必然无疑:便是有所蔽,便是存了门户之见:一方面也是一生受其支配,果然,有的是得福,却也有的是受祸。在中国来说,党派我们不能忘记,从中国国民党清党以后,到抗战开始为止,多少的青年因为党派关系而作了无谓的牺牲。这个回忆是很沉痛的。

我以为不论在什么时代,一个民族,一个国家,最是颠扑不破的单位,至于一党一派,很多的时候,只是些锢蔽的私见,徒然分化这个民族和国家,抵消自己大部分的力量。我们不能忘记国民党和共产党十余年的斗争史,不知道毁掉了中国多少的国力。

日本的侵略,却把中国国内相互敌对的党派,团结了起来。可是我们不能否认,在现在这样危急的局面下,党派的见解不照样深刻地存留着:依旧是你的党我的派。中国的青年国民因为被各党各派所吸收,你是甲党,我是乙派,便分了彼此之心,便存了你我之见。对于所谓精诚团结,不容讳言还没有达到真诚纯的境地。这个缺憾的存在,也便是中国的敌人所高兴的一点。

中国共产党扩大六中全会政治决议案中有:中国共产党认为国共两党合作的最好组织形式,是共产党员加入国民党和三民主义青年团……的提议。而中国国民党五中全会宣言中有这样一个答复:"本会议郑重声明:吾人绝不愿见领导革命之本党发生二重党籍之事实,更不忍中国实行三民主义完成革命建国之一贯之志,因信仰不笃与意志不坚,致生顿挫。"还未必便是国民党没有忘记掉过去共产党篡党的阴谋,而只是根据于"不纯一"便"不真诚"的理由并为维持国民党的立场，所以正式加以拒绝。这又似乎不能不认为精诚团结上之重大缺憾。这也许是叫许多中国青年会感觉到彷徨的一种原因。

然而，我们只觉得这一次五中全会的宣言是多么坦白而真诚，宣言中明白地说："……本届会议兹再恳切致望，国家危急至此，必需增加抗战建国之实力，已收众志成城之效。全国同胞不问其过去政治见解与派别之如何，凡愿意行三民主义而参加本党从事国民革命抗战、建国之神圣事业者，无不诚挚欢迎，惟国民革命之目的，在求得国家之独立与民族之生存，故必保持中国民族真诚纯一之精神。而后国家之基础。始能永固……"

有志的中国青年，爱国的中国青年，在这样的环境之下，该当有彻底的觉悟，假使你真能努力奋斗，为国效命，原本不必加入什么党派的。假使你觉得有加入党派的必要，那么大概也只有两个党可入。

倘使你真是诚心诚意以民族为至上，以国家为至上，真是诚心诚意拥护国民政府，拥护中国唯一的领袖蒋委员长，你便该当毫不犹豫地加入中国国父孙中山先生所手创，现由蒋委员长担任总裁、主张以三民主义建国，现正领导抗战的中国国民党。中国国民党正需要优秀的青年，来健全他的组织，加强他的力量。

倘使你内心不承认民族至上，国家至上的原则，而以共产主义为至上，以苏维埃为至上，诚心诚意拥护第三国际，倾向苏俄，你也便该当毫不犹豫地加入苏俄国父列宁先生所手创，现由史丹林所主持，主张以无产阶级专政，现正与国民党合作抗日之中国共产党。中国共产党也正在尽力宣传，吸收青年，扩张他的势力，巩固他的地位哩。

不过我觉得，不论在抗日期间，或是在胜利以后，民族和国家终究是最应该维持的单位。那么，为完成建国的便利减少意外的纠纷起见，凡是一个中国人，以其去归向他人，毋宁信仰自己：三民主义是中国的。

刊于 1939 年 2 月 6 日《××夜报》

短评两则

一、注意汪派分子

自从汪精卫发表艳电主和以后，早已遭国人所唾弃，且为国民党开除出党。但他仍执迷不悟，反而变本加厉地实行其卖国阴谋。在上海的二月前，曾有汪派汉奸刊物《民力》《心声》《抗议》《时代文选》相继出现。幸亏上海人眼力不差，使这些刊物得以绝迹。但最近据说汪精卫确已来沪，并派其爪牙周佛海至上海教育界活动，我们相信，这些汉奸一定会被我们窥破而受到无情的打击的。但是我们在另一方面也不要忽视了他们的相当力量，他们还拥有一小部分主和的动摇分子。因此，我们应该提高我们的警觉性，尤其是我们青年学生，应当随时随地注意汪派周系的阴谋，加紧组织民众，防止汉奸活动。假如一发现他们在群众中的踪迹，我们应给予无情的揭露。

二、世界大战和我们

正当西方的两个法西斯强盗疯狂进攻，张伯伦现实主义政策完全破产的时候，第二次世界大战的日期是更加迫近了。而作为大战主角的正是以英法美苏为主的民主阵线和以德意日为主的法西斯阵线，这是谁也不能否认的。中国是民主阵线的一员，而且正为了保卫民主而斗争着。一旦大战爆发，上海的地位必然会被周围的魔手攫去，我们的环境将比现在要十倍地恶劣了。

为了应付未来的恶劣环境，我们应当加紧准备，多学习工作的经验，接受理论的启示。在全世界人类大激荡的时代中，我们再也不能独善其身关门读书了，再也不能糊里糊涂地生活了。我们要参加实践工作，要把生活严肃起来，这样才担负得起这伟大的时代中的伟大任务。

刊于 1939 年 4 月《华声》

《关声》引起的记忆

读了《出版博物馆》2008 年第 1 期中迟吉哈介绍《关声》的专文,心想《出版博物馆》真是"博",连一个很专业的、不为普通读者所知的内部刊物也都发掘到了。

隐约记得,自己也藏有一本和《关声》类似的刊物,是不是《关声》早期中的一册?几个月前在翻旧物时,偶然发现了这本书。封面上标明《海关华员联合会月刊》第一卷第三号,出版日期为民国十六年十一月一日。开本既非 16 开也非 32 开,是 22×15.3 cm 的尺寸。

看来这两份刊物并不完全是一回事,但二者都令人感觉到强烈的时代气息,充满了反帝的激情,并具有收回海关自主权的明确目标。有些观点现在看来未必正确,但以 1925—1927 年大革命的时代背景而言,刊物的政治倾向是代表当年主流民意的。

海关华员联合会是海关中下层职工的组织,我的父亲黎彭寿曾被选为主席。他是北京税务专科学校的学生,毕业后进入天津海关当练习生。我就是在那里出生的。上个世纪 20 年代初,他又调往上海江海关。那几年正值中国革命高潮,他当时积极投入运动,幼年的我常听到祖父母议论,怕他闯祸。迟文中曾提到"海关当局为了分化瓦解华员联合会",1930 年把《关声》的主编张韵调往武汉关。迟文又说:"海关当局为了分化、瓦解海关的职工运动,把职工运动中的积极分子调离,命令解散海关华员联合会……将《关声》编辑韩庭栋远调哈尔滨……"我父亲在担任主席时,还兼管海关华员联合会的编辑科会务,显然也曾编辑过会刊,当时张韵负责交际科。早在 1928 年春,父亲就被调往黑龙江沿岸的瑷珲关,30 年代初再调往广东汕头和云南思茅(近改名普洱)。正因如此,我童年时和父亲接触很少。

1934 年父亲调回上海后,曾和我一度居住在海关俱乐部内,地处黄陂路、成都路之间的南京西路。海关俱乐部二楼西面有一大间房,那便是《关声》的编辑部。只有一个人在此办公,就是编辑部唯一的编辑王文清。迟文中曾重点介绍了他的文章、他的观点,但没有点明他的编辑身份。他还兼管一个小小的图书馆,13 岁的我正热衷于看武侠章回小说,那套平江不肖生的八本《江湖奇侠传》,便是我找王文清一本本登记借出的。

当一个海关职员，工作有保证，待遇比别处高，人称金饭碗。我看到有些人西装革履、满口洋文，有些看不惯。我常爱找王文清交谈，他说："你爸爸在海关的下级关员中威信很高，正因为如此，所以外国人才把他调往黑龙江，就是惩罚他。"王文清还常和我讲，蒋介石不抗日了，提倡新生活运动，目的就是麻醉老百姓，不许中国人打日本……

好久以后甚至解放以后我才明确王文清是共产党员，可是当时的我只知道看章回小说。记得我还曾为《关声》画过一张封面，作为投稿交给王文清。1936年我的思想起了变化，不再看旧小说了，喜欢看有关抗日的进步刊物。王文清看我变了，非常高兴，他带我到成都路西边的"斜桥弄"读书生活出版社里面，帮我订了一年的《读书生活》，他还开了几本《青年自学丛书》的书目叫我阅读。《读书生活》我只收到一期，就被政府下令停办，后改名《读书半月刊》继续出版。

"八·一三"那天炮火刚响的时候，海关俱乐部请到郭沫若和进步人士骆耕漠来演讲，王文清对我说，你一定要来听，不可失去良机。记得郭沫若演讲的第一句就是："我们期待多年的抗日神圣炮火，终于在今天打响了……"能够请到这样的名人到这里演讲，我想一定是王文清努力的结果。

1937年冬天，我很想到陕北公学去，王文清劝我不要去。他没有说服我，于是又找了一位进步人士来劝我，终于让我进了另一所学校。这所中学的校长、教务主任都是地下党员，我很喜爱这个新环境。

上海解放后，王文清担任市直接税局副局长，改名王纪华，局长是顾准。在1952年初的"三反"运动中，他和顾准及其他六人一起被撤职，成为上海当天报纸上的头条新闻。十一届三中全会后，顾准与王纪华先后获得平反。

迟文中还详尽地提到1942—1946年地下党员陈双玉主编重庆版《关声》一事，陈双玉系我妹夫的哥哥。自我妹妹在上海读小学时起，我也像对待任何党外群众一样做她的工作，她完全接受我的观点。抗战中期她随父亲由上海赴重庆读书，因生活困难无力升学，于是进入海关并结识了陈双玉兄弟。

上世纪90年代末，妹妹来到上海小住，我和她去逛福州路书城，看到新出版的厚达半尺的《上海海关志》。我们共同翻阅，看到几段解放前夕的地下活动中竟也有她的事迹，我俩以为父亲他们老一辈在20年代的活动也许有所记载，可惜关于那个年代的叙述较为简略。

刊于2010年第一期《上海出版博物馆》

怀念王纪华和我的初中年代

两篇作文

念初中一年级下学期时，教国文的毛西璧老师出了一个作文题:《我所最知己的学友》。我文章的大意是这样的:"我平常在学校无事的时候，总是一个人在校中走着，别的同学都是三三两两成群的说着笑着，多么得意啊! 但我以为朋友交得太多也无益处，倘若交了一个坏朋友，对于自己反而有害，所以说我不愿意交许多朋友。又因为我不是一个交际能干的人，譬如我的父亲请客，母亲叫我见客，我同客人鞠了躬后，身子已经麻木了，不知怎样见客，你想这如何能交朋友呢? 所以我不曾交结几个朋友。到去年，有一个人我觉得他人格高尚、思想高尚，他姓王，名文清。他很愿为国家尽义务，可惜他不是富人，他现在还同他的几个朋友办了几个平民学校。他时常同我谈时事，并劝我要看有益的书报。叫我将来应当为社会服务，所以我说他是我最知己的朋友。"

这份作业批了 77 分，蓝色橡皮图章印有"民国二十四年五月三日"一行小字。

又过了二年，我已念到初中三年级下学期了，二年级的国文由金仲禹老师担任，三年级的国文由王希禹老师担任，他又出了一个作文题:《我所崇拜的一个朋友》。此时我写的主角与二年前是同一个人，我在文中写道:"我这里说的崇拜，不是无意识的英雄崇拜，也不是迷信式的崇拜，更不是盲从式的崇拜。我所崇拜的这个朋友，并不是高官爵禄，也不是知名人士，而是一个无名青年。"

"大约三年以前吧，我随父亲到上海，一时找不到房子住，他还有许多公务在身，找房子的事就耽搁下来了。父亲是在海关任职的，所以就暂时住在海关同人俱乐部里面，我也随他住在一起。记得这日早上，恰是我投考复旦附中的那天，我开始动身从大门出去，另外有一个人从大门进来，他笑嘻嘻问我，出去吗? 我看那人不过二十三、四岁的样子，个子很小。面貌很和气，就对他点点头。他看见我手中拿着笔墨等物，就问我是考学校吗? 我又点点头。他手中似乎夹着很多物件，大约是有点事情的，我并不很留心，我们就分别了。"

"我喜看书，听说这里有图书馆，我就很想看一下，由别人说起，管理图书馆的人，姓王名文清，就是我前天碰到的那个人。我因此对他有些印象，原因就是我生平最喜欢的图书馆是他管着的。"

"我对上海的建筑也很好奇，而我住的这个地方建筑很精美，所以我每天无事总是在里面各处乱走。一天走到一个屋隅，看到一个房间，门是开着的，我就朝里面望了一望，哪知就有人喊我进去，这人就是我前几天碰到的王文清。"

"进到他的房间，他就和我谈话，问我家庭情况一类的话。我一面同他谈，一面就看他的房间，只见他桌上堆放了许多稿纸和印刷品，其余的像报纸杂志不计其数。他对我说，他是这里的一个刊物——海关办的名叫《关声》的一个编辑。一切稿子都由他排定、校对、发行，其他种种事情都是他一人主干的，不过刊物排好之后还要拿给主编看，所以他整日的忙着。其实这刊物我早已在父亲的桌上、书架上看过许多次了，今日始知是他的'结晶'。"

"一天，在阅览室我翻看各种杂志，他也在看报，室中只有我们两人，我走到他的旁边，看到报上有班禅做佛事的照片，我就顺便同他说，'班禅现在发福了'，其实这句话我也是从别处听来的。他听了我这句话就说，'是呀，中国处在这种存亡的时候还弄这种玩意，其实这也不过是一种麻醉方法'。他说得起劲，我也同他说起政府不应该不抵抗等气愤的话，我们谈得很多，他认为我是有志青年。"（王希禹老师在此处加了四个字"愿汝自勉"）

"从此以后，我就和他很接近了，每日放学回来，总要到他房间里面。他又叫我看些好的刊物像《新生周刊》《读书生活》《世界知识》《太白》等一类的书。我那时并不听他的话，对他说，我最喜欢看章回演义。他却劝我不要看这种旧小说。"

"后来我又知道他每个星期日的早上必定去青年会或中华职业教育社听演讲，那时他要我也去，我老是不肯去，至今还有些悔意。"

"我在这里住了三个多月才搬走，我们就不大见面了。在杂志上时常见到他对新文字（汉字拉丁化）的评论。去年十月里见到他，他对我说，中国将来应实行新文字方可扫除一切文盲。他又拿出一些新文字的报纸给我，又给我一本新文字检字法。我以后就一人练习了几次，若不是他这样教导我，恐怕到现在我还不晓得新文字到底是什么面目。"

"去年十一月里，我又去找他，同他谈了些时事的感想。他不住的称赞我：你变了！你的知识竟很丰富，三四个月前你还是喜欢看一些《西游记》

《水浒》之类的书，现在你对一切观念竟如此正确，不愧是我的老朋友。我笑着说，像《水浒》一类的书，现在送给我，我也不要看了。"（王老师在作文空格写了一段：《三国志》《红楼梦》——有人情人理的文章，至性至灵的描写，还是好书，还是百读不厌呢！你以为如何？）

"在寒假中忽发奇想，很想作些文章，只是一时也找不出题目，就请他给我出了几个题目：《三中全会的希望》《对内和平，对外抗战》《对于郑州事件的感想》《中国决不会做西班牙》。我就一一做好，请他帮我改，他也指出我的一些错误的地方。最后他还劝告我，不要只注意空论而不做实际工作。我听了这话，觉得很对。"（王老师又在作文上批：能给我一观否？）

"近来在学校中，因为时常对着同学们发牢骚，一来是因为政府不立即抗日，二来是七位爱国领袖的被捕，救亡刊物仍遭封锁。后来又因西安事变张学良的抗日条件，我觉得主张正确鲜明。因此，同学们便目我为左倾分子，更有一般无知无识的同学，竟给一个雅号曰共产党。这样一来可把我吓着了，我虽然是个坦白青年，经他们一说，虽无凭据可获，也许有人对我行动要加以注意，万一有了什么事件（这也难说）我的祖母在家中能不为她的爱孙着急吗？"（此后几字被王老师加圈点，并在空白处批：在此事非难明的今日，谨言慎行是做人必不可少的条件）

"关于这件事，我便找王文清，同他谈了好久。他说：和固执不通的人谈话，若是不合口味，不合意见，顶好不要多谈。顶好找些不大顽固的人，对他说明当今中国的急务是什么，不要太强硬了。也无需对固执的顽固者太激烈了。"（王老师批：这是交友的好办法）

"开学以后曾和他通过三次信，还未见着面。"

"我生性孤独，平生交友寥寥，王君是第一个知己的好友。"（王老师批：他的真诚待人，确实值得崇拜）

1937.3.11

此作文批为"甲上"。

我深感王希禹老师是一位深明大义、头脑清醒、正直诚恳的好老师。在我初中毕业、学期即将结束之际，我请他在我自订的纪念册上赠言，他写道"炽昌：你是一个善写文艺小品的小友，萍飘蓬聚，几及一年，认识你是禀赋聪慧，感情真挚，思维敏捷，言动沈静，将来有作为的一个青年。要自贵自重，莫自暴自弃，谨于言而慎于行。临别赠言籍留鸿爪　蜕卢"。

战事已起，从此再不见王希禹老师回校。王老师是苏州人，原上海复旦附中苏州籍教职员特别多。直到文革结束后，我和上海人民美术出版社老同事平原（他是摄影师，苏州人）在闲聊中得知，他认识王希禹，还记得他说过一句话："我在复旦附中教过一个班级，这个班的水平均很高，现在还很牵念一些同学。"

战前的一种趋向——加剧法西斯化

我于1934年秋进入复旦大学附中，直到1938年初离开。这三年半中，正是从十三岁到十七岁间向成熟阶段过渡的相对安定时期，也是人生观走向定型的时期。在这当中又以1936年3月25日事件划分为前后阶段。1936年夏以前，我感受到学校生活的正常、合理。

例如1934年12月初，童子军领导人冷雪樵老师挑选我们班级同学七人到马路募捐（忘记募捐为了什么）。募捐安排在放学以后的晚间，地点定于从静安寺沿海格路（今华山路）到忆定盘路（今江苏路）之间，专门向小汽车拦路募捐，因这条路两边多花园洋房，人烟稀少，属高档华人区。有一次拦到一辆小车，车主态度强横。有个同学事后说，这是吴铁城的车（当时上海市长），于是大家一起大发议论。过了几天，报纸报道了这次募捐的消息，上海复旦附中成绩第一，募到833元。又有一次，是冷雪樵老师挑选三名同学到福开森路（今武康路）募捐，我也在其中，这回只募捐到12元。冷雪樵老师在上海童子军界很有名，他曾编写过一本很厚的童子军教材，是国民党员。他对学生态度和善，有什么要求，他总帮助解决。

1934年12月间，复旦附中内一座大型教学楼落成，名为"力学堂"。这是以国民党要人邵力子和他夫人付学文名字命名的，为此这天办了盛大典礼，李登辉校长（非台湾李登辉）陪同邵力子夫妇前来参加。他们绕学堂前椭圆形广场一周，我们童子军都出来站岗维持秩序。只见邵力子满面笑容，向围观同学挥手。这天还举办了烟火晚会，直到夜晚12点钟才散。

李登辉身为大学校长，经常来附中，（当时复旦实验中学地处江湾，而附中靠近徐家汇交大附近）常见他一人在校园内走动。有一次夜间他到初中学生宿舍视察，同学们都对他怀有敬意。附中边上还有附小，常听到远处传来的歌声"同学们大家起来，担负起天下的兴亡……"每念及此，胸中总荡漾着温馨的暖意。

1935年春，复旦创办人马相伯来附中，又有许多同学排队欢迎。随行人员很多，其中有一个是于右任（留着浓黑长须，在照片中常见）。马老亦蓄长须、身着长袍马褂，已是96岁的老者，坐在轮椅上绕场一周。这年十月是复旦建校三十周年，全体附中学生都坐大卡车到江湾开庆祝大会，仪式很隆重，记得孙科也在主席台上。

1935年12月中旬前后，听说大学的好多学生到市政府请愿，要求北上抗日。又听说大学生在火车站受阻，并在路途受阻。这年12月25日，学校布告：奉教育局令，各中学一律提早于12月26日起放寒假。

1936年3月24日夜，出了一件大事。事后两三天听见一位同学说起，李登辉校长被打了，此前有人发现学生救国会发了传单，于是警察便在晚上到复旦大学里抓人并打人，李校长出来交涉，头部也被打伤。政府隐瞒此事，并造谣说共产党闹事，报纸上的消息都不可靠……。

关于这件事的真相究竟如何？在一本上世纪90年代出版的《抗日时期上海学生运动史》中有此史料，提及1936年3月24日事件，但叙述较简单，李校长被打的事未提。倒是2011年3月2日上海《新普陀报》上有篇黄敬明写的《复旦大学三·二五流血事件》中详述了这件事，和当年同学中流传的说法基本一致。

1936年事件后，复旦附中内部风气就变了。先是听说李校长已辞职，换上一个社会名流钱新之（金融界权威）任校长；副校长为吴南轩，听说此人是CC分子。果然此后法西斯风气盛行，比如每周例行的"纪念周"上，凡在训话中一说出"蒋委员长"四字，全体同学必须整齐响亮地"立正"，地面上一片皮靴落地声。班级里有些同学也兴起对法西斯德国头目希特勒的崇拜，学他那种右手高举的姿态。

我已被当着监视对象，当时我一点也不察觉。倒是二十年后，即在1956年春天，内地某大城市一所中学的人事干部，来我单位找我核实该中学一位教师的交代。该教师是我在复旦附中初中三年级的老同学，据说我当时是被他监视的对象，看来他也可能属于CC组织的成员？

据此，我才想起1937年初有一次和同学打架的事情。打架在我中、小学时期是家常便饭，同学中一言不合便会打起来。记得有次打架，大家互相撕书，我一本习字帖被撕得粉碎，回家后祖母把撕破的碎片一块块贴好，完整如初。常常是刚打过架，不久又共同玩耍。那次打架却是与以往不同，碰到一位王姓同学，他身材魁梧，把我压倒在床上说，"你是左派，我是右派，我打你这个左派！"并且用指甲狠划我的面部，以至流出血来。几天后又有一群同学齐声嚷叫，说我是共产党，并将手指蘸红墨水在宿舍房门写有我名字处涂上红色。现在回想再加分析，正是由于人们正义力量的强大，要求抗日的呼声更强烈，才迫使当权者不敢使出更凶狠的镇压手段。有一次看到班级的壁报上写有"打倒赤色帝国主义"的文字，间或有"打倒共产党"的字条，我看到了，便涂上"打倒汉奸"的字条。这一切都是吴南轩校长上任后所反映的法西斯化的表现。

此时，全民抗战终于爆发，学校的法西斯化风气有所收敛。但那种对抗战消极，对强敌畏缩的保守习惯依然故我。1938年春夏间，敌伪市政府命令上海租界的各中学向伪政府"登记"，遭到大多数学校的拒绝。当年夏天各大报纸均联名刊出"上海市已立案，各中等学校启事"表示拒绝执行，列有87家中学名单，如：光华大学附中、震旦大学附中；也有未列名者，如复旦附中。这则启事在《抗日战争时期上海学生运动史》中有影印插图。

"卷起亚细亚的风云"——《联合晚报》

上世纪80年代初，王纪华（即王文清，下文均称王纪华）有篇回忆录《卷起亚细亚的风云》，记载了他在1946年到1947年的史迹。这里极简略地作些摘录。

在抗战期间，猜想王纪华是地下党职业界党委领导人之一，抗战胜利后是中共上海局系统下文化工商统战委的书记，沙文汉为副书记。

日本投降时，王纪华和刘长胜、梅益、张承宗等人从苏北根据地秘密进入上海，此时，中央决定暂不从事接管上海的工作，而是把江南武装北撤。他们即单独留居上海，并要王纪华担任两家国货工厂的经理；同时，又和刘尊棋、吴大琨这两位曾在梅园新闻处工作的人员一起，以新闻处为名，接管了《新闻报》。在此基础上创刊《联合晚报》，该报出版达两月之久，日销二十多万份，不久终遭国民党查封。

1945年11月，中共上海局决定再由陈翰伯、王纪华、郑森禹三人秘密组成社务委员会，继续出版《联合晚报》。报社成员为：刘尊棋任社长、陈翰伯任总编辑、郑森禹任副总编辑、陆诒任采访部主任，姚溱、冯亦代、王元化任副刊主编，乔石任编辑部秘书，记者有黄冰、姚芳藻、温崇实等十多人。王纪华本人任发行人兼总经理。此后，《联合晚报》不再由上海局领导，而由中共代表团即在上海思南路、南京梅园的周恩来主任单线领导。周恩来曾对王纪华说："从统战工作来讲，要在商言商，办报纸特别讲究统战政策。目前政治形势已极愈恶化，内战正扩大。形势越坏、越要坚持统战的巩固与扩大。《新华日报》不能出版，《联合晚报》的责任就更重了。作为人民喉舌的报纸，《联合晚报》一定要争取长期出版下去，能出下去就是胜利，即使能争取多出一天也好。在坚持办报方针中，不论左倾右倾都是错误的，左与右没有好坏之分，不过目前你们更要注意左的危险，克服你们中间有些人只图一时的痛快。要讲出人民要讲的话，指出人民要知道的事实，关心人们的经济生活和切身利益。把千百颗子弹打在一个标的上，这是你们唯一的办报方针。"

我在《连坛风云纪》的《华东画报点滴》，以及《连坛回首录》的《忆王伟业》中均有叙述。

1976年之后，每逢他来上海，我总到他住处看望他。有一次他甚至亲自到我家来，可惜我不在，只有15岁小女儿遇见他。他总是善于接近普通人，他弯着腰端详着她手臂上戴着的标志，亲切地问道：你是个红小兵吗？我女儿对他印象特别好，总提到这个陌生的老伯伯。

1984年，他患癌症病危，8月于上海逝世。8月15日那天，在龙华殡仪馆，我送上这特殊的挽词：

> 当我懵懂无识时，您启迪我关心国事；
> 当我产生求知欲时，您引导我阅读进步书籍；
> 当我有"革命"要求时，您教育我学会踏实的工作；
> 当我想寻求组织时，您设法辗转介绍了线索；
> 您默默地为党付出大量有效的劳动。
> 人们深知，好多好多的青年在您影响下，走上光明正途；
> 五十年来，您是我最难忘的引路人。
> 在您身上，显现了共产党人的无私品质，您那乐观、慈祥的形象使人永不能忘。
> 沉痛悼念敬爱的王纪华同志　一九八四年八月十五日

草稿写完，正待用毛笔抄上，沈培方同志有事找我，他是有名的书法家，于是郑重请他写在大宣纸上。

2016年7月补记

"孤岛"前期的华华中学

华华中学成立于1923年。由留美学成回国的李迪华、余楠秋、于基泰、牛惠生等创办于老西门静修路，1924年迁往金陵西路，1925年与新闸圣公会办的培立学校合并，迁往北京西路。1926年李迪华辞去校长职务，由王步贤继任，1928年迁往愚园路，1929年戚正成继任校长。1937年1月，学校由"上海大学留沪同学会"接办。

上海大学留沪同学会是进步团体，它除了接办华华中学以外，1939年又支持地下党员进步师生，创办了建承中学。此后华华并入，一直存在至今。

抗战前华华中学原在愚园路江苏路西首门朝北四层大楼里，校舍设备齐全，大楼前有大片操场。日军侵入上海继续西进，学校地处越界筑路，校舍迁往福州路生活书店门市部原址三楼。后面几间房子为华华小学。

尚在愚园路时代的华华中学，即曾做过支援地下党的工作。据一个20年代参加大革命的老党员傅学群回忆，他于1937年从国民党监狱（苏州反省院）出狱后，在上海无处安身，由曹荻秋带领他们暂时寄居在华华中学内并得以转入八路军办事处。这也可见华华中学的不寻常。

抗战爆发后，我热血沸腾，一心想上抗日前线，当时在某一个很有名的学校读高中，深感学校空气沉闷，没有任何抗日救亡活动，产生了远赴延安进陕北公学的想法，经一些革命前辈劝告，改入华华中学，这对我简直如鱼得水，非常愉快地度过这一段青春年华。

林钧校长是一个非常值得介绍和怀念的人，是川沙最早的中共党员，是上海大学的学生会主席，1925年"五卅"惨案前后上海学生运动的重要骨干人物。1927年3月21日上海第三次武装起义成功后，他被选为新生的上海市政府委员并担任秘书长的要职。这个新政权只存在不到一个月，便于"四·一二"的血腥屠杀中夭折。此后，林钧曾出席1927年南昌起义后的中共中央"八七"会议。

在他任校长时，他讲授"政教"课程，当时规定讲三民主义，是一般学校的通例。他口才极好，在课堂侃侃而谈，生动有力，善于吸引同学兴趣。他谈西安事变的顺利解决，谈蒋介石的不抵抗政策，谈"五卅"时巡捕房如何抓人和开枪，谈浦东革命斗争故事……都深深打动人心。有时在言语间也透露他在暗地组织学生参加浦东抗日游击队伍。事实上，已经有相当一部分高年级同学参加了浦东抗日武装，有一天我也去报名却被他本人制止，理由是年龄太小，再过些时不迟。

他竭力支持学生在校的一切抗日活动，1938年春学生自治会成立，他竭力协助。平日他和同学打成一片，1939年学生自治会准备开庆祝会，大家议论演一出什么戏的时候，他就和大家一起发表意见，他指着我说"你比较缺乏戏，做演员不太行"；直到我们这一届的毕业典礼上，他还亲自宣读了几十位毕业同学的名字。

听说在抗战后期林钧被日本人暗杀。他对他的学生都充满挚爱之情，不论在校或出校以后，华华的老同学们一说起林校长，无不由衷敬仰和思念。我曾请他为我的纪念册留言，文句中充满了前辈的关怀：

"你在目前确是一个理想中的时代青年，有热情，有理论基础，肯虚心学习，能努力地干。不过你要随时警惕着：近十几年来已经有过像你一样的热血青年，参加过革命工作，固然光荣的牺牲者有之，奋斗到底者有之，可是半途而废者亦比比皆是！所以没有经过长期艰苦斗争，自己也很难把握着自己。你现在刚踏上阶梯第一段，以后是难关重重，不能以你的学识经验所能想象！没有极度的坚定性与忍耐性及顽强性，很难以自保。有志的青年！有为的小友！前途珍重。——应同学黎君之请略赠数言以勉之，林钧。"

1938年的夏天，松江中学和华华中学合并，高尔柏担任了副校长。高尔柏和高尔松本来是大革命时期的知名人士，曾是相当活跃的共产党人。高尔柏后改名高希圣，是社会科学方面的名作家。

许德良是华华中学的教务主任，是1922年入党的老共产党员。他还兼办一所"神州职业夜校"，任校长。1945年，在淮阴根据地时，我拜望过他。当时，他是苏北联立中学校长。解放后曾任上海中医学院副院长。

孔另境是华华中学的训育主任，文坛知名人士，名作家茅盾妻舅。教"社会"这门课。记得有次他极详尽地运用数字讲授起马克思的剩余价值学说，本来对这个词并不清楚，听他一讲，就非常明白了。1938年，适逢学校创办15周年，校方和学生自治会都积极筹备纪念活动，并且要出版一本纪念特刊，这个任务落在我头上了。林校长为此题写了刊名，许德良、高尔柏、姚天羽各位老师都写了专文，孔另境老师对我细加指导，如何排版划样，如何送印刷厂，如何校对，校对所用的种种符号，他一一亲自指点，这可说是我几十年编辑生涯的开始，接着在校内我又负责编辑过两本铅印校刊。

教国文的教师记得有陈鲁思、林珏、王天任几位先生。陈鲁思是留日学生，名导演陈鲤庭的兄弟，文人气息重。和一般教师不同的是他实行"听写"，就是他口读一篇名著，让同学们听完后再记出来。曾读过厨川白村的《出了象牙之塔》《新中国的新女性》等作品。他还连续向同学讲解《给初学写作者的一封信》，特别强调写作要"接触生活"。他先后向同学分析《母亲》《死魂灵》《战争与和平》这几本书。他有时还穿插一些故事或议论，如他说"速写"这个名词是他首先发明创造的，从此文学体裁中增加了这个新品种。他说过"苏联给《渔光曲》授奖，是事先定好的，苏联对中国友好，不论中国带去什么电影，总是要得奖的"。又说过"胡考的画极其无聊，尽画流氓妓女，可是他现在也追求进步，到延安去了，人是会变好的"。解放初期我打听到他住在康定路30号附近，特地到康定路30号附近挨家挨户去找，却没有找到，直到1980年初从穆一龙同志处偶然得知他已改名，住在康平路上。找到他后，我拿出当年他给我的题词，他十分激动，频频向陈师母说："这是我的学生！这是我的学生！"不久，他们夫妇相继去世。

另一位国文教师林珏没有教过我们班级，他是东北作家，他和陈鲁思老师对于学生自治会的活动都积极协助，所以，课外也常常见到他的身影。抗战后期听说他在新四军工作。

1939年的新学期，学校又来了两位新教师，一个是戴介民先生，又名巴克，在进步刊物上有时可见到他的带学术性的政论文章。还有一位教师是蔡仁元先生，教的课程也是"政教"。讲完课就走，从不在公共场合露锋芒，直到很久才知蔡仁元老师便是新四军中某部的韩念龙参谋长。

我是在1938年一二月间新学年开学时插入高中二年级的。到了这里以后，发现这是一个很平民化的学校，不少同学来自清寒家庭，校方收学费不多，有经济困难的还可申请减免，所以，同学中的抗日进步活动较那些贵族化学校易于开展。在同班同学中，有一个叫黄惠工的，一看便知是个进步青年，健谈，富有口才，有理论能力，活跃，我和他很快结为好友；高中三年级有个叫王崇本的，和蔼热诚，思想进步，能团结人，再加上高二的于韵琴等几人共同组织一个"华社"，这名称也是黄惠工想出来的。用华社的名义出版了《咱们周刊》壁报，办了一个文学研究会，聘请陈鲁思为指导，还举行过不止一次的时事座谈会，讨论中国的抗战形势，"孤岛"中如何发动同学投入抗日救亡活动等。又曾出版两期《呐喊》壁报。在华社的联络下，各个班级也相继出版了自己的壁报。黄惠工是个很干练的组织家，他在四五月间到延安去了，一直到后来始终没有打听到他的下落。

大约在这年3月间，上海市学生界救亡协会派干部和我们联系，找到黄惠工和我，由于黄惠工不久赴延安，王崇本也准备随时到浦东参加对敌抗战，所以，后来"学协"干部周鲁泉（又名周思义）主要是和我联系。以后，在"学协"的协助指导下，开展工作也很顺利。"学协"主张把工作重点放在组织学生自治会上。在校方的支持下，4月8日，正式成立华华中学学生自治会。大会选出执行委员9人，即王崇本、黄惠工、邢春亭、于韵琴、朱由龙、凌乐尔、符忠良、裴厚岳和我。王崇本被推选为主席。自治会下分三部，王崇本兼管总务部，设事务、文书、会计、交际四股。陈自成负责游艺部，设歌咏、戏剧、体育三股。我负责学术部，设研究、出版二股。

学生自治会举办过为难民募捐、为难民代销工艺品袜子的活动，组织同学到胶州路参观谢晋元团长率领的军营，举办过为八百壮士募捐以及节约献金活动。还组织同学参观申报馆、冰淇淋工厂……1939年3月29日，发动许多同学分头到各条马路商店劝告悬挂国旗等等。

歌咏队的负责人为邢春亭，他工作积极，肯动脑筋，使校内的歌咏活动热火朝天。在1938年的华华，平时只要你一进校门，就经常可以听到"大刀向鬼子们的头上砍去""没有了老家、没有了田地""我的家在东北松花江上"的雄壮歌声。有时同学们也爱唱那些抒情的《五月的鲜花》《安眠吧，勇士！》等歌曲。1938年夏秋，邢春亭和于韵琴一起离沪赴延安，但歌咏活动一直不衰，几乎每首新出现的救亡歌曲，都很快流传到校内，如陕北公学的《毕业上前线》，曾为同学们传诵一时。1939年，在上海上演苏联影片《女壮士》，电影主题歌《格鲁嬢》很快地传遍了全校，校内一幢楼和楼梯上下经常洋溢一片革命歌曲的愉快气氛。为纪念学校成立15周年，1938年6月，开办过一次规模不小的游艺会，将几间教室的墙板拆开打通，拼成一间大礼堂。会上演出革命史剧《六二三》，描写广州沙基惨案故事。我特地撰写一份说明书，自刻自印，撒发给观众，这份东西我还保存着。校内同学金明、周学铭均为戏剧界积极分子，参加校外剧艺社活动（后来成为名演员的乔奇和陈琦此时尚未到校，他们于1939年春插班高二，乔奇学名徐家驹，当时已在上海剧艺社演戏）。此外，学生自治会所组织的足球队和篮球队曾和大同附中、慕尔堂中学、金科中学、东亚体专、滨海中学、国华中学进行友谊赛，还参加了当时的夏光杯小球赛，体育活动相当活跃。1939年游艺部还增设了弈棋股。

学生自治会成立不久，4月25日的《咱们》壁报就改名《华华半月刊》，此后一年多从未间断。原来的文学研究会仍请陈鲁思先生指导，有次通过他请到著名人士钱塑（即殷杨，解放后任公安局副局长、"潘杨事件"中的杨帆）到校讲"青年人的人生观"。文学研究会还在学校内代为销售《西行漫记》，预约《鲁迅全集》，销售《论持久战》等。也曾试办同学间的"流通图书馆"。所以，到1939年时，学生自治会的学术部又增设了美术股、座谈股、图书股。

学校中的美术人才很多，和我同班的有吴沄（即吴耘，解放后任《漫画》主编、全国美协理事）、张彪（又名争白，1940年代初常在报上发表作品）、凌云龙（擅木刻）、翁××（名字已忘，热情负责），由于有这许多人才，就办了一个专业性的美术墙报，并不吃力。尤为值得一提的是当时还办了一种《剪贴旬刊》，把当时报上有分量的文章剪出，加以编排贴出，当时，翁姓同学以认真细致的手法每期为《剪贴旬刊》画一幅漂亮的报头。

学生自治会的骨干亲密团结，1938年的七八月暑假期间，在"学协"区干事周鲁泉的倡导下，把学生自治会的骨干分子组成"学协"小组，相互聚会、讨论时事、讨论工作，有时还正式举行一次自我批评相互批评会，他们对我的意见，十分中肯，使我难忘。

大约在四五月间，周鲁泉和我谈及入党的事，我即写了一份很长的入党报告，7月份我即入党，党组织派马绍裘（李芸）和我联系，此后，每周和他约会一到两次。不久，我介绍了另一同学王崇立（王崇本的弟弟）入党，继而介绍同学寿宾入党。1938年10月成立党支部，我为支部书记。从此，华华中学的学生中间有了党的组织。学生自治会的工作也多在党支部的研究讨论下开展，如自治会两次改选，二三届的主席由潘家振同学改为朱由龙同学。这些变动都是经党组织事先研究过的。

党是无产阶级的最高组织形式，必须具有严密的纪律，才能完成领导中国革命的伟大事业。作为一个党员，既要投身和开展群众运动，活跃于群众之中，又绝不可突出自己，至于逞英雄、出风头，那是绝不允许的。这是在入党后受到教育逐渐形成的观点。华华中学具有特殊的环境，开展工作存在有利的一面，也应防止在顺利的环境下过于暴露，因为在整个党的白区工作路线是在隐蔽中积蓄力量，这点在党组织的一再谆嘱下，一定要做到。在党支部成员默默努力下，到1939年春季学期结束时，华华中学学生中党组织力量已有相当的发展，有了9名党员，除了三位支部成员外，还有沈关森（沈毅）、柳纪发（刘志明）、裘民山（林德明）、王贤秋（符坚）、舒鸿泉（舒忻，由青年会中学支部转来）。

王崇立（王伟业）和我同班同龄，他是1938年夏天由别校转来的，由于他是王崇本的兄弟，过去也常来校走动，大家和他早就熟悉。他善于联系群众，各方面水平比我高，所以在1939年3月间，我即提出由他担任支部书记，我任宣传干事（支委），不久李芸同志也同意。

王崇立和我一同毕业，又共同考入同一大学，我俩都没有参加该大学的支部工作。华华中学毕业后他即被提拔为区委成员，领导好几个学校的党支部，还兼任华华中学的党支部书记。关于他的事这里顺便再讲几句，因为我在 1939 年夏秋离开华华中学之后，调为"学协"区干事，就好像一年前周鲁泉同志的身份一样，以"学协"成员联系好几个学校，也曾发展过一些学校的学生为党员。领导我的仍是李芸同志，可是再过几个月，王崇立代替了李芸，担任我的领导，他每次都能针对我的思想、工作要求，及时提出办法，他虽是我发展入党的党员，可是我对他非常钦佩。他家住沪西法华镇的平房里，因工作忙碌，有时在租界晚上不回家就住我家里。也许是他工作出色，1942 年去根据地学习后又被送往延安深造。

1939 年秋，上海各学校都进行了轰轰烈烈的反汪斗争，记得王崇立常向我谈到华华中学的情况以及反汪斗争的事。1939—1940 年，华华党支部成员是王崇立（兼党支部书记）、王贤秋（分工组织工作）、裘民山（分工宣传工作），以后，工作更走向隐蔽。1940 年暑假，按党支部决定，王贤秋和裘民山以学生自治会的名义在学校里举办过消暑室，里面陈列着《论持久战》《西行漫记》及哲学、政治经济学等进步书籍和文艺小说、杂志等，供同学们暑期内借阅，还准备了象棋、乒乓球等。

1940 年下半年，王贤秋离开华华中学，党支部剩下王崇立和裘民山，校内工作实际上是裘民山一人具体进行，这时组织一部分同学成立一个"同学读书互励会"，经常在同学家里聚会读书，讨论时事，还出版一个油印刊物《上学》，写稿子的也是这六七个人。用这种方式团结教育同学起到一定的作用。其中，有一位同学在 1942 年参加新四军，解放后参加过抗美援朝战争，后任山西长治市副市长，浙江省鄞县县委副书记。至于前面谈到的九位党员同学，绝大多数在不同的岗位上为党长期贡献自己的才智而都有成就，例如裘民山曾任上海公安局长、王贤秋曾任江苏金坛文教局长。

1999 年春
刊于 1999 年同济大学出版社出版的《青春的步伐》

林钧的早期奉献

2015年10月出版的《大江南北》期刊刊有《红色泥城主题馆参观记》一文（郭泽煜作），简明介绍抗日年代上海浦东南区抗日斗争史实，引起我极大兴趣。不久又在同年12月看到《铁军》期刊刊有《创建浦东第一支抗日武装的吴建功》（林家春作）。二文写法不同，文内所提个人各项事迹都相同。

我没有参加过任何有关浦东抗日活动，但我年轻时的一些经历与之有过间接关联，所以才引起十分美好和丰富的回忆。

直到本世纪初，曾在一次离退休人员活动中参观过浦东革命史迹博物馆，大约就是在"书院"镇里那所新建立的"红色泥城主题馆"吧，在实物和照片中曾有大革命时代浦东最早共产党的几幅活动的照片，我逢熟人就讲"哪！你看，这个人就是我的校长"。

他就是林钧，《大江南北》文中提到："这正是林钧，中共党员，泥城进步教师，他眉清目秀，戴着副眼镜，书生气十足，但正是他和周大根等人在泥城革命运动中扮演了重要的角色。"1919年五四运动爆发，泥城地区大团镇的爱国学生罢课，以示声援，他们在镇区的交通要道和行人较多的地区墙上贴出了"勿忘国耻，反对二十一条""外争国权，内惩国贼"等标语。林钧在学校宣传三民主义、《新青年》等所阐述的革命精神……北伐战争开始后，经林钧介绍，周大根、赵天鹏、赵耐仙、姜文光、姜文奎、鞠耐秋、赵振麟、郭毅、姜杰、宋盖三、沈千祥，这十多人全部都是林钧的学生，他们都一一成了革命先驱。

不久，周大根、赵天鹏、宋盖三参加了闻名的南昌八一起义后，许多人又回到南汇，参加了中国共产党，建立了基层组织，周大根任南汇县委书记。1930年沈千祥领导发动泥城暴动，农民占领盐厂，8月10日这天，宣布苏维埃临时政府成立，并组织工农红军22军第一师。

1937年冬天，由苏州监狱释放的周大根、吴建功等人恢复了中共地下组织，在泥城建立一支抗日武装，吸收了许多上海难民收容所的成员，组成"南汇保卫团第二中队"（后来简称"保卫二中"），由周大根、吴建功任正副中队长，姜文光、宋盖三为政训主任，郭毅为参谋长，队伍迅即发展到200人。

这时也组织了另一支队伍"保卫四中"，在不断打击敌伪的战斗中，打得那些汉奸武装闻风而逃。

1938年12月间一次战斗中，周大根与28名战士在对日军的激战中不幸中弹牺牲。队伍由吴建功率领撤往奉贤福乡与"保卫四中"一起战斗，组成"淞沪游击队第五支队第四大队"。

1939年，江南抗日义勇军领导人谭震林调吴建功到"江杭"工作，担任过阳澄区委书记，9月调回南汇任区长。

1941年日伪在浦东大举"清乡"，为了革命力量的发展与壮大，中共浦东工委决定打着国民党第三战区淞沪游击队第五支队的旗号向着抗日力量薄弱的沪杭甬三角地区创立抗日根据地。1941年5月10日，姜为光、朱人侠带领原浦东抗日武装50余人南渡浙东三北地区，部队番号为宗德公署三大队，队长为宋文光。6月18日，在相公殿埋伏，打死打伤日军8人，我军无一伤亡，因而被群众誉为"三北抗日第一仗"，大大鼓舞了士气。

在一本中共上海市教育系统党史文集中，我参加征文活动，执笔写过《忆孤岛前期的华华中学》一文，其中有段介绍林钧校长在校中动员好多同学参加浦东抗日武装活动的情况。这些都曾给予我强烈的印象，所以也回忆和记载下来，直到现在已是七十多年前的事了。最近读到新出刊的《大江南北》《铁军》两本刊物刊出的有关上海浦东地区抗日武装的战斗历史，说来都和林钧本人早期与五四运动和大革命运动时代所创建培养的成果有关。由于中国革命的长期性、残酷性、复杂性的影响，当我在参加了学校党支部的工作，由于严守白区工作纪律，告知我们的活动不要和林钧产生任何联系。抗日末期，听党内同志告知，林钧已在上海被日本人杀害。文革结束不久，上海人民公园内竖立的《五卅烈士纪念碑》(1925年5月30日南京路惨案那一天，林钧正是以"上海大学学生会主席"的身份，参与领导这场运动)由陆定一撰写的碑文中，林钧的名字已镶刻于纪念碑上，现正处于九江路(二马路)中。

我仍感到有责任把那两篇不易为人注意的文章附在这里重提。一切事实证明，林钧是一个忠诚的共产党员，在上海党的历史活动中立下不平凡的功勋。

2016年3月

费希特和谢林

陈鲁思是华华中学 1938 年高中班的国文老师，是进步文艺界人士，他的兄长陈鲤庭为著名电影导演。

他的教学内容也很有独创，本书另文内已有过介绍，我只想借他的一次讲课的内容来述说另一件在文艺角度看来比较枯燥的哲学理论的往事。

现在已完全想不起前因后果。有一次上课，陈老师在黑板上写下四个人名：康德、费希特、谢林、黑格尔。康、黑二人，对于稍具哲学 ABC 水平的人，已知是有名的大学者。陈老师的意思，好像是要告诉同学这四人间的学术关系，也就是互相传承的意思。也许当时十多岁的青年人记忆力相当强，而相反理解力又是很差。也证明了毛泽东当年曾嘲笑过十七八岁的娃娃叫他们啃《反杜林论》时的某种普遍现象。现今自己不再是十七八岁而是处于九十以上的年龄了。当书写《思而不学记》一文时一开始就把康德的"可知"论用于论事，这之后才对费希特和谢林二人开始产生兴趣，对于康、黑二大巨人之间的这一整个时代（亦即 18 世纪下半叶到 19 世纪上半叶）有了进一步了解的愿望。

所有事物的发展总是处于不断否定不断承继的长期历史过程，过去是这样，未来也是这样。

康德的学说出现了，比他小三十几岁的费希林对康德已经承认的"物自体"予以否认，称为"赘物"，并将世界当作"自我"活动的结果。他特别阐明了人的能动性、积极性，认为"自我"是能克服"非我"的阻碍物，认为意识不仅起源于自我，而且也存在于自我，客体也是主体，因为感觉是起源于主观。费希特认定康德"不彻底"的地方就在于承认"自在之物"。列宁说过，费希特向那些用实在论解释康德的人们大叫道：在你们看来，地在象上，象在地上。你们的"自在之物"不过是思想而已，但作用于我们的自我，所以他把哲学定义为"关于意识的意识"。

谢林比黑格尔小五岁，但他一开始依顺于费希特，后来创立了自己的唯心体系和唯物主义相对抗。他认为一切事物的基础乃是一种"绝对"，在"绝对"中自然界或物质界乃是绝对精神的产物。因此，主体与客体，意识与自然，思维与存在皆合而为一，故他称自己哲学为"同一哲学"。而他在前期称之为自然哲学者，认为自然界的一切从物质至人类都是"宇宙灵魂"，是按照一定的目的创造出来的。到他的晚期又自称"天启哲学"，认为信仰高于理智、宗教高于科学，以此反对黑格尔左派对宗教的批判。

怪不得从康德、费希特、谢林到黑格尔，唯心论从历史上就呈现出多种多样的学派，这都是十分明显的受到费、谢二人的直接影响。看来陈鲁思老师还是明确无误地教给我们这么一句学术史公式。我曾想到和想通了西方哲学最重要最概括的名词"理性"和中国哲学"天命"这二个名字的某种同步性。正是人类历史上发生了互不干扰的、伟大智慧的、人人所见略同的一种类似"轴心时期"留下的种子。

据《辞海》（1980版）条目所介绍："黑格尔把思想看做现实事物的创造主，而现实事物只是思维过程的外部表现。"（引自《马恩全集》23卷24页）黑格尔哲学体系包括三个部分：1.研究观念自在自为的科学，观念则是作为超时空超人类超社会的纯粹思维而发展着的。作为黑格尔哲学的精华，包含在他的逻辑学，以唯心主义的方式，把对立统一、质量互变、否定之否定的三大规律作为事物（现象、世界、自然界）的辩证法（顺便说一句：这一小段简明概括，不就是抗战前几年流行于当时进步青年中的艾思奇《大众哲学》、篇幅占三分之一专论"方法论"的内容吗！）（艾把哲学分列为本体论、认识论、方法论）。2.黑格尔研究了自然界多种多样的变化只限于空间之内，在空间方面他提出化学元素的可变性可转化性的合理思想。在时间方面，他提出了物质和运动二者的统一。3.精神哲学方面，"观念"从自然中挣扎了出来，先后表现为主观精神（个人意识），客观精神（社会意识）和绝对精神（绝对意识）。他企图找出贯穿在历史各方面的发展线索，这应是他的巨大功劳——"把整个自然的、历史的、精神的描写为一个过程，即把他描写为处在不断的运动变化、转变和发展中，并企图揭示这种运动发展的内在联系"。（恩格斯《反杜林论》）

作为黑氏正确的真实继承者，把他尊为"合理的内核"的那些部分予以保留、改造与发扬，才是我们正确对待历史遗产的应取态度。

2016年夏

忆王伟业

　　伟业同志逝世已近八年了，然而我对他的记忆一直是深刻的。我俩17岁那年由不同的学校转入上海华华中学，从此成了同班同学。在许多朋友中，最真挚、最要好、最知心的可说非他莫属了。这固然首先是因为他和我都具有热爱革命、热爱共产党的一颗心；另外还因为他比我有更丰富的人生体验，对事物有更强的分析能力，特别是他对人的关怀、真诚、热情，令人感动。

　　我是1938年7月入党的，不久，我就第一个介绍他入党。我常常在谈吐中表现出年轻的无知和幼稚，他就会立即给我指正。当时我是多么渴望成为一个有能力、有水平的革命者。原来担任支部书记的我于次年初向组织提出由他担任支部书记，我任支部干事（当时不叫支部委员，都叫支部干事），上级也完全同意。在党的领导和我们努力的工作下，仅仅一年的时间到我们毕业时，在学校中又发展了十名党员。这些同志日后多担任一些重要职务。

　　1939年，我俩同时毕业，经组织同意一同考入上海大夏大学。此时他已被提拔为中学区委，领导几个中学的党支部，同时兼任华华中学的支部书记。我中学毕业后不久，即调到学协第六区担任总务区干事。1939年底，伟业作为学委成员直接领导我的工作。1940年春，任命我为学协第六区、第八区的区团委书记，一直到1940年秋学协解散为止。这段时间，他既是我的领导，又是我的亲密战友。在同辈中他思想水平较高，最善于宣传党的政策，听他传达上级（中央的、江苏省委）指示时，我总听得非常入神，如对顽固派的斗争，要有理、有利、有节，等等。他在听取同志们的意见时总是非常耐心，常常在听取意见的过程中再发现新的问题。他总是以商量的口吻布置工作，不简单化、不教条化，绝无官僚气的强迫命令。所以我对他的领导作风和方式是非常折服的。他确实是一名理想的党的工作者。当公事办完后，我们也会轻松地无话不谈，包括他的恋爱观等。

　　1940年上半年，他传达的上级意见中有一句是党员也应该学些业务，学些技术，这不仅可以作为一种掩护，也可以为未来新中国的建设服务。我也就依照实行。起先我进了汽车驾驶学校，幻想有一天我可以参加抗日军队，有一套开车本领。后来我领到了驾驶执照。以后我又学了打字。依照我幼时的爱好，我很想去学美术。1940年秋学协解散后，组织上调我任大夏大学支部书记，以后又将我调到大学区委所办的公开刊物《海沫》杂志社工作。我想既然我已没有开展基层群众工作的任务，那就没有必要留在大夏大学了，而且可以为杂志画些小报头。于是考进了专学西画的专科学校。伟业也支持我的选择。不过他有一句忠告，就是记住鲁迅的话，不要做空头美术家。他常常说，可以多看看鲁迅的书，对于培养一个人的革命洞察力是很有帮助的。我听了他的话，便用几个月的时间把《鲁迅全集》中几本著作都通读了一遍，并做了笔记，这对我是极有帮助的。

当时组织上开小组会大多是在我家。父母已赴重庆，我和大姑母同住，她亲自操劳我的衣食。她是位具有爱国心的长辈。我常常把一些进步的书刊给她看，《西行漫记》她也全部看完。她不知道我的秘密身份，但是她知道经常到我家来的朋友都是正派上进的青年，而且也意识到我们可能是从事一种秘密的抗日活动，她也非常关心我的朋友，特别是伟业。伟业从小失去母亲，所以他对我姑母特别敬重。我姑母决心认他为义子，他也对姑母以义母相称。1942年春，伟业患鼻息肉动手术，手术后，留在我家休息几日，受到我姑母精心照料。

1942年6月，组织上调我去了新四军二师淮南地区。到了根据地后，仍想起上海的同志，特别是常怀念与伟业的情谊。这年冬的一天，突然从铜城（也属淮南）送来一张他的便条，知道他也离开了上海，并且也来到淮南，但说起不可能见面，因为他马上要出发离开此地。他的语气仍然非常深情，更引起我无限的思念，不知不觉竟流下了热泪。事后我才知道他是由此奔赴延安去的。这年冬天组织上决定在淮南地区根据地集合上海少量学运干部派往延安学习，他是其中之一，而且还担任行程中的组长。这一路完全步行，还要经过无数条敌人的封锁线，要穿越许多崇山峻岭。1943年3月启程，1944年4月才到达目的地，一路艰苦程度可想而知。抗日胜利后，他又被派回上海，继续担任地下学委的领导，后来又改为教委的领导，由此可见他当时的表现是很出色的。

1949年上海一解放，我的第一件事便是到法华镇他的老家，才知他已调往北京，在中共中央统战部工作。第二年我终于有机会在北京见到了他，离别八年他仍是那样的风格，温情、细致、体贴。此后几年他常常出差到上海，大多住在宾馆里，每次见面总是谈论当前的形势，以及新的方针政策等。1955年他来上海出差，恰好我姑母从外地住到我家，他特来拜望义母，还提着木耳、香菇等礼品。怎么他也世俗起来了？我转而一想，他是出于一片真情。姑母当时非常高兴。1958年夏，在"拔白旗"运动中单位内对第一把手和我进行批判，连开九天大会，接下来留党察看、撤职、降级。苦苦思索没有任何人可谈，甚至包括伟业那样知心的老战友也不想去联系，何况他是中央机关的官员，若是见到他还能说什么？我已失去二十年以前那种经常找他倾诉的力量。即使知道他的住址，我也像对所有的友人一样几乎都断绝了往来，孤独地生活着。

1961年领导居然让我这个犯过"严重错误"的人到北京出差，有了这个机会无论如何都要去看望伟业。当时我想能对他说些什么呢？他会对我一顿批评吗？因为他对违反党的利益的事是坚决反对的。正当我胡思乱想之际，我已走进统战部的大门，得到的回答却是："你找王伟业？没有这个人。"（后来知道当时伟业就住在统战部）我当时竟然没有勇气再追问下去，只得失望而去。

时间一晃，到了1978年的严冬，我不仅得到了平反，而且带着工作任务出差又来到分别了十七年的北京。当遇到青年时尊敬的革命师长、我的启蒙人王纪华时，他正负责《大百科》的筹备，我向他提到伟业，他便主动为我打听。过两天，得到了好消息，伟业现住在白云观内。王纪华派车把我送到那座残破的大庙内。

在两间阴暗的小平房里拥挤着一家三口。他的一条腿已经截肢，装着假肢，走路使用一根拐杖。他见到我似乎有些木然。完全没有二三十年前那种气宇轩昂动人的风采了。当我谈起十七年前曾到统战部找过他的一幕，他稍动了些感情，表示少许的愤慨。然后他叙述了他双腿受伤的全过程。这使我恍然大悟。这次到了北京遇到好几位1940年代以前青年时期所熟识的老战友都在1957年、1958年的运动中受到和我同样的遭遇。我深感拨乱反正、排除阻力，平反一切冤假错案的伟大功绩。当时他虽向上申诉但尚未获得平反。深夜我离开他家时，他拖着假肢的腿没有亲自送我出门外大街，而是由他唯一的爱女王南燕一直送我到公共汽车站。他们父女间感情很亲密，这也许是他生活中唯一的快慰。第二年他才得到平反，不久被选为道教协会秘书长。此后几次我每去北京，总要到白云观去看他。在党的宗教政策的指引下，经过道协工作同志的努力，白云观已变得气势宏伟，装修一新，成为北京著名的旅游景点了。他也忙了起来。有次我到休宁齐云山遇到一位名叫詹岩福的道长，我问他是否认识王伟业，他立即表示非常之尊崇，这使我想到他没有变，他不是一个追求空头衔的人，而是一个干实事的人。

关于他的专业，我们相互间都不及细谈，不过我知道他是《辞海》1979年版修订工作的编写人之一，负责道教词目的修订。可见他对道教有一定的造诣。

　　他的老家一直在上海西郊的法华镇上，过去我总是沿着大西路（今延安西路）中段向左一条小弄拐进去，曲曲折折过几个弯子，还经过一个不大的教堂，便到了法华。1980年代中期那条弯弯曲曲的小弄被拓为定西路，那时他还在。今天的法华镇已越建越漂亮了，门前的水沟填平了，附近耸立着新造的高楼大厦，稍东的小教堂仍完整地保留着，体现我党的宗教政策，可惜这时他已看不到了。而每当我走过这仍挂着685号门牌的大门时，我总想："我曾来过""我曾来过"。

1999年11月
刊于2008年中国文史出版社出版的
《王伟业诞辰八十五周年纪念文集》

大夏琐谈

沿静安寺路走，在戈登路的对面，有十四幢新盖的房子，朝里是一座破旧的红砖大楼，其中的一部分就是我们大夏的校舍。

每天早晨上课的时候，你可以嗅到教室门口过道上生火炉的烟熏；到晚上，你又可以嗅到另一种香香的炒菜味道了。这是因为在几间教室的四周，有好几十家住家呢。

除了住家之外，在这大楼里还有弘毅中小学、弘毅幼稚园、中华补习学校。这样一来，并不十分大的三层楼，便拥挤得很厉害，甚至常常有弘毅的厨房司务在手里高高地托着几盘菜从我们正在上课的教室里穿进穿出的情形。

合计起来，我们只有四间教室，假若遇到一二小时的空课，那只有到图书馆里去，但这是豆腐干样的一块地方，顶多只能装二十来个人，那时我们的同学正有走投无路之感。

现在的大夏，一共有文、教、理、法、商五个学院。论起来还是教育学院有些名气。学院一共有三个系：普通教育系、社会教育系和职业教育系，职教系只有三个人。这里面有两个好的教授，一个是董任坚先生，他在教育原理上有很深厚的广博的研究，在教育方法上有很多新的改良。如集体讨论制，许多有趣的问题，都在这里由学生提出：如"第一天做教员应该怎么办"；又如"考试制度废除后，对懒惰同学有没有影响"等等，董先生讲了许多经验。还有"自由参考书制"，使同学们看了不少课外书籍，这当中确实使学生养成了爱好研究的习惯。可惜董先生这学期不来了，同学们都很想念他。其次是韦悫先生，他也能顾到同学们的讨论精神和学习兴趣，他做人态度特别忠厚，有好好先生之称。同时，他又是一个英文学家，他屡屡谆劝学生把英文弄好，因为这正是做学问的工具。

但教育学院的最大缺点是空谈多于实际，除了三四年级的教学实习外，别的再没可供实习的了。像什么"教育行政""民众学校""训育原理""师范教育""乡村教育""补习教育"这一类的学程岂为教授讲讲学生抄抄笔记所能济事？我们希望学校当局能够给我们实习的机会，不然毕业之后，空冒一个"教育家"的头衔，而其实是书呆子，什么都做不来，四年光阴不是付诸东流了吗?

其他如文理法商诸学院也有几个值得敬佩的教授,如国文教授蒋伯潜先生,他有中国古文学方面的深厚修养,能配合诙谐的口吻,把经今文经古文之别,说文解字,资治通鉴,诗的韵律等用极浅显易懂有趣的方法讲出来。还有,那对同学的体贴教诲,那简朴的生活,那火一般的热,铁一般硬的正义感,都使人永久不能忘记。凡是选过他课的同学,有谁不钦佩他,我们想蒋先生如选些较实际的题材来讲授那就更好了。

不顶好的教授当然也有,他们马马虎虎讲书,或是对学生发些教授脾气,或是自说自话的大开话匣子,或是迟到早退。上他们的课,代到、打盹、搬位子、看小报、画模特儿、吃花生、写情书、开辩论会等层出不穷地发生。

大夏的课程名目繁多,每课一学期大都是三个,大约要修满一百四五十个学分方能毕业。不能像北京的学校可以自由选学分,每学期大抵规定只可选十八个学分,过多就要取消。因为学分读得少,就有多读一个学期的危险,学校存款方面就能略为增加点了。

在教材方面,也有许多矛盾的地方,比方大一的补习英文,有位教授采用"英语背诵文选",相当于初中程度,有位教授用"泰西三十轶事",另一位教授用极深的"英文短篇小说选"了。有桐城派的陈柱尊先生,也有新派一点的。而奇怪的是一位体育系的同学说:"×先生极力赞成陶行知,×先生又极力反对陶行知,叫我怎办呢?"于此可见教课内容的支离破碎,使同学难以得到全般的系统。因此,要想多研究的,还是只有靠自己多多辨别。事实上,大学生差不多都有自己的独到见解了,这自然是一个好现象。

在大夏,许多教授都是要同学做笔记写报告的,有的一学期要作十二本的参考书报告。因之,大家都是抄来抄去,有的为了应付这个难关起见,便临时约几个朋友分工合作,你一本我一本,众志成城,没几天,十二本笔记本本本齐全。

一般说来,大夏里面用功和朴实的同学也不在少数,图书馆,研究室里经常有他们的足迹,有的甚至一天七八个小时的时间花在这里面。什么报告、笔记、参考——忙得不亦乐乎,有一位同学,他每天要查四个钟头的生字,再加上睡觉、吃饭,他们的生活就消磨在岁月里。理学院的同学,光是作图,有时候就占了七八个钟头。这些同学的用功精神和努力不屈争取时间的态度,实使我们十二万分的钦佩。不过只是捧着课本,没有想到课外阅读,也没有适当的运动来调节生活,身体将不好,读的东西也多呆板不能应用。

琐谈到这里是可以结束了。大夏虽然有着某些缺点，但是它的优点也是很多的。总之，大夏还是值得留恋的。希望它能与时同进。

刊于 1941 年《海沫半月刊》

孤岛时期的大夏大学

日军占领沪郊后，原中山路大夏大学迁至南京西路。现梅龙镇酒店那块地方，这是一座破旧的红砖大楼。大楼内除了几户住家外，还有弘毅中小学、弘毅幼稚园、中华补习学校。并不十分大的三层楼，却异常拥挤。当时大夏共有文、教、理、法、商五个学院。教育学院比较有名，内分三系：普通教育系、社会教育系、职业教育系。全校没有几间教室，从早到晚，教室一直充分利用着。董任坚教授的“教育原理”，讲授生动，他喜欢提出问题在课堂上和同学讨论，如“第一天做教师该怎么办？”“考试制度如果废除，对懒惰的同学有没有影响？”丰悫教授待同学和蔼，有好好先生之称，他常常劝同学们把英文学好。对他的“统战”工作，也是地下党学生支部常常讨论的话题，不过两年后他脱下笔挺的西装，到敌后抗日根据地参加教育工作了。新中国成立后，他担任第一届的教育部副部长。古楳教授是著名社会教育家，他常结合中国农村实情授课。蒋伯潜教授上国文课，他以诙谐的口吻把经今古文之争、说文解字、诗词韵律都做了浅显有趣的介绍，从中透露出他的正义感。最使我用心听课并仔细笔记的是王国秀女教授的西洋通史。此外陈高傭的中国通史也很有兴味。名学者陈柱尊也有课程，我是低年级，没有听过他的课。

1939 年秋进入大夏一年级时，我正担任上海市学生协会第六区区干事。除上课外，我主要从事学协工作。我干劲很大，每天忙于和几个中学校的“学协小组”发生联系，一心为推动各校的抗日活动而奔走。到 1940 年的秋季，学生协会因环境恶化而暂停活动。地下党组织叫我担任大夏校内党支书，上级联系人为丁岳山（马飞海），由蒋松林和我两人组成支干（委）会，我单线联系两个党员同学，他们是奚舜生和程熠。在极其分散的学校环境中，我深感开展工作比别的学校更困难，比学协工作更吃力。比如在董任坚夫人家中听音乐唱片，也是一种联络感情的活动，当时党组织十分重视这类方式。1941 年初，我另有调动，就离开了大夏。

80 年代中期，在回忆和撰写上海学运史时，许多老党员聚集在一起，我才知道一个秘密：原来当年大夏学生内部竟设立了两个中共地下支部，彼此互不相识。和我同时担任过支部书记的是陈向明，曾任少年儿童出版社社长，前几年逝世。还有一位潘祖云（学敏），在复旦附中时我们两人是同班同学，1940年在学协工作时，我们两人又分在一个区团，后来不知他到哪里去了。原来他当时也是大夏支部成员。此外还有几位地下党员同学并不参与校内支部工作，如俞景午（正平）、周鲁泉（思义）、王伟业（李文）等等，在校内有时遇到，大家不打招呼，心照不宣。

1995年4月

刊于1995年4月25日《新普陀报》

附1：《缅怀我的伯父蒋文华烈士》（摘录）（黄丽敏）

我的伯父蒋文华壮烈牺牲，距今已经六十余年。在江淮大学校友们的努力下，《上海福寿园新四军广场纪念碑》于2007年刻上了他的名字。

伯父一生没有结婚，没有子女。我这个侄女便当仁不让地接受了家人和伯父的战友们的重托，开始了解伯父的生平事迹。他的家乡南通市博物苑，保存着他的几件遗物和家书；他的名字，在母校南通中学、大夏大学的校史和《英烈传》中记载了他的生平事迹。

伯父已牺牲多年，祖父却还一直在等他的消息，心中异常焦虑。南通刚解放，祖父在江苏报纸上登载"寻人启事"，当他惊悉我伯父已经牺牲的消息，曾先后几次去淮安、涟水一带联系，终于将我伯父的尸骨，用小船载回南通。祖父一直不肯领取南通县政府发给的烈属抚恤金，发给他的烈属证上注明"查抚恤金未领，因该属不要领"。他不能接收大儿子已经先他而去的事实，更不愿领取用儿子的生命换取的这份抚恤金。

"西安事变"时，他才是个十六岁的中学生。他对亲友们说，张学良是好的，是为了抗日。"蒋介石杀了多少共产党员，共产党为什么还做张学良的工作、把蒋介石放回南京？"亲友们记得他当年那样执著地宣传抗日救国的道理，说中国要走苏联的道路等等。

1937年7月7日，日军从"卢沟桥事变"开始，在中国发动了大规模的侵略战争。中国人民从此进入了全面抗战时期。蒋文华和唐闸镇的一些进步店员、学生，组织了"立达"读书会，寓意为"立己达人"，阅读邹韬奋同志主办的生活书店出版的进步书籍。他和进步师生一起组织了宣传队，到农村宣传抗日救亡，积极参加抵制日货的运动。当时，许多日货涌进了中国市场，严重威胁民族工业，我祖父开的杂货店，也销售一些日货。蒋文华说服我祖父，带头把家中店里的日货，全部查封了。

1938年3月18日，日军在南通登陆，省立南通中学的爱国师生，不愿在日军铁蹄下受蹂躏，把学校迁到上海租界。蒋文华为了继续求学，又在迁沪的南通中学完成了中学学业。

在"旅沪南通中学"学习期间，蒋文华参加了上海共产党地下组织领导的外围群众组织——上海市学生抗日救亡协会（简称"学协"）。进行了各种形式的抗日宣传活动。

伯父高中毕业后，先后在之江大学和大夏大学读书，这段时间从中学参加"学协"起大约就参加了党。1940年，为充实大夏大学的地下党支部工作，他从之江大学调进了大夏大学，先后担任党支部的支委和支书。

上海的离休干部、87岁高龄的黎鲁，回忆当年在上海大夏大学与伯父蒋松林一起学习和工作的情形："我与蒋松林是1940年在大夏大学认识的，我们接触的时间不长，但我对他的记忆是清晰的。他中等个头，约1.7米出头吧，圆脸盘。他常穿一身灰色的长衫，戴一副银丝边的眼镜。他的头发是长长的，浓黑的，从侧边分径梳理，不搽油。他说话斯文，声音不大，有很好的涵养，给人一种和善的感觉。"他回忆他们当年的活动时说："我们党支部由马飞海领导。我和蒋松林在学校里遵守地下党组织的纪律，一般互相不说话、不接触。我、蒋松林和马飞海经常碰头，开支委会的地点都是在我家里。通知方式是用暗号写纸条。这些纸条上写的内容，不能从表面的字意看，那是暗语，实际上是约定碰头时间和地点。"黎鲁一直保留着留有蒋松林笔迹的纸条，1980年代在响应写革命回忆录时他交给了有关组织。

当时，学生运动在白色恐怖下落入低潮。党组织要求，在进行抗日救亡斗争时，要团结一切可以团结的力量，争取有进步和革命倾向的教师，支持学生的抗日斗争。尽管形势恶劣，大夏大学党支部始终坚持工作，为了贯彻党组织关于"保存力量"的方针，大夏大学党支部利用分散组织和采取群众喜闻乐见的形式开展活动，来团结群众，并采取个别联系的方式发展党员。在组织上得到较大发展，到1942年日军侵占租界时，已有几十名党员，保存了党的实力。

蒋松林曾检讨自己，过去有"读书救国"的思想，认为人应该要读书，学本领，才能救国，他后来认识到，这样的思想有片面性。但酷爱读书和学习，确实是源于他内在的需求，他热爱自己所学的专业，读过不少有关教育的书，如陶行知、杜威等人的作品。同学们说："蒋松林是一个好学生。"

黎鲁担任党支部书记，蒋松林是支委，黎鲁发觉蒋松林有努力读书的特点，他回忆当时的情况说："要团结老师和学生，自身也要具备一定的条件，蒋松林在做深入细致的工作方面相当有耐心，也善于与家庭出身不同、生活条件不同的人打交道。韦悫当时是我们的英文教授，党组织要我们去争取联系，蒋松林学习成绩好，英语也学得好。正好与韦悫教授的联系有切入点。当年黎鲁调离，蒋松林担任书记。

日寇侵占租界后，敌伪下令对各大专学校进行登记，以实施奴化教育。大夏大学停课，学生被迫遣散。大夏党支部一面贯彻党的"勤学、勤业、交朋友"的方针，一面根据各系情况和党员本身的特长，创造条件、建立联系群众的环境。在蒋松林带动下，同学们在韦悫家以听课的名义，座谈讨论如何面对当时形势开展工作。

1941年12月8日，太平洋战争爆发，上海租界也被日寇占领，面对越来越严峻的形势，为创造条件争取更多的知识分子，由新四军军部和上海地下党、江苏省委，在淮河之滨、苏皖边区抗日根据地共同创办了一所综合性的、并由陈毅亲自提名为"江淮大学"。1942年夏，党组织决定调蒋文华去江淮大学学习，韦悫教授也在那时去了解放区。

韦悫教授早年加入同盟会，参加过辛亥革命，曾任孙中山先生的秘书，此时担任大夏大学教授，党组织曾派蒋松林与韦悫教授联系，动员他去解放区。由于地下党的保密性质，韦悫与党组织保持着另外的联系，并不为蒋松林所知。到解放区后，韦悫任江淮大学校长，蒋文华在江淮大学是党支部的骨干力量，他们仍有着密切的联系。韦悫在全国解放后，曾担任上海市副市长、国家教育部副部长等职。遗憾的是，解放后我父亲与韦悫教授刚取得联系，还未有机会深入交流，就发生了"文革"，韦悫教授在运动中受到迫害，于1976年去世，未能提供他与蒋文华之间交往的具体情况。

蒋文华先在淮北行政公署任教育科长，日本投降后，又到苏皖边区政府教育科工作，其间还承担过抗日民主根据地苏北地区报纸的编辑工作。1946年年初，他到淮安中学担任党支部书记兼生活指导部主任。

随着国内战争日趋激烈，形势紧张，学校开始转移，先转移到离城二十多里的张陈庄，找了一处较安全的院落，照常上课；不久，淮安城被国民党军队侵占、城内外交通断绝，校内三位教师陷于城内，不得回校。大家更加防备，白天上课，有人站岗放哨。晚间，"蒋文华主任带着学生露宿在村外田野间，以防万一"。当时正值秋收之季，蒋文华带领学生睡在秫秸堆中，天明后回校上课。转移之后，他们仍靠双手丰衣足食，蒋文华和老师们每人有一块菜园，早晚浇水，"只是学生们的菜地，比老师们的长得好"。一旦得到敌人要行动的消息，师生们就将背包打好，随时准备转移。图书资料、纸张用具，不易运走，只得隐藏在可靠的老百姓家中。有时枪声大作，子弹在空中飞鸣；有时敌机在头顶盘旋、轰炸；蒋文华和大家一样，冒着生命危险，给学生上课，毫不惊慌害怕。后来敌人越发猖狂，经常出城"扫荡"，学校便不断转移。

1946年10月，蒋文华又接受了新的任务，离开学校，调到涟东中学。

1947年1月28日（阴历正月初七）下午，蒋文华由涟东的南部往北部的丰河地区执行教学任务，路过黄营东南六堡大池庙附近的公路时，不幸中了敌人在这里的扫荡队的埋伏而被捕。他无视敌人的诱骗、威胁，坚贞不屈，几次逃跑未成，被敌人乱枪射杀，时年仅27岁。他的遗体被扔在旧黄河，因冰封雪冻，涟东中学的师生，历时四五十天，等到黄河解冻之时，才由蒋文华身上所戴的印章而辨识、确认了他的遗体。

一位名叫辜雄章的学生来信，表达了当地人民和学生对伯父被杀害义愤填膺、悲痛万分的心情。来信是解放初期写给我祖父的："……在苏北报上看到你找蒋文华同志，我当时非常难过，因为我在文华同志手里做过学生。"他怀着对伯父蒋文华满腔的热爱，在信中多次呼唤"最亲爱的蒋文华老师"。他写信时"由于悲痛，手不住地颤抖"。在信中他写了伯父被敌人逮捕和枪杀后："全校一百多学生、老师，戴孝送棺替死者埋葬并且开会，我也在场。"盐阜地区隆重召开了追悼会，宣誓为蒋文华烈士报仇，遂将烈士忠骨埋葬于阜宁县芦蒲烈士塔旁，并立有纪念碑。

附2：黄丽敏对黎鲁同志的电话采访

今天好不容易接到父亲的电话说，黎鲁的电话已经通了。便将他的电话号码告诉了我。我随即拨通了黎鲁家里的电话。算起来，他比蒋松林小一岁，比我父亲大5岁，也是87岁的人了。正是午餐时间，他接了电话，知道我的来意后，很客气。我说，他是当年认识我伯伯的并且能找到的唯一的人。希望他能提供一些关于伯伯的情况，帮助我对伯伯有一些感性认识。

针对我提出的问题，他说，不需要多加思索，立即便可以回答。以下是根据他所说的话整理的材料。

蒋松林伯伯与黎鲁是1940年在大夏大学认识的，他们接触的时间并不长，但对他的记忆是清晰的。伯伯中等个头，约1.70米出头，圆脸盘。他常穿一身灰色的长衫，戴一副银丝眼镜。他的头发是长长的，浓黑的，从侧边分径梳理，不搽油。他说话斯文，声音不大，给人一种和善的感觉。

"我们是从不同的单位作为中共地下党员考进大夏大学的。我原来担任过学生协会区干事，在革命高潮时，组织发动过较热烈的抗日群众活动。你伯父是之江大学调进来充实大夏的地下党支部工作的。我和他在一个党支部，我们的支部共有五个人，上级党组织任命我担任党支部书记，蒋松林是支委。我们分头负责三个学生党员。他分工联系一个同学，是女同学，叫蒋维和，高个子，烫头发。我分工联系另外二个同学。我们党支部由马飞海领导。我和蒋松林在学校里不说话，不接触。我、蒋松林和马飞海经常由马飞海召集碰头，碰头的地点都是在我家里。通知方式是用暗号写纸条。蒋松林亲笔写的纸条，有一些我一直留着，其中有几张，解放后交给了有关组织，由博物馆收藏。最近我又翻出了一张，交给了你的父亲。这张纸条的内容是碰头时间的约定。"

"到大夏大学后，学生运动已在白色恐怖下进入低潮。我们的任务是保存力量，深入细致地做工作，团结多数人，争取有进步和革命倾向的教师和学生，向他们宣传革命的道理。要做这样的工作，自身要具备一定的条件，一是要能广泛地接触各种层面、生活方式的人，二是要学习成绩比较出众，才能树立威信。而这些不是我的优势。我交的朋友一般是家境比较贫寒的，对大学里那些生活比较富有的公子哥儿们，生活方式不同的如喜欢跳舞的同学，难以相处相投；大学一些爱国的大学教授，例如韦悫，是我们的英文教授，也需要我们去争取联系，但如果要与他联系，首先要英文学得好，能得到他的赏识才行吧，否则就很难找到联系的途径。"

"我考虑自身的条件，对韦悫这样的人，不知如何交流和沟通。蒋松林在这方面比我强，他善于与各式各样的人打交道；他与韦悫教授的联系有切入点，加上他很喜欢读书，学习很好。正如他自己所说的，他过去有读书救国的思想，认为人应该要读书，学本领，才能救国。虽然他后来认识到这样的思想有片面性。但酷爱读书和学习是源于内在的需求，再说，他在做深入细致的工作方面比我有耐心，于是我多次对我们党支部的领导马飞海提出，让蒋松林担任书记，我担任支委。马飞海终于在一次碰头会上宣布了这一决定。一段时间后，我调出了大夏大学，到《海沫》半月刊去工作。他继续留在大夏大学学习并承担党支部的工作。"

"他于1942年去了解放区，他所密切联系的韦悫先生也于1942年去解放区，并担任江淮大学的校长。我也是在1942年去解放区的。以后我们由于交通阻隔再未见过面。直到解放后才听说他不幸光荣牺牲了。"

黄丽敏记录于2008年7月初

中国新音乐运动先驱萧友梅

  初春晴朗的下午，在宽广整洁而雅静的贝当路上，微微的软风一阵阵地扑过来，给人们以清新的活力。我走到那美丽庄严的美国教堂门口，上面高挂着："萧友梅先生追悼会"，向看门的讨了一份节目单，就走进里面去。

  我坐了下来，已经有一大半的人入座了，这些是热爱音乐的男女青年、基督徒、萧友梅先生的亲友。朝前面看，台上十来个花圈所围绕的萧友梅先生的遗像：长而瘦弱的脸，高高的额骨，和一副大眼镜，从这里大概也可以想象到他不是一个以学校为私产，以教育为敲门砖的学店老板。

  大家都知道，萧友梅先生是中国新音乐运动——西洋音乐介绍到东方来的运动——最大的倡导人和贡献者。在十几年前，黎锦晖派的音乐独霸着全国的乐坛的时候，萧友梅先生就高举起相反的旗帜。他一面扫除"毛毛雨""桃花江"的靡靡之音，一面又从事于建立新的音乐教育的基础。发展到现在，中国的新音乐运动，显然存在着两大宝贵的支流：一个是忠实地把西洋音乐的宝贵传统介绍过来，并在技术上和理论上更求提高；一个是因民族的紧急情势而从民间掀起歌咏运动。萧友梅先生是前者的唯一支持人。

  时间到了，前奏曲在沉痛悲壮的空气中结束，牧师诵过圣经后由音专学生唱校歌，这算是对萧校长毕生为音专经营教诲同学的纪念。

  主席李惟宁先生致辞后，是治丧委员会陈洪先生的报告，接着是国乐家朱英先生的演讲和来宾黎照寰先生的致辞。他们都是萧先生的同事或朋友，陈先生在讲到萧校长的办学精神时，曾说一件小事，即在萧校长临死的那一天，已达昏迷状态，但还叫人把音专礼堂的门缝用纸糊起，因为将近考试，学生是在礼堂考的，而门缝很大，容易有风吹进，使同学伤风，这种体贴学生的校长，在上海恐怕很难找到的吧。朱先生更指出萧先生的特异之点是：第一他很俭朴，据说他的一件夏布长衫还是十年前做的，现在还年年穿在身上，他的西装从未超过二十元；第二是不趋富贵仕途，萧先生曾参加过同盟会，革命成功后，他很可以在国民政府里当大官，但他始终要忠于他的音乐运动，以致身后萧条；第三是爱好读书，他曾把校长办公室和图书馆搬在一起，一天到晚手不释卷。这样看来，任何一个学问家和音乐家的成功，决不是靠出风头爱虚荣，投机取巧所能成的，他们往往是在事业上学问上研究，对朋友忠实,对自己的生活严肃上得到伟大的成就的。孤岛上有志的大学生,应当以萧友梅先生的求学态度为模范。

接下去是萧友梅先生的名作"问"的独唱。

> 你知道你是谁?
> 你知道华年如水,
> ……
> 你知道今日的江山,
> 有多少凄凉的泪……

这是萧友梅很早以前,因为悲愤祖国的衰落而作的。是的,我们默祷在不久的将来,即将破晓,那时候人们将化凄凉为欢笑的泪,来安慰和实现萧友梅的心愿吧。

以后是余甫嗟夫的独奏,苍厚浑壮,极为动听。可憾的是苏石林君因为伤风不能出席,以致贝多芬的"In Questa Tomba Oscura"不得欣赏,之后是肖邦的伟大杰作"送葬进行曲"的钢琴独奏,奏者查哈夫,抑扬悲悯,不能自禁,空气顿形紧张。末了是音专全体学生由赵梅伯先生指挥的修斐尔德的弥撒 Kyrie 和 Gloria 男女高低音四部合唱,雄伟壮烈,严肃静穆,使人如置身于浓厚的宗教气氛里,我想起了中国寺院里和尚诵经中的"香赞"。

四点钟,在缓慢庄重的诔乐中散会,走出了教堂,重新站上那宽广整洁而雅静的贝当路,我庆幸我自己已能参与这个追悼会,因为第一,了解了一个音乐家的奋斗努力的路程,第二,得以欣赏难得听到的西洋古典音乐。

1941 年 3 月

刊于 1941 年《海沫半月刊》第 1 卷第 10 期

和亚君一起的日子

认识亚君是在 1942 年 6 月，我当时是上海艺术学校的学生，为了抗日来到朝思暮想的抗日根据地安徽淮南，等待党组织的分配。几天后，组织部周科长通知我：淮南有一所艺术专科学校，分配你到这个学校当教员。周科长又说："余纪一同志说你画得好，当教员完全可以胜任，现在是六月，八月学校才开学，这两个月你先到区级干部训练班学习。"

由于日军将加强对敌后地区的扫荡，中央下达了精兵简政的决定，时任华中局书记的饶漱石亲自来到训练班传达这个指示，淮南艺专因此也停办了，训练班结束后，我被分配到淮南师范学校工作，任美术、音乐、历史、地理等课的教师。

知道了亚君也是要分配到艺专当美术教员。这时，亚君的工作地点是在葛家巷的"淮南总文抗"，离淮南师范天长铜城镇有 50 多里。记得那天正是1942 年的 10 月 20 日，我步行来到葛家巷去拜访他。亚君留着平顶头，又圆又胖的面庞，显得健康而红润，微笑迎我，我们一见如故，非常谈得来。"淮南总文抗"还有几位文化工作者，都是上海来的，一位叫严霜，后来是上海辞书出版社的副总编，一位叫顾朴，是画家，后来在华东人民出版社和北京人民美术出版社任编辑。当天我就要亚君为我画一幅铅笔肖像做纪念，下面签署了"42.10.2"的日期。这画一直保存到 1947 年，后在一次行军中丢失。还记得亚君房里挂着一把胡琴，我二人互相拉着戏耍一番。

原来，他这时正忙着和莫朴、吕蒙三人合作一本木刻连环画《铁佛寺》，这套连环画有 100 多幅，已刻了许久，三人中莫朴构草图并画人头，亚君画人身，吕蒙画背景。

晚上，我睡在亚君的房内，莫朴来了，他原是华中鲁迅艺术学院的美术系主任，正准备赴延安，途经淮南，就被留下来参加《铁佛寺》创作。他专程来看我，很有兴趣地问起上海美术方面的活动，临走还赠我一本《盐城鲁艺工作团木刻集》。

我在亚君房里住了一夜就回铜城。1942 年底，听说亚君调到新四军七师去了。1945 年 11 月，我路过淮阴，在城里遇见了亚君。一天他带一位年轻文静的姑娘来到我的住处，这便是他的爱人何群同志。这天亚君很仔细地把我这几年画的速写一张一张的全部看了一遍，最后说："你画得很近。""什么？静？""不是静，是近，远近的近。"

后来，他和上海来的画家吴联膺等人搞起一所"美术工场"。1946年部队北撤时，我路过苏北，见大街墙头上张贴着几幅宣传画，其中有一幅毛主席的木刻像，署名"美术工场"CM，画技相当高，我想这便是亚君他们的成绩了。

解放初期，亚君又和我互通信件，原来他已脱离了美术行业，专门从事部队的政治工作。1956年秋季，亚君想从部队转业到地方，我极力劝他到上海人民美术出版社来。当时我正在分管社内连环画的出版工作，从事这项业务的人员有百多人，其中单是连环画的专业画家就近百人，如何加强党对这一工作的领导，是一个非常艰巨而又有意义的神圣事业。不仅要强化业务本身的效率，还需要有政治上的强力领导。亚君和一般画家不同之处在于他有丰富的政治工作经验，例如他曾任新四军六支队某连政治指导员、皖中某县文教科长，解放战争时任七兵团文工团政委、新中国成立后任铁道兵团政治部主任。当他终于确定自己的意愿后，我立即向出版局提出，非常需要在政治上、业务上素质高的干部，且不止一次的催促，终于在1957年秋组织下达了调令，他正式调入人美。恰好社长吕蒙也于此时从中央党校学习一年后回到了上海。

当他将来未来之际，我和亚君之间的美术活动倒是不少，有一次他郑重地穿上在部队时的蓝底镶金边的军官制服，要我给他画一幅油画像，后来得知这幅画一直收藏在他儿子处。还有一次，他说要去写生，于是他随着我骑着自行车来到延安西路古北路口的一条小弄，转两个弯子便出现了一片农郊，我二人坐在田埂边画起水彩风景。我见亚君的画非常之大气，浑厚耐看。

1957年，亚君到出版社报到上班了，此时大鸣大放之后突然掀起了反右高潮，他以多年的丰富经验、熟谙的政治理论、超乎别人的分析能力大大获得不少干部的尊敬。不久，他成为"反右领导小组"的主要成员。我因在运动中及多年的"右倾"言行，被撤去领导小组成员职务。1958年春，党组织要求对我进行严厉的批判。此时，担任领导小组成员的亚君却在发言中有这样的内容：我感到很难和他划清界限，他许多地方都给我相当的迷惑，在阶级斗争中严守立场是多么不容易。

因政治运动频繁，1959年11月，亚君也在党内受到批判，主要原因是他对"大跃进"的浮夸风提出了质疑，这在当时是极严重的。1962年，他由出版社调往中国画院，从此和国画结下了深厚的缘分。而我则与他的工作疏远了。

"文革"开始后，他胆子也特大，能做出平常人做不到的事，听说画院把他当走资派揪斗时，他竟逃跑到了浦东。又比如，在粉碎"四人帮"以后，上海文代会没有邀请他，他便拄着拐杖进入会场以示抗议。

1978年冬，领导上把他从画院调到上海书画出版社，我也恰恰由人美调到这里，当时组织上要求他担任领导，他却主动要求退居二线担任顾问。他从人美工作始，再经历了"文革"的风风雨雨，最后转入书画出版社工作之后，作画始终勤奋，刻苦钻研，成绩显著。80年代和90年代，上海美协为他分别举办过两次山水画展。这本集子里的许多山水画均系他40岁以后，尤其是"文革"之后艺术创造成绩的显示。

多年来，他对我的作品一直很关心。1980年，我曾去安徽做一系列水彩写生，亚君夫妇专程到我家看画，亚君指着其中一幅定远东郊池河镇大桥，说是这幅好。没想到10年后此画被出版社选登出版。何群看了我几幅定远县城内外的写生，竟特别感兴趣，这才知道，她是定远人，有人画了她的家乡，能不感到亲切吗？回忆到此时，感慨无限。

2008年1月

刊于2009年1月中国艺坛出版社出版的《山水画家程亚君》

记华东军大校报——《军大导报》

吴　骅（执笔）　黎　鲁　仲　文　陶稼耘

华东军大有一份校报——《军大导报》，它随着学校的成立而创刊，直至渡江后学校并入新的华东军大而停刊。先后编印了 167 期。三年中，除特殊情况外，《军大导报》坚持以四开四版五日刊定期出版，从不间断。在战争环境中，信息工具很少，普遍没有收音机，报刊图书也为数不多，《军大导报》就成为全校人员共同关心、爱护的园地。学校领导机关依靠它宣传办学方针，传达党委、机关的领导意图；广大教职员凭借它学理论、学政策、学业务，交流教学方法、经验和体会；各级组织通过它发扬优良作风，宣扬先进人物，鼓舞工作情绪和学习情绪。它名副其实地和全校人员同呼吸共命运。所以，上上下下都动脑动手，关心它，培植它。当时，它是党委、机关指导工作不可缺少的重要工具；今天，它已成为较系统地记载华东军大在战争年代所走过的道路的历史见证。

一、指导性和群众性相结合

《军大导报》是校党委和校政治部的机关报。从创刊（1946 年 11 月 11 日）开始，学校领导就指出：导报要成为学校的"推动机"和"广播台"；学员是教学工作的主要对象，也是报纸的主要读者；要在办报过程中，把报纸的指导性和群众性很好地结合起来，让大家经常听到领导的声音，看到学员生龙活虎的学习景象；要动员和组织广大学员认清形势，服从大局，学好本领，勇敢地奔赴前线。这是学校的首要任务，也是导报宣传报道的首要任务。学校成立不久，军区首长就向学校发出尽快培养一万名军政干部，满足前方需要的号召，《军大导报》反复宣传这一号召。报纸第二期公布了校首长告全体人员书，接着在 1947 年元旦公布了校首长贯彻军区首长号召的政治命令，对教职学员提出具体要求，把各类人员的思想集中到"一切为了前线，一切为了战争，一切为了胜利"这一共同目标上去。同时，还围绕这一中心口号，紧密结合教学实际，精心地加强言论指导和典型报道。在第一、二期教学中，学校先后开展了立功创模运动和进步运动，广泛调动教职学员的积极性，掀起紧张的练兵热潮。《军大导报》在各级领导的大力支持下，用较大篇幅连续宣传报道了朱传春、雷保华、朱润山、梅开先、井彩、李宇光等不同类型学习模范的事迹和体会。一大队四队学员朱传春出生在农民家庭，在根据地当过小学教师、区行政助理，1944年县里表扬为模范小学教师，在山东大学学习时评为劳动模范，转入军大后，在中队当了班长。他谦逊虚心，学习踏实刻苦。他所在的中队大多是知识青年，对学习军事技术，开始时不同程度地存有畏难情绪。但朱传春在数九寒天，却能经常到野外练卧射，不怕冷，不怕脏，时间久不叫累，练不好不气馁，练好了不自满。实弹射击中他第一个三枪命中28环。报社对他进行了专访，报上刊载了《一个老实人》的通讯和大队开展学习朱传春运动的报道；还接连发表了《发扬革命英雄主义》的社论和欧阳平主任撰写的《革命英雄主义运动的性质和意义》的专论，引导运动向纵深发展。接着，又宣传了二大队二队学员、"刺杀模范"雷保华的事迹。雷是1938年入伍的部队干部。入校前任特务员，入校后在军事队任副班长。他首次突刺一千余枪，突破了当时的水平。报社仲文同志马上对他进行了专访，发表了《一千零十七枪——访雷保华同志》的特写。还约请大队政委余伯由同志撰写了《平凡的人和不平凡的事》的专论。在雷保华同志带领下，千枪班、千枪队陆续涌现。政工队学员井彩同志，1941年入伍，在抗大四分校学习时，曾评为模范班长，在部队工作时评过模范指导员，来军大学习期间是模范班的副班长。他在学习、劳动、互助、爱民方面都走在前头，并善于动脑钻研，学习政工业务，经常联系在部队工作的实际，进行回顾分析，总结经验。《军大导报》以专栏介绍了他的心得体会，使广大学员深受教益。在宣传典型人物、事迹的同时，导报还广泛反映《学好本领上前线》《爬过山顶就是胜利》《冰冻三尺厚，不落别人后，外面雪花飘，决心不动摇》《刺刀不负苦练人》等勤学苦练的风貌；刊登《优秀射击手的心得》《战术学习中的互助活动》《电网破坏法》《怎样炸地堡》《筑城学习小方法》等点滴体会。使学习竞赛活动既热火朝天，又扎实地蓬勃发展。

为适应形式变化和群众需要，报纸还结合不同阶段的实际情况，增加历史、理论、科学知识等辅助材料，为读者提供精神食粮。如潍县战役后，学校进入坊子，这是新解放的市镇，报社派人打前站突击采访。待大批教职学员进入新驻区时，报纸马上以整版篇幅刊载《潍坊的历史故事》，介绍潍坊的沿革和经济、政治、文化状况；还增辟《驻地介绍》的专栏，分别介绍火车站、发电厂和煤矿。这时，一大队有个名叫刘荣的通信员因不懂电气常识不幸触电身亡，报纸迅即抓住这一教训，进行科学知识宣传，登载了科学常识"玻璃泡为什么发亮啦?""怎会触电的?""触电急救法"等,告诫大家要重视学习科学知识,千万别违背科学规律随便动手动脚。学校进入济南后,知识青年和起义人员、解放军官学员大量增加,教学内容上增加了时事教育的比重,增设了社会发展史等课程。报纸配合教学刊登问题解答:《正统和气节》《向人民放下武器是不是失节》;问题研究:《阶级斗争可以调和吗》《欲望是推动社会进步的动力吗》《中国是大贫小贫吗》等;刊载资料:《四大家族的财产》《蒋政府财政赤字庞大惊人》等;发表起义人员和解放军官对国民党军队的控诉,像《斑斑血痕士兵泪》《逃出活地狱,把心献给共产党》等,帮助大家提高识别能力,促进了学习的深化。

二、严肃性和生动性的统一

《军大导报》还注意了既坚持严肃性,又讲究生动性。严肃性主要体现在正确宣传解释党的方针政策上。学校第三期进行土改查整,这是深刻的阶级教育和政策教育。但在这一期初期,学校教育中一度受到当时在根据地发生过的"左"的影响,如在军队和党内搬用"雇贫农当家"的某些做法,个别同志不加分析地表示要和家庭断绝关系等。针对这些倾向,报纸发表和转载专文,帮助大家弄清土地改革是要农民来领导呢,还是要无产阶级来领导?党内是否需要组织贫农团?是否要贫雇农来领导党?引导大家既要严格划清阶级界限和思想界限,又要提高政策水平。还指出不要轻易和家庭断绝关系。这对纠正"左"的影响,起了一定的作用。

报纸的严肃性还体现在宣传报道的真实性上。从报社工作人员到所有通讯员中,都反复强调每一篇消息、通讯、特写的每一句话、每一个情节,都要符合事物的本来面目,不浮夸,不搞想当然,更不能捏造,坚决反对当"客里空"。三年中,导报上未出现过一次不符事实的报道。

在版面组织和文字上,力求活泼、多样、通俗、能读上口,雅俗共赏。报纸四个版面,尽量多采用群众来稿,以大家喜闻乐见的体裁、形式,广泛反映生龙活虎的学习生活。学习四大技术时,有的队创作了很多枪杆诗,有的队推广"一个口号"活动,相互鼓励。如在枪杆上贴着"胆要大,心要细,停止呼吸压扳机""不害怕,不迟疑,中靶中环坐飞机"等,报纸都适时作了介绍。导报出了一段时间后,还吸取群众意见,把第四版辟为副刊,刊登学习中的小故事、散文、诗歌、快板等。如配合爆破学习,刊登了学员以拟人手法写的《黄色炸药和甘油的谈话》;配合战术学习刊登了《战术学习顺口溜》,诗歌

《打野外》等。这里从中抄录两则：

"练本领，求提高，战场歼敌立功劳。学战术，要记牢，班的编成不忘掉。讲任务，听清楚，各人责任不混淆。学队形，要熟练，适合情况运用巧。看地形，查敌情，减少伤亡最重要。轻机枪，是骨干，侧射斜射效力高。步枪兵，隐蔽好，不要轻易露目标。有伤亡，调整好，恢复组织不慌乱。看排长，看友邻，联络协同配合好。"（《战术学习顺口溜》）

"青天高，白云飘，太阳照人要烤焦。不怕烤啊不怕焦，学好战术指挥巧。沟里的泥呀，陷脚！沟里的水呀，臭煞！沟里的芦草呀，刺手刺脚！冲啊！杀啊！我们有的是劲，有如敌人在眼前！"（《打野外》）

1947年1月中旬是皖南事变六周年纪念，《军大导报》曾用一个整版，以《海枯石烂，此恨不忘》为总题，刊出纪念皖南事变特辑，发表了突围同志的回忆文章和副教育长陈铁君的诗作《黄山草木尽·含愁》十六绝。其中《泪别云岑》中曰："胡笳声里夜正阑，北向挥戈泪暗含。漫谓前途多险阻，书生戎马剑光寒。"《陷入重围》中曰："陷落重围何足惧，弹粮俱尽最堪忧。血染青山红一片，从容赴义证千秋。"《遗书一绝》中曰："脱得重围犹被围，断头慷慨证千秋。留语同人齐奋命，旌旗重振会神州。"《难中过年》中曰："老翁初见最殷勤，劝我卸衣假作民。爆竹声中除旧岁，新年新酒洗征尘。"

在立功创模运动中，学校召开了庆功大会。报上除报道消息，刊登功臣模范事迹，还选登了贺词、献词等。文工团长沈之瑜具有哲理性的短句一束，也曾在报纸上发表过："为功臣们庆功，同时也应该为死难者哀悼，先烈正向功臣们笑呢""你们的功劳改造了自己，也改造了大家——能改造自己的人，才能改造世界""星球的体积比你大，星球的年龄比你长，但是，你的光芒比它还亮""你建筑了自己的功劳金字塔，但不要忘记，建筑在塔下的无数沙粒"。

这些新鲜、活泼的作品增大了报纸的可读性，引起读者更浓厚的兴趣。

报社黎鲁同志是抗战初期在上海参加地下党的一位老同志，他在艺专学过美术，除参加编辑工作外，还利用空隙创作木刻《爬山顶》《投弹》《刺杀》《林中上课》《挖战壕》《拾粪》等，反映勤学苦练、助民劳动等各个侧面，还经常为报纸设计刊头和各种装帧，使版面比较活泼了。

三、领导重视，全校办报

《军大导报》成为大家喜爱的读物，靠的是全校办报。首先是领导重视。

学校筹办时，校的领导同志就把办好校报作为筹备工作的重要工作之一。《军大导报》报头这浑厚有力的四个大字，就是学校领导同志面请军区政治部主任、书法家舒同书写的。张云逸兼校长有一次来校，报社约请他为导报写一篇社论，他撰文严谨，字斟句酌，把文章送来报社后，还两次派通信员将稿子抽回，一再推敲，反复修改。这种一丝不苟的负责精神，使报社同志深受教育。主持校党委日常工作的余立金同志，对报纸非常关心，他工作繁忙，仍亲自过问报纸的出版条件，并向上级要来印刷设备，每期报纸一送到手，马上详细阅读，发现差错他都指出，有时还来报社问寒问暖。校政治部主任欧阳平同志经常强调要通过报纸指导工作，他隔几天就要到报社来看一看，学校领导有什么新的意图，他及时给报社打招呼，提示各个时期的宣传报道中心。看到报上有比较满意的文章，就问是谁写的，对报社同志的一些专访总是带着微笑给予鼓励。他把报社同志当作不固定的工作组常向我们询问下面的思想动态。他反复给我们讲，报纸一定要走群众路线，要坚持以表扬为主，鼓舞群众的积极性。记得有一次他以谈自己体会的口气，将毛主席教导的"领导和群众相结合""一般号召和个别指导相结合"这两条最根本的领导方法，给我们做解释和阐述，启示我们将科学的领导方法、工作方法运用于报纸工作，给我们印象很深，直到现在还忆犹新。政治部副主任许彧青在抗日战争前从事地下工作时，就是一位老报人，办报很有经验。在创模运动中，他和我们交谈，用司马迁写《史记》把典型人物写得绘声绘色的历史经验，启发我们认识搞好典型报道的重要性。当我们一度片面强调重点报道，忽视群众性、多样性时，他又尖锐指出，报纸要办得有创造性，多样化，才有生气，不能把重点报道作简单化、庸俗化的理解，弄得刻板、单调，脱离群众。他还结合实际工作，亲自动手和指导写社论。他还强调社论犹如报社与读者讲话，切忌不着边际的泛论，要多用提问式、论辩式，以便把话讲到读者心里。宣传科长卢华同志实际上是报社的兼社长，每当编报那一天，尽管白天紧张劳累，但夜晚照例来报社审稿，与报社同志一起熬夜。他逐篇仔细审阅四个版面的全部稿件，并按时保质完成该期的社论或专评写作。他文思敏捷，出手快，而且高度重视遣词用语的准确性。陶稼耘同志现在还记得很清楚，有一篇表扬一位行军途中打前战的干部的稿件，原先拟的标题是《一人受苦万人安》，卢华同志把"受"字改为"辛"字，成为《一人辛苦万人安》，一字之差，却提高了思想性。报上有的标题也是卢华同志拟加的。如导报第二期第二版登载了几篇稿件介绍学校几个组成部分——东江纵队、淮南随营学校并入军大的情况，卢华同志看稿后，加了四栏肩题：《从黄河到长江，从长江到珠江,我们胜利地汇合在一起》,集中反映了全校人员的共同心声,增强了宣传报道的声势,一时为全校传诵。

大家动手,群众办报,是办好《军大导报》的重要因素。每期,各个学员队都建立了通讯组,大队成立中心组。报社还在各级干部和机关部门中聘请了特约通讯员。军教部门的祝榆生、张锷、郑绍成,政教部门的黄继群、蒲陆,大队中队的军政干部王韬、汤澈、孙育民、项明、贺鸿勋、古竹、杨力航、苏凝、李习、胡志平、周建之、李习之、高春华、高纪言、厉力第同志都是积极写稿的骨干。报社定期不定期地召开通讯员大会、小型座谈会,印发报道要点,编辑出版《通讯员之窗》《导报通讯》,交流写作经验,沟通报道信息。如学校第一期曾召开全校通讯员大会,欧阳平主任和陈铁君副教育长都亲自到会讲话。《导报通讯》上曾刊登过写作讲话:《怎样写得更好懂些》;发表过通讯员的写稿体会:《写稿促使我深入调查研究》《写稿与工作结合》《一篇稿子一个中心》等。三大队三队有个学员孙忠孝常用快板形式写稿,报上刊登过他写的《射击花棍调》《说进步》《夏收快板》《行军小调》等。《导报通讯》上曾以《介绍一个快板小作家》为题,介绍了他的写作经验。报社和通讯员建立了密切的联系,坚持有稿必复,并经常和通讯员交谈商量。在《军大导报》的通讯员和特约通讯员中,不少同志都是不辞辛苦,认真负责的。有的为一篇稿件的真实性和准确性而奔走多次,有的为赶上截稿期连夜突击,有的步行几十里亲自送稿件到报社,回不去就睡在报社。校政治部为表彰这些同志,决定在通讯员中开展立功活动,定期评功给奖。曾在军大学习和工作过的周建之同志,平时非常注意做好报道工作,从不放弃每一个可以报道的材料,同时热心组织稿件。他不仅自己积极动手写,还经常帮助别人写,往往干到深夜,为此曾立二等功。后来他到部队、地方均从事新闻工作,以后在上海担任中国新闻社上海分社副社长。不久前他回顾在军大的经历时还情不自禁地说:"我对新闻工作建立感情,就是从当《军大导报》通讯员开始的,我永远忘不了这个起步!"

四、难忘的报社生活

《军大导报》社在较长时间内就是四个编辑人员,每人分编一个版,还分工联系几个单位,既是编辑,又兼通联和采访。四人中两个男同志,两个女同志,多数是20刚出头,有一位还不到20岁。有段时间,每天吃两顿饭,编报时通常是吃过早饭就看稿。每人要先用几个小时看几十篇来稿,认真进行筛选。一个版面5500多字，边改边抄，用稿再全部誊抄一遍，从内容、行文到标点符号，逐句推敲，采用压缩提炼，多稿综编等方法，力求多采用群众来稿。为提高时效，缩短周期，每期编报都要工作到深夜。住在老百姓家中，没有煤油、蜡烛，更谈不上电灯，用的是一根棉纱做灯芯的豆油灯，灯光如豆。奋战通宵是家常便饭，长长的冬夜，围着炭盆，能吃上一顿夜餐烤馒头，就是最好的享受。有时把一人一个月的津贴费全部拿出来，也只能请报社全体同志吃一顿花生米夹柿饼，大家很爱吃，说是吃"火腿"。如此轮番"请客"，一个月可吃上四五顿"美味"，陶陶然乐在其中。

报社同志常以警惕关门办报相诫。每期报纸编好付印后，都要拿出一天时间处理退稿，逐篇回信和再约稿。然后就利用两期报纸出版的间隙，下到分工联系的单位了解情况，参加会议，发现报道线索，就地组织和采写重点稿件。驻地近的大队离校部三五里，远的一二十里乃至数十里。我们通常都是早出晚归，往返一趟要翻几道山岗，遇到沙河就脱鞋涉水。仲文、陶稼耘两位女同志除了内外勤一样干，还主动学骑马、学射击，意气风发不让须眉。

在战争环境中，坚持报纸定期出版，不是一件容易办到的事。从学校领导到报社每一个同志都把"不脱期"作为一个重要目标。学校创办时住莒南县大店镇，要由两个男同志轮流把稿件送到70里外的滨海印刷厂付印。开始只有一部旧自行车。有一次连续下大雪，自行车不能骑，黎鲁同志连夜步行赶回。对此，他在日记中有一段记载："1947年1月16日，早上起床，看下了不小的雨雪，不能在厂住下去，乃不顾一切决定回去。不过10里，雨雪已湿透了棉衣，略在小屋停一小时，继续前行。泥烂甚，午至大众日报社吃饭，再前行，直至最后10里已是筋疲力尽，烂泥溅满全身，大衣已成泥浆板，鞋子不见了，赤足在泥土内滑行，状极狼狈。最后5里，已是头昏眼花，终于回到家里。大家对我特别照顾，我解开大衣一看，棉军装、棉裤全湿透，绑腿化作一堆泥。"大家为他报功，并在评功会上赋诗相赞："健步风雪70里，飘飘咏归落吟边"。学校离滨海向胶东转移前，余立金副校长到军区开会，亲自与华东局宣传部联系，答应调拨一部分印刷设备给学校，领导要报社两个男同志到临沂接运。当时国民党正调整部署开向山东战场发动重点进攻，大军压境，临沂前线战云密布，一路上部队、民工南来北往，调动频繁。黎鲁、吴骈二人用一辆自行车推着行李，边走边侦察，数次遇到敌机轰炸扫射，终于克服困难运回印刷器材，保证了报纸再度开印。

报社同志既是一个编辑小组，党内又是一个党小组，相处十分融洽。平时不但工作紧，学习和组织生活抓得也紧。不下去采访时，每天早饭前坚持一个半小时学习，每周一次党小组会很少变动。彼此开诚相见，看到别的同志的成绩和优点，真心地提出鼓励，发现缺点或相互有什么意见，也随时诚恳地提出。一年过去，围着炉火学习新华社《元旦献词》，自我回顾，相互评说。这些情景，至今历历在目。

岁月流逝，《军大导报》已成历史陈迹。但如同党领导的各条战线众多单位创造的业绩一样，它也凝结着党与军队的传统和数以万计的创业者的心血。当我们追忆《军大导报》的轨迹，看到过去我们宿营过、工作过的第二故乡发生翻天覆地的巨大变化时，感奋之情怎能不油然而生！把战争年代的传统运用到改革开放新的历史条件下，开辟新的园地，正是老一代和新一代的共同任务啊！

1985 年定稿

刊于 1989 年 10 月济南黄河出版社

出版的《东岳军苑》

驰骋齐鲁大地——战时华东军大搬迁纪实

华东军大是在战火纷飞的年代里创立的。解放战争头两年内以华东战场规模为最大，战况也最激烈。由于战争的迫切需要，源源不断地培养和输送军政干部上前线，就成为当务之急。华东军政大学所肩负责任的重大，可想而知。

从1946年秋季到1948年秋季进入济南之前的两年里，华东军大这所几千人的大学校，常处于流动迁移之中，全校师生员工用两条腿跑遍了大半个山东。也正是在流动的间隙里，顺利地完成教学任务，培训出近两万名团以下干部。这在中国革命运动史上是罕见的，在世界教育史上也是少有的。

一、华东军大的诞生

1946年6月上旬，国民党军队开始向淮南六合一带进犯，6月13、14日在八百桥以南激战，7月20日在八百桥、大井赵一带猛烈进攻。7月28日军区决定撤离淮南，北上宝应。我当时担任淮南军区政治部宣传干事，9月1日调到淮南教导营工作，该营随即扩编为淮南随营学校，下属六个队，再扩编为九个队。10月初，学校并入雪枫大学，原淮南军区政治部主任余立金任校长。在继续北上途中，再和山东军政学校（由原山东军区通信学校和山东军政干校组成）合并，改称华东军政大学。

华东军大兼校长为张云逸，第一副校长余立金，副校长曾生（原东江纵队司令）。正副教育长为张崇文、陈铁君，政治部正副主任为欧阳平、许彧青。全校共七个大队：一大队为原山东军政学校人员及华中建大学生，二大队为雪枫大学人员，三大队为淮南随营学校人员，四大队为营团以上干部，五大队为东江纵队基层干部，六大队为炮兵队，七大队初建后不久撤销番号，八大队为通信队。每个大队又下分六七个队，可说是兵强马壮，声势浩大。

二、由鲁南到鲁中

学校驻在莒县南一带，校部在大店。从1946年11月到1947年2月的三个月内，各大队展开了热烈而紧张的教学。课程为野战下的攻防战术：刺杀、爆破、射击、投弹、筑城五大技术基础以及夜战、近战、决战、通信等内容。

全校有强有力的政治工作系统，曾热烈开展立功创模活动，产生了一批模范学员。宣传科内的吴骅、仲文、陶稼耘和我四人为《军大导报》专职编辑。经常在十多里范围内的各大队中队跑来跑去，以了解情况，组织写稿队伍，培植一批通信联络骨干，经常为校报供稿。《军大导报》为四开四版，五日一期的铅印报，并经常处理来稿退稿及发行。开始前三个月，学校无印刷厂，我和吴骅两人轮流到70里外的《滨海日报》印刷厂印刷并校对。第一期是在1946年11月11日我从大店到书院村该印刷厂付排、校对，并将印好的报纸带回来的。

"题花"

1947年1月底，余校长和华东局联系好，调拨新华社一批印刷设备和人员给学校。吴骅和我二人去取机器，这时国民党军队已逼近临沂，吴骅和我一起赶到临沂，找到新华社，当运回机器时，学校也从鲁南转移到鲁中，先是驻在莒县的于家春生，后来再搬到五莲的于立沟。当时校部也搬迁到这里。

三、从鲁中到胶东

从 1947 年 2 月初到 4 月底，学校展开轰轰烈烈的立功、摆功、评功运动，在"人人立功、事事立功"的激励下，搞得热火朝天。学校出现了"优秀射击队""刺杀千枪队"模范班、先进组……报纸报导也配合得很热闹，我常刻些先进学员的头像印在报纸上。这时，我军放弃临沂、莱芜、沂水地区。华东军大全校编为一个纵队，代号"海西"，分成四个梯队，途经诸城、高密、平度，行程三百余里，于 1947 年 5 月迁移到胶东掖县昌村地区，在移动中仍坚持出油印报。在迁移途中，我又奉命用新缴获的大卡车回原驻地把印刷机器运至新驻地。5 月 23 日，由于我们报社在行军中坚持工作，先后出了 6 期油印导报，荣立集体功；我也因搬运铅印机而荣立二等功。

四、由胶东到渤海

1947 年 6 月 1 日，华东军大第二期开学典礼，在掖县昌村外进行，出动了坦克、榴弹炮，均是美式装备，在平野上响起了轰轰的爆炸声，烟尘滚滚。

这一期学习攻打地堡群、爆破障碍物、打开攻城口、步炮兵配合等等战术，在各队常见学员进行攻坚演习。学员中展开大竞赛，出现了朱润山刺杀千枪手，又涌出千枪班、千枪队，推动了全校刺杀训练高潮，我为此刻过一幅木刻《刺杀》（该图为后来江苏省美术馆收藏）。1947 年初秋，国民党集中兵力向胶东地区进攻，军大于 8 月上旬奉命向西转移，全校分海上陆上两路行动。海上梯队为家属及机关一部分女同志，由渤海湾渡船，其余为陆上队。当行到寿光附近时，一部分队伍与敌遭遇，交战 30 分钟。部队行军到寿光和黄河之间，敌我相距只有 15 华里，这时正遇连日大雨，每天黑夜行军，道路泥泞，沿途一路荒凉。在余校长亲自指挥下，经严密组织，在船少船小人多、河水暴涨、后有敌人追击的恶劣情况下，经过了四个昼夜的跋涉，安全渡过黄河。这次行军，全校人员历经 45 天，行程 850 华里，终于到达目的地。当时余校长一直同我们在一起，他那临危不乱、镇定自若的大将风度，至今仍留在我的记忆里。

五、由渤海到潍坊

到了流坡坞，印刷厂无法立即工作。9 月 2 日，我特地到了 30 多里外的渤海日报社接洽印刷未谈成，9 月 3 日又去位于二郎滩的新华书店，谈成了，便在该店苏家庄印刷厂印刷《军大导报》。

这时整个解放区还正在进行轰轰烈烈的土改运动，解放军内也进行新式整军和土改教育。在第二学期第三学期之间，学校在职干部进行三查三整，经过这一阶段学习，校内不少干部直接参加了农村土改队，卢科长本人担任流波坞土改工作团的团长。文工团的副团长夏虹，导演白云亭，艺术指导员柯劳、马朴，政治指导员唐景雄都纷纷离团参加农村土改工作。文工团领导只剩下沈之瑜一人。卢科长于 11 月间调我到文工团担任副团长兼支部书记，以协助沈团长在团内进行土改学习，我离开了工作一年的《军大导报》，搬到流坡坞以北二里的杨大夫庄文工团驻地。

这时正值解放战争进入反攻阶段，学校从此也处于安定状态，已不再处于时时转移的状态了。1948 年 5 月 20 日在陈铁君教育长带领下，文工团全体先行向潍县进发，6 月间，全校迁移坊子，也可说是华东军大步行迁移的最后一次，因为下一次由潍坊向济南迁移，已有火车可代步了。坊子给我印象很深，当火车开到坊子，我们见到这里的车站雄伟漂亮。我们住在车站附近一家意大利式房子里，团部住中式房子。向西随意走走，意外地见到成片的漂亮洋楼，简直像上海的海格路、愚园路或是马斯南路一样，纯粹西洋建筑。在当地安顿后，我们便着手准备工作，经过连续数天的忙碌，我终于画成一幅长一丈多的毛主席画像。

六、迁入济南前

1948 年 5 月 31 日到了坊子后，6 月间全校也迁驻潍坊。这时我们都住在漂亮的日本式小洋房里。校部决定文工团排演大型苏联话剧《前线》，从团外找来几位专家组成导演团。我对戏剧纯粹外行，但也担任后台主任一职，还兼扮演了次要的市长和团长角色。7 月 1 日在潍县第一次演出，此后即在附近各大队和校外巡回演出，常在火车上、汽车上将道具搬出搬进，制作幻灯片放映。新任的刘清明副校长也曾叫我把他照的软片翻到幻灯机上映出。9 月 6 日，我奉命调离华东军大，这时正是军大动员全校搬入济南兼管城防的前夕。好在以后军大再要长途行动的话，也不必光靠两条腿。我军确已进入机械化的新时期了。

原刊于 1998 年《江海之滨》第 1 期（总第 21 期）

孙愚、黎鲁二人画展开幕致词

7月16日，报上公布了党中央宣传部、国务院教育部、共青团中央联合通知，公布向青少年推荐一百种电影电视片，一百种读物，其中也包括一套红色经典连环画，这是一个十分重大的决定。让广大的青少年从红色经典丰富曲折的历史事实中真正体会到"只有社会主义才能救中国"，在树立坚强的真理信念过程中，共同建设伟大新社会型的社会主义祖国。要说起连环画的时代价值、它的精神内涵究竟在哪里？我们常说"审美"和"美的本体"。千言万语，还是离不开这一点的。

今年4月，上海警备区联合了上海民盟书画院，共同举办"好八连命名五十周年画展"。令人吃惊的是，当年共同创作好八连连环画的年轻画家，好几位也都是亦然健在的八十老翁，他们还动员了新老连环画家和非连环画家来参与。我数了一下，不包括书法作品的画家，足有五十多位，加上两个与连环画相关的单位积极参与筹办，说明当前连环画的社会基础、群众基础实在是非常深厚的。

想起桑麟康，不知道他会画连环画。上世纪80年代初，我编辑《朵云》第4期，请了五六位青年国画家开座谈会，第一个发言的就是桑麟康，他曾经是南汇五四农场的职工，还有一个是丁筱芳，也是上海红星农场的职工，其他青年中有乐震文、盛姗姗。现在都是有高水平造就的艺术家。当看到桑麟康画的由上海海派连环画中心、上海城市动漫出版传媒有限公司出版的《上海：开天辟地》时，觉得画得是特别的精细、熟练和认真。还有一位是奚文渊，我们在一个团体结识，他有大量的人物画、肖像画，能结盟连环画真是大好事。孙愚和我合办这个画展，看来和连环画没有关系，仔细一想，不能这样看。以往连环画和连环画以外的界限太过分明，因为连环画起初就是这样，比方钱笑呆想改变以前"歪嘴女人"的丑陋形象，私营出版商不准他改，这才能迎合落后的社会习俗，以便保持原来的销路，连环画如此封闭保守，让它的社会价值落后了几个世代。其实连环画的绘画性和中外传统绘画是一致的，贺友直发现"连环画不可教"，确是他的独到见解（我不是说我们现在正在办的学习班不对）。全国几位连环画名家如胡博综、叶毓中、徐恒瑜、高燕都有很高的国画功力，已经退休下来的汪观清、颜梅华、陈谷长、韩敏、郑家声等，都成为水平上一年比一年高的国画家，在退休后的老连环画家当中，可说有百分之九十五以上的人不曾闲着，几乎人人都在探求自身能量的增长。劳动正是人的本性，所以才说"劳动创造世界"。

我曾两次建议开办一个电视中的美术频道，播出放大、放亮的连环画精品，满足群众的审美需求。最近读到第44辑《连环画艺术》内有张阳同志的文章，他更进一步主张推广手机功能，让读者用几十分钟时间看完一本连环画。看来这都会实现的。连环画艺术追求的目标是什么？个人认为既要精致，又要完美。不是粗陋，也不是赶任务。让我们共同携手，迎接新时期的到来。

再次感谢上海海派连环画中心对本次展览的支持和帮助，也欢迎更多连环画家支持"中心"的工作。

刊于 2013 年 7 月 24 日出版的《连友之声》
在上海海派连环画研究中心主办的画展致词

被授予"荣誉会员"随想

能和 1500 名会员共同祝贺上海美协 60 周年的盛大庆典，又被授予"荣誉会员"的称号而深感荣幸。

在培养人才、组织创作、举办展览、出版流传、深入生活、经营市场、普及大众的几个方面，虽都不属于美协分管，但驻会同志六十年来为上述事项进行周到全面的服务、流下辛劳的汗水，结下累累硕果，得到普遍的肯定。最近编印出几种重要套书，尤为出色。

刚才大会发下一份旧藏的"入会申请书"复印件，我就向坐在一起的贺友直说："上面的图章，是刻字店的木头印章，因为我不懂篆刻艺术。"协会成立之前，听到一个内部消息，是周扬传达毛主席意见：不要忽视金石书法也是一门艺术。1954 年《人民美术》改名《美术》，《哲学研究》《历史研究》这年创刊，《人民日报》这年夏天发表社论《提高文艺干部的政治修养和艺术修养》，胡乔木这年对《连环画报》提出要增加古代历史故事的题材。1953 年下半年华东局宣传部匡亚明副部长向美术出版社负责人谈话，说是《工农画报》销路听说不好，名字叫工农兵，工农兵并不欢迎，你们还是战争时代的老观念。今天冷静回想一下，上世纪 20 年代起连年军阀混战，北伐战争后，十年内战、八年抗战，直到 1953 年抗美援朝停战为止，1954 年才进入正式的和平建设新时期，一下子也就呈现欣欣向荣的气象，这也是由"美术工作者协会"改名为"美术家协会"的时代背景。

若干年后，"美协"作为培养"三名三高"的温床，是来自十七年来又粗又黑的文艺路线，批判、声讨的声势是巨大的，斗争的火力是猛烈的，时间长达十年以上。有位名画家在"牛棚"里一有空就用仅有的铅笔模仿毛泽东草书，一点点地勾描出多张毛主席诗词，被训斥为"你没有资格"。许多画得好的老画家都是不署名的，所画出来的画今天看来还是十分认真精细，并且有浓厚的艺术品位。而在 1940 年后出生的青年人，能顶住时尚，钻入艺术之中，深究其堂奥，今天大都成为美术创作中的骨干、中坚力量。

我们都生活在祖国的大家庭里，现今所提出的社会主义核心价值观当中，24 个字 12 个组词里有一词是"敬业"，当年许多美术家和青年美术家心中，热爱美术事业，打破迷惑，坚守岗位，这不就是一种固有的敬业力量在起作用吗？若把劳动当做是乐生的需要的话，凡属劳动，不论体力脑力，敬业不敬业，效果是不一样的。

劳动的成果是为了满足人们物质的欲望。先贤孟子说"可欲之谓善"。他又表示，善加上诚信，就会走向到"美"，亦即"充实之谓美"。这应是我国早期美学的源泉和精神。作为一名老会员，拿自己和许多新老会员作比，敬业精神就差许多。

（以上是纪念上海美协会成立 60 周年大会上的发言，因到会人多，发言须简明，现将删除原句重新补充）

2014 年 4 月
刊于 2014 年 6 月《连友之声》

"学习型"召唤下的臆想

一、学习型

未来的社会将走向"学习型",不仅有一个"学习型"政党带头,最后推广到人人热衷学习,从此进入比现代化更现代的社会。自古以来"求知"始终是人类赖以进步的动力。

"一放就乱、一抓就死",好像大家都经历过。经济如此、政治如此,其他也如此。今年1月胡锦涛主席访美前夕答复记者有关政治体制改革提问时,说要"与人民政治参与积极性不断提高相适应"。"政治参与"就是"关心国家大事",45年前有过"你们要关心国家大事"的号召,350年前清初学者有过"天下兴亡,匹夫有责"的名言。"不断提高"指不可能通过几次运动就解决,"不断提高"是指共同觉悟的一个较长过程,它表现在规律探知上、道路认同上、学习自(民)主上。

"学习型"的社会里,首先有"学习型"的政党,"教育者本人一定是受教育的",故绝非"训政",不能"填鸭",人们普遍养成由感性上升到理性的思维习惯,都善于去粗取精、去伪存真,从而也自觉做一个大写的人。

二、信念

做了共产党员,心中应坚守马列主义。第二国际否定列宁,而中国人亲身长期摸索,终于通过十月革命才接受马克思主义,深切感受了列宁多次支持中国民主革命、帮助中国共产党建立、促进国共合作,以苏联初建时微弱的经济、军事、干部力量无偿地支援上世纪20年代中国革命的大量事实。没有列宁,中国几十年革命进程很难想象。苏联解体和十月革命的历史关联,都期待有严格理论上的科学界定。我在极有限的阅读范围里,知道没有哪个学派能代替马克思主义的原理,自视为放之四海而皆准的理论。所以奉为理想,有了信念。

三、十七大报告

党的十七大报告说："只有社会主义才能救中国，只有改革开放，才能发展中国、发展社会主义、发展马克思列宁主义。"短短几十个字，概括了历史、现状和未来。

改革开放的目的是建设社会主义，"贫穷不是社会主义"，富裕正是构成社会主义本质的一部分，但富裕和社会主义两个词不能画等号。发展是第一要义，要求"全面"，是因为比起经济发展，"人的全面发展"属于更广的目的诉求；要求"协调"，是强化执政党的主体能动力量；要求"可持续"，是避免资本主义经济危机周期定律的干扰。"以人为本"在哲学上区别于"以物为本"的实用主义；在经济运作中区别于拜金主义或 GDP 至上；在道德价值上显示共产党除了人民利益外无任何私利。

四、中苏差别

1991 年 9 月间旅游于川北时，夜宿小旅店，清晨听到新闻联播说是列宁格勒改名圣彼得堡，使我大吃一惊。这天下午到了名叫罗文坝的地方，镇政府门前竖着一块新刷好红漆的"列宁万岁"大石碑，原是 1933 年红四方面军 30 师立下的。以后旅途中一路思考，终于想出三条：一、联共（布）建党于 1903 年，1917 年取得政权，中间经历 14 年。中国共产党建党于 1921 年，1949 年取得政权，中间经历 28 年，时间超联共一倍，积累了多一倍的经验，培养出更多的忠诚干部。二、苏联革命战争加卫国战争共 7 年，中国革命战争 22 年（不包括北伐和抗美援朝），时间超联共 2 倍，具有更加旺盛的战斗力以及拒腐防变的能力。三、统一战线为中国革命三大法宝之一，党外同盟力量超过苏联，民主人士和华侨热爱祖国，这点为苏联所缺乏。所以，我的结论是中国不会走苏联的路。

西方许多政界人物、评论家、学者断定社会主义必将消失，李登辉预言 6 年后中国必大乱，将要分裂为七大块。国际上出现强势的反共逆流，有关资本主义制度以其意识形态如何美好永恒的舆论压倒一切，如今竟又惊呼"中国威胁"。

五、对抗和共处

很早，列宁预言"斗争底结局是取决于这个情况：俄国、印度、中国等占世界人口底极大多数。"

20世纪40年代中期到60年代中期为止，社会主义革命运动进入高潮，三大洲出现好多社会主义国家，人们赞美"中苏团结、无敌于天下"，这不是很好吗！然而好景不长，中苏分裂、甚至越南和柬埔寨两国居然兵戎相见，这是大家都不曾预想过的，也证明凡是美好的理想总会遭到大曲折的。当苏联自称为发达的社会主义国家时不曾料到自己的国家后来被列入"金砖四国"之中。今日的世界格局不是两大阵营对抗，而是发达国家和发展中国家共处，是矛盾对抗的另一种新形式。至于"对抗"何以演变为"共处"？有何内在规律可寻？有何前景？这只能靠深入学习探究。因为二战后独立的前殖民国家，依《新民主主义论》一文的前景，不可能再恢复到19世纪资本主义上升时期的途径。

六、不称霸

代表自然科学高峰的哥白尼、代表人文科学高峰的达·芬奇以及发现新大陆的勇士哥伦布三人，都是生活于同一时期的杰出之士。从这一时期起，人类社会打开了近代资本主义新世界的大门，继承了奴隶主、封建主国家互相争霸的旧格局，凡成者为霸，败者则依附霸主，五百年来五易其主、各领风骚：西班牙、葡萄牙（16—17世纪），荷兰（17—18世纪），英国、法国（18—19世纪），德国、日本（20世纪40年代前），美国（20世纪40年代后）。

中国受霸权国家长期压迫，所以在1953年冬起和印、缅共同倡导和平共处五项原则。20年后，中国宣布"不称霸、永远不做超级大国"。本世纪初，提出建立和谐世界。这三次宣示前后一贯，基于一个理念：社会主义国家不会侵略别国。换句话说，凡侵略别国、有称霸行为者，不能算是社会主义。

上世纪30年代，中华民族到了最危险的时候，国民唱响了"大刀向鬼子们的头上砍去""抗战的一天来到了"，这反映全体人民的心声。当时谁要是提出和平，必为国人、世人共弃。经过长期斗争，中国人民翻身当主人，历经艰苦创业，成为独立、强大的国家。曾经压迫过中国的殖民主义者今又制造"中国称霸论"，好似"恶人先告状"，是以己之心度人之腹的旧思维以及惯用法术，若有个别中国人因而沾沾自喜并流露出一些低俗意识，那就只能归咎于学习不够。

七、反思

共产主义六条标准：一为生产大发展；二为道德大提高；三为公有制完全替代私有制，四、五、六条分别为三大差别的消失，实即前三条的结果，现只探究前三条的现实经验。

1956年初第三条已初步实现，如何走下一步？八大决议表明解决第一条，一年半后的八大二次会议决议改为解决第二条，即完成政治思想战线上的社会主义革命，必须政治挂帅。"文革"时期提出"改革教育、改革文艺、改革一切不适于社会主义经济基础的上层建筑"，因为，政治思想属于上层建筑，道德也是上层建筑。

经历从"反右"到"文革"20年的实践，证明用大民主的办法是过急，天下大乱没有达到天下大治，恶的势力乘机出来，且有"道高一尺，魔高一丈"之势。仍是那句老话：马克思主义的胜利，迫使敌人装扮成马克思主义。1978年十一届三中全会决议提出全党恢复以经济建设为中心。若再动摇这一决心，又会"折腾"。

不论提出政治挂帅也好，以经济建设为中心也好，作为上层建筑的道德缺失，非一时就可解决。孟子曾论及人性与兽性的差异，提倡"人性善"；宋儒提倡"灭人欲"；明儒提出"致良知"。这些先辈没有认识到道德是一种受经济基础制约的上层建筑，所以说他们的学说不科学。硬要强制人民群众改变旧观点，不可能。在"学习型"的大环境下，人人都参与认真总结出社会主义建设的规律、共产党执政的规律、人类社会发展的规律，亦即"反思"。

八、何以崛起

中外人士都在问：为什么中国崛起这么快？简单的、朴素的、直接的回答，只有一句话：由于共产党的领导。这基于：一、随着马克思主义的日益普遍化，已产生了俄、中等国新社会制度；二、随着殖民体系的瓦解，后发展的原（半）殖民地国家如中、印诸国社会获得发展，成为不可阻挡的潮流。

新中国摸索了四五十年，终于走上快车道。今天提出加快转变生产发展方式，要消除供给国际廉价劳动力的状况；改重视出口为重视内需、改生产粗放产品为生产高科技产品、改资源浪费型为资源节约型，这看似生产方式，也是生产力问题。转变的动力在于自主创新，关键在科技创新。每个企业高度重视作为生产主体的包括体力、脑力的劳动者，从他们当中培养优秀人才，让大家热爱技术、追求创新。把劳动视为"乐生"第一需要，当作为国家、为集体、为个人的自觉追求，在知识的海洋里探索探索再探索，在劳动的天地里创新创新再创新。

2011 年 2 月

刊于 2011 年 6 月上海人民出版社出版的《岁月见证》

思而不学散记十二篇

一、求知是动力？

2011 年初，上级机关向退休职工征文。我写了《"学习型"召唤下的臆想》，和九十篇应征文一同采用了。

文中提到："未来的社会将走向'学习型'，不仅有一个'学习型'政党带头，最后推广到人人热衷学习，从此进入比现代更现代的社会。自古以来，'求知'始终是人类赖以进步的动力。"

当时断言：求知是人类赖以进步的动力。过后琢磨一下，这话对吗？会不会犯"唯心"的毛病？先经过推敲仍认为没错。人类区别于兽类，不就是多一个"意识"吗。凭这一点，人类逐步自觉地产生了有"目的性"的活动，也即是为改善生存环境的劳动。于是有巢氏出来了，改善了居住条件，燧人氏出来了，改善了饮食条件。一是人有了头脑，二是人善于劳动。这就区别于所有动物从而组成完整的社会。人已不是自然人，更是社会人，社会本身促使人们为了进化而求知。

"求知"就是探求知识，而无数知识的概括的总和的核心，都可归纳为"规律"，"千规律，万规律"，人们多记得经济学家孙冶方用过的话。上世纪 70 到 80 年代之交，几位开国元老创造了另一词句"摸着石头过河"，也不外是探求规律，敬重规律。规律是"自在之物"，或可做此理解：西方叫理性，中国叫天命。15 世纪以前的人，谁也不知道自己所站立的地面是个球体，以为太阳绕着地面转，直到出现了哥白尼，才确认到地球是个球体，是地球绕着太阳转，从此找出这一有关地球的"规律"。康德是哥白尼以后的哲学家，他认定有这个自在之物，或谓"物自体"。大家评判他是唯心论、先验论者，有的说他是二元论者，但总觉得康德把"物自体"分为"可知"和"不可知"两种，该是了不起的贡献，人类花了几千年，终于对地球的认识能达到"可知"。可是对于地球以及包括地球以外的天体，我们究竟"知"了多少？岂不还是处在"不可知"的状态吗。古话说得好："吾生也有涯，吾知也无涯。"就像对待绝对真理和相对真理二者关系一样，外界事物广漠无际，稍得到些知识，就以为自己全知全能，这是不可能的，仅仅符合孔夫子一句话的前半句

"知之为知之"；反过来，当发现外界事物不符合自己预想，就以为这个世界太复杂了，实在不可知。前一种人太过自信，后一种人太缺自信。因此第一，要承认世上有真理，人人经过探求可以达到认识真理；第二，在探求规律中，承认尚处于孔夫子的那后半句话"不知为不知"的状态，并且鼓起勇气继续探求。

曾经清醒表示过"吾知也无涯"的庄周，却主张"清净无为"。相反，当今中国人在全球社会主义形势进入低潮时，从党的领导人到广大群众一致要求"有所作为"，只有"有为"二字才符合人的本性和本能，找回自信。

康德把意识活动严格区分为三：

1. 人能够认识到物自体的一部分，简称"知"，他为此写了一本《纯粹理性批判》的书，主张对事物规律能有界定。

2. 人依照意志去活动。他从判明"人是目的"而确定人的活动都具有目的性，简称"意"，他为此写了一本《实践理性批判》的书，是对人类利益追求的界定。

3. 人都具有美感，美感是无目的的愉快，又是无概念的判断，简称"情"，他为此写了一本《判断力批判》的书，使知意情和真善美的三大追求相对应。

我从事的专业（美术服务），常牵涉到一个美为何物的根本大问题，在退休前后，正当国内兴起美学热，开始阅读康德的个别著作，觉得康德是具有深刻见解的人。怪不得说，马克思思想三大来源之一出自德国古典哲学，过去只简单知道有个黑格尔和费尔巴哈，实不知这些先辈中更早的是康德。

二、"善"是满足人的需要

但是，再反复推敲，说"'求知'始终是人类赖以进步的动力"，还是非常不妥。人类进化史总以经济发展即古语"衣食足"作为社会存在的动力，否则会不知不觉地堕入19世纪前中外各思想流派内的唯心史观某种派别之中了。

1942年6月中旬时节，从上海踏入敌后根据地的土地上，初来的我们都被安排在一个招待所里住下，也就在这几天，刚刚调离的前盱眙县余纪一县长也住到这里，他很愿找我交谈，有次他谈起新近发表的文章《人的阶级性》时说，"少奇同志这个提法好，几千年争论不休的人性善人性恶，被他一句话全解决了，阶级性么！"我听了非常佩服，影响至深。

1944年的整风学习班有八个月时间,所规定学习22个文件中,集中在《论修养》《反对自由主义》两篇。经反复阅读、逐条讨论并对照自己,因而对每人自身残留的非无产阶级意识逐渐有了比以往更多一点的认识。整风学习是政治立场和个人情感上"由一个阶级到另一个阶级的转变",也就是"脱胎换骨"。从马克思到列宁,总是力求工人阶级觉悟不断提高,而党性是阶级性的集中表现,整风的目的不外是提高党性这一点。

　　《论修养》有一小段是专论个人主义意识的几种表现:一为个人享乐主义,二为个人英雄主义。此后多年,总是以此标准反省自身的不足。1957年全国反右运动时,从理论上分析"右"的根源就是个人主义。《论修养》全文很长,其中引用孔孟言论约有十多处,后来为什么说它是"黑修养"?仍值得深入探讨。

　　孟子是明显的唯心论者,他主张人性系天然生成、原本善良。因为人人都有恻隐之心,羞恶之心,恭敬之心,是非之心,在《孟子》一书中已经反复说了好几遍。近日随意翻阅《孟子·尽心下》里面,有人问孟子何谓善,孟子答"可欲之谓善……"这五字突使我眼前一亮,啊!"可欲"是什么?极想知道。我没学过古文化,也没有《孟子集注》这类如朱熹注的《四书》,便到附近新华书店里去找注释本,那"可欲"被注为"值得喜欢",仍不感满足。家中恰藏有钱穆《现代中国学术论衡》一书(2001年,生活·读书·新知三联书店版),书中第266页针对这几字有评语:"……人莫不有所欲,然有可欲,有不可欲。其在物者,如饮食、衣服、宫室、车马,其可欲程度皆有限。过此限则不可欲不为善,而为恶矣……人之所欲在人世界,更亲切深密于其在物世界……"(此文后即转入批评人民公社,应写于数十年前)

　　孟子接着"可欲之谓善"说下去:"有诸己之谓信,充实之谓美,充实而又光辉之谓大,大而化之之谓圣,圣而不可知之谓神"。一下对善、信、美、大、圣、神六字都作了定义。

　　新中国成立初期,梅兰芳在《戏剧研究》创刊号写过文章,要求戏曲演员在艺术修养上以"会、通、精、化"四字作为逐一提升的过程。在一个房间办公的画家赵延年,当即赞叹这四字的含义,中国画论中也多以"能、妙、神、逸"四品作为画评的尺度,十多年前画家刘旦宅在《文汇报·笔会》为文,称自己的画为"能品",深信他绝非过谦,而是严格要求自己的流露。中国传统上具有一贯的"天行健,君子以自强不息"的精神追求,孟子也早就喻示出君子自强的途径了。

　　因此中国艺术强化品位,"人品高,画品不得不高",实是对"内圣"那么一种精神境地的不断探索，如称王羲之为"书圣"、张旭为"草圣"、吴道子为"画圣"、杜甫为"诗圣"……。今天人们爱讲"艺术内涵""内美"，单纯从美学领域来说，自会触及到"充实之谓美"这一命题。

"充实"的进一步是"大"，再进一步（大而化之）是"圣"。再进入（不可知）的神秘境界叫"神"。孟子这一小段话，原涉及"善"这一字意，他要表述的是杰出人物也包括奴隶主或封建主如何一步步修炼的过程。在他看来，善、信两种品格尚属初步要求，"有诸己"指人与人之间互相为善、互相信任，并走向文明的过程。凡巧言令色者、违反承诺者，即属失"信"，善良者诚信者就是老实人。我们以前每逢政治运动时，先强调"百分之九十五以上的干部是好的和比较好的"。这也基于群众（包括广大干部）原属"真正的英雄"这一客观的事实，这也理解了"修己"才能"安人"，老实人数量总是绝对多数。当"善""信"两特质互为充实，自会产生一种"美感"，亦即康德所认定的、有别于真（理性）善（道德）的第三种意识活动了。再后面一连串三个字义应是人格（品）修养的高峰和更高峰。今日说来，该是指比精英层次更上的、少有的，能领导群伦的圣人贤人、万古流芳的人。

孟子后世传承者大声疾呼"灭人欲"的欲字，当属不可欲的"欲"，也就是"恶"，所以"勿施于人"。而古来的"人欲"，总首先是人类生活的物质需求，是起码的衣食住行。有钱有粮的富人，施粥给没饭吃的穷人，这叫做"善人"，美国最富的煤油大王、钢铁大王、汽车大王，都办起了慈善事业，也被称"善举"。在市场经济新时代里，资本家开工厂，到处推销产品倒是"己所不欲，务施予人"了。毛泽东批评彭德怀抗日时期劝告国民党用"己所不欲，勿施予人"这八字过于软弱，政治上显得右倾。但正可证明"欲"仍属人类物质需要。

孟子又说："天下之言性也，则故而已矣。故者，以利为本。"（《孟子·离娄》）善和利两个概念，又一次被他合在一起了。因而，"性善论"可否用唯物角度认识并改造它？

为了慎重，避免望文生义，于是又找懂电脑的小辈帮我上网查询，又请教了有文科知识的老友、学者及名哲学家。经过反复推想，觉得找到一把开通"欲"与"善"、"善"与"美"间的钥匙：

• 可欲之谓善，"可欲"就是能满足人在物质和精神上都需要的利益和感情。

• "美"既被认为是"善"的"充实"，那么，美就不仅是一般地满足需要，而且是更丰富地，更充实地并且很配合地满足需要，所谓尽善尽美。美成为"善"的延伸和提升，才能达到精神境界的出神入化状态。孔子比较韶乐和武乐，好像把美置于善先，孟子则把善置于美先。

· "有诸己之谓信"，"信"指确实保证其所欲之事物能推己及人，（每日三省吾身：与人谋而不忠乎，与朋友交而不信乎……）既然是"巧言令色鲜矣仁"，则凡浮夸、阿谀（俗称吹牛拍马）之类都违反"信"，缺乏诚信内涵的艺术品，必定失去美感。那末，缺乏诚信的政治人物都只可视为政客。

· 人性的根基既在于利，故不存在抽象的人性，有任何阶级的社会中，人性总带阶级性。

三、读《关于费尔巴哈的提纲》

《关于费尔巴哈的提纲》这篇短文写于 1845 年（鸦片战争后 5 年），这时作者马克思才 27 岁，只有他在思想发展史上做出空前划时代的巨大贡献。个人从中体会出四个要点：

一、存在决定意识；

二、实践是检验真理的标准；

三、教育者要受教育；

四、哲学不仅解释世界，还在于改变世界。

经分别探究，个人认为：

第一点：是宇宙本体。物质第一性，是无可超越的真理。

第二点：只承认存在决定意识是旧的、不彻底的唯物主义，还必须承认意识对存在的反作用，而带有人们主观意识的行为便是实践，这里所说的"人"，是社会的主体。自古以来的史实证明，"人"通过劳动才创造了世界，凡属生产斗争、阶级斗争、科学实验都是人的长期实践活动。黑格尔首先将人类长年意识活动中形成的内在种种法则、规律，当做"精神现象"或"绝对精神"。他这一论证，为马克思视作物质运动，实践才不断证实着客观存在的真理性。在人类自身修正错误中完善真理，永不停息。

第三点：在社会总体中，民主、自主二者统一，"三人行必有我师"，群众是真正的英雄，故在意识领域中不断破除劳心者治人的旧习。领导者始终要和人民打成一片，践行不耻下问，凡高高在上者必失去群众信任。

第四点：人在认识上能解释世界，也在行动上能改变世界。这是马克思哲学伟大的发展，解决了自古以来有关知行关系的争执，使二者合一在认知中，合一在实践中。哲学既然能解释世界，所以最先进的工人阶级把哲学当作精神武器；哲学既然能改变世界，所以工人阶级又把哲学当作物质的武器。读小学时，校内有块白墙上书"知难行易"四个大字，这是在上世纪20年代末期国民党取得政权后所宣传的三民主义口号之一。现在看来，中山先生力求把知、行二者区别于何易何难，是一种很实用的（为鼓吹革命）哲学思想之一。他列举了日常生活、用钱、饮食、作文等共十例，驳斥"知之非艰，行之维艰"的古说，认定王阳明的"知行合一"之说"无补于世道人心"。也导致了国民党革命的不彻底性。

对于知行关系，唯心论的著名哲学家王阳明有"四句教"："无善无恶心之体，有善有恶意之动。知善知恶是良知，为善去恶是格物。"在宋明理学系统内的程朱理学已成为后世清代统治者大力推行的官方哲学，而力倡"心即理"的反程朱理学的王学却被后世公认为思想解放。它正是传承孟子心性之学而发展为"致良知"（知善去恶）的学问，也是现实生活中不可抗拒的反封建求自由潮流的折射。再传到乾嘉时代的戴震，有了"理学杀人"之说，成为"五四"先河，是可贵的"民主性精华"。故在贯彻知行合一、即知即行中，反对知而不行的教条主义和反对行而不知的经验主义。

孙中山晚年真正认识到"革命尚未成功"，是他知行观上的一大改进。纠正了他原来认为王阳明知行合一说为"无补于世道人心"；因而才竭力提倡"能知必能行，不知亦能行"以及"有志者竟成"的主观主义。（见1956年人民出版社《孙中山选集》上册第104—185页）新近童世骏也指出胡适少谈主义多谈问题的实用主义和经验主义极相似。（见《文汇报》2016年5月27日）

四、资本——恶魔暴富

在选择职业时，我们应该遵循的主要指针是人类的幸福和我们自身的完美。不应认为这两种利益会彼此敌对、互相冲突，一种利益必定消灭另一种利益；相反，人的本性是这样的：人只有为同时代人的完美，为他们的幸福而工作，自己才能达到完美……（引自《资本主义与现代社会理论》，[英]吉登斯，上海译文出版社2013年版，第3页）

这是谁说的？是马克思在中学时代的文章，他这时的主张似也可解读为：自己之所欲，别人之所欲，双方要寻找共同点。

群与己的关系，确是根本大问题，在严复翻译的大量西方人文科学名著之中，有一本叫《群学肆言》（斯宾塞）的书，我没有读过，但顾名思义，"群己"二字是历来当做专题深入研究的。

孟子在群己关系上，首先重视的是己（寡人）与群（民）的关系，亦即民之所欲与君之所欲如何寻求共同点。为此他在梁惠王齐宣王面前都大讲"与民同乐"的道理，这种思想一直发展到北宋，范仲淹也重复了"先天下之忧而忧，后天下之乐而乐"这两句话，在我们中国已象征为极具威力的道德框架及政治伦理。

　　鲁迅回忆他的青年时代，一面吃着花生米，一面看《天演论》，说这是他很快乐的时光。现代人谈起《丛林法则》的威力，也还没有办法改变它。的确，从有史迄今，群己关系总是充满了矛盾以致剧烈到以战争寻求解决。只从秦赵二国长平一战（公元前262年），秦就活埋赵降兵四十万，至于南京大屠杀，奥斯维辛集中营，这种残酷的人性大恶还都出现在百年之内。或曰，丛林法则也显示出：由动物进化到人，再进步到人的全面发展时，可否进入彻底消除兽性，那也只有使消灭战争的力量绝大于战争力量，战争的反动性用战争的正义力量来消灭，而任意使用力量去称霸，又是正义力量的变质与堕落，史上屡见不鲜。

　　马克思的青年时期早已存在社会主义这一新兴思潮，所以在《共产党宣言》全文中，专用大部分篇幅分析当年存在的四种"社会主义"：封建的、小资产阶级的、资产阶级的以及工人阶级的但又不成熟的社会主义。从中我们不难想象出两点：一、"社会主义"已成为当年流行的时髦名词。二、资本主义正在迅猛初起时，就引起社会各阶层人士的不满，以致产生种种"怀旧"的情绪。

　　2006年，我画了一幅《昔日有个三大贤》，在画面上写了一段文字，借以说明空想社会主义者当中一个思想家圣西门的背景："圣西门年二十余，少投华盛顿麾下，立战功而拒受勋。目睹金钱泛滥，贫富悬殊，遍地欺诈，遂倡社会主义……"

　　在阅读西方美术史有关史册时，知道英国曾出现一个称为"拉斐尔前派"的画家群体，一直不曾想过是什么原故。现在，又看到报刊上介绍这一派别，联想这一画派是否也是借着"怀旧"、用文艺复兴以前的艺术来否定当前的社会现实？这个画派成员的三人中，亨特生于1827年，罗塞蒂生于1828年，米莱斯生于1829年。在他们之前，也曾有过名叫布朗的画家，三人对他都很推崇。他的一幅作品《劳作》中，画面里就出现了有名的社会主义运动领导人摩里斯。布朗只比恩格斯小一岁，余三人也只小七八岁，基本属于同时代人。

　　早在17世纪前半期，正当中国明末清初之际，英国开始盛行手工作坊，雇佣工人，生产市场所需的产品，并获得利润。这时生产力提高的关键不在于技术，而在于分工，在集体劳动下的分工，生产率往往更高，质量更好，市场自然也扩大了。厂主获得更多的利润以后才迫切需求技术的革新，优秀的科技人才应运而生，终于发生了加速生产力的第一次工业大革命。牛顿的地心吸力学说以及瓦特的蒸汽机发明都出现于这时期的英国。从此"资本"这一人类历史发展中所产生的新物种，不仅开始大力增产，而且还能竭力增值，它迅速冲破旧的生产关系，也摧毁旧观念旧道德。

生产品成为商品，性质变了，生产者为一方（包括工人、资本家），不再像以往广大农村自给自足的小生产那样，生产不是为自己的生活需要（己之所欲），而是为市场（别人之所欲）。商品原具有两重性：一是使用价值，二是交换价值，正当封建社会解体之时，劳动力得以自由买卖的机会成为可以交换的商品。劳资双方的人格也从封建时代的人身依附关系，一变而为平等关系，这就是近代资产阶级学者津津乐道的"平等""自由"属于普世价值的由来。

工人可以"自由"地出卖劳动力，正当日新月异，不断创造发明的新产品与工资同样低廉之时，那么扣除应付工资的其余所得就叫"剩余价值"。关于"剩余价值"这门学问原来不懂，是在我读高中时，学校的训育主任孔另境老师，在课堂上一点一点的详细讲给我们同学听的。

可见，"利润"是表面现象，而剩余价值才是真正的秘密。它并不是马克思的经济学前辈如亚当·斯密、李嘉图所发现的，而是马克思通过深入研究的成果。资本主义生产的目的是什么？就是财富的增值，就是利润，因而必然是不断地追求增值。直到约摸百年之后，斯大林在他写的《苏联社会主义经济问题》中仍是再度重复这一不变的规律：资本主义生产的目的是追求利润；相反社会主义生产的目的是为了满足人民日益增长的物质与文化需要。也正是在这一意义上社会主义成为古代"善"性质上的复归，是辩证的复归，也是消除资本恶魔的复归，意味着凡是贫富不均、分配悬殊即属社会之恶。这就是终于被认知的规律，也规定着今后社会主义制度下的中国经济发展的目的应是什么。古典的经济学家力图解释人类社会之恶，提出道德情操，马克思的科学性就在于揭露宗教的麻醉本质。

中国汉代就有了"富者田连阡陌，贫者无立锥之地"的描述。盛唐诗人杜甫有诗句"朱门酒肉臭，路有冻死骨"。马克思一生大部分精力都用在批判假社会主义亦即无政府主义，实质亦是民粹主义。正当西汉东汉之交，西方宗教领袖耶稣诞生，他留下的名句：富人要进天国，比骆驼穿过针眼还难，他终于被钉死在十字架。可见人们已充分认识到社会上长期存在财富分配不均的普遍现象，因此马克思说过阶级斗争并不是他本人的发现，马克思只把这一现象当做私有财产制度下所有权关系的表现。

上层建筑与经济基础二者的关系，自古以来表现在国家权力上。人类生产有了剩余，私有财产和家族才相继产生，由原始共产社会逐步转化为阶级社会，掌握私有制财产权的阶级也掌握着新产生的"国家"。古代传说的美好的"天下为公"本是"大道之行"；而"大道既隐"，到"天下为家"之时，权力则由掌握财产私有权的某些富有阶级所有，"大道"因此被视为天经地义的转化。"国家"总是统治阶级的工具，"政权"总是阶级的专政。总要保护富有者的财富，马克思的经济学，被他冠名为"政治经济学"。列宁名言：政治是经济的集中表现。马克思说过自己不曾发现阶级斗争的学说，他的发现是由于阶级斗争才导致无产阶级专政。他确定只有经过无产阶级的专政才会导致阶级的消灭，此后"国家"终于自行消亡，这便是共产主义社会的到来。而作为共产主义初期阶段的社会主义国家，必须坚持满足人民日益增长的物质的、精神的需要。国家权力必须紧紧地掌握在无产阶级手中，才能确保生产的目的是为人民。但是这个新型政权的真正转型，通过苏联十月革命至今已近百年，回顾以往，经验太丰富了，给予今后的启示太珍贵了。马克思学说一产生，从列宁到毛泽东的几代领袖们，一直为着《国家与革命》这本巨著的主题，这一极具要害的主题，来捍卫它的必然性和必要性，向无政府主义和民粹主义展开无情的批判。迄今资产阶级的学者无不在这一领域中展开顽强不止的挑战，一切广大善良的劳动群众还受到挑战与欺骗。

五、回顾艰辛历程

18世纪七八十年代起，先有美国和法国政治剧变，欧陆各国相继变革。中国没有产生剧变的内部条件，相对平静。打破这一平静，非出于自身，而是外力影响，这外力乃是一种新的经济力量，亦即商品输出运作的结果：各国必须通商，你不干不行。商品输出一如巨浪冲击，又如大军压境，强制到你身上。中国国力未必不强，西方也未必有战胜把握。鸦片战争之前，英国国会以微弱几票通过决议向华出兵，战争的性质已全然不同于几千年来反复不断的少数民族入侵了。

1840年到1864年的24年间，中国发生另两件大事：一是太平天国革命，承继了两千年来农民战争传统，它具有几种类型：1.朱元璋变质为地主政权，黄巢部将朱温当上五代首位皇帝。2.宋江受招安，成为"投降派"；黄巾为曹操收编；程咬金瓦岗军加入地主武装，经数十年打击豪强，造成盛唐景象。3.闯王、赤眉、张楚（陈胜吴广）均被消灭，太平天国也属之。二是英法联军继鸦片战争再度入侵北京，火烧圆明园，咸丰皇帝出逃。战后清王朝遂出现因镇压太平军有功而勃兴的曾、左、李为代表的洋务派与保守派间的对立，洋务派特点在于"器"，一是从实用主义出发，大力建造兵工厂、钢铁厂、造船厂、招商局；二是由机会主义出发，采取"以夷制夷"的对外政策，李鸿章甚至取得世界政坛三杰之一的美名。80年代法国入侵，中国没有打败，反而出现了像刘永福（有农民军色彩）、冯子材、刘铭传（李鸿章嫡系亲信，曾任十年台湾省巡抚）有政绩的英勇战将，但清政府还是和法国签订了不平等条约。从19世纪60年代到90年代的一段时间，史称"同光中兴"。张之洞综合中国儒学传统以及洋务派的"器"提倡中体西用的学说，目的在于延续封建道统，但他和保守派也有很大距离，他的人品公认为比袁世凯好，时人评袁世凯不学有术，张之洞有学有术。袁世凯最大本领是既取得康有为、谭嗣同的充分信任，又能取媚于当朝权重的西后。孙中山一见面立刻将政权交给他，宋教仁至死对袁感激涕零。可见"选贤与能"极不易，该长期警惕。

甲午惨败大出朝野意外，国际舆论原预测中国军力超过日方而能取胜，但竟然以惨败告终，历经鸦片战争、英法联军之战、中法战争三次大失败都没有引起中国人的醒悟，终于经过长年沉寂而在甲午后觉醒了。这是真正的大觉醒，并从此一发而不可收，两种巨大力量随之兴起，一是康梁维新派，二是中山反满派，焦点都对准了政治制度（而非"器"），革命思潮跃成主流，章太炎、邹容以及南社诸人，成为风云人物，而以徐锡麟、秋瑾、谭嗣同为首的戊戌六君子的慷慨就义为世人共仰。也出现了刘师培、袁世凯为人所不齿的现象，可见革命已占领了道德高地，所谓"得民心"。八国联军之役后，清政府也被迫采取一些立宪措施，比如废除了已行千年的科举制，各省设民意机构，只因收归铁路国有那样一个偶发事件，在武昌新军中发生起义，各省地方政府纷纷响应，短短不到三个月内建立了南京临时政府，统治近三百年的清王朝迅即结束，新的中华民国政府宣告成立。几千年的帝制被废除，虽也经袁世凯、张勋两次复辟，但都很快失败，一切证明中国革命的大潮开始形成，迅变为强，势不可挡。这距甲午战败不过十七年。

列宁高呼"先进的亚洲"，他如此评价中国的辛亥革命："中国人民革命斗争底世界意义，是因为这个革命将使亚洲获得解放，摧毁欧洲资产阶级的统治。"(《俄国社会民主工党普拉格代表会议决议》文字草案，1912 年 1 月）作为中国人，今天我们仍回想列宁的高度热情。

列宁又说"西方的资产阶级已经腐化了，它面前已经站着它的掘墓人——无产阶级。而在亚洲却还有能够代表真正的、战斗的、彻底的民主主义的资产阶级"。(《涅瓦明星》17 期，1912 年 7 月）这便是列宁最伟大的地方。

这时中国各阶层人物仍然没有从世界总体形势来认识中国问题，没有认识到西方资本主义势力系中国社会前进阻力，所以辛亥革命也并没有改变中国人受奴役受压迫的悲惨命运。从鲁迅小说中所创造出的典型人物阿 Q 可以看出，这个最下层的劳苦农民阿 Q 是欣然接受革命的。但是革命没有带给他们摆脱掉受迫害受欺辱的命运。也正因为阿 Q 精神的存在，鲁迅另一小说《狂人日记》再度揭露出"人吃人"这一深刻的社会命题，和王阳明心学系统以迄乾嘉学派代表人物戴震所说"理学杀人"又何其一脉相承。

国外革命领导人列宁和国内伟大思想家鲁迅的心是相通的、契合的。是社会主流思潮演变的前奏。《狂人日记》写于 1915 年，是辛亥革命后四年，五四运动前四年。此时主流思想已与爱国运动相融合，演化到日后"五四"的真实状态。为了革命和底层大众相结合，为了壮大革命力量，"白话文"的倡导便成为必要，它是反对封建势力的手段和工具。

又是这个日本帝国，密谋和袁世凯结合、签订了二十一条，竟在一战结束后的"和会"上被公开揭露，迸发出全国以青年知识分子为主干的愤怒狂潮，兴起前所未有新文化运动，鲁迅成为新文化运动的伟大旗手，绝非偶然。

"一战"充分暴露了帝国主义的丑恶与弊病，正如列宁断言，资本主义早已腐化了，即使当年中国著名政界、知识界的风云人物和康有为、梁启超去欧游中已充分表示出迷惑、苦闷和失望，孙中山在他著名的《总理遗嘱》中有了明确的新认识：1. 必须联合世界上平等待我之民族（指新生的苏联）。2. 必须唤起民众（重视工农大众）。反衬出孙中山比康梁更接近革命真理。

科学社会主义即马克思主义终于能在俄罗斯、中国这两个大国取胜，成为人类历史上极重大的事件。上海电视台的《宋子文》纪录片中，记述宋子文和他的二姐观点相近，他本人也曾在西安事变中起了很好的作用，虽然三番两次受了蒋介石的侮辱和训斥（被蒋打过耳光，再被喝令"滚出去"），但终不敢下决心和蒋决裂。他原在左派国民政府担任财政部长，由于他在美国受过教育，所以被共产党发动的工农群众吓破了胆。即在共产党建党时期，十二个代表当中的陈公博、周佛海这二人即刻脱离共产党不说，李达、李汉俊这两个一大代表也只想把共产党当作一个学术研究团体，没有下决心和真正的工农结合，投身到群众中去。陈独秀、张国焘这些曾经煊赫一时的领导人也在运动大潮中相继被淘汰。能够使历史并不长久的中国共产党屹立于全球，根本原因在于真正以行动而绝非停在口头上坚持联系工农大众。（古文化有何基因在起作用？另为值得研究的深刻课题）为什么欧洲各国的工人阶级政党在联系群众的深处不如中国共产党呢？仍是由于中国人受到的压迫太大太超重了，几个新兴资产阶级大国主宰世界，中国被殖民了。孙中山由此称中国为次殖民地，过分了些；共产党称中国为半殖民地，确切一些。印度、中东、非洲都属"殖民地"，中国受几个大国分割管控，其苦难折磨更严重。中国革命力量强过了亚非拉各被殖民国家，原因全在于此。而中国资产阶级在民主革命就更软弱、更怕革命，更易于向敌对势力妥协投降。蒋介石一再顽强执行"枪指挥党"（金一南语），即在于此。

二十八年的革命历程中充满了"路线斗争"，前十四年的前半时期内，在革命运动中许多领导人中都因犯了路线错误而被免除职务，只有毛泽东始终坚持把工人阶级领导的革命和广大农民群众相结合，当资产阶级在1927年叛变革命后他走上井冈山领导农民找到和群众相结合的道路，在革命的后半段（1935—1949）取得党的领导权，由此战胜困难，避免错误，解决了民主革命问题，达到"中国人民站起来了"的神圣目标。

中国革命的首要目标是反帝反殖，这和国际无产阶级革命利益相一致，偶阅过一本旧时的《生活周刊》，大约是1928年吧，正当东北中东铁路事件，使中、苏两国打起仗来，当年《生活》主编邹韬奋很义愤填膺地对苏联大加讨伐，这时中共中央正号召为保卫代表无产阶级的苏联而战。一个只相信民族主义与旧民主的人，在只经历短短十六年后（1928—1944），在生命的临终之前，满腔热情地要求参加中国共产党，足以证明中国革命多么深入人心！

1933年，福建十九路军和李济琛等人主张抗日，反对蒋政权，曾向中央苏区联络合作。恰当毛泽东被撤销领导职务，党中央执行过左路线时，没有回应福建方面建议，也痛失了壮大红军声势的好时机。九·一八事变后，人民抗日情绪高涨，据夏衍回忆，这时党中央仍以世界无产阶级革命为目标，地下党工作极难开展，一旦一二·八抗战爆发，共产党员投身抗日活动之际，受到上海广大人民的热烈拥戴，充分证明路线正确在于必须完全结合国情。希特勒上台后，法国建立了人民阵线的政府，西班牙建立了人民阵线的政府，苏联也提出建立英法美苏四国的世界集体安全体系，以共同抵抗德意法西斯。中国共产党在1935年发出"八一宣言"，要求和全国各抗日派别共同抗日，这完全找对了路。一直到 21 世纪初叶，还深受影响。

第二年，"四条汉子"找到鲁迅，向他介绍已提出国防文学的口号，鲁迅则认为还是提"民族革命战争的大众文学"的口号更好些。于是有了"两个口号"之争。当年提出要以抗日救国为党的工作重心是正确的。1935 年 1 月后，毛泽东开始取得全党领导地位，他和鲁迅有同感，他已预感到犯左倾错误的人，一旦形势出现新变化，例如由国共内战转为国共合作时，那些人又可能变为右倾。果不其然，抗日一开始，王明由苏联回国，便提倡"一切服从统一战线"。最近披露：抗战初始，蒋介石曾建议由国民党共产党合并一个组织，共产党中央表示同意并拥护蒋为新组织的领袖，条件是共产党仍保持独立。蒋的这类设计，许多老资格的人一望而知，正是消灭异己的办法，如冯玉祥、张学良都曾被蒋介石拉为结拜兄弟，但结果又如何？许多地方派系人物如阎锡山、李宗仁、刘湘、刘文辉、龙云都对蒋介石的排除异己、专制独裁的作风看得很透。而王明长期生活在苏联，甚至斯大林也未必充分了解中国社会，所以他们对蒋介石这样表面姿态易于轻信，反认为以毛泽东为首的党中央对统战工作不够积极，因而提出"一切服从统一战线"的口号，而毛泽东正是吸取过去的惨痛教训，执行了"坚持抗战、反对投降，坚持团结、反对分裂，坚持进步、反对倒退"这一极为正确的方针。果然，国民党出现了一大批汪精卫为首的投降派，新四军被蒋介石宣布解散。在十年内战、八年抗战的长久岁月中，共产党组织始终深入农村，和广大群众建立了世上少有的亲情关系。解放战争中，农民们也倾尽全力大量支援，组成了仅次于正规军队的支前大军，日以继夜地毫不停息地服从于前线的需要，这完全源于军民间的互信。这当中曾发生多少感动人心的事件啊！从此才出现"中国人民站起来了"的震惊中外的名垂史册的大事。

六、中国化——找出传承

全世界敬仰的中国革命以及令人震惊的长征故事连环画出版了。画家沈尧尹所创作的连环画，其中有描绘 1935 年 1 月遵义会议中激烈争辩的画面。遵义会议，终于在充分发挥民主的原则上战胜了居于统治地位的错误路线。红军在哈达铺进行整编，团以上干部齐集于关帝庙，听毛泽东讲话的画面引人入胜，这画面令人产生联想，中国革命应该走入一条崭新的路途。从每个充满兴奋的人物表情中，透露出一种强烈的期待，在多年瞎指挥的迷途中对新论述的期待，在中国革命复杂的形势下，没有理论指导是不行的。

新论述体现在 1938 年 10 月召开的六大六中全会上，毛泽东作出有力的召唤："洋八股必须废止，空洞抽象的调头必须少唱，教条主义必须休息。而代之以新鲜活泼的、为中国老百姓所喜闻乐见的中国气派和中国作风"；"我们不应隔断历史，从孔夫子到孙中山，我们应当予以总结，继承这份珍贵的遗产"。1940 年 1 月新出版的《新民主主义论》，毛泽东继续指出："中国的长期封建社会中，创造了灿烂的古代文化，清理古代的发展过程，剔除其封建性的糟粕，吸取其民主性的精华，是发展民族文化，提高民族自信心的必要条件。"以上几段话，也一直是新中国成立后学术界一致认真执行的方针。

1941 年以后，毛泽东在《整顿党的作风》《改造我们的学习》中的有关论述，给我留下极为深刻的印象，它使我心醉，使我心驰神往，我将其奉为追求目标，并产生雄视一切的气概和勇气。我相信中国古代文化中一定存有珍藏的"民主性的精华"。早在 1939 年，毛泽东曾对纪念五四运动二十周年发表过几篇短文，认为当年五四阵营中有人犯了"绝对"的反对古文化的偏差，走了一段曲折的"之"字路。关于这方面的内容，我曾在解放区出版的《毛泽东选集》四卷本，第二卷"纪念五四青年运动"的短文中读到过。但是在新中国成立初期的《毛泽东选集》四卷本第二卷中，关于批评五四犯"绝对"化的内容被删除了，不理介深意。

在由黑格尔、费尔巴哈哲学批判承继的研究中，每次由"异化"（如人的对象化，对象的人化），一起创造出崭新的马克思学说，这不妨碍它是和旧的阶级彻底决裂。同一儒学阵营的戴震早就识破了"理学杀人"的伪善性质。当然，儒学出自中国古代剥削阶级，马克思主义产生后，也出现过形形色色的假马克思主义。而孟子所述及的"信"字，被他推理为"有诸己"，寓意相当丰富。这一辩证的观察，让我们懂得了真儒学与伪道学的区分。

远在孟子以前的孔子，对于"信"，同样有极高的重视。在《论语·颜渊》第七节中，子贡问政，孔子说：足食，足兵，民信之矣。子贡问："必不得已而去，于斯三者何先？"孔子说："去兵。"子贡问："必不得已而去。于斯二者何先？"孔子说："去食。自古皆有死，民无信不立。"可见，"信"在孔子心目中，看得极重。法家商鞅为贯彻法令，也用信用办法树立法令。在寻找"民主"性精华中，老庄一家，法家一家，老庄是出世无为的。儒法二家同出于儒，但儒家一旦为权所用，始终成为打不倒的力量。孔子不只相信法律的力量，他在《论语·为政》中说"道之以政，齐之以刑，民免而无耻；道之以德，齐之以礼，有耻且格"。可见他以为德治胜于法治。孔子的道德核心，据他自己所述，那便是"仁"。反对殷纣的三人都被他称为"仁"，殷有三仁（比干、箕子、微子）。推翻殷代统治者是文武周公，周公是孔子最推崇的，以致做梦也想见周公。孟子性善中的内涵"仁""义"都属道德范围，第二例的"义"为善恶之心，第三例的"礼"为辞让之心，第四例的"智"为是非之心。也包括科学知识，承认智愚不同。而最重的"信用"实则被归入"仁、义、礼、智、信"五种儒家修养体系之中，成为核心。

在阶级社会中为了巩固政权，因此标榜"仁政"，孔门子思提倡"道不远人"（见《中庸》）。后世许多马列主义的学者，都同意把这句话列为孟子最可贵的民主思想。孟子主张养浩然之气，也就是著名的"大丈夫精神"，即"富贵不能淫，贫贱不能移，威武不能屈"，"杀身成仁，舍身取义"，和他的先师提倡的"三军可以夺帅，匹夫不可夺志"意义相同。所有这些人人皆知的孔孟言论，已经化为中国人的思想和灵魂，几千年来流淌在中国人的血脉中。当马克思的革命学说流入中国，最早的共产党创始人李大钊就有"铁肩担道义"的名言。可以说，中华民族是一个永世具备挑起人间大担当的伟大民族，也正是鲁迅最看重的中国的脊梁。

当然，人性只是一种抽象的存在。当"9·11"事件发生后，中国共产党总书记江泽民就郑重声明：这是违反人类罪的大是大非，中国人民坚决反对这种伤及无辜自我舍生的不正义行为。中国人民求民主、求进步、求发展、求强盛，这是一种客观存在的、长期流传下来的传统力量。当中国处于伟大变革的转型时代，为此深思。如不重视，不承认，便是一种民族虚无主义的状态。反过来，对于封建糟粕不予警惕，任其泛滥的现象，也应坚决防止。

七、前后三十年

2011年出版的《中国共产党历史》叙述了1957年反右的史实，一开始估计全国可能有4000名右派，在运动进行后，出现8000名，正在研究如何缩小打击面时，却在运动结束后出现55万人的数字。二十年后的1978年，宣布"有右派"但绝大多数都平反了。55万右派名额应是由各地部门向上汇报而成的，因为没有严格控制，相信了各方的汇报，加上1955年秋，东欧新一股反苏潮流的影响，因而改正了"八大决议"中"国内阶级斗争基本结束"的观点，重新确认"谁战谁胜"的问题没有解决。

八大决议原提出我国主要矛盾是生产力落后，应该提高生产力，力争有个大跃进。大跃进适接反右运动后，形成了1958年春的"三面红旗"中的新口号,群众也显得十分激奋。我只记得这时报上登出了中央领导的讲话"要发扬不计报酬的共产主义风格",这对于深感自己思想跟不上的我有了重要的启发。当时有"破除资产阶级法权"的提法,提出者是张春桥,他在一篇文章中赞扬了战争年代的供给制,不久毛泽东批评张春桥的文章有片面性。曾想起一位领导人作报告时,引用毛泽东的话:我们和民主人士共同奋斗,区别在于我们是奋不顾身,民主人士是奋而顾身。现在回想,只有工人阶级的先锋队,才能具备如此奋不顾身的品格,也才有能力去领导群众包括各革命阶级共同奋斗。如果要求广大群众都具备共产主义的思想觉悟,那就是混淆了领导者与被领导者的差别。供给制也只适合于战争年代,在马克思的理论当中,作为共产主义社会前期的社会主义中,应坚持按劳分配的原则,要求超越时代是错误的。可是,平均主义以及"仇富"和轻视知识分子的心态总是早就存在。现在看来,民粹主义无论在西欧、日俄、中国都有深厚的社会基础。

大跃进是人民群众向往的,钢产量一年翻一番我们也兴奋地期待着。而1958年11月的郑州会议之后,都是针对各地出现的浮夸和虚报数字之风一而再、再而三的批评和制止。1959年春天在上海召开的八届七中全会展开了声势浩大的纠左浪潮,提倡海瑞直言敢谏的精神,前后多次派领导干部亲自调查农村公共食堂。回想战争年代,从来没有发生任何夸大战功的事,每一位军人都不会也不能干出这样不诚实的事,那还能打胜仗吗?但蒋军倒是常有的。这种夸大虚报的风气却在新中国成立不到十年的时间发生了。

反右开始时,何香凝提出"右派"这个词,比喻20年代中前期国共合作时国民党右派反共。八大决议时以及1978年的党中央,原认定国内阶级斗争基本解决,但没有彻底解决,所以1978年时指出如东欧事件,少数右派还是有的,但又肯定反右斗争扩大化了。被扩大的数字是各地部门层层上报出来的,可见党内左的意识十分强。是非曲直被混淆,违反了康德对"知"的规定。

当进入社会主义社会如何看待阶级存在?马列理论并未具体界定,苏联对这一问题的论述显得很模糊(导致毛泽东用"正确处理人民内部矛盾"的理论进一步探索与充实),现在中国共产党在实践中,不断地一步步比较完善的认定。

儒法斗争,是史实,是一门学术课题。也曾成为"影射史学"。1954年三联书店出版了杨荣国的《中国古代思想史》,当年夏天我买了一本,看过一遍。杨荣国是历史学家,大学者,到1966年文革初,广东的革命小将把他当作反动学术权威批判，毛泽东知道了，忙指出不可批他。因为杨荣国认定孔子是代表奴隶主反对新兴封建势力的人，这书是解放前即开始写作的。今日看它仍属一家之言，属左派各家中的一家。

判断孔子进步或反动，与何时进入封建社会有关。近年来有人列出八种不同见解：1. 西周说（范文澜、吕振羽、翦伯赞）；2. 春秋说（李亚农）；3. 战国说（郭沫若、杨宽）；4. 秦代说（金景芳、黄子通）；5. 西汉说（侯外庐、赵锡元）；6. 东汉说（周谷城、郑昌淦）；7. 魏晋说（尚钺、何兹全、王仲荦）；8. 东晋说（梁作于）（我记录时漏记了来源）。

说他们都属"左派各家"是因为马克思、恩格斯创立了历史唯物主义和五种社会形态的学说，才有许多学者企图用马克思的新观点来解释历史，而马克思以前的学者从不作如此研究，中国新学界只是在 20 世纪 20 年代末期才开始的。当时因大革命刚刚失败，革命潮流正处于小小的低落时期，曾在一部分学者中兴起过"中国社会性质论战""中国封建社会分期论战"的热潮。

孔子为中国儒学的创始者，是二千五百年前的大思想家、教育家，他的学说早已走出国门，对东亚、对全球都具巨大影响。他做官的时间短暂，他的身份属知识分子，在古代中国统称为"士"。毛泽东在 1957 年反右运动时对知识分子属性形容为皮与毛的关系，即"皮之不存，毛将焉附"，因而知识分子是有依附性的。在 20 世纪的中国，正处于社会大变动大转型时代，各个阶级阶层的知识分子必有不同的依附性。而对待新的社会主义制度持何种态度，必定有左中右之分，这并不是谁能自封为革命家就可以，它是一个客观存在，一切都凭历史客观去批判。

文化大革命一直延续十年，是谁也不曾料及的。从运动发展的实况来看，本来是以反刘少奇的"形左实右"开始，运动中又出现了林彪的"实右"，而他也是以极左的形态出现的，运动最后以粉碎"四人帮"篡党夺权而结束。"四人帮"在公众形象中是极左（有毛泽东批评江青开帽子公司、钢铁公司为证），这绝不是偶合，却是无形中透露出的带有本质性的"规律"（拙文《"学习型"召唤下的臆想》中所说"马克思主义的胜利，逼使敌人装扮成马克思主义"。见《岁月见证》，上海人民出版社 2011 年版，第 138 页），它必会在客观运动本身自行呈现出来。大量事实证明，口头高喊革命口号的人往往有不少是假革命。当年有些大喊革命口号的人，到了今天又摇身一变，大肆攻击起毛泽东来了。这都令人想起诚信之可贵。诚信即是知行合一，言行一致。马列主义的唯物史观，正是一副照妖镜。

实质诚信不仅是可贵不可贵的问题，还是一个社会能否维系下去的问题。有人说"无商不奸",不符合资本主义社会发展的必要阶段。一个市场经济,一个商品社会,它能不讲信用吗,假冒伪劣能混得下去吗?

有人发现中国改革走上顺利之路,根源在于1958年时施行的中央地方同时并举的政策,避免苏联经济过于集权的毛病,也是在《论十大关系》《正确处理人民内部矛盾》两文中所显示的。80年代中国改革大潮始于农村,先是安徽小岗村包产到户;又有河南南街村坚持集体所有;江苏华西村大办工业,由此兴起全国自发大办乡镇企业。这都是二十年前实施地方经济分权的结果,因而能走向世界,促使经济腾飞。再加上我们原来具有的1943年南泥湾大生产、当时解除了国民党妄图封锁陕甘宁边区的经验。

邓小平解释无产阶级专政是由于革命力量处于弱小的局面而存在的。毛泽东把人民民主专政当作"布帛菽粟一样地不可以须臾离开的"。在发扬人民民主、采取大鸣大放的形式中,又如何区别两类矛盾而防止扩大打击面,其中敌我边界如何划分?

党和国家领导人曾不止一次说要避免走老路,防止思想僵化;要避免走邪路,防止思想西化,从而导致改旗易帜。现在更加明确指出,不可以后三十年的成就反对前三十年,不可以前三十的成就反对后三十年。这两个三十年之间不是相互否定而是相互肯定的,两个时期都有成绩并且都值得传承。其前后的不同好比吃螃蟹,人们都说第一个吃螃蟹是大胆的,但也可能是吃法粗糙,不能因为初次吃的粗糙就不吃了。

八、建设与革命之间

从1949年到1957年的八年里,前四年扫清转向和平建设的障碍:一、继续反帝(抗美援朝),二、反封建(完成土改),三、反敌对势力残余(镇反);后四年完成走向社会主义制度改造。此时全国和平、"百业兴旺、物价稳定、路不拾遗、夜不闭户"(这几字是蒋介石派宋某人到大陆观察后的报告大意)。1954那年,正当抗美援朝胜利结束,光从文教事业方面来说,文艺界的音乐、戏剧、美术、文学各个"工作者协会"——改名为"××家协会"。理论刊物如《哲学研究》《历史研究》《文史哲》都是这年创刊。《人民日报》在这一年特别发表社论《提高文艺干部的政治修养和艺术修养》,当年中央政府有领导人不同意组织"书法家协会",毛泽东表示"不可忽视金石书法,它也是一门艺术"。这是从上海一位同志传达周扬讲话时知道的。想到我自己也把"金石"轻视为一种"小摆设",一直使用刻字店的木头图章。但毛泽东也很民主,既然你们不同意，我也不好强制，所以上海在"文革"之前，只存在一个"书法篆刻研究会"，直到上世纪 70 年代末才有了书法家协会，即在"文革"期间，知道毛泽东主张画模特儿，说这是"绘画和雕刻的基本功，不要不行，不可以封建思想加以禁止，是不妥的"。后来《毛泽东文集》出版，才知道这是 1965 年的事。(见 1999 年人民出版社《毛泽东文集》第八卷第 419 页)

上述由新中国成立起到 1957 年春的八年内，对国内形势的看法，十分清楚明白，此后便陷入迷惑与不可知。

从 1958 年春"三面红旗"(主要是"大跃进")运动，开始群情都十分激奋，这是因为都希望经济快点上去。此后多年，延续出现四次反复：1959 年春，全国规模的纠左，并兴起一片颂扬海瑞精神的舆论；1959 年 8 月的庐山会议，转入对彭德怀的"右倾"批判，范围虽只限于党内，但对全国影响极大；1960 年冬开始的再纠左，后来又被称为"自由化浪潮"；以 1962 年春七千人大会为高峰，这年 9 月再转入抓阶级斗争的新转变。四次反复都明显见到是由党中央毛主席给统一领导。直到进入"文革"期间，多次反复都被定性为"十七年以来以毛主席的无产阶级革命路线和刘少奇反革命修正主义路线之间的斗争"。自 1962 年提出抓阶级斗争之后，刘少奇亲自抓桃园四清，被认为形左实右，他虽不同意四清是整党内走资本主义道路当权派这一提法，但他又同时表示过：三分之一的党内干部都靠不住，这又是他的"形左"？到上世纪 90 年代初，邓小平对中国的发展有了稳定的、完整的论述，提出"一百年不动摇"的基本路线，即以经济建设为中心，坚持四项基本原则，坚持改革开放。

《共产党宣言》中说："工人革命的第一步就是使无产阶级上升为统治阶级争得民主"，"无产阶级将利用自己的政治统治，一步一步地夺取资产阶级的全部资本，……并且尽可能快地增加生产力的总量"。

"要做到这一点，当然首先必须对所有权和资产阶级生产关系实行强制性的干涉，采取这样一些措施在经济上似乎是不够充分的和没有力量的，但是在运动进程中它们会越出本身……"

"最先进的国家几乎都可以采取下面的措施"，这十项措施是：1.剥夺地产；2.征收高额累进税；3.废除继承权；4.没收叛乱分子和流亡分子的财产；5.把信贷集中在国家手中；6.全部运输集中在国家手中；7.增加国营工厂，开垦荒地；8.实行普遍劳动义务制；9.农业和工业结合，消除城乡对立(后来几种德文版改"对立"为"差别")；10.取消儿童在工厂的劳动，并实行免费教育。

这十条中，并没有说立即实行公有制，因为在"经济上似乎是不够充分的和没有力量的"，在这一点上，马、恩较他们的后人更慎重一些。中国共产党为了实现这一目标，已经历了近三十年的武装斗争。故虽在经济上"不够充分的和没有力量"，但在政治上有充分的强势。

《共产党宣言》中又说，为了实现这一目标，也只有"最先进的国家几乎都可以"，所谓"最先进"大概是限于英、法、德这类老牌资本主义国家，列宁从来没有把中国革命当作无产阶级革命，多次指出中国现在进行的是反帝反封建的资产阶级民主革命。

九、第三次工业革命

一旦殖民地被大肆开拓，被殖民的国家也不会被资本主义国家带领进行民主革命、以便发展殖民地国家生产力，绝不是这样！相反，殖民者为使殖民地永远处于落后无知状态，让这些国家产生一个驯服的、忠顺于殖民者国家利益的制度，中国解放前的历史就是明证。从世界总体形势来看，殖民地国家人民的革命先进性反而比资本主义（殖民主义）国家高涨得多。目前，新兴国家的经济增长趋势是势不可挡的，当一旦在经济实力、科技实力方面也追上老霸权力量时，崭新的局面必然会实现。

20 世纪后期，量子力学、相对论、分子生物学、控制论这些学说的出现，已改变了十八九世纪我们对物质世界的认知观念，进入以电子技术所控制的科技革命时代。当时钱学森也常介绍信息论、控制论一些新学问，这都使人感到新鲜。市面上流行的畅销书《第三次浪潮》（作者托夫勒），我也买了一本细细阅读。托夫勒自称是马克思的信徒，他的主张也是"信息论"吧。近来美国有一位年纪并不大的著名学者里夫金，对于中国如何进入"第三次工业革命"，他满怀希望。

第三次工业革命的主要内容，概括起来一是可再生能源、二是网络信息技术，其中也包括如 3D 打印、纳米、机器人等。里夫金在上海向听众谈及"你们中国的制度，实行这些措施比别的国家更容易"，因为"中国有进行长期计划的政治优势"。他又说"美国创造了第三次工业革命的前半部分——互联网，但是就此打住，我们被第二次工业革命的能源给束缚住了"。因为"奥巴马……在过去五年里他浪费了大量金钱在一些孤立项目上……他并没有理解第三次工业革命的要义……"。（见《参考消息》2013 年 9 月 10 日）这里里夫金又再次表明了科技与政治二者的关系，科技毕竟和政治分不开。

这场革命如何进行？里夫金的叙述简明易懂：1. 向可再生能源改变；

2. 将建筑物改造为微型发电厂，就地收集能源；3. 在建筑物内存储间歇式能源；4. 用物联网技术将每个地区转化为能源共享；5. 将所有运输工具变为使用插电式或电池式的交通工具。据说，德国已经造出 100 万栋此种建筑，德国也已有 25% 的电力来自于再生能源。而可再生能源的成本可能为零，它更节约、更高效，因而它能带动走向新的发展方式。而另外，因互联网交易费大大降低，企业本身也因此缩小，成本同样降低。

　　胡锦涛主席在他的第二任期内某年两会期间，在各地区各部门代表小组会上，总是大声疾呼"要加快转变生产发展方式""关键是自主创新"，这意味着"经济转型"，亦意味"调结构，扩内需"。改革开放后，我国经济迅速上升，尤其出口迅猛上升，外国市场充满"中国制造"，我国 GDP 增速上升到二位数，使全世界刮目相看。

　　"二战"之后，广大殖民地国家纷纷独立，许多独立国家有了"和平发展"的大好时机。若要区分一战和二战的性质，二战有进步性，一战没有！最早富起来的地区应属"四小龙"，他们趁朝鲜战争、越南战争的特殊机会发了财，这在世界历史上是极少见的。他们的产品属初级产品，这样的经济发展处于一种"依附"状态。为什么我国要自主创新呢？那就要摆脱"依附"的状态，若求实现，那比大量制造初级产品难得多了。所以胡锦涛主席的要求未能短期见效，连李鹏、朱镕基执政年代常说的"改变粗放式经营，实现集约经济"也进展不快。

　　"金砖国家"是新兴国家当中生产力最快的，但都没有达到发达国家的高度生产力水平，仍摆脱不了"依附"。如俄罗斯过于依赖能源出口，印度过于依赖服务性产品出口，我国的优势只在于低廉的劳动力。我们唯一的出路应不断提高产品质量，大力增加国内的消费能力，使人民过上更幸福的生活，这才是摆在国内各企业的既艰巨又光荣的任务。这就必须重视作为生产主力的职工群体以及脑力劳动者的力量，尽力吸取全世界最高科技成就，科学无国界！

　　科学无国界，在古代就有典范。执政了六十一年的康熙皇帝，一生热爱科技，和德国学者莱布尼茨、俄国彼得大帝互有来往，莱布尼茨建议中、俄各国设立科学院，得到这两位有共同爱好君主的良好回应。2013 年 7 月 29 日上海《文汇报》有访谈录：《莱布尼茨甚至可能超前于我们这个时代》，阅读之后我画了一幅《科学无国界》以表敬仰。但继任的统治者，再也没有承继康熙的美好愿望。又比如郑和下西洋一事是近年常为我国历届领导人及学者们广为称颂的史迹，同样在改革开放之前及解放前后好多种权威史学著作中，几乎也都是详细地称颂，但是永乐皇帝以后长期再没有出现这类壮举，只有让哥伦布承接了。中国统治者为什么再无远航大海的决心？仍是值得探究的疑问。只有从科学的唯物史观中去找答案。

舆论产生新共识：当今中国已不是跟随性创新国，是全世界范围内被公认的大步迈入赶超型的国家。新中国成立起，号召向科学进军。再度从经典著作中找到科技是第一生产力的论述从而向着万众创新的道路奔驰，历经近70年的拼搏。"十八大"后宣示的五大发展理念中，把创新列为第一追求。在180个新兴科学前沿领域中，中国已占有30个，超越了英国、德国、日本、法国，位列第二，仅次于美国。诸如载人航天、深海探测、人工智能、纳米技术、量子信息、高速铁路、超级水稻、电子商务——诸领域都有重大突破。几年来的 GDP，从 2008 年的 4570 亿元猛增到 2016 年的 15440 亿元。中国的科研成果已由全世界的 3% 猛增到 2015 年的 18%，高科技产品已超过全球 27% 左右，中国高铁在短短二十年的运营里程达到 1.9 万公里，占全世界55%，跃居里程长度第一名。可以说，随着新时代的改革发展，中国经济发展迅速，及时跨入属于自己的"新常态"。

仅从 1994 年起，中国进入全球互联网时代，而它最早的技术设施还只是在美国国防部承包商主导下的小圈子流通的，到 2014 年乌镇召开世界互联网大会，表明中国政府、社群、企业、个人一起开发全球网络空间，中国网民扩大到 7.31 亿，相当于整个欧洲人口，跃居世界首位。美方原以"网络窃密""黑客攻击"为名对中国实施攻击，终于使对方认识到单方施压无法制胜，不得不一同推动网络治理秩序变革，构成其中的命运共同体以造福于全世界人民，展现科技共享这个崇高目标。

早在 1954 年之始，中国已和印度、缅甸相继发表了和平共处五项原则的联合声明，这是国际间寻求人类和平关系的初次重大尝试，它符合联合国的宪章。正由于联合国的成立本是来自新兴的社会主义国家联合资本主义国家应对并战胜共同敌人即法西斯国家的统一战线所建立的。（1954 年日内瓦会议期间，莫洛托夫曾质疑周恩来：社会主义兄弟国家之间是否使用五项原则？）其实人类命运共同体正符合马列主义理论原则，是在认真实践社会主义建设中的普遍向往。而 1974 年间四人帮发动对周恩来总理"崇洋媚外"的攻击，正出于背离马克思主义原理的极左民粹主义所致。毛泽东认定"文革"失误的要害正是"打倒一切，全面内战"，也就是典型的无政府主义。2017 年3 月，联合国人权理事会第 34 次会议全体无一反对票通过中国提出的建立"人类命运共同体"的决议，值得大书特书。

正由于列宁预示过帝国主义的腐朽性和垂死性，毛泽东确定了"敌人一天天烂下去""帝国主义寿命不长了"，这些名言也不断被应验。直到2008年的金融大危机发生后，一直代表强大的美国的资本主义从此走向衰退。美国国内的中产阶级更显颓废，因收入不均的差距不断拉大，才发生"华尔街之秋"的乱象。当苏联解体之时，一度使一些学者兴奋不已，并制造"历史终结"，以颂扬资本主义不朽的狂喜心态迅速随之消失。美国2016年的总统大选中呈现出前所未有的"乱套"，出现史无前例的民粹主义危机。

2016年的20国集团杭州峰会，以及2017年达沃斯年会上，中国高举全世界合作共赢的理念，提出建造人类不对抗、不冲突的命运共同体，绝非是权宜之计。是早在新中国成立之始在首都天安门城楼上树立的巨大标语"世界人民大团结万岁"，这一口号所宣示的伟大而崇高的目标的体现。

这是一种"新型"的国家关系，它将彻底改变近代几百年殖民体系中所顽强留存的以大欺小、以强凌弱的严重弊端。由此改变为大小国家一律平等，建立国家间不对抗不战争的新局面；改变以往战胜者通吃那类零和游戏。因此，中国的主张得到普遍的欢迎，已在全球取得了广泛的民心。现任中国人民大学国际事务研究所所长王义桅，曾在今年3月7日《参考消息》内发表一篇与合作共赢有关的文章，很精确巧妙地把"一带一路"比喻为21世纪的"张载命题"。因为1992年，海峡两岸汪辜会谈中达成了共识：大陆与台湾同属一个中国。在2005年，担任国民党主席的连战打破国共两党60余年前战争分裂形成的坚冰，与中国共产党总书记亲切会晤。连战在北京大学发表演说，在这难得的机会里，作为台湾学者连震东之子，特别提出宋代伟大学者张载四句最精辟的儒家名言，那就是"为天地立心，为生民立命，为往圣继绝学，为万世开太平"。

根据学者黄仁伟的分析，进入21世纪以来，资本主义全球化的负面要素呈上升趋势，资本主义国家的资本流出以后，其利润已不能回到发达国家，甚至大部分回不来了。社会福利制度和中产阶级利益大大被削弱了，"逆全球化"已成为资本主义经济的大趋向（见2017年4月28日《文汇学人》14版陈韶旭文《让历史研究穿越世界变局》）。这是值得注意的大变化。

十、战争与和平之间

《论持久战》一书共有120小段，在57—58两段前加一个标题：《为永久和平而战》，文中肯定"这次战争无疑将出现伟大的革命战争，用以反对一切反革命战争,人类一经消灭了资本主义,便到达永久和平的时代"。大量史书记载了几千年人类战争的事实,从进入资本主义时代以来,大约经历过:一、殖民战争,二、两次世界大战,三、冷战及其后。

法国大革命前后,资产阶级有了发展的好机会向外扩张,先说英国:

1624年占巴巴多斯,1655年占牙买加,1757年占部分印度(1849年占全印度包括巴基斯坦),1794年占塞舌尔,1795年取代荷兰占斯里兰卡,1810年占毛里求斯,1814年占尼泊尔、圭亚那,1840年占香港,1855年占肯尼亚,1865年占不丹,1878年占塞浦路斯,1884年占缅甸,1885年占锡金,1887年占马尔代夫、马来亚(原属荷兰、葡萄牙),1888年占文莱,1893年占乌干达,1901年将澳大利亚组入英联邦,1904年占湄公河以西的泰国,1910年占南非,1916年占卡塔尔,1920年占阿联酋,一战后多哥由德国殖民地交为英殖民地,喀麦隆由德国殖民地交为英法共管。

再说法国,1659年占塞内加尔,1822年占马里,1830年占阿尔及利亚,1837年占突尼斯,1858年占越南南部,1862年占加蓬,1863年占柬埔寨,1884年占中非、刚果以西,1885年占越南北部,1888年占达荷美并乍得,1893年占老挝,1896年占上沃尔特,1897年占尼日尔,1890年德国入侵布隆迪和卢旺达后改交法国,1912年占摩洛哥,一战后叙利亚成为法国殖民地,德属坦葛尼亚交英属,19世纪中叶英国侵略埃塞俄比亚——1935年意大利侵入并全占领,1840年英国侵入索马里北部,1889年意大利入侵索马里中部,二战时英国又占中部,1859年法国占南部,1912年意大利占利比亚——二战后又为英法占领。

老牌殖民大国西班牙、荷兰风光不再,让位给了新霸主。1565年西班牙占领菲律宾,1896年又由美国占领。1588年荷兰先从西班牙的占领中获得独立。到1602年荷兰人又把葡萄牙排挤出印尼,建立殖民帝国。1624年荷兰入侵台湾,1642年又把西班牙已占领的基隆、淡水夺回。1661年郑成功全部收复台湾。1884年法国入侵台湾基隆澎湖和福建马尾,可喜的是皆被中国民间武装黑旗军击退。

不久,1894年日本发动甲午战争,将中国台湾及澎湖岛强占为殖民地,1898年日本抢占琉球群岛,1910年入侵朝鲜半岛。1858年俄罗斯从中国割去黑龙江以北六十多万平方公里的土地,1860年从中国割去乌苏里江以东包括库页岛在内的四十多万平方公里的土地,1864年从中国割去西部四十多万平方公里的土地。墨西哥于1521年为西班牙殖民地,1821年独立,1846年美国武力侵入。危地马拉于 1524 年为西班牙殖民地，1821 年独立，1954 年美国策动军事政变，成立独裁政府。洪都拉斯于 16 世纪初为西班牙殖民地，1821 年独立，1963 年美国策动政变，成立亲美政权。萨尔瓦多于 1524 年为西班牙殖民地，1821 年独立，1961 年美国策动政变，成立亲美政权。尼加拉瓜于 1524 年为西班牙殖民地，1821 年独立。1926 年桑蒂诺革命政权驱赶美国势力，1934 年美国指使杀害桑蒂诺，建立亲美政权。哥斯达黎加于 16 世纪初为西班牙殖民地，1821 年独立。1839 年建立亲美政权。古巴于 1511 年为西班牙入侵，何塞·马蒂发动独立战争，1898 年美西战争后，美国占领古巴。哥伦比亚于 16 世纪为西班牙殖民地，1811 年独立。厄瓜多尔于 1532 年为西班牙殖民地，1809 年独立。秘鲁于 1531 年为西班牙殖民地，玻利维亚于 1538 年为西班牙殖民地，1825 年独立。智利于 1541 年为西班牙殖民地，1810 年独立。巴拉圭于 1535 年为西班牙殖民地，1811 年独立。阿根廷于 16 世纪为西班牙殖民地，1816 年独立。乌拉圭原为西班牙殖民地，1825 年独立。波多黎各于 1509 年为西班牙殖民地，1868 年独立。1898 年又为美殖民地。巴西与 16 世纪为葡萄牙殖民地，1822 年独立。

19 世纪中期起，欧洲各国工人运动蓬勃发展，不仅气势汹涌，还引发巴黎公社政权能坚守 72 天，虽被镇压，但各国工人阶级政党不断壮大。马、恩去世后，第二国际领袖幻想工人阶级政党在各国走议会民主道路，以便和平进入社会主义。列宁指出，当今的时代特点不是和平，而是战争与革命。所谓战争，指各强国统治者必然发动战争（名言：帝国主义就是战争）。他们不仅可获得大量利润，还可转移国内矛盾；所谓革命，是指人民群众推翻资产阶级统治，变对外战争为对内战争，以便建立社会主义制度。事实证明，19 世纪末到 20 世纪前期的几十年间，人类正处于残酷的战争环境之中，仅在远东一地就曾发生了 1884 年中法战争（包括法国入侵台湾以及福州马尾诸地）、1894 年中日甲午战争、1900 年八国联军之战、1905 年日俄之战、1911 年辛亥革命以及国内连续多年的军阀混战。

一战后德国原已掠夺的殖民地不得不吐出，深感蒙受耻辱，民族主义情绪大发作，决心报复。

德国是有哲学思维的民族，当年康德创立意识活动（知、意、情）的学说，比康德年纪小三十多岁的叔本华另倡"意志大于知识"的学说，把人的主观意志当做高于一切。曾担任首相的俾斯麦打败了宿敌法国，统一了普鲁士，建立了德意志帝国，人称他为"铁血宰相"。

"铁血"两字一直回绕于我脑际，1936 年间，我正在读初中，校内高中同学一律是学生军（初中是童子军），他们天天操练，总是听到他们唱：

> 只有铁！只有血！
> 只有铁血可以救中国，
> ……（十余字遗忘）
> 风萧萧，雨凄凄，
> 洪水祸西南，猛兽噬东北，
> 忍不住心头恨，止不住心头血，
> 急起！急起！努力奋斗！努力奋斗！一齐杀贼！

由于上年一二·九运动时，大学部的学生北上请愿抗日，到 3 月 25 日这一天，数百名军警手持武器来抓捕大量学生，老校长出面干涉，也被木棍猛击头部而倒地。以后即被解职，政府派了一个 CC 分子担任这所私立大学校长，学校也便法西斯化，年幼的我开始认识国家大事。（2011 年 3 月 2 日的《新普陀报》上，有篇黄敬明写的《复旦大学"三·二五"流血事件》详述了这件事）

此时，我们初中班有几个同学已被组织，他们喜欢模仿国社党的礼式，互相一见面，双脚立正并起，右手高高斜举，在他们，也许是好玩吧，这一形式足以促成希特勒崇拜。这也和政府当局聘请德国军事顾问，模仿德国体制有关。

希特勒在 1933 年上台短短几年，任凭他的意志，成功完成扩军备战。苏联在 1934 年提出由英、法、美、苏四国建立世界集体安全体系，以防止法西斯势力的扩张。但英国首相张伯伦就是不听，一再向希特勒让步，所谓"绥靖"以指望他东侵苏联。

查遍人类历史的"极恶"者，走上军国主义时代的日本可谓登峰造极。日本虽没有一个像希特勒那样的代表人物，但却有个高度意志集中的小集团，人称军国主义分子，其狂妄程度和希特勒别无二致。如 1931 年占我东三省、1932 年侵我淞沪、1933 年占我热河省、1934 年策动内蒙德王独立、1935 年制造冀东伪政权、1936 年侵我绥远省、1937 年借卢沟桥事变占我天津及南京上海。且每一次大动作，事先总是制造一件芝麻大的小事端为借口，1938 年占我武汉、广州并由此入侵湘、桂、黔诸省。以往英法诸国入侵我国，平均十年或十多年发动一次，而日本则年年不停进迫，烧、杀、强、掠、奸淫、放毒、狂轰滥炸，无所不用其极。——回想，不禁毛骨悚然。

名义上的"二战"，起于 1939 年 9 月，(中国连年遭受日军侵犯，却在二战史上不被正视)是年德军侵入波兰，英、法随之向德宣战，次年法国全境沦陷，德军一举攻下荷、比、卢以及中南欧诸国，1941 年 6 月突然进攻苏联，同年日军于 12 月又突然进攻美国(此美国建国以来第一次被侵)并飞速进占香港、菲律宾、新加坡、马来亚、印尼、越南、泰国、缅甸以及印度。英美只好向日宣战，二战全面展开，战争规模扩大到欧亚非三洲。

二战的性质与一战相比已起大变化。苏联红军不仅成为抵抗上的主力，苏联的卫国战争是社会主义国家反抗法西斯国家入侵的正义战争，欧洲各国人民反对德国武装占领是正义战争，在远东是中国人民统一战线下的抗日正义战争，东北亚、东南亚诸多殖民地是反抗日本帝国主义的正义战争，英美法各资本主义国家是反抗德意日法西斯国家入侵的正义战争。因此，当 1945 年对德、意、日战争的彻底胜利也同样出现全世界革命的大高潮，光明照亮了全球。法国和意大利的共产党因在反法西斯斗争中的英勇表现取得人民的敬仰，成为议会第一大党，著名的学者、科学家，都向往社会主义，第一流大画家毕加索加入了共产党。革命形势深入影响了广大殖民地人民的觉醒，纷纷起而独立。

战争引起革命，俄罗斯早在一战中建立了苏联，引起革命的直接诉求是"要和平，要面包"。英国虽拥有广大殖民地，但霸权势力衰退，太平洋战争中，英国战斗力已不足，在香港、新加坡、马来亚、缅甸作战中屡次失败而大步后撤。

中国抗战起于 1937 年，美国对中日交战双方本保持中立，一面却乘机对双方大作军火生意。珍珠港遭进攻后，对日态度起了变化。在中国，国民党第二号人物汪精卫带领一批投降派公然当了汉奸，而政府对待坚决抗战的新四军于 1941 年 1 月下令解散，把军长叶挺关在狱中。美军驻华头目史迪威目睹国民党政府消极抗战、内部腐化，建议总统罗斯福将援华物质支援八路军，美军驻华使团中的成员在延安看到军民团结，士气高涨，曾多次书面报告交付美政府。但美国政府内部一部分人如赫尔利出于偏见，主张支持国民党。因而，在抗战胜利后，美方、国民党、共产党三方面关系继续存在复杂局面。

二战结束，松了一口气的国民党政府立刻准备消灭共产党及其领导的军队，眼看一场内战又将点燃。美国遂以大国身份调停中国内战，以便首先取得这一庞大市场，并进一步管控中国。1946 年初派特使马歇尔来华，决定国共双方军队共同整编，商定共产党军队编为十四个师，美国准备向这十四个师出售武器。中国市场开始大量流行美国圆珠笔、玻璃雨衣和口香糖。因为蒋介石有几天对"和平、民主"突然变得异常积极，并主动召开政治协商会，一时引起全国人民的强烈期待，因而这年二三个月内和平空气高涨。共产党力求促成联合政府，不仅由南方各省的军队全部撤出，而且和各党派共同努力首先实现和平，经过多次会谈后，马歇尔本人深感国民党一方处处破坏和谈，力阻其成功（详见《马歇尔使华》一书）。但美方又不断帮助国民党努力空运，使其速至华东华北以便打内战，这又和一年多前史迪威的遭遇一样，不得不以自己宣告和谈努力之失败告终。

这几年，国内外舆论盛行着德国对二战认识比日本好，是不是两国的"人性"不同？不是！这是由于日本的加害国（中国）和德国的加害国（主要是苏联）不同。德国军事主力已被苏联红军歼灭殆尽，攻克柏林时，德国军队完全丧失力量。日本在中国受到的打击远不如欧陆，日本大战犯冈村宁次竟被蒋介石聘请为军事顾问，这真是天下一大怪事！国民党政府对日抗战不坚决，除副总裁汪精卫公开投降卖国，蒋本人也一再企图对日和谈，只是由于共产党坚决抗战及不断揭露投降派的阴谋，才不敢太露骨。2013 年 9 月 12 日上海电视台纪实频道有蒋介石组织"影子兵团"的秘闻，这个"部队"在台湾和日本之间还经常在暗地活动。而美国意在反共，必然扶日，才是根本原因。

当蒋介石授命"宽大处理"冈村宁次，宣布无罪，并由汤恩伯护送回日本，消息传出，举国大哗，甚至连副总统李宗仁也要求将其引渡回中国，重新审判。

1947 年间，全国兴起多次反对美帝扶日运动，声势浩大。据我所知，上海漫画家沈同衡组织上海各界包括青年学生以漫画创作揭露美蒋扶日。1948 年 6 月 5 日，上海美专突然冲进一批手持棍棒皮鞭的特务向着同学毒打，以至于这些纯真的青年被打得头破血流，倒在血泊之中，还带走 18 名学生关进卢家湾监狱，有些人被关了二百多天之久。三十多年后的 1981 年，我和林野结伴骑游，在浙江某旅店住宿，谈起他的耳聋，才知道他是当年在美专读书时被特务毒打过的同学。（见 1999 年上海同济大学出版社出版的《青春的步伐》一书中的《纪念上海美专六·五事件》）

美国因武装国民党政府企图消灭中国人民革命力量而失败，便有物色新代理人取代蒋介石的打算，因为蒋介石不仅无能，而且浪费了美国大量物资援助，所以看中了李宗仁，李宗仁则因解放军神速解放大陆而无法使力。美国大使司徒雷登再企图寻找和解放军接触的机会，南京一解放，各国驻华大使均奉南京政府命令统一迁往广州，偏偏司徒雷登留在南京。这时的杜鲁门总统和艾奇逊国务卿已决心抛弃蒋介石，只因朝鲜战争突然爆发，才转而又改变部署。

二战结束后，挑动战争的新霸主已不是老欧洲的统治力量，而是大洋彼岸的美国。

说起美国，令人想到它是今日唯一的超级大国，十分年轻，它开国于1776年，原来只不过是英国移民的，只有土著人居住的，一大片荒芜的殖民地，发起过反对英殖民宗主国的正义战争。到了1976年，也就正当中国文化大革命结束那年，整整两百年间，何其短啊！可是从新中国诞生前几年，美国已成为中国革命的凶猛敌对者、中国反动力量的始终不渝的支持者、分裂中国统一的唯一罪恶国家。

2017年1月23日《文汇报》第五版《文汇时评》栏，王亚美引用美国一份材料显示，全球最富的八个人拥有财富相当于全世界人口一半的36亿最贫困的人口的财富总和。2015年12月8日《文汇报》报道全美国国内最富有的20个人拥有的财富，超过全美财富的总和。前几年美国闹罢工，叫做"华尔街之秋"，就是美国人在华尔街上游行示威，要求改变财富不均的现状。

1929年美国陷入经济空前大恐慌并波及全世界，罗斯福当选总统后，推行新经济政策，首先和苏联建交，采取凯恩斯经济主张，采取苏联的福利劳保制度，提高工人待遇，吸取计划经济中一部分内容，缓和了以后几年美苏对峙的局面，在与苏联合作对抗法西斯进攻，对人类历史进步方面，获得了高度的评价。取得了苏联各界的好评例如苏联影片《攻克柏林》中，对于同为反法西斯盟友的丘吉尔，就着力赞扬了罗斯福，罗斯福在对日作战中，对中国更为同情与了解，曾主动提议将日本侵占的琉球（冲绳）交还中国。在援助中国抗战方面，他派往中国的军事统帅力主把援助物质及武器直接交到八路军新四军驻地。（苏联援助中国抗日只是和国民党联系）这引起蒋介石的极大不满，要求撤回史迪威。恰在日本战败投降前夕，罗斯福继任总统杜鲁门派马歇尔来华调停内战，马歇尔本人在调停初期，还是保持了一定的公正态度，但正由于二战结束之际，美国处于与苏联争霸，反共反苏已成为重大国策，重新扶植日本，并发动了上世纪50年代至70年代的侵朝侵越战争。

当今，以现实的劳动生产力，以现实制度对劳动财富的分配，处于被雇佣的体力劳动者（工人阶级）究竟有多少人？拥有大量资金而坐享其成的资产阶级究竟还有多少？那些中产阶级又属于何等状态？刚当选的统治者特朗普究竟属于什么社会背景？别的不说，他还维持着美国传统的"民主"形象吗？选特朗普的人，据说是代表美国新生的趋向贫困的中产阶层，他可能代表这些人的真正利益吗？不可能的。

经历前期罗斯福新政，挽救了胡佛执政时所遇的1929年经济大危机，又在二战时站在反法西斯战争中正义的一方，取得了世界道义力量的同情从而提高了国际地位，美国取得了霸主身份。但由于帝国主义本性未变，在冷战中作恶多端，恰当苏联内部腐化，二国互相勾结，共同颠覆了社会主义制度。里根、撒切尔为首的英美资本主义重新恢复自由主义经济，再度使资产阶级恢复活力，美其名曰颜色革命，可惜力不从心。美国长年又用兵于中东，但早不如19世纪以前的殖民战争所发出的能量，资本主义虚脱了，威望大大降低了，新兴国家崛起了。这时就急需改变现状，力图找出良策，新民粹主义才又应运而生。美国原本是一个以自炫"民主"的姿态向各国显示武力的国家，然而由于自身不端的行为很难再欺骗当世，故已经无法再披上此民主外衣，索性任意胡为，大有不顾一切之势。特朗普上任之后，美国会不会用"民主"制度把新总统轰下台？

十一、迎接神圣时刻的到来

解放后，多次进行"忆苦思甜"，控诉主题是"阶级仇"，往往不少是控诉日本侵略，其实已成为"民族恨"了。抗战年代凡是抗日军队，不论是国民党或是共产党，"民族恨"的心情完全是一致的。正因为此，全党认为以往宣传工作上存有对正面战场重视不足的情况并认真改正。但少数人却产生另一种曲解：共产党是"保存实力，游而不击"，是"争权夺利，贪天之功"，这就成为凭空捏造、无视事实、颠倒黑白的新冤案了。谁都知道国民党报刊从不报道八路军、新四军的消息（除抗战第一年稍有几次）。国民党公然制造分裂，宣布解散新四军、武力进攻军部，将叶挺将军关进大牢，不准《新华日报》发布消息，报纸开了天窗，周恩来不得已，在空白版面写下十六字诗。这件事许多革命人民也不知道。抗战初几年各大国只有苏联派来空军保卫武汉，这些老百姓都看在眼里隐瞒不住。有件事是看了今年的电视节目才知道的，那便是1939年广西昆仑关大捷的消息，叙述了当年整个苏联坦克师参战的事实。过去只知道有空军而从不知尚有陆军援华。中国共产党在八年抗战中严格遵守的方针：坚持抗战、反对投降；坚持团结、反对分裂；坚持进步，反对倒退。《毛泽东选集》四卷中有两卷是抗战时期的理论积累，这也可见抗战在革命历史中的重要作用。全党慎重吸取教训，避免了使党再犯陈独秀类似的错误。只有经过战争中千难万险的历程才能真正培养出中流砥柱般的力量，也成为推动中国社会的进步力量，也证明国民党的施政过程中缺乏"进步"这一社会理念。

1970年，美国指使朗诺夺取了柬埔寨政权，让西哈努克回不了国。在北京群众支持柬埔寨人民大会上，毛泽东表示，"弱国可以打败强国，小国可以打败大国"。他引用孟子言论"得道多助，失道寡助"。"道"是什么？是民心，是精神力量，"道"就是真理，是概括了物质的规律。也就是前面引用过故人文天祥所谓的名言"天地有正气"。日本右翼势力历来一有机会就要抱怨："英国、法国向外侵略过好多国家，却从来不要他们认罪道歉"。这话被一些只夸张日本本民族思想的人所接受。

历史的辩证表现于社会进化往往呈螺旋形上升，既非直线，也非圆形，而是常见的循环往复，高潮与低潮是物质的必然现象。正如邓小平在 1992 年初所言：革命进入低潮。

看来在 2009 年之后形势有了显著变化，根源处于两年前的次贷危机，它是一次特别严重的经济危机。就任总统奥巴马保持近乎一年的对华亲善姿态发生突变，面孔一板，已是决心"战略东移"了。野田正彦首相时代，那位石原慎太郎挑起了钓鱼岛闹剧，当安倍上台后，把闹剧变得非常认真。太阳花这朵奇胎应运而生，李登辉亢奋，拼老命赴日本为右翼打气献媚。美国的崭新杀人武器不断研发，向和平形势骚扰。平静的乌克兰紧张起来，赶走了总统。北非五国也发生大乱，强人卡扎菲死于非命。资本主义势力进一步嚣张，向 20 世纪 40 年代开始的反帝反殖的社会进步思潮大唱反调，《历史的终结》是出现于苏联解体后的著作，是资本主义的精神大旗，它不承认有任何超越现今统治的力量。法西斯势力似有重燃预兆。毕竟，"帝国主义就是战争"绝非空话，绝非妄语，这么多年所出现一件又一件的事实，证明这话的真理价值。说"狗急跳墙"，正如希特勒挑起"二战"，战争一起，便等于跳墙，后果如何不管了，今天有点像。

说"老鼠过街"是事物的另一面。资本主义头目已年老体弱，不像希特勒那样精力旺盛，正因为出现无法解救的捉襟见肘的实况，才不得不战略东移。而日本民众的觉醒，正义的力量上升，在全世界强大的进步思想影响下，已有了独立的辨别能力，不再受军国主义势力愚弄。这次的"新安保"反对声浪十分强大，使安倍一伙近似过街老鼠，人人喊打。

我们应两手应付，准备狗急跳墙；同样高举世界和平大旗。这既符合广大人民要和平发展的切身利益，也是打击战争狂人的有力武器。因此，要坚守我国一贯向全世界的庄严承诺：不称霸，永远不做超级大国。

刊于 2017 年 6 月 29 日上海离退休老年

专家协会第 141 期《会员通讯》

十二、认识日本

回顾甲午战争这一百二十年来，再没有比中日战争、中日关系更大的事件了，再没有比这影响人民生活和政治、经济社会方面来得深远了。鸦片战争、英法联军战争、中法战争三次都战败，都割地赔款，对国民的震动仍不大，反因洋务派的革新，出现所谓"同光中兴"，延长了封建统治的寿命。鸦片战争前四十多年，乾隆这个自称十全老人的皇帝，更是封闭自大。当时英国使节要求通商，被他一口拒绝，说是天朝什么都有，不需对外通商，还非要对自己行三跪九叩大礼不可。而这年正处于法国大革命高潮，中国已被讥为"东亚病夫"而不自知。甲午战争还以为可操胜券，不料被打得大败，这对国人刺激实在太大了。

从甲午起，直到辛亥清王朝覆灭，不过短短十七年，出现了六君子死难、陈天华跳海、邹容入狱、秋瑾及徐锡麟处死。章太炎、蔡元培、章士钊及"南社"的激进反满，那七十二烈士中的林觉民写的诀别书更是感人至深。两大革命势力（孙中山和康梁维新派）成为强大力量，这种新理想的出现，新志向的高昂，骤然成为中国社会内道德向往的高地。宋末文天祥所称"天地有正气"，历代相传的民族精神重新复归，与中国共产党创始人李大钊所倡导的"铁肩担道义"居然一脉相通，和九十年后的今天召唤有"担当"，反对"不作为"又何其相近。

马关条约签后五年，日本参与八国入侵北京的战争，又过五年，在中国领土旅顺口一举打败俄罗斯，从此不可一世。也是导致其"欲征服世界，必先征服支那"的巨大野心，并一步步紧锣密鼓地挑起事端，利用一战时机，密谋攫取山东，于是勾结中国新总统袁世凯，私自签订了条约。收买中国统治层内权威人士也成为以后日本人惯用的手法，却在巴黎和会上因二十一条的公开引起"五·四"那样的公愤。"五·四"是反日爱国运动，又和正在兴起的新文化运动相结合。一战中爆发了苏联革命，向中国送来了马克思主义。三种力量的相遇才决定了中国革命的未来道路，那即是反帝（日本及其他资本主义）、反封建（新文化运动）以及避免资本主义前途的（新民主）革命。反帝与启蒙是被结合一起的，这一点正是一百年来得到全国各界人士的共识。

北伐军进入济南时，日本把中国公使蔡公时先绑了起来，割去他的鼻耳，剐去他的双眼，切掉他的舌头，又把蔡的随员十七人一齐处死。对于如此的奇耻大辱，作为北伐军总司令的蒋介石不吭一声（设想如没有前一年的 4.12，他绝不会对日如此胆怯，可惜这心态一直延续十年）。后来因为东北军头目不太听从日本人的无理要求，日军竟在皇姑屯将张作霖炸死在火车内。日本人出兵沈阳，蒋介石命令张学良不抵抗，大片东三省全部沦陷。日本随即进攻热河，宋哲元率领的部队在长城苦战，广大官兵甚至以大刀砍杀大量日军。冯玉祥号召他的老部下吉鸿昌、方振武、佟麟阁组成"察哈尔民众抗日同盟军"，收复失地多伦等处，歼敌数千，全国士气大振，普遍颂扬，但蒋介石竭

原画题《猴子放猩猩》于 1949 年 6 月交《华东画报》上海版，主编龙实改名《猩猩惜猩猩》画报未即出版。

麦克阿瑟释放 110 名日本战犯，包括荒木贞夫、平沼骐一郎、重光葵等。

（刊于 1950 年 12 月 9 日《解放日报》）

1950 年自编连环画《金第》140 幅，于《解放日报》6、7 月间连载 78 幅，第一幅画面即出现"出云"舰。

力阻止，并处死吉鸿昌。蒋介石派何应钦与日军头目谈判，签订各种名目的丧权辱国协定，其中之一是规定中国不准出现反日文字。《新生》周刊曾因主编杜重远发表过《闲话皇帝》，便被下令停刊，以后国内凡遇批评日本字样一律以 ×× 代替。我在初中课堂曾向老师提问这是为什么？又画了相关内容的画投交某刊物，被采用了，这是我第一次发表作品。

对于日本这个国家是如何走过来的，过去未仔细研究。家里藏有一本1957 年三联书店出版的、日本著名学者井上清的《日本"国史"批判》，厚达352 页，以前未好好看，最近细读一遍，才知道一些。

当我国处于春秋秦汉三国以迄魏晋之际，日本尚未开化，地处蛮荒，古代氏族社会时间很长，人们只存血统联系，还不懂得什么是世袭制。因母系社会漫长而保留女王推举制，一个叫雄伟天皇的被另一个苏我氏杀掉，又被崇峻天皇立了他的外孙女推古天皇继位，这一女皇又立她的外甥为皇太子，即历史上有名的圣德太子。最早的日本史书写于公元 720 年，在中国史书《宋书》上先有记载："使持节都督倭、新罗——六国各军守安东大将军倭国王称号。"这被后来的日本史家认为"不体面"。不过此后开始了向中国派"遣唐使"的活动，承认有向唐"进贡"的直率说明。在中国道教中，有过一种称为"天皇神"的，于是便采用这个词。天皇向隋的国书中曾用"东天皇敬拜西皇帝"自称"日出处天子"，这是地处东方的意思。以后，日本拼命向隋唐时的中国学习，这属大化革新。公元 4 世纪前，日本属原始氏族时代。根据井上清所述，古史称"神武天皇"者，实际并无此人。

武士就是住在庄园里的地主。地主们团结起来，奴隶们也不断反抗斗争，从而不断摧毁奴隶主贵族的统治。地主也拥有自己的力量，那就是武士集团。说武士们都过着"朴素的生活"，那是指武士并不劳动，但都在管理着农业生产。地主们依靠奴隶们的斗争暴动，终于消灭了奴隶制度。所谓"将军"不是由朝廷任命，那时朝廷并无实权，日本的政府不是朝廷而是幕府。平氏、源氏是新兴的地主，在每年的"镰仑内乱"中，更让武士成为领导日本社会的力量。

丰臣秀吉也是一个武士，但又出身农民，据说他创建了大阪的繁荣文明。他对朝鲜发动过侵略，并企图利用"浪人"亦即海盗去掠夺中国的边境。明代郑和下西洋时，中国海上武装为世界最强的力量，此后日本海盗在中国边境骚扰，中国也出现明代万历朝著名的抗倭将领李如松，戚继光更是妇孺皆知的抗倭名将，他们都取得了重大胜利。

当西方工业革命并引起资本主义新兴制度的崛起，日本像亚洲各地一样，很有可能为英法美俄列强所染指并一同沦为殖民地。但却意外侥幸地被西方列强放过。经第一次世界大战，日本被列为世界五强之一，从1868—1894年，短短二十六年一跃而为远东一强。这是为什么？真的这么快！当年的美、英、俄都像现今的美国一样，把日本当作自己称霸的工具，从内因看，是否一种特殊的武士道传统？还有什么原因？值得探究。

再从另一本《日本近代现代简明史》（[苏]爱依杜斯著，1958，生活·读书·新知三联书店版）得知，1851年美国政府通过用武力迫使日本开放，1853年派培利将军统率四艘军舰入日本海岸，通知缔结商业协定，日本首席大臣签订不平等条约，确认美国享用治外法权，日本又和英、荷、法签下不平等条约。1863年由7艘英国舰队开到鹿儿岛港口打死打伤当地民众。日本当局还向英国人付出二万五千英镑。1864年9月又有美英法荷四国组成舰队向下关要塞轰击，日方又付出三百万美元赔款。

1868年的明治维新，是不彻底的资产阶级革命，是由专制君主为首的地主阶级和大资产阶级联盟建立的政权。宫廷由京都迁入江户，改名东京。新政权不敢废除藩国，因为只有他们的帮助才能镇压农民。

由于资产阶级的改革，必然损害武士的利益。大多武士都缺乏在政府工作的能力而沦为失业，唯一可以挽救他们长年的传统利益和荣誉的是战争，他们最希望战争。代表武士阶级的说客，竭力提倡发动对朝鲜、中国的武力扩张。他们纷纷组织如"黑龙会"等团体，这些亦成为日本侵略亚洲的社会基础。

19世纪末期的英国，更仇视俄罗斯在远东的不断扩张，因而，必然选择日本作为共同反俄的同盟者。19世纪60年代前，欧美列强本来企图将日本成为殖民地的打算被变更了，他们一致认为日本邻邦中国地大力弱，侵略目标迅速转移，更兴起一阵对中国分割的狂潮，这并非偶然。甲午战争中才发现中国在长期的洋务运动中向列强购置的坚船利炮居然都是一些过时的低劣产品。正像今天美国向台湾政客出售的武器一样。世事就是这样。

（2014年夏，正逢甲午战争120周年，上海市老年专家协会理论组举办讨论邀我发言。2017年第140期、141期《会刊》刊登了题为《迎接神圣时刻到来》的发言稿，读后感到文字效果较满意。也引起我了解日本历史概况的兴趣，便找一些书阅读。由此收录至《思而不学散记》内第十一篇《迎接神圣时刻到来》、第十二篇《认识日本》。2017年12月又记。）

阅读百集电视片《中国通史》

端坐沙发里，观赏古装戏演员来回晃动，仍算与网络有关的无纸阅读吧。它播放于央视六套电影频道，每天收看一个半钟点的时间，从 2016 年 8 月 1 日起到 10 月 1 日止，这部电视片叫《中国通史》，可惜事前不知道，一次偶然的机会被吸引到不停地观看下去，已是第十集《周公摄政》了。

演员造型都一如古代流传下来的画迹差不多，忽必烈额头帽檐下保留一小撮头发，面容属胖子模样，比画像更近乎本人似的。对于朱元璋，也许出于并不想丑化他成历代传下的另类模样。留有恶名的隋炀帝、王莽都算有为的君主，使人感到是创新，不盲目追随长久以来包括新中国成立后许多新观点，这部电视片给人产生好多启发。

近年国内外人们心目中，对中国引起越来越多的兴趣，是值得重视的大事情。看完这百集电视片，隐约间有了三方混合的思考：天人关系；政教关系；知行关系。司马迁所谓"究天人之际，通古今之变，成一家之言"，岂不是涉及他一生的追求吗？庄子所说"至大无外，至小无内"，无外的至大，就是浩渺的宇宙，是人们心目中的天、是生物意志以外的天，只有认知能力的才叫人，天人二者之间，称"之际"、称"关系"。当探究之际，也即处于合一状态了，这却又是无穷尽的。人们懂得生物正在进化中，至今不过二百年，但人们懂得生产活动，不自觉地发明和操纵工具，它只可归属自然科学，大大早于社会科学。当看完《中国通史》，主要重心归社会科学，大框架是属政治与教化二者关系，19 世纪 40 年代，科学社会主义诞生于西欧后，阐明了原始氏族公社制度，这都叫古代政治。什么叫政治？十多年前央视四套《海峡两岸》邀请台湾学者讲解"政是众人之事，治是管理"，这是我在小学时读过的课本，中山先生的著名定义。1955 年反胡风运动中《人民日报》有社论说："什么叫政治？就是阶级斗争。"当时使我耳目一新。其后在阅读马列原著后，才知道通过无产阶级夺取政权后终于达到消除三大差别，消除阶级后达到无阶级的共产主义新制度，人类才进入历史上的初级阶段。因而阶级社会是历史进程的一段。马克思把自己研究的经济学冠名为"政治经济学"。社会结构是以经济为基础，政治属于上层建筑。为了巩固经济基础的变化而变化，那是意识形态的变化，与兽类不同的是人有意识后才产生不断发展经济的能力。这又是一种文化，是一种精神文明的力量，被黑格尔看重的"绝对精神"力量，也就是教化的力量，相应地说，几千年政治权利只有依靠教化才能巩固各自统治的力量。

正在中学读书的幼稚的我，于课外阅读中知道了《大众哲学》，有了简单的了解：哲学由本体论、认识论、方法论三者组成，而方法论有三大定律：一、矛盾统一律，二、质量互变律，三、否定之否定律。关于否定之否定律，又称正反合律，这使我深受影响。近再翻阅邹韬奋1936年被关押于苏州监狱（他犯了抗日罪）时写的《读书偶译》（是1934年在伦敦博物院图书馆阅读时的笔记），把社会分三大阶段：（1）文明前为太古康敏时代；（2）文明时代为私有财产时代；（3）未来将再进入康敏时代。这符合正反合，黑格尔哲学的定理。（邹韬奋著，《读书偶译》，1939年，生活书店版）

经历了漫长岁月的世代，原是处于共同生产、共同消费的社会制度，成汤被举为首领的商氏族，一共到31世纣王为止，为后起的周氏族取代并统一天下（中国）。当商代第21世的盘庚迁居安阳时，原始共产的氏族部落间处于互相争夺土地、水草、劳力的战争，甲骨文中的"我"字，便是一个戈字加个人字，手持武器的人，人既是劳动力，又是战士，人人善战。每当战胜，多余的战俘统统杀掉，当发现俘虏当作劳动力使用之时，便是私有财产产生之时，部落首领转化为国家统治者，劳动者成为奴隶，阶级开始产生。

杀戮战俘也好，不杀戮战俘也好，奴隶殉葬也好，废除人殉也好，孔子甚至好像把人造俑都讥为"始作俑者其无后乎"。直到春秋五霸霸王之一的秦穆公尚留有陪葬传统，似都尚不具"善恶"的观念，而统统只归结为对发展生产是否有利。

古老传统已很普及，历来中国人所被告知的古史首领如黄帝啦、盘古啦、伏羲啦、神农啦、尧舜禹汤啦，个个是既有智能而又都具高度威信的人，商代首位君主成汤当政某年，天久旱不雨，他心急如焚，架起柴堆，祀告上天，准备跳进火堆，把自己烧死，只求天降大雨。这事感动了20世纪的青年画家、首批赴欧学习油画的徐悲鸿，画了一幅《傒我后》，企求表现我中华民族祖先的光荣史。

一说起天人这一对关系，确是一个特别大（属"至大"）的关系，看来也就是"人"如何去制胜天，几千年来就这么个历程，今天我们提出五大发展理念，把"创新发展"列为首要，还是本着这个道理。而原始世代，人有了图腾崇拜，证明人比自然界的力量是极为弱小无力的，成汤的母亲，传说是与玄鸟交合有孕，待到人知其母而不知其父之后有了祖先崇拜，改恐天、惧天、媚天（遗留后世的是每逢腊月二十三，家家送些礼包交给灶神转送老天爷祈求"上天言好事"）为敬先祭祖。但既是祖先崇拜，也包含了对历久的劳动经验的崇拜，没有劳动，便没有一切。

经历无数次部落氏族间的战争，商的部落成为武力最强的氏族，非我族类，被称为夷，所以才把附近的部落称东夷。这时又崛起一个新兴的居于歧地的姬姓周氏大族，下属一千八百国，到春秋剩下百多国终为秦一国取代。子姓的殷王帝辛，即纣王，与姬姓的周首领姬昌，共属氏族末期，这时的周王一家族还参加农耕，但也已转入奴隶制度，二族又各统领着更小的部落。"兴灭国，继绝世"是指诸多的小国逐步称为"县"，也即是秦的废封建立郡县，"据说县是悬空的变音"（见侯外庐《中国古代社会史论》第 87 页）。奴隶有生产奴隶和家庭奴隶两种，前者统称为"众"，管理"众"者称小臣，后者称臣、仆、奴、妾。统治层中除公、侯、伯外最高者称王。上帝是谁？是玄空在上的"王"，它主宰一切，即使在周族推翻殷纣王的正义战争中（武王伐纣），周的士兵也唱起反周族奴隶主统治者的歌《五行歌》。

以色列出现了天主也就是西方上帝，在亚当夏娃偷吃禁果、违反上帝禁令，而被上帝创造的人从此都存了原罪。当中国东汉王朝建立时，耶稣诞生，主张人类平等，信徒追随日多，被罗马人钉死于十字架。统治者又拿他来麻醉人民，借宗教继续起压迫人民的作用。中国人没有宗教，反被西方讥笑为"不信神"。至今许多人没有看透政治经济规律的真正本质，神也好，儒学也好，它都是出于巩固政权的需要而产生的，科学真理告知我们，宗教是一种麻醉人民的鸦片。《中国通史》这部电视片告知，二千年来政局不断变化，朝代不断变换，儒学正是各个不同时期打不倒的治国参谋，故不需宗教，儒学可代，这才是中西文化不同的一点区别。

《孟子》书中称"可欲之谓善"，联想到有段时间美学家指出了和中国古代美学的牵连。恰和西方相反，康德力求把美和真、善两个概念分开，使我深感新鲜和好奇。早在 1954 年 6 月，我买了杨荣国初版于 1954 年 5 月的《中国古代思想史》的生活·读书·新知三联书店版本，"文革"初期，作者被广州中山大学揪出当"反动权威"来批判，毛泽东知道了立刻制止，指出杨是革命派。现在我又找出来阅读，果然发现他积极反对儒家学说，认为儒学是保守的、复古的。这本书说服力强，证据确凿，资料丰富，文笔通俗。他认定孟子心性之说系由子思"率性"而来，就是循人之性。人既性善，应时时向内做功夫反求诸已，内省吾身。因人本有四性：恻隐（仁）、羞耻（义）、恭敬（礼）、是非（智）。要扩而充之，所谓知性才能尽物之性，以助天地之化育。

对于外界的引诱和孔子的四十不惑一样，他也自称"吾四十不动心"，清心才能寡欲。由于"万乘之国，弑其君者必千乘之家，弑其君者必百乘之家"，这都出于恶欲，孟子力主养气，存夜气，存平旦之气，养浩然之气。孟子更提出有名的"民为贵，君为轻"政治主张，主张君与民同乐，只一个"诚"字，才更显示天赋的良心，正符合四性外的"信"字，亦即孔子主张治国三大要素"足食、足兵"外，再加上"民无信不立"。这一切如都实现，那就"万物皆备于我"了。

若以科学唯物主义观点观察中国，至今还在争论的历史分期，仍处于未定的探讨中，孔孟学说究竟属于奴隶主阶级？属于新兴地主阶级？1938年10月召开的六届六中全会上毛泽东报告中有重要的划时代意义的阐述："洋八股必须废止，空洞抽象的调头必须少唱，教条主义必须休息，而代之新鲜活泼的，为中国老百姓所喜闻乐见的中国气派和中国作风。""……我们不应隔断历史。从孔夫子到孙中山，我们应当给以总结，继承这一份珍贵的遗产。"1940年1月出版的《新民主主义论》中，毛泽东继续指出"中国的长期封建社会中，创造了灿烂的古代文化。清理古代文化的发展过程，剔除其封建性的糟粕，吸收其民主性的精华，是发展民族文化提高民族自信心的必要条件……"以上几段话，一直是新中国成立后学术界一致公认并执行的方针。但也因封建社会认定起于西周（范文澜为主），那孔孟学派属于保守复古，若是认定起于战国（郭沫若为主，赞同者多），就属于新兴的封建地主阶级文化了。杨荣国则确定孟子是代表自由民利益的。孔子说过"殷有三仁"，歌颂反纣王的比干，但同时又表示一生最佩服周公，可见孔孟即使属奴隶制中人都不代表奴隶主，战国以前争鸣诸家几乎都是颂古非今的，是不是可以说远古共产时代的遗风，都是被怀旧的"民意"呢。

秦代民富国强，是由于用了法家，短短几十年，儒家遭到焚书坑儒之灾，汉武崇儒，以后历经今古文经学时代，魏晋玄学时代，宋明理学时代，清之汉学时代，儒学始终居于政教合一共治的大格局。孟子要求统治者与民同乐，宋名相范仲淹高呼"先天下之忧而忧，后天下之乐而乐"成为中华民族的千年政治格言和精神支柱，成为士大夫及群众的集体意识。

王阳明体悟格物致知，他的学生周冲向他五次通信中，都讨论过："良心发现，果何物也？"王阳明肯定"是非之心，知也"。（见《中国哲学》第一辑第319页《王阳明答周冲书五通》，1979年8月，三联版）西欧哲学上有关真伪是非的科学认知，在中国则一统于伦理道德。

是故庄子疾呼"道术为天下裂"。人们也多说"人唯求新，器唯求旧"，

"器"比起"道"分量是不重的。

中国正由于处于农耕社会，对于科技进步的急迫性不如西方，使得西方资本主义社会制度比中国早实现一二百年。反过来看中国农耕文明更先进于周围少数游牧文明，回看魏晋以来迄清代为止，汉文化总是居上。但也正由于中国的盲目自大，使乾隆面对英国使节马嘎尔尼来华要求通商时，不仅自信本国无所不有而闭门不纳，仍以一套早该礼坏乐崩的三跪九叩的腐朽形式强迫外国人执行，大国主义岂不顽强？1956年《人民日报》社论《论无产阶级专政的历史经验》发表后，引起世界各地的轰动与好评，当年12月29日又发表《再论无产阶级专政的历史经验》中提出："我们中国特别需要记住的是：我国在汉唐明清四代也是大帝国……应该指出，目前这种危险在我们一些工作人员中已经开始露出了苗头。"现在资本主义大国又承袭古老的乾隆后尘高傲地看待其他国家，"摆出大国的架子"。上世纪70年代初，中国高举不称霸旗帜，引起全球具有良知的人民称颂。但仍因中国的崛起和飞速进步可能出现这种大国主义倾向的危险，可喜的是，2016年所出现的许多大事，如菲律宾国内形势超过多数正义人士的预想。特朗普的出现反映出资本主义内部意识严重分歧，不能不说是资本统治力量的弱化，证明霸权主义势力处于大势渐去的状态了。

2016年12月

遥念王阳明

　　书展是一年一度的盛事，以往总兴致勃勃地去参观，近三年因年纪大被家里小辈劝阻。2017 年 8 月 16 日的报纸上看到上海人民出版社重点推荐两本书，除《文明型国家》外，还有一本是《五百年来王阳明》。近期正构思一

鹅湖有盛事（2017 年 12 月）

幅《鹅湖有盛事》的画，此书对我有用，于是请老同事代购了一本。

　　十年前，我曾画过一幅《宋人好学》，是应朱家角文化馆举办的画展而作，画了北宋五位学者。后来又想到意大利画家拉斐尔画过大幅油画《雅典学派》（拉斐尔是王阳明的同代人，两人相差两岁）；中国好几位名画家先后画过同一幅文人群像《西园雅集图》，我虽在水平上难与先贤攀比，但有责效仿。艺术收藏家康伟知道我的打算，立从家中找出他所藏有的几幅古人肖像供我参考，这画非完成不可了。

　　几天来，终于读完郦波著的《五百年来王阳明》（以下简称"郦书"），这是近来所读到的令人感动和值得深思的好书。我再度认识中国古代，看到当时社

会各色人等心态。远古历史，缓慢前行，再回到现实，哦，我们国家进步这么快啊！

正动笔为文，8月28日那天《参考消息》头版大标题《班农叫嚣搞砸中国"一带一路"》，班农说"中国对美国是一个严重的威胁，具有支配性的危机。取得胜利的一定是坚持基督教自由主义的西方，而中国的重商主义儒家制度一定会沉寂"。班农是特朗普的重臣，也是总统领导班子中最卖力的元老，但在特朗普政府不断更换高官的过程中，近几天也毫无例外地被总统除名了。美国新领导群中对华看法也是多种多样的，班农一向对华强硬，他的以上两句话足以代表部分美国人当前的观点。说"重商主义"也显示其重视当前中国的经济崛起。对中国这个贫穷国家，如今给套上"重商"之名，自是不服气的表述。至于儒家制度，他对中国经历过激烈深刻的五四革命和美国长期扶持中国封建势力的罪恶历史恰是不屑一顾。像班农那样坚信只有基督教自由主义才是最先进的理想的人实在不少，各国都有，这对今日人类社会走势来说，一律可视为无知自大。

别的不说，只从善恶二字谈起。王阳明立志达到"为善去恶"，先通过"格物致知"路子，找出心外无物，终悟到这个良知是从"行"中得到的，才创造了知行合一的重大学说。何为善？何为恶？西方哲学很少触及，因为他们被纠缠于上帝是否存在的问题上去了。中国信奉于学习马克思主义的我们，不大遇到这善恶的名词，只知道有产阶级剥削工农大众，因而理应消灭这一制度的原理。除非涉及康德提及的道德律令之外，很少和善恶这对概念挂钩。可是在旧中国，是了不得的大事情，中西异同讨论始于五四之前。我读书不多，庄老方面、墨杨方面，以及伊斯兰方面是否如此？不知道。佛家是讲善恶的，包括法家也讲善恶，当属古文化中的"中国特色"。

班农所说的"儒家制度"不应被理解为僵死保守的陈腐事物，而是和政治经济文化相关的生生不息的长期历程。魏晋"越名教而任自然"便是老庄学术妄图改造儒学的时期，从而引起佛道二教风行隋唐，终不得不有宋明儒学取而代之。

整个"宋明儒学"包含三个阶段：1.开始有邵雍、周敦颐、张载所兴起的宇宙发生学，大、小程的道学参与，均起于北宋。2.继有以陆九渊的心学（包括大程）与朱熹、小程并称的道学，形成了陆朱二系统互争的南宋心学。3.以王阳明为首的心学影响所及的明清易代的解放进程，入清代乾嘉朴学直通五四新潮。

中国封建文明发展时间漫长，进程比较顺当、比较活跃。亚洲、欧洲各国都礼赞汉唐大国，以至宋明。司马迁父子提出"通古今之变"，怎么个"通"法？实在大有讲究。比如从春秋战国时的儒学直到宋明及以后的程朱理学，这二千年是怎样走过来的，内在规律有何特点？单抽出一个氏族问题来看，在唐末崛起的契丹族，也就是京戏《四郎探母》那位萧太后，便是契丹国的君主，和宋国汉族打了多年战争，契丹国后来建立西辽国，萧太后迁国西亚，不知去向，国内人早已汉化了。又出现了女真族，自号大金，把宋国两个皇帝抓走，囚于东北，消灭了北宋国，厉害得很，却被蒙古人所灭。女真人虽又建国大清，但历代统治者拼命汉化，这一切事实是和欧洲不同的。欧洲所称"民族"，是近代的新概念。马克思主义领导人斯大林有过论述"民族"定义的文字，是根据近代欧洲各国不同民族的兴起历史所归纳的结论，中国新史学家大多引用他的论述。

王阳明十一岁时就主动和塾师研究人生头一等事为何？塾师认为读书登第，该是一贯追求的"学而优则仕"，可是王阳明却说要做圣贤。塾师把此事告知王父，父亲责问有无此事，王阳明回答时拿出北宋学者张载名言"为天地立心，为生民立命，为往圣继绝学，为万世开太平"。他父亲说，"孔夫子是圣人，你怎么可比"，王阳明更强硬了，"夫子是人，他能做圣人，我也是人，我怎么不能做"。这都是很站得住的道理。他父亲也不是平庸之辈，是年轻时科举成名，一下当了状元公的才子，但在父子争论中，父亲往往维护封建统治，生怕儿子走向异端邪说。

王阳明格竹的故事流传了下来，又据说是受娄谅的启发，这事发生在1490年。著名的哥伦布发现新大陆，比这还晚二年。另一件大事却是发生在同一年，伽利略登上比萨斜塔把铁球扔了下来，因而发现物理学上一大规律，这不更算"格物"吗。郦书第47页中评说，"功利性越来越强，所谓的格物就变成了一个表面功夫，花架子，想当然的成分变成一种形式主义的东西"。这说得很深刻，正因为此路不通，才必须另辟蹊径，超越理学以"心学"取代。

有一次，朝中很有名的大臣李东阳当众表扬过王阳明的才华，有人说"此子取上第，目中无我辈矣"。丙辰年（1556年）会试那次，果为异者所抑，"故弄手脚，结果王阳明又落榜了"（见郦书第49页）。这是一个最难治理的毛病，具有普遍性，至今没有克服。圣人有办法吗？当有人因王阳明落榜而去劝慰他，他说"世人以不得第为耻，我以不得第动心为耻"。他也许以孟子为榜样，孟子声称"我四十了，不动心"。王阳明确实与众不同。

说起科举，这是中国文化史上或说在长期的封建社会中，对于巩固政权，稳定社会，并形成整套完善政治系统的重大举措。远在汉晋时代，选拔人才用以治理国政是靠荐举，它易流为门阀垄断，所谓"上品无寒门，下品无世族"的现象。远在曹操当政时，已高呼"唯才是举"，到他儿子当政，仍然采取九品中正，使门阀制继续延伸，直到隋代开始实行科举制。这比过去是一大进步，让天下士子有了进身之阶。"万般皆下品，唯有读书高"，知识分子从此形成一个特殊有力的阶层。当古老贵族地主经济正由唐末转换为世俗地主经济，标志着中国封建统治前后两段分水岭。随着地主阶级腐败的日益发展，科举制度的弊端也百倍丛生，终在清末20世纪初被废除，代以现代教育制。

从年龄、辈分来看，画家"明四家"中的文徵明和唐寅二人同龄，他们与王阳明是同代人，比王阳明大两岁。上文提到的意大利文艺复兴三杰之一的拉斐尔与文、唐同岁，他们都生于1470年。文、唐又同住苏州一地，他两人和王阳明一同应科举。多年前我看过一篇《文徵明年表》（刊于1982年9月出版的《朵云》第三集，周道振作），其中详记了他历年到应天赴试的记录，当年我就深为文徵明屡试不中而不平。《年表》从1495年（弘治年）秋，"赴应天乡试不售"起，历经弘治十一年、弘治十七年、正德二年、正德五年、正德八年、正德十一年、正德十四年、嘉靖元年共九次，都是应乡试而落第。另又有言实出版社2006年版，由曾惠民、寇建军编著《文徵明书画全集》内附年表，记载了其从弘治八年至嘉靖年九试应天不中的经历。

还有一位文徵明的同龄人，画家唐寅，是妇孺皆知的唐伯虎，郦波的《五百年来王阳明》在描述当年科考时，同样把这三人都写成科举中受害的可怜书生。唐寅又因科考中遭受另二人没有的不白之冤，史上有名的科场弊案使他深受株连，逼使他从此杜绝会试，而走着和文徵明不同的道路。三人都因高才而遭忌，却不是经济利害关系，而仅仅是出于妒忌。王阳明本人头两次落榜，终于在第三次不动声色地高中二甲第七名，也就是全国第十名进士。

人们论"恶"，可能一直谈不上的"妒忌心"或称"私字一闪念"，却是一直除不掉，历代的圣贤也拿不出一个办法（新中国普遍采用的表扬模范人物的制度很见效）。王阳明理想中存有"为善去恶"，才促使他从小爱憎分明。正当刘瑾乱政，杀害言官之时，王阳明写了一个《乞宥言官去权奸以彰圣德疏》，直指刘瑾及其死党"八虎"。当时所有人都不敢说话，有人劝告王阳明："前一阵大家提意见时不见你出来，现在出来此疏肯定没有好结果，你倒跑出来干什么？"王阳明回答："人人都出来上表，多我一个不少，现在人人缺乏良知,少我一个就不够了。"明知山有虎,偏向虎山行,结果是受了毒打,脱了裤子廷杖四十,关进大牢。作为皇权的支撑力量,郦书分析中国几千年历史所形成的几种集团:宗教集团、财富集团、军人集团、文官集团、外戚集团、宦官集团。他认为后二者又是专制镇压最厉害的屠刀(第59页),这个分析很精确。西太后专政就少不了李莲英集团,明代始终重用宦官。当中也有非常好的,比如郑和。

以上是读了《五百年来王阳明》一书的读后感。但全书最精彩的部分还是后大半本。从牢狱中出来,流放到贵州修文(关张学良的地方)龙场驿以后,他以坚决的志向追求真理,努力讲学,终于为朝廷重用,立下军功政绩。说他成为一个三不朽的完人,当之无愧;说他是影响近代中国社会进步或思想史发展的关键人物也当之无愧。

毛泽东在1938年10月中共六届六中全会上,号召我们在学习中要继承从孔夫子到孙中山这份珍贵遗产。过十四个月后,在1940年出版的《新民主主义论》中,又补充提到对于古代文化的发展过程,应"剔除其封建糟粕,吸收其民主性的精华";"去粗取精,去伪存真,由表及里,由此及彼"。这是毛泽东对待如何由感性认识到理性认识的最全面的经典概括。对于马克思主义者来说,工人阶级通过对外部事物的无数认识,在经济受剥削,政治受镇压的大量事实中觉悟到,只有在全人类的解放中最后解放自己。凡具备这种智力的运作,也是力图达到"致知",这便是悟,即获得真理。王阳明所谓良知,《中庸》中有过类似表述,"博学之,审问之,慎思之,明辨之,笃行之"。这个表述,目的只在于"求善",止于至善。

孔子的重要贡献在于最忠实继承周公制礼作乐,维护周王朝的统治。孟子承继孔门遗志,他出于思孟学派。即子思孟孔共同主张,以尽人之性以求尽物之性,赞天地之化育,概括而言为尽人知性。朱熹少年时问父亲:"天之上何物?"他和陆九渊自幼就一起讨论这类问题。朱熹在《楚辞》集注中说:"沈(括)曰:月本无光,状一银丸,日耀之乃光耳——,其光有盈有亏,非既死而复生也。"这时朱和程颐(二先生)一起得出结论,把宇宙本源称"理",把物质本源称"气",以后便与陆象山分道扬镳了。程大先生(颢)和周敦颐、张载、邵雍诸人形成北宋初的"宇宙发生学"一派,陆九渊和几百年后的王阳明倒都统称陆王"心学"。

王阳明主张人伦之礼、人心之情是同一于心中,心学的"心即理"和理学的"性即理"不同。理学家把人心分为"性"和"情","性"即仁义礼智信那些最高道德标准;"情"是情感,是欲望。在二者中"存天理,灭人欲",也是理学家大大倡导的。上世纪八九十年代一次讨论董其昌的座谈会上，我曾对宋代理学家提出的"天地之性"与"气质之性"二者分开的说法，都认为是值得肯定的一种创造，这是模糊肤浅的，不确切的。（见上海社科院出版社1989年版《美学文集》第129页）

郦书写王阳明不是生而知之，是在具体实践中自然逐步提高，所谓的"悟"，那是踏踏实实，而不是凭空生有。例如说他初到苗氏聚居地，很快和居民打成一片，一起唱歌。有次他的住处跑进一个小偷盗窃，被王抓到居然释放了，当时还给小偷上课，讲了半天道理。结果反而收了一个门徒，进了学院。

1981年9月29日骑游过庐山朱熹主持白鹿洞学院

1984年12月17日骑游过余姚王阳明故居

王阳明主张:"只说一个知,已有行在,又说一个行,又自有知生。这知行二者的合一,双方都提高一个层次,也是潜在的'我'的再塑。"例如王阳明才来到那龙场破洞里,什么参考书也没有,他竟能根据记忆写出一本《五经易说》。郦书评他叫"六经注我",说明他内心有巨大能量。生物学家研究,人的潜能是巨大的,认为人脑内还有百分之九十尚未开发。最近报纸上有两种不同意见的争论,由于"人工智能"的兴起,让一位大科学家霍金产生恐惧:机器人大量产生,会不会危及人类本身的存在?有位危辉先生坚信不可能。我听他在上海电视台《道·理》节目中发表意见,他是遵循"原子弹是纸老虎"这一朴素原理的。依我之见,至少到目前为止,机器人所有的能力都是人类赋予的,人类复杂的思想情感机器人难以达到。

王阳明说过:"权竖如许势焰疑谤,祸在目前,吾亦帖然处之,此何足忧?吾已解兵谢事乞去,只与朋友讲学论道,教童生习礼歌诗。乌足为疑!纵有祸害亦避不得。雷要打便随他打来,何故忧惧?吾所以不轻动,亦有深虑焉尔!"(见郦书第304页)加以细读,可以充分体会到,作为一个真实的士大夫,所遭遇的,是如此狂风暴雨一般,受尽无穷的迫害!

孟子定义"不学而知""不学而能"即被王阳明称为"良知良能",这种自身经历的,也就是王学所认知的唯一来源。郦书在第306页上说:"我反复思索,认为王阳明'致良知'的本质是人类文明历史积淀下来的智慧,道德与灵性的自觉。拥有这种自觉,才可以像马克思、恩格斯所说的那样,走向人类的所谓'必然王国',这种自觉是内在的光明。"我非常赞同。

王学已成为极强大的学派,由于他讲课时和学生打成一片,致使学派强大。追随者又分成几个学派。例如王艮、王畿都是最亲信最忠实的信徒。王畿比王阳明小十八岁,他又收了一个门徒,那就是徐渭,另名徐文长。徐渭类似唐伯虎,是一位妇孺皆知的画家,在艺术上高于"明四家"。是他推荐了抗倭名将戚继光,他的故事流传很广,行为风格近于王阳明。徐渭家住绍兴,离王家的余姚也不远,我曾去参观他的故居,绍兴城内观前巷"青藤书屋"。可奇的是继徐渭几十年后,另一位更出色的大画家陈洪绶即陈老莲也继续住在他的同一屋子里,不过两间瓦房。

王阳明在思想文化上的贡献,他的学说足以成为不朽,永不磨灭。经得起"光明"的称号,这远远超过了曾国藩。曾虽有一些如何修身治家为人之道,但学术成就上无法与王阳明比肩。曾与太平军的革命相对立,这和王阳明剿匪共具污名,但曾又远远超过。蒋介石崇尚王阳明应因于此。满清统治者具有强烈的满汉对立意识,致使八旗子弟长期高居权位,终因在鸦片战争、太平天国战争中老打败仗，才迫使西太后打破成见，不得不重用曾国藩、左宗棠、李鸿章。这依然证实斯大林对民族定义的正确论述。

2018 年春

图书在版编目（CIP）数据

走出碎片化/黎鲁著 .-- 上海：上海三联书店，
2019.1
（思者·大美文库/方立平主编）
ISBN 978-7-5426-6605-5

Ⅰ.①走… Ⅱ.①黎… Ⅲ.①中国文学 – 当代文学 –
作品综合集 Ⅳ.① I217.2

中国版本图书馆 CIP 数据核字（2019）第 011098 号

走出碎片化

著　　者/黎　鲁

思者·大美文库 主编/方立平

责任编辑/方　舟
特约审读/周大成
装帧设计/方　舟
监　　制/姚　军
责任校对/张大伟
校　　对/莲　子
统　　筹/7312·居鼎右图书传媒工作室

出版发行/上海三联书店
　　　　（200030）中国上海市漕溪北路 331 号 A 座 6 楼
邮购电话/021-22895540
印　　刷/上海肖华印务有限公司

版　　次/2019 年 1 月第 1 版
印　　次/2019 年 1 月第 1 次印刷
开　　本/787×1092　1/16
字　　数/270 千字
印　　张/17
书　　号/ISBN 978-7-5426-6605-5/I·1490
定　　价/68 .00 元

敬启读者，如发现有书有印装质量问题，请与印刷厂联系 021-66012351